LOUISE BAY

Park Avenue Prince

LOUISE BAY

PARK AVENUE PRINCE

Roman

Ins Deutsche übertragen von Anja Mehrmann

LYX

LYX in der Bastei Lübbe AG
Dieser Titel ist auch als Hörbuch und E-Book erschienen.

Die Bastei Lübbe AG verfolgt eine nachhaltige Buchproduktion. Wir verwenden Papiere aus nachhaltiger Forstwirtschaft und verzichten darauf, Bücher einzeln in Folie zu verpacken. Wir stellen unsere Bücher in Deutschland und Europa (EU) her und arbeiten mit den Druckereien kontinuierlich an einer positiven Ökobilanz.

MIX
Papier | Fördert gute Waldnutzung
FSC® C014496

Textredaktion: Antje Steinhäuser
Umschlaggestaltung: © Guter Punkt, München | www.guter-punkt.de
unter Verwendung der Originaldaten von © Najla Qamber Designs
(© feedough/Depositphotos, © GBP27/Depositphotos,
© mischoko/Depositphotos)
Satz: Greiner & Reichel, Köln
Gesetzt aus der Adobe Caslon
Druck und Verarbeitung: GGP Media GmbH, Pößneck
Printed in Germany
ISBN 978-3-7363-0712-4

5 7 6

Sie finden uns im Internet unter lyx-verlag.de
Bitte beachten Sie auch: luebbe.de und lesejury.de

1. KAPITEL

SAM

»Meine Güte, Sam, *so* riesig!«, rief Angie und betrat den leeren Wohnraum mit der hohen Decke, von dem aus der Central Park und die City zu sehen waren. Die Sonne schien so grell, dass ich meine Augen abschirmen musste, als ich aus dem Fenster auf die West Side blickte. Ich atmete tief durch und ließ die Umgebung auf mich wirken. Gehörte mir diese Wohnung tatsächlich? Ich wusste, dass meine Unterschrift unter dem Kaufvertrag stand, aber manchmal hatte ich das Gefühl, das Leben eines anderen Menschen zu führen.

»Das sagen sie alle«, antwortete ich und lachte in mich hinein. Wie die meisten Männer hatte auch ich noch immer den pubertären Humor eines Fünfzehnjährigen. Aber nach ebenfalls fünfzehnjähriger Freundschaft erwartete Angie vermutlich nichts anderes von mir.

»Du bist ein Ferkel. Hier geht es nicht um deinen Schwanz, um es mal ganz deutlich zu sagen.«

»Wer redet denn von *dem*?«, fragte ich und breitete die Arme aus. »*Ich* spreche von dieser Wohnung. Du und deine schmutzige Fantasie!«

Angie schüttelte den Kopf, aber es ließ sich nicht leugnen, dass die Wohnung, die ich gerade gekauft hatte, wirklich groß war. Sechshundertachtzig Quadratmeter auf der Upper East Side, und dort lebte ich jetzt. »Die Aussicht sorgt dafür, dass die Bude ihren Wert behält«, sagte ich und ließ den Blick über die Skyline von Manhattan schweifen.

»Dafür sorgt allein die Lage. Das hier ist die Park Avenue 740, Sam.« Ungläubig schüttelte sie den Kopf. Ich konnte es ihr nicht verdenken.

Auf diese Adresse legte ich Wert. Den Wohnungsannoncen zufolge gehörte sie zu den begehrtesten in New York, sodass ich mit dem Kauf eines der sichersten Immobiliengeschäfte getätigt hatte, die in den Staaten nur möglich waren. Es war ein Sieg für mich persönlich und gleichzeitig eine gute Art, mein Geld – oder zumindest einen Teil davon – anzulegen.

»Hast du eigentlich manchmal das Gefühl, dass das hier gar nicht dein Leben ist?«

»Ja, manchmal schon.« Jeden einzelnen Dollar für diese Wohnung hatte ich innerhalb der letzten zehn Jahre selbst verdient. Nach dem Abschluss der Highschool hatte ich das Kinderheim verlassen, in dem ich zuvor sechs Jahre lang gelebt und nur zwei Jeans, zwei T-Shirts, ein Sweatshirt und etwas Unterwäsche besessen hatte. Für mich war es eine Befreiung gewesen, mein altes Leben hinter mir zu lassen und neu anzufangen. Angie war der einzige Mensch aus dieser Zeit, mit dem ich noch in Kontakt stand. Wir hatten uns an meinem ersten Tag in der neuen Schule kennengelernt, nachdem ich zuvor in das Heim gezogen war. Sie wohnte im Mädchenheim ganz in der Nähe und hatte offenbar sofort erkannt, dass auch ich eine Waise war. Seitdem waren wir eng befreundet.

Fünfzehn Jahre lang hatte ich es nicht geschafft, sie wieder loszuwerden. Meine Startbedingungen ins Leben waren schlecht gewesen. Jetzt aber stand ich hier in meiner Wohnung in der Park Avenue und überblickte die gesamte City. Sogar in Zeiten, in denen ich nicht gewusst hatte, woher ich meine nächste Mahlzeit bekommen sollte, war ich mir immer sicher gewesen, dass alles besser werden würde, sobald ich selbst die Kontrolle über mein Leben übernehmen konnte.

Und so war es tatsächlich gekommen.

»Denkst du an Hightimes?«, fragte Angie.

Ich schob die Hände in die Hosentaschen. »Ja, natürlich.« Nichts konnte weiter von der Park Avenue entfernt sein als das Kinderheim, in dem ich den letzten Teil meiner Kindheit verbracht hatte. Und in diesem Heim hatte ich den Tatendrang und die Entschlossenheit entwickelt, die mich dorthin gebracht hatten, wo ich jetzt war.

Knapp zehn Jahre zuvor hatte ich an einem Freitag die Highschool beendet und am Samstagmorgen einen Job in einem Sportgeschäft angetreten – derselbe Tag, an dem ich aus Hightimes aus- und in eine rattenverseuchte Einzimmerwohnung in New Jersey eingezogen war. Ich hatte zwar nie das College besucht, aber in meinen Augen war dieser Tag genauso viel wert wie ein Abschluss.

»Wie viele Schlafzimmer?«, fragte Angie, als ich ihr durch die Wohnung folgte. Die Zimmer waren kahl, aber die alten Stuckleisten, der Mix aus lackiertem Hartholz und nagelneuem Marmor ließen sie trotzdem irgendwie warm wirken. Der Makler hatte mich immer wieder auf die originellen Details und die hochwertige Ausstattung hingewiesen. Aber letzten Endes hatten die Kacheln in der Hauptküche bewirkt, dass ich Ja gesagt hatte. Sie erinnerten mich an meine Mutter – sie hatte für ihr Leben gern gebacken, und dabei durfte ich immer auf der Theke neben ihr sitzen, ihr die Küchenutensilien reichen und von den Erdnussbutterplätzchen und den Karottenkuchenstücken naschen, die sie mir gab. Am liebsten mochte ich ihr Brot – noch heute sehe ich das Lächeln meiner Mutter vor meinem inneren Auge, sobald ich eine Bäckerei betrete.

»Fünf. Und zwei Küchen. Sag mal, wozu braucht man eigentlich zwei Küchen?«

»Eine ist fürs Personal«, antwortete Angie. »Na komm, gehen wir weiter. In dieser Wohnung wirst du Leute brauchen, die dir helfen.«

Ich schnaubte. »Mach dich nicht lächerlich.« Warum sollte ich jemanden dafür bezahlen, dass er für mich kochte, wenn ich selbst die besten Erdnussbutter-Gelee-Sandwiches im ganzen Staat New York machen konnte?

»Jetzt, wo du hier wohnst, kannst du nicht immer nur Sandwiches mit Erdnussbutter und Gelee essen.«

Ich grinste, denn es amüsierte mich, wie leicht Angie meine Gedanken lesen konnte. »Wieso, ist das verboten? Ich mag sie eben.«

»Wie kannst du die noch mögen? Du hast *zwei Jahre lang* nichts anderes gegessen.«

Nachdem ich zu arbeiten begonnen hatte, sparte ich jeden Penny, den ich verdiente. Ich fing an, in den Stunden, die ich nicht im Laden verbrachte, alles Mögliche zu verkaufen, von billigen, imitierten Turnschuhen bis zu Ersatzteilen für Elektrogeräte. Dann war ich zu Immobilien übergegangen. Dass ich mir alles kaufen konnte, bedeutete nicht, dass ich es auch tun würde. Soweit es mich betraf, fand ich es sinnlos, Geld in etwas zu stecken, bei dem nicht am Ende noch mehr Geld herauskam. Also würde ich keine Mitarbeiter einstellen. Und keine Miete mehr zahlen.

Mir dafür aber Erdnussbutter und Gelee kaufen, so viel ich wollte.

»Jetzt hast du ein Zuhause. Alles kann ganz anders werden«, sagte Angie.

Ein *Zuhause*. Bilder meines Kinderzimmers – bevor meine Eltern gestorben waren – blitzten vor meinem geistigen

Auge auf. Es war das letzte Mal gewesen, dass ich den Ort, an dem ich schlief, als mein Zuhause empfunden hatte. Ich drehte mich um und wurde mir all des Platzes um mich herum bewusst. Würde ich mich hier jemals *zu Hause* fühlen?

Angie fuhr mit den Händen über die creme- und goldfarben tapezierte Wand gegenüber der Fensterfront. »Sogar diese Tapete fühlt sich an, als hätte sie eine Million Dollar gekostet. Du wirst verdammt viel Geld ausgeben müssen. Ich glaube, die ganzen Teile von Ikea würden in dieser Wohnung ziemlich seltsam aussehen. Ich wüsste nicht mal, wo ich Sachen für so eine Bude kaufen sollte.« Sie breitete die Arme aus und drehte sich um die eigene Achse. »Was willst du hier nur für Möbel reinstellen?«

»Meine Couch wird morgen geliefert. Und ich habe eine Matratze und ein bisschen Zeug für die Küche bei Ikea gekauft. Das reicht.«

Ich sah Angie fragend an, denn sie sagte kein Wort. »Diese ätzende Couch, die du vor hundert Jahren bei Craigslist gekauft hast?«, fragte sie schließlich und starrte mich ungläubig an. »Die willst du mitnehmen?«

»Na ja, dein Mann wollte mir nicht helfen, also nein, ich nehme sie nicht mit. Ich lasse sie mir morgen früh *liefern.*«

»Unglaublich«, sagte Angie und hob die Hände.

»Was denn?« Ich spürte zwar, dass sie kurz vorm Ausrasten war, wusste aber nicht, warum.

»Diese Wohnung muss dich zehn Millionen Dollar gekostet haben.«

Ich hatte tatsächlich einen achtstelligen Betrag gezahlt, aber das verriet ich ihr nicht, weil sie mich sonst für einen Vollidioten gehalten hätte.

»Und dann kaufst du dir ein Ikea-Bett und lässt dir ein fünfzig Jahre altes Craigslist-Sofa liefern? Was zum Teufel ist nur los mit dir?«

Angie lag mir ständig in den Ohren, ich solle meinen Wohlstand genießen, und das tat ich auch – auf eine gewisse Art. Aber ich brauchte einfach kein teures Zeug.

»Möbel bringen kein Geld ein. Diese Wohnung ist eine *Investition* – ein Ort, an dem ich wohnen kann, ohne Miete zu zahlen.« Ich zuckte mit den Schultern. Ganz ehrlich war das nicht. Ich hätte die Wohnung vermieten und in eine andere, viel kleinere ziehen können, aber etwas an den Kacheln in der Küche und an der Art, wie die Sonne nachmittags durch das riesige Fenster ins Wohnzimmer schien, etwas an der schieren Menge an Platz hatte dafür gesorgt, dass ich hierbleiben wollte. Es kam mir vor, als würde mein Leben besser … glücklicher werden, wenn ich hier wohnte.

Angie stemmte die Hände in die Hüften. »Ernsthaft, du brauchst ein bisschen was zum Einrichten. Vasen zum Beispiel. Oder Kissen. Irgendetwas, was die Wohnung …«

»Falls es dich tröstet: Ich habe eine Kunstberaterin engagiert, und heute Abend besuchen wir eine Galerie.

Angie rümpfte die Nase. »Was für eine Beraterin?«

»Jemand, der mir Bilder für die Wände hier aussucht.« Ich nickte, als hätte ich ihr beim Pokern gerade einen Royal Flush präsentiert. Besser ging's nicht.

»Na klar, weil Kunst eine Investition ist, stimmt's?«, fragte sie und verdrehte die Augen.

»Na und?« Ich zuckte mit den Schultern. »Schön aussehen kann sie ja trotzdem.«

»Die Idee ist gut, aber du kannst doch nicht auf deinem verschlissenen Sofa und mit teurer Kunst an den Wänden in dieser riesigen Wohnung sitzen. Ich meine: wennschon – dennschon.«

»Ist mir egal, wenn es komisch aussieht.« Ich fand Angie ein bisschen scheinheilig, denn mit ihrem eigenen Gehaltsscheck ging sie auch immer sehr vorsichtig um. »Wichtig ist doch nur, dass ich alles habe, was ich brauche.«

»Was du brauchst? Niemand *braucht* eine Wohnung in der Park Avenue mit fünf Schlafzimmern und zwei Küchen! Aber ist schon okay. Was ich sagen will, ist, dass du dich ein bisschen entspannen solltest.« Sie schob mich aus dem Weg, und ich folgte ihr in die Küche, wo sie anfing, die Schranktüren zu öffnen und wieder zu schließen. »Du hast es verdient. Du sollst ja kein Geld zum Fenster rauswerfen, nur ein paar Dinge besorgen, die dir das Leben ein bisschen angenehmer machen. Wir sind hier in New York *fucking* City. Wenn es so was wie eine Kunstberaterin wirklich gibt, dann gibt es auch jemanden, der Möbel für reiche Typen wie dich kauft.«

»Mein Leben ist auch ohne teure Möbel sehr angenehm.« Meinte sie das etwa ernst? »Um Himmels willen, wir sind hier in der Park Avenue.«

»Okay. Was ist, wenn du eine Frau mit nach Hause nimmst? Du kannst sie nicht auf einer Matratze auf dem nackten Fußboden vögeln«, sagte sie und hüpfte mit dem Po auf die Theke.

»Ich habe noch nie eine Frau in meine Wohnung mitgenommen. Warum sollte sich das jetzt ändern?«

»Das liegt nur daran, dass du immer in armseligen Buden gehaust hast«, sagte Angie und blickte an die Zimmerdecke, als suchte sie dort nach Rissen. »Jetzt muss dir deine Wohnung nicht mehr peinlich sein.«

»Hey, ich habe mich noch nie dafür geniert, wo ich wohne. Ich habe immer meine Miete bezahlt – kein Grund, sich zu schämen. Und ich nehme keine Frau mit nach Hause, weil ich auf diese Art jederzeit aufstehen und einfach gehen kann. Daran wird sich auf keinen Fall etwas ändern.«

»Denk noch mal drüber nach, Sam. Bitte«, sagte sie.

Das würde ich tatsächlich tun, einfach, weil ich Angie vertraute. Dennoch hatte ich nicht vor, in nächster Zeit meine Meinung zu diesem Thema zu ändern. Ich brauchte keine *Dinge*, um mein Leben schöner zu machen.

Je mehr man besitzt, desto mehr kann man wieder verlieren.

2. KAPITEL

GRACE

Ich blickte mich in der Galerie um und musste grinsen. Bevor an diesem Abend die Gäste eintreffen würden, war noch eine Menge zu tun, aber allmählich nahmen die Dinge Gestalt an. Ich war unglaublich stolz und aufgeregt, weil ich zum ersten Mal eine Ausstellung in meiner eigenen Galerie durchführte.

Ich wirbelte herum, als die Türglocke erklang, wie immer, wenn jemand das Lokal betrat. Meine beste Freundin kam zur Tür hereinspaziert. Sie ignorierte die Leute, die überall herumstanden oder -schlenderten, und steuerte schnurstracks auf mich zu.

»Du weißt aber schon, dass du keine Malerin bist, oder?«, fragte Harper, während sie mich von Kopf bis Fuß musterte.

»Ich bessere nur ein paar Macken an den Wänden aus«, sagte ich und hielt eine Dose mit weißer Farbe und einen Pinsel hoch. »Und du kannst dich hier auch nicht auf die faule Haut legen.« Ich deutete mit dem Kopf auf einen Besen in der Ecke. »Wir haben nicht mehr viel Zeit. Fang an.«

Die erste Ausstellung in meiner neu eröffneten Galerie *musste* einfach gut werden. Ich hatte alles gründlich vorbereitet, aber durch meine Adern raste so viel Adrenalin, dass ich ganz nervös war. Ich blickte mich in dem großen, weiß gestrichenen Raum um. Das Personal der Cateringfirma war mit dem Aufbau beschäftigt; zwei Bilder lehnten noch an der Wand.

»Ich muss mir überlegen, wo ich die aufhängen will«, sagte ich, stellte die Dose mit der Farbe neben der Tür ab und zeigte auf die beiden Gemälde. »Aber ich kann mich einfach nicht entscheiden.« Gestern war mir die richtige Anordnung noch völlig klar gewesen. Heute dagegen änderte ich ständig meine Meinung – alles sollte perfekt sein.

»Spielt das eine Rolle?«, fragte Harper mit ausdrucksloser Miene. »Wir wollen doch gar nicht, dass er sein beschissenes Zeug verkauft, oder?«

Ich kicherte, und ein Teil des Stresses fiel von mir ab. Harper hatte recht, etwas in mir wollte, dass diese Ausstellung floppte. Der Künstler, dessen Werke ich an diesem Abend erstmals zeigte, war ungefähr vier Wochen zuvor noch mein Freund gewesen. Dann kam ich in die Galerie zurück und erwischte ihn, wie er seine Assistentin fickte. In *meinem* Büro. Seitdem war er nicht mehr mein Freund. Dummerweise würde ich an diesem Abend allen erzählen müssen, wie großartig sein Werk war.

Es war nicht das erste Mal, dass mich ein Partner enttäuscht hatte. Ich mochte Männer mit Talent. Maler, Musiker, Schriftsteller. In der Schule hatte ich immer hart gearbeitet, um bessere Noten zu bekommen, und wenn ich als Erwachsene mit Künstlern ausging, die um ihre Existenz kämpften, dann tat ich im Grunde dasselbe. Eine Partnerschaft bedeutete zusätzliche Verantwortung – ich sah es als meine Aufgabe, den Mann zu ermutigen und zu unterstützen, bis er groß herauskam. Der Vorteil für mich sollte darin bestehen, dass ich dabei war, wenn es endlich so weit war. Aber der große Durchbruch blieb immer aus. Und dann kam Steve. Er war der erste Typ, bei dem, als ich ihm erzählte, wie wundervoll und talentiert er war, in meinem Hinterkopf keine leise Stimme fragte: *Echt jetzt? Ist er wirklich so gut, oder vögelst du nur gern mit ihm?* Steve würde eine glänzende Karriere hinlegen.

Ich hasste es, dass seine Ausstellung in *meiner* Galerie vermutlich der Beginn dieses Aufstiegs war.

Unglücklicherweise hatte es mehr Geld gekostet als erwartet, Grace Astor Fine Art zu eröffnen, darum konnte ich es mir nicht leisten, seine Leinwände mit einem Tapeziermesser zu bearbeiten und seinen betrügerischen Arsch einfach aus meinem Leben zu befördern.

Wieder klingelte die Glocke, und Harpers Schwägerin Scarlett kam herein. »Das ist so aufregend!«, sagte sie, als sie erst mich und dann Harper umarmte. »Schade nur, dass es ausgerechnet *dieser* Künstler sein muss.«

»Hey«, erwiderte ich. »Sag so was nicht. Die Ausstellung muss ein absoluter Verkaufsschlager werden. Nächste Woche ist die Miete für dieses Quartal fällig.«

Es spielte keine Rolle, dass Steve ein Idiot war – seine Werke mussten trotzdem Aufsehen erregen. Um die Galerie zu eröffnen, hatte ich bereits einen Renoir verkauft, den ich von meinem Großvater geerbt hatte. Es hatte mir das Herz gebrochen. Grandpa hatte mir häufig Geschichten über das Mädchen auf dem Bild erzählt, so, als wäre ich diejenige, die nach Paris gehen und selbst alle möglichen Abenteuer erleben würde. Dieses Gemälde zu opfern hatte mich fast umgebracht, aber mein Großvater hatte in seinem Testament einen Brief an mich hinterlassen, in dem stand, dass ich den Renoir für meine eigenen Abenteuer benutzen sollte, egal, ob sie in meiner Fantasie oder im wahren Leben stattfanden. So hatte ich das Bild also mit seinem Segen, aber dennoch schweren Herzens verkauft. Denn diese Galerie war mein Abenteuer im wahren Leben; schon seit dem College hatte ich darauf hingearbeitet. Ich hatte nicht vor, mich selbst oder meinen Großvater zu enttäuschen.

»Du kannst immer noch deinen Dad fragen«, sagte Scarlett. »Falls du es doch nicht schaffst.«

Das Geld war knapp, aber *so* knapp nun auch wieder nicht. Es reichte, wenn dieser Abend ein Erfolg wurde.

»Sie fragt ihren Vater nicht«, antwortete Harper an meiner Stelle. »Sie schafft das ganz allein.«

Ich war so entschlossen gewesen, meinen Eltern und mir selbst zu beweisen, dass ich es ohne ihre Hilfe hinbekommen würde, dass ich lieber ein Darlehen aufgenommen hatte, als meinen Vater um Geld zu bitten. Er war kein Bankautomat – auch wenn meine Mutter das anders sah –, und ich würde eher scheitern, als ihn wie einen zu behandeln.

»Ich muss meine persönlichen Gefühle für Steve einfach von meinen geschäftlichen Zielen trennen. Schließlich mag ich auch nicht jeden Kunden.« An diesem Gedanken musste ich mich festhalten und mich darauf konzentrieren, dass Steves Werke mir Geld einbringen und andere Künstler auf die Galerie aufmerksam machen würden.

Ich musste einfach die Erinnerung daran aus meinem Gedächtnis verbannen, wie ihm die Hose um die Knöchel hing, während er eine Achtzehnjährige fickte, die in meinem Büro am Aktenschrank lehnte.

Ich zog meine weißen Baumwollhandschuhe an, atmete tief durch und hob die Leinwand vor mir an. »Das muss dorthin.« Ich trug das Bild näher zum Eingang, sodass es eines der ersten Werke sein würde, die die Leute zu Gesicht bekamen. »Es ist das teuerste.« Ich würde meinen Charme spielen lassen, vielleicht sogar meinen leichten britischen Akzent übertreiben, den ich besaß, weil ich auf der anderen Seite des großen Teichs zur Welt gekommen war, und ich würde so viele dieser Bilder wie nur möglich verkaufen. Je eher ich unabhängig von Steve war, desto besser.

»Und das hier«, sagte ich und nahm das Bild, das ich ausgetauscht hatte, »soll da drüben hin.«

Ich musste nur die nächsten Stunden überstehen, dann würde alles *großartig* sein.

»Schließt du den hinteren Teil ab?«, fragte Scarlett.

Hinten in der Galerie lagerten Werke anderer Künstler, die ich erworben hatte, und hinter einer doppelten Wand befand sich ein kleiner Bereich mit meinen absoluten Lieblingsbildern. Die Leute mussten durch die ganze Galerie gehen, um sie anzuschauen. Ich wollte nicht verheimlichen, dass es sie gab, aber diese kleine Sammlung passte eigentlich nicht zu den restlichen Kunstwerken. Es handelte sich um traditionellere Zeichnungen und Gemälde – Porträts und Akte und ein paar Aufnahmen des Central Parks von einem völlig unbekannten Fotografen. Mein Lieblingsbild, ein La Touche, den ich fünf Jahre zuvor bei einer Auktion ersteigern konnte, hatte bis zur Eröffnung der Galerie in meinem Schlafzimmer gehangen. Darauf ist eine Frau zu sehen, die an ihrem Schreibtisch sitzt und einen Brief schreibt. Ganz schlicht, aber ich fragte mich oft, wem sie schrieb und warum sie das Blatt Papier offenbar verstecken wollte. Kunstwerke wie dieses und mein Renoir waren der Grund, warum ich mir überhaupt eine eigene Galerie gewünscht hatte. Aber keines dieser Bilder war »angesagt«, und ich musste Werke ausstellen, die Geld brachten, zumindest vorläufig war ich darauf noch angewiesen.

»Ich glaube, ich lasse alles offen, nur für den Fall, dass sich jemand für etwas anderes interessiert.« Schließlich war ich Steve gegenüber nicht zu rückhaltloser Loyalität verpflichtet, nicht wahr?

Endlich hatte ich alle Bilder neu angeordnet, und die Handwerker machten sich an die Arbeit, damit ich die Werke aufhängen konnte, sobald die Halterungen an der Wand befestigt waren.

»Also«, sagte ich und stemmte die Hände in die Hüften.

»Helft ihr mir bitte, die Tische zu verrücken, damit der Besucherstrom auch in den hinteren Teil geleitet wird?« Verdammt, ich würde meine private Sammlung nicht nur zugänglich machen, sondern im Gegenteil die Leute sogar ermutigen, einen Blick darauf zu werfen. Heute Abend sollte nicht nur Steve, sondern auch Grace Astor Fine Art groß herauskommen. Ich hatte die Nase voll davon, Männer in den Vordergrund zu schieben, weil ich sie glänzen sehen wollte. Das hatte mich exakt nirgendwohin geführt. Von nun an würde ich zuerst an mich selbst denken.

So war das nun mal, wenn man eine erfolgreiche Geschäftsfrau sein wollte.

»Du siehst großartig aus«, sagte Harper, als ich mich im Badezimmerspiegel hinten in der Galerie musterte. »Bist du bereit?«

Ich war so bereit wie nie zuvor. Mein rotes Kleid passte mir wie ein Handschuh, und die acht Zentimeter hohen High Heels fühlten sich wie eine Energiequelle an – als trüge ich Waffen an den Füßen.

Ich sah auf meinem Handy nach der Uhrzeit. Nur noch ein paar Minuten, und die Ausstellung würde beginnen. »Ja, ich bin so weit. Ich hoffe nur, dass viele Leute kommen.« Als ich mir überlegt hatte, eine Galerie zu eröffnen, wollte ich aufstrebende Talente fördern, indem ich Berater dazu brachte, bestimmte Künstler für ihre Auftraggeber auszusuchen. Ich hatte gedacht, dass es nur um die Kunst selbst ging. Aber dann merkte ich, dass sie nur die Spitze des Eisbergs war. Das Kunst*geschäft* – genug Geld für die Miete auftreiben, die Steuerunterlagen einreichen, für Liquidität sorgen – beanspruchte eine Menge Zeit. Ich hatte anfangs nicht begriffen, dass ich mein Hauptaugenmerk auf den Profit richten musste. Die »Kunst« bestand oftmals vor allem darin, genug Geld einzunehmen.

»Natürlich kommen viele Leute«, sagte Harper. »Du hast ein Auge für begabte Künstler.« Wir schlenderten wieder zur Ausstellungsfläche zurück. Hinter Steves Bildern war eine Bar aufgebaut, auf der ein Tablett mit bereits gefüllten Champagnergläsern stand. »Würden Sie sich damit an die Tür stellen?«, bat ich einen der Kellner. »Es kann jeden Augenblick losgehen.«

Hoffentlich.

Erneut läutete die Glocke über der Tür. Es war Violet, Scarletts Schwester, die sie gerade abgeholt hatte. Okay, dann war die Galerie zumindest nicht leer, wenn potenzielle Kunden kamen. Ich begrüßte Violet und schlug ihr vor, einen Blick auf die Bilder zu werfen.

Es klingelte ein weiteres Mal. »Melanie, wie schön, dass du kommen konntest«, sagte ich und küsste eine alte Freundin meiner Mutter auf die Wange. Sie kaufte viel Kunst und prahlte gern damit, dass sie neue Künstler schon bemerkt hatte, als sie noch unbekannt waren. Wenn ich ihr Interesse an der Galerie wecken konnte, würde das Ganze in Schwung kommen, das spürte ich. Sie kannte eine Menge reicher Leute überall auf der Welt.

»Aber natürlich, das lasse ich mir doch nicht entgehen.« Sie sah sich um. »Das sind großartige Räume, die du hier hast, Darling.«

»Danke.« Endlich hatte ich erreicht, worauf ich jahrelang hingearbeitet hatte, aber Frauen wie Melanie würden nie wirklich begreifen, was das für ein Gefühl war. Ihre Arbeit bestand darin, zu Wohltätigkeitsessen zu gehen und Geld für Bedürftige zu spenden. Das war die Art von Arbeit, die Frauen wie sie und meine Mutter machten. Und meinem Vater wäre wohler gewesen, wenn ich der gleichen Beschäftigung nachgegangen wäre. Die Vorstellung, dass seine Tochter sich mit Dingen wie Gewinn und Verlust beschäftigen musste, bekümmerte ihn. Er wollte, dass ich seine Prinzessin blieb.

»Komm, ich zeige dir das Werk dieses Künstlers«, sagte ich, nahm zwei Champagnerflöten vom Tablett und reichte Melanie eine davon. »Ich glaube, du wirst ihn sehr mögen.« Mein Magen rebellierte. Ob es mir gefiel oder nicht und trotz allem, was Steve mir angetan hatte, musste ich Käufer von seinem Talent überzeugen und seine Karriere in Gang bringen. Immer wieder rief ich mir ins Gedächtnis, dass ich tatsächlich Grace Astor Fine Art verkaufte und dass Steves Erfolg nur ein Nebeneffekt war.

Glücklicherweise trafen immer mehr Leute ein, während die Cocktails serviert wurden. Ich schob mich durch das Gedränge von einer Person zur nächsten, weckte Begeisterung für Steves Werk und versuchte, Kontakte zu festigen.

Erst als Steve eine Stunde nach der Eröffnung zur Tür hereingestürmt kam, fiel mir auf, dass er bisher ja gar nicht da gewesen war. Sein Blick war glasig, seine zu langen braunen Haare leicht fettig. Taktloserweise hatte er seine Assistentin im Arm. Sie standen in der Tür, und er schien zu glauben, dass die Leute nur auf ihn gewartet hatten. Offensichtlich rechnete er mit einer Runde Applaus, aber niemand wusste, wer er war.

Es war meine Aufgabe, ihn den Anwesenden überschwänglich vorzustellen, und seine war es, sie um den Finger zu wickeln. Aber vor meinem inneren Auge sah ich mich erneut ins Büro kommen und ihn in flagranti erwischen, und das hielt mich davon ab, auf ihn zuzugehen. Mein geschäftliches Geschick erlaubte mir, Freundlichkeit vorzuspielen, wenn ich ihn nicht ansehen musste, aber ich wollte auf keinen Fall mit ihm zusammentreffen.

Unsere Blicke begegneten sich, und er kam auf mich zu. Ich entschuldigte mich rasch bei dem Kunsthändler, mit dem ich gerade gesprochen hatte, und ergriff die Flucht. Dabei rannte ich beinahe Nina Grecco über den Haufen – eine der einflussreichsten Kunstberaterinnen der Stadt.

»Nina, ich bin Grace Astor«, sagte ich und reichte ihr die Hand. Sie bedachte mich mit dem gleichen angespannten Lächeln, das ich selbst schon den ganzen Abend zur Schau stellte, und ergriff meine Hand. »Ich freue mich sehr, dass Sie kommen konnten.«

Ich wusste, welch große Rolle Berater spielten. Ich hatte begriffen, dass es schwierig war, sich in der Welt der Kunst zurechtzufinden, und dass die Leute manchmal Anleitung brauchten, wenn sie etwas kaufen wollten. Aber die meisten von Ninas Kunden interessierten sich nur für Dinge, die ihnen Geld bringen würden. Sie interessierten sich nicht für die Kunst selbst, sondern für die Dividenden, die sich damit erzielen ließen. Kunst war schon seit Jahrhunderten eine Geldanlage, aber ich hoffte immer noch, dass sich reiche Romantiker in all das verlieben würden, was meine Galerie zu bieten hatte. Ich wollte Kunden, die Emotionen in das investierten, was sie kauften. Kunstwerke waren keine Aktien oder Goldbarren – sie waren viel persönlicher. Zumindest sollte es so sein.

»Ms Astor, das ist mein Klient Sam Shaw.« Nina legte dem Mann, der neben ihr stand, die Hand auf den Arm.

Ich hob den Blick und sah einen Mann um die dreißig mit straßenköterblondem Haar und dunkelbraunen Augen, die mich anstarrten. »Mr Shaw, freut mich sehr, Sie kennenzulernen.« Er lächelte, aber das Lächeln erreichte seine Augen nicht. Er wirkte gelangweilt, so als ließ er dieses Event eher über sich ergehen, als es zu genießen.

»Grace, dieser Künstler von heute Abend steht kurz vor dem

Durchbruch, oder?«, fragte Nina mich, während ich immer noch Mr Shaw anstarrte.

Beinahe hätte ich die Augen verdreht, riss mich aber gerade noch rechtzeitig zusammen. »Ja, das stimmt. Im Augenblick gibt es einen richtigen Hype um ihn, und heute Abend sind ein paar bedeutende Sammler hier.« Ich schlüpfte erneut in die Rolle, an die ich mich im Lauf des Abends bereits gewöhnt hatte. »Er ist ein sehr schwungvoller Maler, der seine Wurzeln eindeutig im abstrakten Expressionismus hat.« Mr Shaw wich meinem Blick aus. Mit verwirrter Miene blickte er auf die Leinwand. Nina verschwendete ganz offensichtlich ihre Zeit.

»Gracie«, dröhnte Steves Stimme hinter mir und zog auch Mr Shaws Aufmerksamkeit auf sich.

Ich versuchte zu verbergen, wie unwohl ich mich fühlte. »Kommen Sie, ich stelle Ihnen den Künstler vor«, sagte ich.

Steve schlang mir die Arme um die Taille, und ich wand mich vor Unbehagen. »Hey Gracie.«

»Steve, darf ich dir Mr Shaw und Nina Grecco vorstellen.« So unauffällig wie möglich stieß ich ihn gegen die Brust, um mich aus seinem Griff zu befreien. Er ignorierte es einfach und hielt mich weiterhin fest. »Ich wollte ihnen gerade etwas zu diesem Bild erzählen«, sagte ich und deutete auf eine Stelle links hinter Nina. »Könntest du uns dazu noch ein paar Hintergrundinformationen geben?« Lächelnd sah ich Mr Shaw in die Augen. Sein Blick wanderte zwischen Steve und mir hin und her, als versuchte er herauszufinden, was vor sich ging.

Während ich mich noch immer aus seiner Umklammerung zu lösen versuchte, fing Steve an zu erzählen, was ihn zu dieser Serie von Bildern inspiriert hatte.

»Ms Astor, könnten Sie mich durch Ihre Galerie führen?«, fiel Mr Shaw ihm ins Wort.

Ich lächelte. Ob er sie beabsichtigt hatte oder nicht, für diese Rettung war ich ihm äußerst dankbar.

»Soll ich mitkommen?«, fragte Nina.

»Wir kommen schon klar«, antwortete Mr Shaw, bevor ich etwas sagen konnte. »Gehen Sie vor.« Steve ließ mich los, und ich steuerte auf den hinteren Teil der Galerie zu, während Mr Shaw mir folgte.

Als wir die dichte Menschenmenge hinter uns gelassen hatten, blieb ich stehen und drehte mich zu ihm um. »Hier hinten habe ich ganz unterschiedliche Künstler«, sagte ich. Mr Shaw schob die Hände in die Taschen und nickte. »Welche Art von Kunst mögen Sie?«, fragte ich und nutzte die Gelegenheit, ihn mir genauer anzusehen. Ich hätte nicht sagen können, ob er attraktiv war oder nicht, aber sein Gesichtsausdruck fiel mir auf – die Art, wie er mich ansah. Er tat das beinahe so, wie man ein Gemälde betrachtet: Zuerst versucht man, einen allgemeinen Eindruck zu bekommen, und dann sieht man genauer hin, um zu verstehen, was das Bild ausdrücken soll.

Er löste den Blick von mir und sah sich um.

Stirnrunzelnd sagte er lediglich: »Ich habe keine Ahnung.«

Solange er abgelenkt war, musterte ich ihn gründlich, konnte ihn aber nicht einordnen. Die Menge an wirklich reichen New Yorkern war begrenzt. Alles, von der schweren Uhr an seinem Handgelenk bis zu den Schuhen aus weichem Leder, sagte mir, dass dieser Typ Geld hatte – er kam von der Upper East Side. Aber ich war ihm nie zuvor begegnet. Daran hätte ich mich erinnert. Er war groß, deutlich größer als Steve mit seinen einsdreiundachtzig. Mr Shaws breite Schultern füllten sein Jackett auf sehr attraktive Weise aus. Trotz der ansonsten perfekten Fassade war sein Haar leicht gelockt, was auf etwas Wildes in seinem Charakter hindeutete. Plötzlich hörte ich jemanden tief aus dem Bauch heraus lachen, und mir wurde bewusst, dass ich ihn anstarrte. Rasch wandte ich mich ab.

Mr Shaw entfernte sich noch weiter von der Ausstellung, steuerte auf meinen geheimen Bereich zu, und ich folgte ihm, als er hinter die doppelte Wand blickte. »Gehört das hier auch dazu?«, fragte er.

»Zur Galerie? Ja. Aber die Werke hinter dieser Wand passen eigentlich nicht zu den anderen. Sie gefallen mir einfach.«

Er musterte mich, dann richtete er seine Aufmerksamkeit wieder auf die versteckten Objekte. Ich folgte seinem Blick. »Das ist ein La Touche. Ein impressionistisches Ölgemälde. Und das hier«, ich deutete auf den Degas, »ist eine originale Lithografie, von Degas signiert, der, wie Sie vermutlich wissen, dafür berühmt ist, dass er Ballerinen malte. Er war ein Zeitgenosse von La Touche.«

»Und diese hier?« Mit einem Kopfnicken deutete er auf die beiden Fotografien.

»Die sind jüngeren Datums und nicht besonders wertvoll, aber der Fotograf war eine Zeit lang obdachlos, und ich glaube, dass man den Arbeiten das anmerkt. Er sieht New York mit den Augen eines Menschen, der auf der Straße gelebt hat, und er fotografiert, was er dabei wahrgenommen hat. Er zeigt den Gegensatz zwischen der Schönheit und der Härte, der typisch für diese Stadt ist.«

Sam Shaw konzentrierte sich erneut auf mich, und seine Augen wurden schmal, ehe er fragte: »Mögen Sie die Bilder wegen der Geschichte des Fotografen, oder gefallen Ihnen die Bilder als solche?«

Ich dachte einen Augenblick lang nach. »Beides«, sagte ich dann schulterzuckend. »Die Fotos stehen für sich – sie sind schön und gleichzeitig sehr mutig.« Ich sah ihn an, merkte, dass er mich immer noch aufmerksam musterte. »Aber ich glaube, wenn man die Geschichte des Künstlers kennt, gewinnen die Fotos noch. Er kennt diese Stadt auf eine Art wie nur wenige von uns, und ich finde, das strahlen die Bilder auch aus.«

Ich hob den Kopf, um seinem prüfenden Blick zu begegnen. Schweigen pulsierte zwischen uns. Gefiel ihm, was er sah?

»Wie gesagt, diese Arbeiten hier sind sozusagen meine Leidenschaft. Ich will sie nicht unbedingt verkaufen. Der Rest der Galerie ist zeitgenössischer ausgerichtet.«

»Die sind nicht zu verkaufen?«, fragte er und klang ein wenig verwirrt.

»Na ja, doch, eigentlich schon.« Natürlich war es großartig, wenn die Objekte gut ankamen, ich hatte nur nicht damit gerechnet, dass den Leuten, die die Arbeiten im Hauptraum der Galerie mochten, auch diese Sachen gefallen würden. »Es ist nur so, dass sie nicht den Schwerpunkt der Ausstellung bilden.«

Erneut musterte er mich, und sein Blick schien zu etwas anderem geworden zu sein – zu etwas nahezu Greifbarem. Ich musste ein Erschauern unterdrücken.

Etwas an seiner Nicht-Antwort war faszinierend, fast so, als hielte er etwas zurück. Vielleicht steckte hinter der glatten Wall-Street-Fassade ja ein kleiner Batman?

»Gefallen Ihnen die restlichen Kunstwerke in der Galerie nicht?«, fragte er, während er über meinen Kopf hinwegblickte. »Nur dieser kleine Bereich hier?«

»Natürlich mag ich alles, was ich hier habe. Steve ist sehr talentiert, und die Werke da vorn sind ausgezeichnet als Sammelobjekte geeignet.« Hatte ich gerade einen potenziellen Kunden vergrault?

»Aber Sie empfinden keine Leidenschaft für sie.« Während er sprach, lag sein Blick auf meinem Mund, und ich fuhr mir mit dem Finger über die Lippen, die auf einmal zu brennen schienen.

»So ist es nicht …« Ach nein? Er hatte es ziemlich gut zusammengefasst. »Aber ich muss das Ganze auch als Geschäft betrachten. Es geht nicht nur darum, wofür ich mich begeistere.«

Mr Shaw nickte, und ich lächelte verlegen. Ich hatte mich ungeschickt ausgedrückt, denn auf diese Frage war ich nicht vorbereitet gewesen. Im Grunde hatte ich nicht damit gerechnet, dass überhaupt jemand diesen Teil der Galerie betreten würde.

Schweigend gingen wir bis zum Rand der Besuchermenge zurück, wo Nina uns erwartete. Als sie Mr Shaw wieder in die Ausstellung zog, machte ich mich auf die Suche nach meinen Freunden. Ich brauchte fünf Minuten Pause vom Dauerlächeln, und ich wollte gern wieder frei atmen können, nachdem ich mich unter Mr Shaws prüfendem Blick so zusammengerissen hatte.

Ich gesellte mich zu Scarlett und Harper, und sie drückten mich beide und gratulierten mir. Über Harpers Schulter hinweg sah ich Mr Shaw. Er ignorierte die Kunstwerke und blickte mir einige Sekunden lang direkt in die Augen. Es war ihm nicht peinlich, dabei erwischt zu werden, aber sein Blick war auch kein Flirtversuch. Ich konnte nicht erkennen, ob er mir etwas mitteilen wollte oder ob er mich immer noch prüfend betrachtete. »Steckt mein Rock vielleicht in meinem Slip oder habe ich Spinat zwischen den Zähnen oder so was Ähnliches?«, flüsterte ich Scarlett und Harper zu.

Die beiden musterten mich von oben bis unten. »Nein, du siehst perfekt aus«, sagte Harper.

»Du bist schön«, fügte Scarlett hinzu. »Warum fragst du?«

Ich schüttelte den Kopf. »Nichts, nur der Typ da drüben. Er starrt mich an, und ich weiß nicht, warum.«

Harper blickte sich um und entdeckte Mr Shaw sofort, trotz

der Menschenmenge, die ihn umgab. »Der da?«, fragte sie. »Dieser sehr große, heiße Typ, dem der Anzug fast so gut steht wie *meinem* Mann?«

»So heiß ist er nun auch wieder nicht«, sagte ich. Er *sah* gut aus, nur nicht auf die Art, die ich attraktiv fand. *Normalerweise.*

»Der ist extrem scharf, und zwar auf *dich*, würde ich sagen.«

»Er sieht irgendwie wütend aus«, erwiderte ich. »Und außerdem ist er sowieso nicht mein Typ.« Unser Wortwechsel war seltsam gewesen – er ließ sich kaum als Small Talk bezeichnen, eher als ein Gespräch über existenzielle Themen.

»Schon klar«, sagte Harper. »Schließlich sieht er aus wie jemand, der seine Miete selbst bezahlt und regelmäßig zum Friseur geht. So einen willst du natürlich nicht, stimmt's?« Harpers Geschmack, was Männer betraf, war das absolute Gegenteil von meinem – eine der Voraussetzungen für eine Freundschaft, die das Teenageralter überleben und auch im Erwachsenenalter noch halten soll. Zu oft schon waren Freundinnen daran gescheitert, dass sie auf denselben Mann standen.

»Jedem Tierchen sein Pläsierchen«, sagte ich. Schon immer hatte ich mich gegen die Art von Mann gesträubt, die meine Eltern sich für mich wünschten. Etwas Sicheres. Ein Arzt, ein Anwalt aus einer guten Familie, möglichst jemand von der Upper East Side.

Ich hatte Anzüge nie auf die Art reizvoll gefunden, wie Harper es tat. Zwar ließ sich nicht leugnen, dass Max King, ihr Ehemann, attraktiv war, aber er war einfach nicht mein Typ. Ich wollte einen Kerl, mit dem ich tagträumen konnte, der spontan war, einen Künstler, der mich immer wieder überraschen würde. Ich wollte keinen Mann, der glaubte, dass man Menschen wie Aktien oder Pfandbriefe kaufen und verkaufen konnte – oder wie Kunstwerke.

Und Batman? Er schien in keine dieser Schubladen zu passen. Er trug einen Anzug, aber die Fragen, die er mir gestellt hatte, die Art, wie er mich ansah – es war, als wollte er alles Belanglose von mir abstreifen und tiefer blicken, in meine Seele hinein.

Und vielleicht würde ich ihm das sogar erlauben.

3. KAPITEL

SAM

Bereits eine Woche nach der Vernissage bei Grace Astor Fine Art konnte ich mich an keines der Kunstwerke mehr erinnern, die an jenem Abend zu sehen waren. Grace Astor hingegen … mit diesem vollen Mund, der schmalen Taille und dem verwirrten Lächeln? Diese Frau konnte ich offenbar nicht vergessen. Mein Büro lag in der Innenstadt, und als ich mit der Arbeit fertig war, beschloss ich daher, einen Spaziergang zu machen und Grace einen Besuch abzustatten. Die einzigen Bilder, an die ich mich vage erinnerte, waren die, die sie versteckt hatte. Ich wollte die Kunstwerke und ihre Besitzerin wiedersehen.

Die Glocke über der Tür klingelte, als ich die Galerie betrat, was irgendwie im Widerspruch zu den modernen Gemälden an der Wand stand. Obwohl mir die Bilder nicht gefallen hatten, verrieten die kleinen roten Aufkleber unter jedem Bild, dass die Vernissage erfolgreich verlaufen war.

An den Werken im vorderen Bereich der Galerie hatte ich kein Interesse, also durchquerte ich den Raum mit großen Schritten, um Ms Astors heimliche Reserve zu sehen.

»Guten Tag«, rief eine Frau hinter mir über das Klappern ihrer Absätze hinweg. Ich drehte mich um und sah Ms Astor in einem engen blauen Kleid, das ihr gerade bis unter die Knie reichte, und mit einer Brille mit dickem schwarzem Rahmen auf der Nase rasch auf mich zukommen. Sie sah aus wie Lois

Lane, die Nebenfigur in den Superman-Comics. Allerdings verrieten mir ihre gerunzelte Stirn und der entschlossene Blick, dass sie in ihrer eigenen Geschichte die Heldin und nicht nur eine Handlangerin war.

»Ms Astor«, sagte ich und hoffte, dass sie sich an mich erinnern würde.

Sie verlangsamte den Schritt, und das Stirnrunzeln verschwand. Stattdessen weiteten sich ihre Augen vor Überraschung. »Mr Shaw, richtig?«

Ich streckte die Hand aus, um sie zu begrüßen. »Ja, genau«, sagte ich und lächelte. Angie hatte mir mal verraten, dass ich mit meinem Lächeln aus drei Metern Entfernung dafür sorgen konnte, dass einer Frau das Höschen nass wurde. Leider wirkte Grace nicht beeindruckt, sondern nur verwirrt. Sie nahm meine Hand, ich drückte ihre und hielt sie etwas zu lange fest.

»Was kann ich für Sie tun?«, fragte sie, während sie den Blick auf unsere Hände senkte. Als ich sie losließ, atmete sie aus.

»Ich bin gekommen, um mir die hier noch einmal anzusehen«, sagte ich und deutete auf ihre versteckte Sammlung. »Wenn es Sie nicht stört.«

»Überhaupt nicht«, antwortete sie, nachdem wir bereits losgegangen waren.

»Ist die Vernissage gut gelaufen?«, fragte ich, denn ich hoffte, dass etwas in ihrer Antwort mir verraten würde, in welcher Beziehung sie zum Künstler stand. Seine Hände waren überall auf ihr gewesen, ehe sie mich durch die Galerie geführt hatte.

»Ja, fast alles wurde noch am selben Abend oder in den Tagen danach verkauft, sobald die Kritiken in der Zeitung standen.«

Ich nickte, um sie zum Weiterreden zu ermutigen. Und weil ich sehen wollte, wie ihre Lippen sich bei jedem Wort, das sie sagte, kräuselten und verzogen.

»Vier Bilder sind noch da. Möchten Sie die vielleicht gern sehen?«

»Wie gesagt, ist nicht mein Ding.«

Wir standen vor der geheimen Sammlung.

»Sie mögen also klassischere Kunstwerke«, sagte sie, während wir beide auf die Bilder schauten. Sie hatte es nicht als Frage gemeint.

Ich schob die Hände in die Hosentaschen. »Ehrlich gesagt, weiß ich das selbst nicht genau. Das ist alles noch ziemlich neu für mich.« Normalerweise war ich sehr vorsichtig mit dem, was ich anderen Menschen gegenüber preisgab. Ich hatte schnell gelernt, dass es in der Geschäftswelt und in Manhattan jede Menge Dummschwätzer gab, die nicht an ihre eigenen Fehler und Schwächen erinnert werden wollten, was gleichzeitig bedeutete, dass man seine eigenen nicht verraten durfte. Es war ein Spiel – wenn alle einfach immer so taten als ob, konnte niemand je erwischt werden. Und obwohl ich ein Außenseiter war, spielte ich geschickt die Rolle dessen, der dazugehörte.

»Was ist neu für Sie?«, fragte Grace.

»Kunst«, antwortete ich. »Ich weiß noch nicht, was mir gefällt.«

»Aber die da mögen Sie?« Grace deutete mit dem Kopf auf die Bilder, die wir betrachteten.

Ich nickte. »Ja, ich glaube schon.« Die Innigkeit und das Geheimnisvolle der Bilder zog mich an, aber ich hatte keine Ahnung, ob sie als Geldanlage geeignet waren.

Meine Aufmerksamkeit wanderte von Grace zu den Kunstwerken. Die Bilder waren klein, unaufdringlich und persönlich. Obwohl die Werke in keiner Beziehung zueinander zu stehen schienen – sie stammten eindeutig von verschiedenen Künstlern –, wirkten sie fragil, beinahe so, als wären sie nicht für ein Publikum gedacht. Ihre Vertraulichkeit ließ sie umso unwiderstehlicher wirken, denn sie schienen mir etwas über die Menschen mitzuteilen, die sie erschaffen hatten. Ansonsten war die Galerie voll mit lauten, um Aufmerksamkeit buhlenden Werken, die mich schon beim Hereinkommen mit ihrer Wichtigkeit überfielen – sie hatten nichts Geheimnisvolles an sich.

Diese hier verrieten mir dagegen viel mehr über Grace. Vier Akte, allesamt Zeichnungen; etwas, das wie ein richtiges Gemälde aussah – Grace hatte gesagt, dass es ein Ölbild war – und eine Frau an einem Schreibtisch zeigte; ein kleines Gemälde von einem Hafen und die beiden Fotografien der City.

»Es ist eine ziemlich zusammengewürfelte Sammlung«, sagte Grace und legte den Kopf schief, während sie die Frau am Schreibtisch ansah.

»Ja, aber mir gefallen sie.« Ich konnte förmlich spüren, dass sie die Bilder selbst ausgewählt hatte – sie wirkten persönlich. »Die sind doch zu verkaufen, oder?«

Grace biss sich auf die Unterlippe, dann antwortete sie: »Jep, sie sind zu verkaufen.« Sie klang unsicher, widerstrebend. Wollte sie die Kunstwerke lieber behalten? Oder sollte nur ich sie nicht kaufen?

Ich neigte den Oberkörper zur Seite, um den Akt rechts von mir zu betrachten.

»Na ja, wie ich bei der Eröffnung sagte, passen sie eigentlich nicht zusammen. Die Fotos sind das Modernste an dieser Auswahl. Der Fotograf hat in letzter Zeit ein bisschen Aufmerksamkeit erregt, aber bislang hat er noch keine große Anhängerschaft.«

»Erzählen Sie mir noch ein bisschen über seine Werke.« Offenbar waren es die einzigen Fotografien in der Galerie.

»Na ja, sie sind schön.«

Ich wünschte mir eine ausführlichere Begründung für ihre Vorliebe. Mir gefiel, was sie mir über den Hintergrund des

Künstlers erzählt hatte. »Und?«, fragte ich. Jedes Werk in dieser Abteilung zog mich an, aber die Fotografien waren am interessantesten. Grace hatte die Geschichte des Künstlers gefallen. Ihr Interesse an einem obdachlosen Fotografen verriet einen Grad an Mitgefühl, der mir nur selten begegnete.

Sie blickte flüchtig zu mir auf. »Mir gefällt, dass er immer noch nach dem Schönen sucht, obwohl er so viel Finsteres gesehen hat. Ich finde, man sieht seinen Bildern das Tragische an ... aber eben auch die *Hoffnung*.«

Mir stockte der Atem. Diese Frau war ein Mensch, der hinter die Fassade blickte; ich wollte unbedingt mehr über sie erfahren.

»Und was diese Akte hier betrifft ...« Sie deutete mit der Hand auf die beiden Bilder auf der linken Seite. »Auf den ersten Blick sehen sie aus wie nachlässig hingeworfen, aber bei genauerer Betrachtung fällt einem auf, wie sie den Kopf dreht – und dass der Künstler offenbar von ihr fasziniert ist.«

Das Gefühl kannte ich.

»Aber Sie wissen nicht, ob die irgendetwas wert sind«, sagte ich.

Grace verlagerte ihr Gewicht auf das andere Bein und schob die Hüfte vor, was ihre Kurven betonte. Dabei verschränkte sie die Arme, als hätte ich sie beleidigt, doch gleichzeitig umspielte ein Lächeln ihren Mund. War es mir gelungen, ein Stück aus der Rüstung zu schlagen, die sie trug? Sie zuckte mit den Schultern. »Was spielt das für eine Rolle, wenn sie Ihnen gefallen?«

Ich atmete tief durch. »Ich möchte kein Geld verlieren.«

»Natürlich«, sagte sie, und plötzlich klang ihre Stimme geschäftsmäßiger. »Nun, das werden Sie auch nicht. Nicht bei einem von denen hier.«

»Ich nehme sie«, sagte ich und straffte die Schultern.

»Welches?«, fragte sie, nun wieder mit gerunzelter Stirn.

Ich lächelte sie an und glaubte, als Reaktion darauf einen Hauch von Röte auf ihren Wangen zu sehen. Ließ meine Aufmerksamkeit sie erröten? Ich konnte es nur hoffen. »Alle.«

»Alle?«, fragte sie und hielt den Atem an. »Sind Sie sicher?«

Ich legte den Kopf schief. Warum zögerte sie so? War ich in ihren Augen nicht gut genug, um die Bilder zu kaufen? »Ist das ein Problem?«

Sie schob sich die Brille auf der Nase hoch und sagte: »Nein, nein, überhaupt nicht. Ich dachte nur, Sie wären gekommen, um sich die Steve-Todd-Ausstellung anzusehen.«

»Das war Ninas Idee«, sagte ich und machte einen Schritt auf sie zu. »Mein Ding ist das nicht.« Nicht dass ich wüsste, was mein Ding war. »Schien ein spannendes Spiel für sie zu sein, Geld für etwas auszugeben, was ich nicht verstehe und worüber ich auch nicht mehr erfahren will.« Ohne nachzudenken, schob ich ihr eine Haarsträhne aus dem Gesicht.

Unsere Blicke trafen sich, und Grace' Augen wurden schmal, als dächte sie darüber nach, was sie als Nächstes tun sollte. Sie versuchte klug aus mir zu werden, und das gefiel mir.

»Sie wollen stattdessen also diese hier?«, fragte sie, obwohl wir soeben festgestellt hatten, dass dem so war. Sie trat zurück, ihr Blick wanderte von meinem Gesicht zu den Füßen, als versuchte sie herauszufinden, ob ich sie anbaggern wollte oder nicht. Als wäre es nicht völlig offensichtlich, dass ich das tat.

Ich wusste aus Erfahrung, wie es sich anfühlt, niemandem etwas zu bedeuten, und anstatt mich davon auffressen zu lassen, nutzte ich mein Wissen, um mir selbst zu mehr Macht zu verhelfen. Aufmerksamkeit war verführerisch. Angie lag mir ständig in den Ohren, ich sollte mein Gesicht versichern lassen, aber ich wusste, dass nicht mein Aussehen der Grund für meinen Erfolg im Spiel der Verführung war. Die Frauen spürten, dass ich alles tun würde, um zum Ziel zu kommen – innerhalb und außerhalb des Bettes –, und was sie anzog, war meine konzentrierte Aufmerksamkeit. Im Business war es dasselbe. Wenn ich einen Deal machen wollte, schmeichelte ich den Leuten, sodass ihr Ego sich aufplusterte, und bekam sie so dazu, das Geschäft abzuschließen. Menschen kommen sich gern wichtig vor – Männer und Frauen, im Geschäftsleben wie im Schlafzimmer.

Ich ließ sie nicht aus den Augen, und sie begann an ihrer Brille herumzuspielen. Normalerweise hatte ich meinem Gegenüber jetzt bereits ein Lächeln entlockt, eine schüchterne Neigung des Kopfes. Aber Grace Astor war sich immer noch unsicher.

»Okay, wenn ich Sie bitten dürfte, mir zu folgen.«

»Wohin Sie wollen«, antwortete ich.

Sie zögerte gerade lange genug, um mir klarzumachen, dass sie mich gehört hatte, dann machte sie auf dem Absatz kehrt und steuerte geradewegs auf einen Schreibtisch zu. War sie vielleicht verheiratet? Verstohlen blickte ich auf ihre linke Hand. Kein Ring. Ich beobachtete, wie ihr üppiger, straffer Hintern beim Gehen wackelte. Einen Freund?

Sie fummelte in den Schreibtischschubladen herum und erlaubte mir einen noch besseren Blick auf ihren kurvigen Körper und die nach vorn fallenden Brüste, die gegen den Ausschnitt ihres Kleides gedrückt wurden. »Also«, sagte sie und nahm einen Notizblock heraus. »Wenn ich mir Ihre Kontaktdaten notiere, kann ich dafür sorgen, dass die Objekte Ihnen geliefert werden. Wohnen Sie in der City?«, fragte sie und machte genau in dem Augenblick zu, als ich uns am Beginn eines Gesprächs geglaubt hatte.

»Park Avenue.«

Auf diese Worte hin verdrehte sie die Augen und sagte: »Natürlich.«

Himmel, merkte sie gar nicht, wie unhöflich sie war? »Ist das ein Problem für Sie?«, fragte ich.

»Oh nein, Verzeihung. Ich dachte nur … Wann wäre denn ein passender Zeitpunkt für die Lieferung?«

»Sie sind doch sicher dabei, um die Anbringung zu überwachen?«

Ihr Mund öffnete sich leicht, die üppigen Lippen waren wie eine Aufforderung, sanft mit dem Daumen darüber zu streichen. Eine Sekunde lang dachte ich, sie würde Nein sagen; stattdessen lächelte sie. Nicht das funkelnde, echte Lächeln, das in ihrem Gesicht erschienen war, als ich zugab, dass ich nichts über die Bilder wusste, die ich kaufte, sondern ein aufgesetztes Ich-wünsche-Ihnen-einen-schönen-Tag-und-es-war-mir-eine-Freude-Geschäfte-mit-Ihnen-zu-machen-Lächeln. »Sicher. Natürlich, Mr Shaw. Wann passt es Ihnen?«

Ich bestand nie auf etwas, was ich haben wollte, wenn ich wusste, dass ich es nicht bekommen würde. Aber über Grace wollte ich mehr erfahren. Vielleicht konnte sie Nina ersetzen und meine Kunstberaterin werden. Fragte ich sie jetzt, würde sie Nein sagen. Also musste ich abwarten. Wenn sie zu mir in die Wohnung kam, würde ich ihr meine konzentrierte Aufmerksamkeit widmen und dafür sorgen, dass sie zustimmte.

4. KAPITEL

GRACE

Ich stand vor dem Gebäude, in dem ich aufgewachsen war, diesmal vor dem Lieferanteneingang, und wartete auf den Transporter, der Mr Shaws Bilder bringen sollte. Ich hatte zwar irgendwann beschlossen, keine verwöhnte Park-Avenue-Prinzessin zu sein, die ihr Leben bei Wohltätigkeitsessen verbringt, aber bisher hatte ich immer noch in die Park Avenue zurückgefunden. Allerdings unter veränderten Vorzeichen. Ich hatte meine eigene Firma und verdiente mein eigenes Geld. Ich blickte auf mein Handy. Keine Nachricht. Ich verschränkte die Arme vor der Brust. Warum brauchte der Fahrer so lange, um von der Galerie hierherzukommen? Ich wollte Mr Shaw nicht warten lassen.

Obwohl es nicht unüblich war, dass Lieferungen von der Galerie beaufsichtigt wurden, hatte ich damit gerechnet, dass Nina diesen Part übernehmen würde. Wenn Mr Shaw sie bezahlte, warum brauchte er dann meine Hilfe? Nun gut, ich sollte mich nicht beklagen. Er war ein guter Kunde.

Steves Ausstellung war gut gelaufen, aber weil er gerade erst anfing (und weil ich eine Zeit lang mit ihm geschlafen hatte), hatte ich zugestimmt, nur ein Viertel der Provision zu nehmen, die ich normalerweise aus den Verkäufen erhielt.

Wir hatten nichts schriftlich festgehalten, und das ganze Geld war an mich gezahlt worden, sodass ich darauf hätte bestehen *können*, den üblichen Anteil zu kassieren, aber abgemacht war nun mal abgemacht. Obwohl ich ihn hasste, wollte ich mich auf ein solches Niveau nicht herablassen. In Zukunft würde ich eben besser aufpassen und nie wieder derart dumm sein. Steve hatte sich weder bei mir entschuldigt noch mir irgendetwas erklärt. Er hatte auch nicht versucht, die Sache zwischen uns wieder in Ordnung zu bringen. Er tat einfach so, als wären wir besser befreundet denn je, als wäre ich einfach nur die Inhaberin der Galerie, in der er seine erste Ausstellung hatte. So leicht und mühelos war dieses Umschalten vonstattengegangen, dass ich mich fragte, ob er jemals wirklich etwas für mich empfunden hatte. Mehr als neun Monate lang waren wir beide ausschließlich miteinander ausgegangen. Und die ganze Zeit hatte er in meinem Apartment gewohnt.

Vielleicht hatte er mich von Anfang an nur benutzt.

Aber darüber nachzugrübeln, was für ein schlechter Mensch er war, würde mich nicht weiterbringen. Ich musste ihn hinter mir lassen und mich auf die Zukunft konzentrieren, auf Grace Astor Fine Art, und auf Kunden wie Mr Shaw. Mr Shaw, den ich nicht attraktiv zu finden versuchte.

In dem Moment fuhr der Lieferwagen vor, und ich schickte Mr Shaw eine Textnachricht und teilte ihm mit, dass wir auf dem Weg zu ihm waren. Ich hatte drei Packer angeheuert; einer sollte beim Wagen bleiben, die beiden anderen sollten die Kunstwerke in die Wohnung tragen. Keines der Objekte war so groß, dass es von zwei Leuten getragen werden musste, aber ich wollte dennoch überprüfen, ob die Auslieferung in dieser Form gut klappte. Hoffentlich war es die erste von vielen in ganz Manhattan.

»Hey, Jungs. Macht mal die Tür da auf, und passt auf, dass nichts beschädigt wird«, sagte ich.

»Geht klar. Wir wissen, was wir tun.« Der älteste der drei

Typen öffnete die Hecktüren des Lieferwagens und die Bilder, an den Seiten des Wagens sicher befestigt, kamen zum Vorschein.

»Gut. Gebt mir bitte das da«, sagte ich und deutete auf den Degas, der komplett in Papier und Luftpolsterfolie eingewickelt war, »und ihr nehmt zu zweit ein Bild, das wäre super. Ihr bringt immer nur ein Bild auf einmal hinauf, okay?«

Durch den Lieferanteneingang betraten wir das Gebäude, und Victor, der Wachmann, hielt uns die Tür auf.

»Danke, Victor.«

»Kein Problem, Miss Astor. Ich habe gerade Ihre Mutter in der Empfangshalle gesehen.«

Meinen Eltern hatte ich nicht erzählt, dass ich an diesem Tag im Haus sein würde. Mein Vater war bei der Arbeit, und wenn irgend möglich, vermied ich es, meiner Mutter unter vier Augen zu begegnen. »Eigentlich bin ich nur hier, um Mr Shaw diese Bilder zu bringen.«

»Oh, der Neue«, sagte Victor und nickte. »Na, Sie kennen dieses Haus ja so gut wie ich. Sagen Sie mir einfach Bescheid, wenn ich etwas für Sie tun kann.«

Ich lächelte ihm zu und steuerte auf einen der Lastenaufzüge zu.

Als wir vor Mr Shaws Wohnung ankamen, stand bereits ein Karton in der Tür, sodass sie nicht ins Schloss fallen konnte. Zog er gerade erst ein? Victor hatte gesagt, er sei neu, aber das sagte er über jeden, der nicht seit mindestens zwanzig Jahren in diesem Haus wohnte.

»Hallo?«, rief ich von der Schwelle aus.

»Kommen Sie herein.« Mr Shaws Stimme schallte von irgendeinem anderen Ende der Wohnung herüber. Ich drehte mich kurz zu den beiden Männern hinter mir um und trat ein. Im Eingangsbereich war weder etwas zu sehen noch zu hören.

Die Wände waren kahl. Keine Konsolentischchen, keine Läufer, überhaupt keine Möbel. Vielleicht zog er tatsächlich gerade erst ein. Ich ging auf das Licht zu, ohne zu wissen, wo Mr Shaw auf uns warten würde.

Als ich vor den Türen zum Wohnbereich angekommen war, entdeckte ich ihn. Er blickte auf die Stadtlandschaft von New York, die Ärmel seines weißen Hemds hatte er aufgekrempelt, die Hände in die Taschen geschoben. Okay, Scarlett und Harper hatten recht gehabt, er *war* attraktiv – auf eine unübersehbare Art. Er war zwar nicht mein Typ, aber trotzdem erkannte ich einen gut aussehenden Mann, wenn ich einen sah. Und wie er mich in der Galerie gemustert hatte, das war … Na gut, vielleicht bildete ich mir das nur ein, aber es war beinahe wie eine körperliche Berührung gewesen – als ob seine Konzentration greifbar wäre. Ich beobachtete, wie er über die Dächer blickte, und stellte fest, dass er groß und stark und sein Hintern noch ein bisschen straffer war, als ich ihn in Erinnerung hatte. Mir gefiel, wie die Enden seiner Locken im Licht glänzten. Bei seinem Besuch in der Galerie hatte ich den Eindruck gehabt, dass er mit mir flirtete, aber ich war mir nicht sicher gewesen. Plötzlich drehte er sich um, und mir blieb fast die Luft weg, denn ich fürchtete, dass er mitbekommen hatte, wie ich ihn Stück für Stück analysierte wie ein Bild, über das ich ein Urteil fällen wollte.

»Grace«, sagte er. Beim Näherkommen ließ er seinen eindringlichen Blick über mich schweifen, bis ich wegsehen musste, ganz so, als hätte ich direkt in die Sonne geblickt.

Ich drehte mich zu den beiden Packern um. »Stellt die Bilder bitte einfach ab und bringt die anderen herauf, immer eins nach dem anderen.«

Als sie die Wohnung verließen, wandte ich mich an Mr Shaw, der mich immer noch anblickte. Ich trat einen Schritt zurück.

Seine Aufmerksamkeit war so intensiv, dass sie mir auf die Nerven ging und mir unbehaglich zumute war. Aber gleichzeitig fühlte sie sich gut an. So gut, dass ich ihm noch ein bisschen länger im Weg herumstehen wollte.

Wäre es besser gewesen, einer der Packer wäre hiergeblieben?

»Ich dachte, Nina wäre vielleicht da«, sagte ich und blickte mich um. Hätte Nina ihre Hände im Spiel gehabt, hätte er niemals einen so bunten Mix an Bildern gekauft. Aber ich wollte wissen, warum er diese Käufe ohne sie getätigt hatte, wenn ihm doch so sehr daran gelegen war, sein Vermögen zu sichern. Bis auf ein abgenutztes Ledersofa gegenüber der Fensterwand war der Raum vollkommen leer. Keine Teppiche, kein Fernseher. Nicht mal eine Topfpflanze.

»Ich habe sie gefeuert.«

Wow. Nina war die gefragteste Expertin ihrer Branche. Ich bezweifle, dass sie je zuvor gefeuert worden war. »Tut mir leid, das zu hören.« Ich stellte den kleinen Druck ab und gab mir Mühe, gleichmütig zu wirken.

»Muss es nicht. Sie hat mir erzählt, was ich hören wollte. Mir sind Leute lieber, die mir die Wahrheit sagen.« Mit jedem Satz enthüllte er seine Werte und verriet, worauf er seine Energie verwendete.

»Sie ist sehr gefragt.« Obwohl er meine Neugier befriedigt und sogar mehr Details als nötig preisgegeben hatte, wollte ich immer noch mehr wissen. Aber nicht über Nina, sondern über ihn. »Sie nimmt nur selten neue Klienten an.«

»Sie glauben, dass ich einen Fehler begangen habe?« Interessierte ihn tatsächlich, was ich davon hielt, dass er Nina den Auftrag entzogen hatte?

»Nein.« Ich zuckte mit den Schultern. »Also, ich habe keine Ahnung. Sie können sich aussuchen, mit wem Sie arbeiten.«

»Genau«, sagte er, während er mir weiterhin in die Augen blickte, und ich spürte diesen Blick auf meiner Haut perlen wie warmes Wasser.

Ich erschauerte.

»Sind Sie nervös?«

»Nein«, sagte ich und rieb mir die Arme, als fröre ich.

Er grinste und nickte. »Verstehe.« Er wusste, dass ich log.

Ich runzelte die Stirn, denn ich war mir nicht sicher, ob ich wissen wollte, was er sah. »Wo sollen diese Bilder hin?«, fragte ich. Ich musste mich konzentrieren.

»Sollten *Sie* mir das nicht sagen?«

»Bevorzugen Sie keinen bestimmten Raum? Die Schlafzimmer, den Wohnbereich?« Warum kaufte er Bilder, wenn er nicht mal einen Tisch besaß, um seine Kaffeetasse darauf abzustellen?

Er machte keine Anstalten, mir einen Grund für die gähnende Leere zu nennen.

»Eigentlich nicht. Sie haben die freie Wahl.«

»Okay, dann wickele ich sie aus, und wir entscheiden gemeinsam. Sie kennen die Lichtverhältnisse hier besser als ich.«

Ich bückte mich und begann den Degas auszupacken, den ich heraufgebracht hatte. Ich hasste es, mich von meiner geheimen Gemäldesammlung trennen zu müssen, vor allem von dem La Touche, aber ich hatte nun mal ein Geschäft zu führen. Diese Werke dienten nicht meinem Genuss, und irgendwie gefiel es mir, dass Mr Shaw eindeutig kein Kenner war. Dass mich das nicht störte, musste an der Art von Kunst liegen, die ihn anzog. Möglicherweise hatte Grace Astor Fine Art die Leidenschaft für Kunst in Mr Shaw geweckt – vielleicht konnte ich mit meiner Galerie *tatsächlich* Menschen berühren und nicht nur Geld verdienen.

Während die Packer die restlichen Bilder heraufholten, befreite ich jedes aus seiner Pappumhüllung, der Blisterfolie und dem Seidenpapier und versuchte, mich auf etwas anderes zu konzentrieren als auf Sam Shaw. Schließlich lehnten alle acht Kunstwerke in einer Reihe an der Wand gegenüber den Fenstern.

»Und, haben Sie vor, noch mehr zu kaufen?«, fragte ich. Ich wollte mich vergewissern, dass ich keinen Platz beanspruchte, der für etwas anderes vorgesehen war.

»Ich weiß es nicht«, sagte er und stellte sich neben mich, so nah, dass ich die Hitze seines Körpers spürte. »Vielleicht. Ich muss jemanden finden, der mir hilft. Wie gesagt, von Kunst habe ich keine Ahnung.«

»Aber Sie mögen diese Werke«, sagte ich und betrachtete sein markantes Kinn, während er den Blick auf die Bilder gerichtet hielt. »Kunst ist nicht unbedingt das, was Kritiker für gut halten. Man kann auch gefühlsmäßig darauf reagieren, nicht nur intellektuell.«

»Leidenschaft ist wichtiger als Logik?«, fragte er.

Ich konnte ein Grinsen nicht unterdrücken. »Ist Ihnen diese Vorstellung denn so fremd, Mr Shaw?«

»Sagen Sie Sam zu mir.« Es klang beinahe barsch. »Sie glauben also, ich bin nicht leidenschaftlich?«

Irgendwie war das Gespräch vom Kurs abgekommen. Mein Kommentar war nicht persönlich gemeint. Ich fühlte mich, als wäre ich in einen Kaninchenbau gestolpert und stürzte jetzt in unbekannte Tiefen ab. »Ich kenne Sie nicht«, antwortete ich und fragte mich, ob ich dieses Gespräch damit in die Sackgasse gesteuert hatte.

Eine Sekunde lang herrschte Schweigen.

»Ich glaube, am stärksten bin ich darin, diese beiden Dinge zu kombinieren«, sagte er. Auch das hörte sich nach einer allzu persönlichen Offenbarung an. Aber sie machte ihn noch anziehender für mich, und ich fragte mich, ob er es vielleicht genau darauf anlegte.

Er drehte sich zu mir und sah mir ins Gesicht. »Reagieren Sie emotional oder intellektuell auf Kunst?«, fragte er.

»Es kann beides oder eines von beidem sein.«

»Und auf das hier?« Mit seinen großen, sonnengebräunten Händen deutete er auf die Kunstwerke, die aneinandergereiht an der Wand lehnten.

»Beides«, sagte ich nur. Ich hatte das Gefühl, etwas preiszugeben, indem ich das sagte, und er schien das zu wissen.

»Ahhh«, sagte er. »Leidenschaft *und* Logik.«

Ich antwortete nicht, und er fragte nicht weiter nach.

»Aus dem Bauch heraus – welches ist Ihr Lieblingsbild?«, fragte ich.

Ich musste den richtigen Platz für die Bilder finden, damit ich endlich aus dieser Wohnung verschwinden konnte. Dass er so schnell so persönlich geworden war, bereitete mir Unbehagen. Es lag nicht nur an seiner Nähe oder dem durchdringenden Blick. Es war, als versuchte er mich zu demaskieren, ohne dass ich es bemerkte. Aber ich hatte es bemerkt. Und mein Unbehagen beruhte darauf, dass ich nicht wusste, ob ihm gefiel, was er unter der Oberfläche vorfinden würde. Und aus irgendeinem Grund war mir das wichtig. Ich wollte, dass er mich mochte, mich attraktiv fand.

»Ich mag sie alle.«

»Sonst hätten Sie sie nicht gekauft, stimmt's?« Kaum hatte ich die Worte ausgesprochen, wurde mir auch schon klar, wie sarkastisch sie klangen.

Er lachte leise, und ich entspannte mich ein bisschen. »Ich weiß nicht. Wie gesagt, dieser ganze Kunstkram ist neu für mich. Ich möchte sicher sein, dass ich mein Geld gut anlege.«

»Aber Sie haben Nina entlassen.« Ich verschränkte die Arme

vor der Brust. Ich wusste nicht, warum ich mir über diesen Mann so viele Gedanken machte. Ich sollte mich auf meinen Job konzentrieren, nicht auf seinen muskulösen Körper oder seine dunkelbraunen Augen. »Sie ist die Beste, wenn es darum geht, großartige Investitionsobjekte aufzutreiben.«

»Ja, trotzdem habe ich sie gefeuert.«

»Und Sie wissen nicht, ob das, was Sie hier gekauft haben«, sagte ich und deutete mit dem Kinn auf die ausgepackten Bilder, »eine gute Investition ist.«

Er atmete tief ein, steckte die Hände in die Hosentaschen und wandte sich von mir ab. »Sie haben recht. Ich verstoße gegen die Gesetze meiner eigenen Logik.«

Stille breitete sich zwischen uns aus. Wenn mein Laden auf Dauer laufen sollte, musste ich im Umgang mit Kunden noch einiges lernen. Ich beleidigte ihn, und er nahm es einfach hin. Ich testete ihn – versuchte, ihm eine Reaktion zu entlocken, die mir nicht gefiel, damit ich mich von ihm abwenden konnte.

Sein Blick huschte über mein Gesicht, und schließlich sagte er: »Ich möchte, dass Sie meine Beraterin sind. Anstelle von Nina.«

Das war das Letzte, womit ich gerechnet hatte. »Das kann ich nicht«, platzte ich heraus.

Mr Shaw reagierte nicht. Ich wollte mich entschuldigen, ihm erklären, dass die Galerie mich voll und ganz in Anspruch nahm und ich unter großem Druck stand, Profit zu machen, damit ich meinen Kredit zurückzahlen konnte. Und ich wollte Nina nicht verärgern – sie konnte mich ruinieren, wenn sie überall herumerzählte, dass ich anderen die Klienten wegnahm. Kein Berater würde mehr etwas mit mir zu tun haben wollen. Und mit ihm auch nicht. Ich durfte keine Zeit mehr mit *ihm* verbringen. Er beanspruchte zu viel von meiner Energie und ging mir nicht mehr aus dem Kopf.

»Ich glaube, die Akte würden gut in Ihr Ankleidezimmer passen«, sagte ich, als hätte ich seine Bitte, ihm zu helfen, nicht erst wenige Sekunden zuvor sehr unhöflich abgelehnt.

»Sieht das nicht aus, als wäre ich ein Perverser?«, fragte er.

Ich lachte, und mein ganzer Körper entspannte sich. »So ein Gedanke ist mir gar nicht gekommen. Also, vielleicht führen Sie mich erst mal durch die Wohnung. Oder hängen wir alles in diesem Raum auf?«

Ohne ein Wort ging Mr Shaw wieder in den Flur und öffnete die erste Tür auf der rechten Seite. »Das ist ein Arbeitszimmer.« Der Raum war leer bis auf einen braungrauen Teppich und Jalousien.

Auf der gegenüberliegenden Seite des Eingangsbereichs öffnete er eine weitere Tür. »Das ist das zweite Gästezimmer.« Auch dieser Raum war leer. Wohnte hier tatsächlich jemand?

Ein weiteres Gästezimmer sah genauso aus wie der Raum, von dem er behauptete, er diene als Lager. Aber als Lager wofür?

Er machte die letzte Tür auf, die am nächsten zum Eingang lag, und streckte den Arm aus, um mich zum Eintreten aufzufordern. Als ich hineinging, musterte ich ihn von der Seite, aber er blickte auf den Boden, was beinahe aussah, als wappne er sich gegen meine Reaktion.

Der Raum war riesig. Silbergrauer Teppichboden bedeckte den Boden, und unter dem Fenster lag eine Matratze – ohne Rahmen – mit schlichten, blassblauen Laken und einem Stapel Bücher daneben. Ich blickte ihm ins Gesicht, aber seine Miene war ausdruckslos.

Ich ging weiter in das Zimmer hinein und sah mir die Bücher genauer an, begierig, mehr über diesen Mann zu erfahren, der manchmal dermaßen beherrscht und geschäftsmäßig wirkte, dann aber mit mir über Leidenschaft reden wollte und mich zum Lachen brachte. Da lagen ein paar Thriller, von denen ich noch nie gehört hatte, und ein Exemplar des *Grafen von Monte Christo* ganz oben auf dem Stapel, mit Eselsohren versehen und eindeutig sehr oft gelesen.

Wer war dieser Mann?

Ich drehte mich einmal um mich selbst, um sicherzugehen, dass mir nichts entgangen war. Nein, in dieser Wohnung gab es nichts außer einer Couch, die er der Heilsarmee hätte spenden sollen, einer Matratze und ein paar Büchern.

Mr Shaw lebte wie ein Hausbesetzer.

Und trotzdem besaß der Mann eine Wohnung an einer der teuersten Adressen New Yorks und bezahlte die Bilder, die ich ihm verkaufte, mit einer schwarzen American-Express-Karte.

»Und Ihr Ankleidezimmer?«, fragte ich.

»Da entlang.« Er zeigte auf eine bogenförmige Öffnung in der Wand. Ich ging hindurch und stand in seiner gut gefüllten Garderobe. Maßgeschneiderte Anzüge. Handgefertigte Schuhe. Aber kein Platz an der Wand, an dem ich eins meiner Bilder hätte aufhängen wollen.

»Ich glaube, das Büro eignet sich für die Akte«, sagte ich und streckte geistesabwesend die Hand aus, um eine der Anzugjacken zu berühren.

»Sicher, wie Sie meinen.«

»Wissen Sie schon ungefähr, wo Sie die Möbel hinstellen wollen?«, fragte ich über die Schulter, während ich durch den Flur zurückging.

Vor der Tür zum Büro blieben wir stehen. Er schüttelte den Kopf und blickte erneut auf seine Schuhe. »Nein. Noch nicht.«

In einer leeren Wohnung mit kahlen Wänden war es nicht schwer, Platz für jedes der Bilder zu finden, und innerhalb von zwanzig Minuten hatte ich entschieden, wo jedes einzelne hängen sollte.

»Und der La Touche gehört ins Esszimmer, glaube ich.« Das Beste hatte ich mir bis zum Schluss aufgespart.

Mr Shaw nickte. Er hatte weder seine Meinung geäußert noch mir weitere Informationen gegeben, als ich Bilder von einem Stellplatz zum nächsten trug. Er hatte mich nur beobachtet. Wir hatten weder miteinander gescherzt noch über das Wetter geredet. Schweigend hatte ich meine Arbeit verrichtet. Aber irgendwie fühlte ich mich immer wohler, je länger ich dort war, so als lernten wir einander besser kennen, obwohl wir nicht miteinander sprachen.

Ich hielt den Rahmen vor die Wand. »Was meinen Sie?«, fragte ich.

»Gefällt mir«, sagte er und nickte. Das war ein Durchbruch – ich hatte es geschafft, ihm eine Meinungsäußerung zu entlocken.

Ich grinste, denn ich freute mich, dass er mein Lieblingsbild offenbar mochte. »Sie haben ein schönes Lächeln«, sagte er, und ich wandte den Blick ab. Unser Umgang hatte sich von Anfang an seltsam persönlich angefühlt, aber jetzt hatte ich zum ersten Mal das Gefühl, dass eine Grenze überschritten worden war.

»Danke.« Ich stellte das Bild auf den Boden und lehnte es vorsichtig an die Wand.

»Haben Sie sich schon mal gefragt, wem sie wohl schreibt?«, fragte er und trat näher an meine Seite.

Ich konnte ein Lächeln nicht unterdrücken. »Ich glaube, dass sie einem Liebhaber schreibt. Oder jemandem, der gern ihr Liebhaber wäre.«

»Was würde sie sagen, wenn jemand sie fragt, wen sie sich als Liebhaber wünscht? Versucht sie ihn zu verführen?«, fragte er. Ich war mir nicht sicher, ob er noch über das Bild sprach.

Die Luft zwischen uns schien sich irgendwie zu verdichten,

und die Hitze seines Körpers wärmte mich. Es war intensiver als ein bloßer Flirt. Ich konnte beinahe spüren, wie er mich berührte. War das der Grund, warum er darauf bestanden hatte, dass ich ihm die Bilder bringen und ihn beraten sollte, wo er sie aufhängen sollte? Wollte er mich?

»Wer auch immer der Maler ist, er versucht, sie zu durchschauen, genau wie wir in diesem Augenblick«, flüsterte ich.

»Ich glaube, *Sie* versuchen Menschen zu durchschauen«, sagte er, strich mir eine Haarsträhne aus dem Gesicht und schob sie mir hinters Ohr. Das hatte er in der Galerie schon einmal getan. Aber diesmal war es nicht genug. Ich wollte, dass mehr als nur seine Fingerspitzen meine Haut berührten.

Und er hatte recht. Seit dem Moment, in dem ich seine leere Wohnung gesehen hatte, versuchte ich, ihn zu durchschauen. Er war reich, attraktiv und selbstsicher, aber dahinter spürte ich eine Art Traurigkeit, die durch die leeren Räume zu schweben schien. Ich konnte sie mir nicht erklären, fühlte mich aber davon angezogen.

»Ich werde Sie jetzt küssen.«

Hätte jemand uns in einem Video gesehen, ohne zu wissen, was seit meiner Ankunft zwischen uns geschehen war, wäre ihm diese Aussage völlig unangemessen und fehl am Platz vorgekommen. Mir jedoch wurde bei diesem Satz klar, dass er schon die ganze Zeit vorgehabt hatte, mich zu küssen.

Dass er mich vorwarnte, mich aber nicht um Erlaubnis bat, gefiel mir. Vielleicht würde ich ihn besser verstehen, wenn ich seine Lippen auf meinen spürte.

Er ragte über mir auf, nahm mein Gesicht in beide Hände, drückte mir die Lippen auf den Mund und löste sich wieder von mir, um mich gleich darauf noch einmal zu küssen, heftiger jetzt. Seine Berührung ließ meine Haut summen, und mein Körper entspannte sich, obwohl eine Stimme in meinem Kopf fragte: *Wer ist dieser Mann? Männer wie ihn finde ich nicht attraktiv.*

Aber ich wollte, dass er mich küsst.

Ich legte ihm die Arme um die Taille, strich ihm über den breiten Rücken, über die angespannten Muskeln unter seinem Hemd, die ihn so sehr von den eher schmächtigen Männern unterschieden, mit denen ich üblicherweise ausging. Doch es fühlte sich weder fremd noch unbehaglich, sondern vollkommen richtig an, und seine Berührung schien die aller anderen Männer vor ihm auszulöschen.

Er fuhr mir mit beiden Daumen über die Wangenknochen, legte mir dann die Hände auf den unteren Rücken und zog mich an sich. Ich keuchte, und er lächelte an meinem Mund. In diesem Augenblick hatte er Macht über mich, nicht weil er sie sich genommen hätte, sondern weil ich sie ihm bereitwillig überließ.

Seine Zunge schob sich zwischen meine Lippen, und ich legte den Kopf in den Nacken, denn ich wollte mehr. Meine Knie wurden weich, mein Verstand und mein Körper so schwach, als hätte er mir sämtliche Energie geraubt – und jede Selbstbeherrschung.

Er umfasste mich in der Taille und zog mich an sich. »Alles okay?«, fragte er und durchbohrte mich mit dem Blick.

Ich nickte und starrte auf seine Brust. Seine breite, muskulöse Brust. Was machte ich hier? Wie war ich in den Armen dieses Mannes gelandet, und warum fühlte es sich so gut an?

»Ich möchte dich etwas fragen«, sagte ich.

Er lachte leise und lockerte den Griff um meine Taille. Kühle Luft drang durch den Stoff meines Shirts an meine Haut, und ich ärgerte mich, weil ich ihn dazu gebracht hatte, sich zurückzuziehen. »Das willst du schon, seitdem du hereingekommen bist.«

»Woher weißt du das?«

Er fuhr sich mit den Fingern durchs Haar und trat einen kleinen Schritt zurück. »Ich bin gut darin, Menschen zu durchschauen.«

»Ach ja? Welche Frage will ich dir denn unbedingt stellen?« Er glaubte wohl, alles zu wissen.

»Du versuchst herauszufinden, wer ich bin und warum diese Wohnung leer ist. Warum steht da so ein verschlissenes Sofa, und warum liegt eine Matratze auf dem Boden, obwohl in den Schränken lauter Maßanzüge hängen.«

Ich konzentrierte mich auf die Bewegungen seines Mundes, während er sprach. Jedes Wort, das ihm über die perfekten, vollen Lippen kam, schien wohlüberlegt.

»Ach ja, und du fühlst dich zu mir hingezogen, kämpfst aber aus irgendeinem Grund dagegen an.« Er legte sich die Hand in den Nacken. »Woran das liegt, weiß ich aber noch nicht genau.«

Ich zuckte zusammen. Für wen hielt er sich, dass er glaubte, in mein Gehirn sehen und mir sagen zu können, was ich dachte, selbst wenn alles, was er gesagt hatte, absolut richtig war? Er war arrogant, aber er hatte recht.

»Ich muss jetzt gehen«, sagte ich und lief Richtung Eingangshalle. »Ich schicke morgen den Handwerker, damit er die Bilder aufhängt. Ich habe die Stellen genau markiert.«

Beim Blick zurück sah ich, wie er die Hände in die Taschen schob, und sein Lächeln verblasste. »Ich habe es ernst gemeint, als ich sagte, dass du mir helfen sollst, meine Sammlung zu vervollständigen.«

»Das kann ich nicht«, rief ich über die Schulter.

»Lass niemals zu, dass ein Kuss ein Geschäft verhindert, und wenn es der beste Kuss deines Lebens war.«

Was für ein mieser Kerl. Wahrscheinlich lief er überall in der

Gegend herum, flirtete mit fremden Frauen und erzählte ihnen, wie großartig er küssen konnte. In der Tür zum Flur blieb ich stehen und drehte mich zu ihm um. »Du glaubst, das war der beste Kuss meines Lebens?« Vielleicht hatte er sogar recht. Ich konnte mich an keinen erinnern, der mir derart durch Mark und Bein gegangen war wie dieser. Er hatte mich buchstäblich schwach gemacht und dazu geführt, dass ich mehr wollte.

»Ich weiß, dass es der beste Kuss *meines* Lebens war. Also kann er für dich auch nicht so schlecht gewesen sein.« Der Ton seiner Stimme war neckend und vertraulich zugleich – es klang fast, als meinte er es ernst.

Ich verdrehte die Augen, so offensichtlich und übertrieben ich nur konnte. »Kaufen dir die Frauen das wirklich ab?« Ich drehte mich wieder zur Tür, denn ich musste dringend hier raus. Was hatte ich mir nur dabei gedacht, einen Kunden zu küssen? Und warum hätte ich ihn am liebsten noch ein bisschen länger geküsst?

»Ich rufe dich morgen wegen der Sache mit der Beratung an. Schlaf eine Nacht darüber.«

Das verdiente nicht mal eine Antwort. Ich hatte bereits Nein gesagt. Ich war ihm dankbar für die Käufe, denn es bedeutete, dass ich in diesem Quartal die Miete zahlen konnte, aber es bedeutete nicht, dass ich weiterhin Zeit mit ihm verbringen sollte. Ich hatte ihn geküsst, das war schlimm genug. Wer wusste schon, was passieren würde, wenn ich enger mit ihm zusammenarbeiten musste?

Sollte er sich doch eine andere Kunstberaterin suchen.

5. KAPITEL

SAM

»Du wirkst abwesend«, sagte Angie und studierte die Speisekarte. Obwohl viel los war, hatten wir die beste Nische in unserem altmodischen Lieblingsdiner in Downtown ergattert. Angies Mann arbeitete noch, und so nutzten wir die Gelegenheit, um auswärts etwas zu essen. Die ungezwungene Atmosphäre des Lokals führte dazu, dass wir immer wieder herkamen. Die Atmosphäre und die Burger.

Ich schüttelte den Kopf. »Nope, hab nur Hunger. Warum guckst du auf die Speisekarte? Du weißt doch genau, was da drinsteht. Hat sich in den letzten zehn Jahren nichts geändert.«

Aber ich war *tatsächlich* leicht abwesend. Grace hatte meine Wohnung am Tag zuvor verlassen, bevor ich die Chance hatte, meine Gedanken zu sortieren und sie davon zu überzeugen, meine Kunstberaterin zu werden. Sie war schön und hatte mit Sicherheit viele Bewunderer. Ich verstand nicht, was sie bei mir davon abhielt, sich einfach gehen zu lassen.

Angie blickte auf und legte die Speisekarte auf den Tisch. »Dich beschäftigt doch irgendwas«, sagte sie.

»Versuch nicht immer, meine Gedanken zu lesen, das geht mir auf die Nerven«, blaffte ich und winkte die Bedienung heran. »Lass uns bestellen.« Als Teenager waren Angie und ich an den Wochenenden oft heimlich in die Stadt gefahren. Wir liefen durch die Straßen von Manhattan, den Kopf in den Nacken gelegt, um die Wolkenkratzer besser sehen zu können. Immer wieder hatte ich gesagt, dass ich irgendwann eines dieser Häuser besitzen würde. Bislang hatte ich drei in Midtown, zwei in Downtown und nun auch das Apartment, in dem ich wohnte – meine erste Investition in Wohneigentum. Nach unseren langen Spaziergängen durch das Herzstück von New York landeten wir immer in diesem Diner und bestellten einen Milchshake, den wir uns teilten. Diese Tage voller Träumereien waren es, die mich überleben ließen – ich musste einfach daran glauben, dass die Zukunft besser sein würde als die Gegenwart.

»Schon klar. Ist ja nicht so, dass du das die ganze Zeit bei mir und allen anderen machst.« Angie verdrehte die Augen. Grace hatte dasselbe getan, als ich ihr sagte, dass sie mir den Kuss meines Lebens gegeben hatte.

Sie hatte geglaubt, dass ich sie zu verführen versuchte, und sie hatte recht, aber trotzdem stimmte es. Die meisten Leute hätten mich einfach rundheraus gefragt, warum ich keine Möbel hatte. Warum ich in der Park Avenue 740 wohnte, aber auf einer Matratze auf dem Boden schlief. Und obwohl es mir normalerweise völlig egal war, was die Leute von mir hielten, war mir aus irgendeinem Grund leicht unbehaglich zumute gewesen, als Grace in meiner leeren Wohnung herumlief. Warum verspürte ich den Wunsch, ihr zu erklären, dass es mir nichts bedeutete, meine Wohnung mit schicken Möbeln vollzustellen, dass ich mein abgenutztes altes Sofa mochte und außer einer Matratze auf dem Fußboden nichts brauchte?

Aber ich wünschte mir tatsächlich, dass sie mich verstand.

»Ich nehme einen Cheeseburger, Pommes und einen Schoko-Milchshake.« Aus Gründen der Selbstverteidigung bestellte ich als Erster. Wenn ich es nicht tat, würde Angie sich nie für etwas entscheiden.

»Ich nehme das Gleiche, aber ich hätte gern Zwiebelringe

als Beilage und dazu Makkaroni mit Käse überbacken.« Die Bedienung schrieb die Bestellung auf. »Oh, und kann ich extra viel Tomate bekommen?«

»Soll ich dich nachher nach Hause rollen?«, fragte ich. »Dein Mann hasst dieses Lokal, du hast also garantiert nicht für ihn mitbestellt.«

»Ich habe Hunger«, sagte sie schulterzuckend. »Und jetzt hör auf, mir auszuweichen, und erzähl mir, was dir durch den Kopf geht.«

»Ich habe ein paar Bilder gekauft«, sagte ich, um sie abzulenken.

»Das Zeug, das deine Beraterin dir empfohlen hat?«

»Ja, so ungefähr.« Ich schob die Speisekarten beiseite und fuhr mit dem Finger über den metallenen Rand des Tisches. Ich konnte mich nicht erinnern, wann ich Angie das letzte Mal angelogen hatte. Ihr gegenüber war ich immer absolut ehrlich. Aber wir redeten nie ausführlich über Frauen, weil ich nur selten an Frauen dachte. Abgesehen von Grace.

»Und kaufst du dir auch ein paar Möbel? Ich weiß, dass du an dieser Couch hängst, aber vielleicht kannst du sie ja ins Büro stellen oder so.« Angies Fingernägel tippten auf die Tischplatte.

»Ich hänge nicht an der Couch. Wovon redest du?« Ich hing überhaupt nicht an *Gegenständen*. Darum besaß ich ja so wenig.

»Warum in aller Welt hast du sie dann noch? Das Ding fällt bald auseinander.«

»Sie ist völlig in Ordnung«, erwiderte ich. »Wenn man die Kissen richtig anordnet, sieht man kein einziges Loch. Kein Grund, das Sofa wegzuwerfen.«

»Wenn du meinst.«

Unsere Bestellung wurde gebracht, und Angie fiel über die Käsemakkaroni her, als hätte sie seit Wochen nichts gegessen.

Sie hatte immer einen gesunden Appetit, aber selbst für ihre Verhältnisse kam mir das übertrieben begeistert vor.

»Wer Möbel kauft, kann sein Geld genauso gut zum Fenster rauswerfen. Die Couch, die ich jetzt habe, ist super.« Nur weil meine Adresse sich geändert hatte, musste ich noch lange nicht mein Leben ändern. Obwohl es nett gewesen wäre, wenn ich Grace einen Drink hätte anbieten können. Vielleicht würde ich ein paar Weingläser bestellen. Im Moment besaß ich nicht mal Besteck. Ich hatte ein paar Kaffeebecher aus dem Büro mit nach Hause genommen, aber ich war ein bedürfnisloser Mann. Ich brauchte nicht viel.

»Willst du keine Einweihungsparty feiern?«, fragte Angie. »Ist doch eine Schande, so eine schicke Wohnung und keiner, vor dem du damit angeben kannst.«

»Eine Einweihungsparty?« Ich lachte. »Wen soll ich denn einladen? Ich kenne doch nur dich und Chas.« Angie und ihr Mann waren meine einzigen Freunde. Ich hatte keine Saufkumpane. Ich war nicht auf dem College gewesen. Und abgesehen von Angie wollte ich garantiert mit niemandem aus meiner Vergangenheit zu tun haben.

»Dann vielleicht eine Party für Geschäftspartner?«, fragte sie.

Ich biss in meinen Burger und kaute langsam, um Zeit zum Nachdenken zu gewinnen. Die Leute, mit denen ich Geschäfte machte, wollte ich nicht bei mir zu Hause haben. Im Grunde war es egal, weil die Wohnung ohnehin nur ein Investitionsobjekt war, aber ich wollte nicht, dass ein Haufen Fremder in meinen Privaträumen herumstand und sich ein Urteil über mich bildete. »Nein. Ich bin kein Partymensch.«

»Wie wär's dann mit einem Fernseher? Das ist doch bestimmt nicht zu verschwenderisch?«

Zwar war das keine Geldanlage, aber einen Fernseher zu besitzen, war sicher nicht übertrieben. »Wenn ich mir einen kaufe, lässt du mich dann endlich in Ruhe?«

Vielleicht sollte ich mir doch eine neue Couch anschaffen. Damit würde ich Angie beweisen, dass ich kein bisschen an einem Möbelstück hing. Weder an einer Couch noch an etwas anderem.

»Meine Güte, Sam. Ich will doch nur, dass du dein Leben ein bisschen genießt. Verstehst du das denn nicht? Du hast es geschafft; du musst dir nichts mehr verkneifen. Zieh wenigstens mal los und reiß eine Frau auf.«

Ich wischte mir mit meiner Papierserviette Senf von den Lippen. »Du glaubst, ich bin sexuell frustriert?«, fragte ich und warf die Serviette auf den Tisch. Angie wusste, dass ich auf Sex nicht verzichten konnte.

»Ich sage ja nur, dass du dich ein bisschen amüsieren sollst. Geld ausgeben, dir ein Mädchen suchen.«

»Du glaubst, mit diesem Gesicht muss ich Geld ausgeben, um an ein Mädchen zu kommen?« Ich kicherte, und Angie fing laut an zu lachen.

»Du bist echt ein Mistkerl.«

»Aber ein gut aussehender, stimmt's?«

»Bei deinem Vermögen musst du dir keine Gedanken mehr um dein Aussehen machen.«

Ich nahm die Serviette und warf damit nach ihr. Sie grinste. »Also, hast du schon ein neues Opfer im Auge?«, fragte sie.

»Um Himmels willen, ich bin doch kein Serienmörder.«

»Nein, aber ein Serienherzensbrecher, das bist du.« Sie aß einen großen Bissen von ihrem Burger, als befürchte sie, dass er verschwinden würde, wenn sie ihn nicht sofort hinunterschlang. Vermutlich hatte sich diese Gewohnheit im Kinderheim herausgebildet, wo man schnell essen musste, wenn man nicht riskieren wollte, dass einem das Kind neben sich das Essen stahl. Angie hatte diese Vergangenheit hinter sich gelassen – dass sie Chas begegnet war, hatte ihr dabei geholfen. Aber die Narben würden für immer bleiben.

»Die Mädels, mit denen ich Spaß habe, wissen, dass es genau das ist – Spaß. Keine von ihnen bleibt so lange, dass ich ihr das Herz brechen könnte.«

»Das liegt daran, dass du sie nicht anrufst.« Angie nervte mich heute mehr als gewöhnlich, und ich war nicht in der richtigen Stimmung dafür.

Ich zuckte mit den Schultern. Ich würde sowieso niemals heiraten. Was hatte es für einen Sinn, ein Mädchen hinzuhalten, nur um sie ein paar Monate später, wenn sie ernsthaft verliebt war, doch sitzen zu lassen?

Angie senkte den Blick, und ich merkte, dass sie nur mühsam ein mitleidiges Lächeln unterdrücken konnte.

»Wage es nicht«, sagte ich. Egal, was sie dachte, ich wollte es nicht hören. »Los, wir kaufen jetzt einen Fernseher, und dann lässt du mich in Ruhe.«

»Also gut«, sagte Angie mit sanfter Stimme. »Ich will doch nur, dass du glücklich wirst.«

»Allerdings bezweifle ich, dass du nach diesem Essen noch durch die Ladentür passt«, sagte ich, ohne ihren Kommentar zu beachten.

»Kein Problem. Ich warte draußen. Diese Käsemakkaroni waren einfach zu gut, um auch nur ein Stückchen übrig zu lassen.«

Ich holte mein Handy aus der Tasche und ließ es über den Schreibtisch aus dunklem Mahagoni in meinem Büro schlittern. Innerhalb dieser vier Wände hatte ich mehr Möbel als in meiner ganzen Wohnung, obwohl ich jetzt immerhin einen Fernseher besaß. Unterwegs hatten Angie und ich noch ein paar grundlegende Dinge für meine Küche erstanden, einschließlich einiger Whiskeygläser aus Kristall, und ich wollte so schnell wie möglich sehen, wie sich Grace Astors Lippen um sie schlossen.

Da sie mich immer noch nicht angerufen hatte, um mir mitzuteilen, dass sie ihre Meinung geändert hatte und nun doch meine Beraterin sein wollte, beschloss ich, meine Strategie zu überdenken.

Ich lehnte mich in meinem ledernen Bürosessel zurück und drückte auf Anrufen.

Sie meldete sich nach dem zweiten Klingeln. »Grace Astor Fine Art«

»Grace, hier ist Sam.«

»Oh, Mr Shaw.«

Mr Shaw? Ich hatte Körperflüssigkeiten mit dieser Frau ausgetauscht. Warum war sie so förmlich?

»Was kann ich für Sie tun?«

Und war das nicht die Frage, die *sie mir* beantworten sollte? Auf dem Boden knien und meinen Schwanz bis zum Ansatz schlucken? Die Finger mit genau dem richtigen Druck darum schließen? Sich ausziehen, bücken und meinen dicken Schwanz in sich spüren, fühlen, wie ich in sie stieß, bis wir beide kamen, keuchend und außer Atem?

Kein Zweifel – ich wollte diese Frau vögeln. Wie Angie ganz richtig gesagt hatte, brauchte ich Sex.

»Du musst zu mir in die Wohnung kommen. Dein Handwerker hat das mit dem Aufhängen nicht besonders gut hingekriegt.« Ich schwang den Stuhl herum, sodass ich das Stadtbild auf mich wirken lassen konnte. War ihr Haus von hier aus zu sehen?

»Das sieht Mr Grames aber gar nicht ähnlich«, sagte sie. Am anderen Ende der Leitung hörte ich Stoff rascheln, und plötzlich sah ich sie deutlich vor meinem inneren Auge.

Was sie wohl trug?

»Was genau stimmt denn nicht?«

»Das zeige ich dir dann. Ich bin heute Abend ab sieben Uhr erreichbar.«

Darauf folgte eine Sekunde Schweigen. »Ich glaube, das ist keine gute Idee«, sagte sie schließlich. »Ich schicke Ihnen Mr Grames noch einmal, und Sie sagen ihm, was geändert werden soll.«

»Tut mir leid, das reicht mir nicht.« Ich hasste es, den anspruchsvollen Kunden spielen zu müssen, denn was ich von ihr wollte, war absolut persönlich, aber ich war nicht bereit, sie so leicht vom Haken zu lassen. Ich wusste, dass sie mich attraktiv fand; ich würde also nicht aufgeben, solange sie mir keinen triftigen Grund dafür nannte, warum sie auf Distanz zu mir bleiben musste und sich nicht auf mich einlassen konnte. Wäre ich jemand, der schnell aufgibt, besäße ich nicht Grundbesitz im Wert von drei Milliarden Dollar im Zentrum von Manhattan. »Bring das in Ordnung, Grace, und dann reden wir darüber, was du als meine Kunstberaterin für mich tun kannst.«

»Mr Shaw …«

»Grace, meine Zunge war in deinem Mund und meine Hand lag auf deinem Hintern. Bitte, sag Sam zu mir.«

Sie seufzte. Es klang nicht sehnsüchtig, eher wie ein genervtes Schnauben. »Sam«, sagte sie sehr langsam, als spräche sie mit jemandem, dessen Muttersprache nicht Englisch war, »ich habe Ihnen bereits gesagt, dass ich nicht Ihre Kunstberaterin sein kann.«

»Es klang eher nach Nicht-Wollen als nach Nicht-Können, und das akzeptiere ich nicht.«

»Wie auch immer, es wird nicht dazu kommen. Ich kann Ihnen aber ein paar Namen nennen. Ich habe einige Kontakte, die gern bereit wären, Ihnen zu helfen.«

»Ich habe kein Interesse daran, mir von jemand anderem helfen zu lassen.« Mir gefiel es, dass Grace sich solche Mühe gegeben hatte, die persönlichsten Kunstwerke im Hinterzimmer ihrer Galerie zu verstecken, weil sie wusste, dass alles, was vorn zu sehen war, Geld einbringen würde. Aber ich hatte ihre geheimen Werke gefunden. Ich stellte mir vor, dass es sich mit ihr persönlich genauso verhielt – sie versteckte das Interessanteste an sich selbst und zeigte der Welt eine glanzvollere Ausgabe. Ich wollte hinter *ihre* Geheimnisse kommen.

Ich wollte mehr von dem entdecken, was sie versteckte, körperlich und geistig.

»Tja, ich bedaure, Mr … Sam … Ich glaube, es wäre am besten, wenn …«

»Hast du heute Abend schon was vor?«, fragte ich. Jetzt würde ich keinen Rückzieher mehr machen.

»Darum geht es nicht. Ich wollte gerade sagen, dass ich nicht glaube, dass …«

»Du hast also noch nichts vor. Um halb sieben hole ich dich in der Galerie ab.«

Ich legte auf. Ich würde frühzeitig eintreffen, falls sie vorzeitig schloss, um mir aus dem Weg zu gehen. Und falls sie sich bei meiner Ankunft noch nicht damit abgefunden haben sollte, dass sie mit in meine Wohnung kommen würde, dann konnte ich sie mit Sicherheit überzeugen, sobald ich erst leibhaftig vor ihr stand.

Vielleicht würden wir ihre Kapitulation mit einem Kuss besiegeln.

6. KAPITEL

GRACE

Sam Shaw hatte einfach aufgelegt. Typisch verwöhnter Milliardär. Er erwartete, dass jeder nach seiner Pfeife tanzte und tat, was er verlangte. Ich hatte weder Zeit noch Lust, seine Kunstberaterin zu sein. Ich musste mich auf die Galerie konzentrieren. Steves Ausstellung hatte uns viel Aufmerksamkeit gebracht, und das musste ich mir zunutze machen. Noch immer waren vier seiner Bilder unverkauft, und das Interesse an seinen früheren Werken, für die ich eine höhere Provision bekommen würde, nahm zu.

Ich hatte die Galerie nicht eröffnet, um das Kindermädchen für einen Mann zu spielen, der lediglich von mir hören wollte, was ihm Geld einbringen würde – auch wenn er mir einige Bilder abgekauft hatte, ohne zu wissen, ob sie eine gute Geldanlage waren oder nicht. Ich wollte junge Talente fördern und die Seelen der Menschen mit alten Meistern nähren, anstatt nur dafür zu sorgen, dass reiche Typen noch reicher wurden. Obwohl Steve ein schrecklicher Partner und rückblickend betrachtet nicht mal ein besonders netter Mensch war, konnte niemand bestreiten, dass er begabt war. Und ich war stolz, dass Grace Astor Fine Art es geschafft hatte, seine Karriere ins Rollen zu bringen. *Das* war die Art von Tätigkeit, auf die ich mich konzentrieren wollte.

Und ich wollte mich mit Sicherheit nicht in der Nähe eines Mannes aufhalten, den ich küssen wollte. Das hatte mir gerade noch gefehlt. Im Augenblick vertraute ich weder meinen Lippen noch meinem Körper noch meinem Herz. Vor allem nicht in der Nähe eines so verwöhnten und selbstgerechten Menschen wie Sam Shaw.

Das Handy auf meinem Schreibtisch klingelte. Es war Steves neue Agentin, die ihn wenige Tage nach der Eröffnung unter Vertrag genommen hatte. Sie war mir vorher nie begegnet, was nichts Gutes für Steve verhieß – ein schlechter Agent konnte schlimmer sein als gar keiner –, aber damit hatte ich nichts mehr zu tun.

»Hallo Victoria«, meldete ich mich.

»Grace, gut, dass ich Sie erreiche. Ich wollte Ihnen sagen, dass Sie sich um Steves ältere Werke nicht mehr kümmern müssen«, sagte sie mit einer Stimme, so fröhlich, als hätte sie mich angerufen, um mir zu sagen, dass ich meine Sachen aus der Reinigung abholen konnte.

Mir schwirrte der Kopf. »Was meinen Sie mit ›kümmern‹?«

»Nur, dass wir beschlossen haben, uns anders zu orientieren, und dass Sie für uns nichts mehr davon verkaufen müssen.«

Mein Körper spannte sich an. »Das entspricht nicht der Vereinbarung, die Steve und ich getroffen haben. Er hat gesagt, ich kann seine älteren Werke mit der üblichen Provision verkaufen.«

»Können Sie mir eine Kopie des Vertrags schicken?« Sie wusste genau, dass ich nichts Schriftliches hatte. Der Typ war mein Partner gewesen. Ich hatte ihm vertraut.

»Steve hat mir sein Wort gegeben. Ist er da? Kann ich ihn sprechen?«

»Er ist nicht hier, und es tut mir leid, aber er hat das Ganze anders im Gedächtnis. Grace, ich will nicht mies sein, aber ich muss im Interesse meines Klienten handeln. Er braucht eine größere Galerie, die ihn vertritt.«

Himmel, wenn *meine* Galerie nicht gewesen wäre, hätte er diese Agentin nicht mal kennengelernt! Die ganze Sache war einfach nicht fair.

»Ich nehme Ihnen die Provision für die bereits verkauften Werke nicht ab«, fuhr sie fort. »Aber ich glaube, vier Bilder sind noch bei Ihnen. Ich habe veranlasst, dass sie heute Nachmittag abgeholt werden. Das verstehen Sie doch sicher, nicht wahr?«

Ich verstand, dass ich nach Strich und Faden verarscht wurde. Die Provision für die älteren Bilder hätte es mir erlaubt, mich ein bisschen zu entspannen – damit hätte ich mir keine Sorgen um die Miete für das nächste Quartal mehr machen müssen. Ich hatte geglaubt, auf einem guten Weg zu sein, dabei war Steves Ausstellung in Wirklichkeit ein Fehlstart. Mein Exfreund war eine Moralwüste. Aber ich würde daraus lernen und beim nächsten Mal alles schriftlich festhalten.

Ich hätte ihr wirklich gern gesagt, dass sie sich verpissen sollte, aber dazu fehlte mir die Energie.

»Dann sollten Ihre Jungs sich ein bisschen beeilen.«

Victoria lachte, als hätte ich einen Scherz gemacht. »Sie müssen jeden Augenblick da sein.« Wie durch Zauberei klingelte die Glocke über der Tür, und zwei Männer mit Seidenpapier und Luftpolsterfolie unter dem Arm kamen herein.

Ich legte auf.

»Wir sollen vier Bilder bei Ihnen abholen«, donnerte der größere Typ quer durch den Raum. »Zeigen Sie einfach drauf. Wir packen sie ein und verschwinden wieder.«

Ich atmete tief aus und versuchte mich zu beruhigen, aber als ich an den Schreibtisch gelehnt dastand, schwankte der Raum vor mir, als befände ich mich auf einem Schiff. Ich schloss die Augen. Ich musste mich zusammenreißen, bis diese Bilder weg waren, dann konnte ich mich gehen lassen und allein eine ganze Flasche Wein trinken.

Ich schlug die Augen auf, ballte die Fäuste und ging auf das erste von Steves nicht verkauften Bildern zu. Ich riss es von der Wand und gab es dem kleineren Typen. »Hier ist das erste.«

Er ließ das Bild fast fallen und presste seine schwitzigen Handflächen auf die Farbe. Das zweite Bild war größer, aber ich nahm es trotzdem von der Wand und stellte es auf den Boden. »Und das hier.«

Mein Ärger wurde von Sekunde zu Sekunde größer. Ich wollte, dass Steve aus meiner Galerie und aus meinem Leben verschwand, und ich wollte *nie wieder* auf jemanden hereinfallen, der so selbstsüchtig war.

»Und die können Sie auch mitnehmen«, sagte ich und überreichte den Männern die letzten beiden Bilder.

Schicksalsergeben atmete ich durch. »Gehen Sie. Sie können die Dinger im Lieferwagen in die Folie wickeln.«

Der Männer sahen erst mich an und dann einander. Offensichtlich hatten sie keine Ahnung, warum ich so zornig war, aber glücklicherweise fingen sie nicht an, sich mit mir zu streiten. Ich folgte ihnen, als sie hinausgingen, schloss die Tür ab und zog energisch das cremefarbene Rollo herunter.

Ich drehte mich um und lehnte mich daran, fuhr mir mit den Zeigefingern über die Brauen und versuchte, den finsteren Blick abzulegen und meine Stirn zu glätten. Was würde ich tun? Ich hatte mich auf das Geld aus dem Verkauf von Steves alten Werken verlassen und mir vorgenommen, meine Bestände ein bisschen aufzustocken. So kurzfristig würde sich kein anderer Künstler für eine Ausstellung auftreiben lassen. Jetzt hatte ich nichts mehr von Steve, was ich verkaufen konnte; seine Bilder nahmen nur Platz weg. Ich musste sie loswerden und Platz für Dinge schaffen, mit denen ich tatsächlich Geld verdienen konnte.

Es war so aufregend, meine eigene Galerie aufzumachen, und ich war so stolz auf meine erste Ausstellung gewesen. Aber jetzt schien alles schiefzugehen, was ich anfasste.

Jemand klopfte an die Scheibe und riss mich aus meinen selbstmitleidigen Gedanken. Steve konnte eigentlich nichts mehr von mir wollen, alles, was einen gewissen Wert besaß, hatte er mir bereits weggenommen.

Ich schloss die Tür auf, und Sam Shaw ragte vor mir auf.

Ein Hauch von Zitrusduft stieg mir in die Nase. Es war nicht das schwere Eau de Cologne, das viele Wall-Street-Typen benutzten. Es war leichter, subtiler, eher wie ein Duschgel. Es gefiel mir besser, als es sollte, und trotz meiner schlechten Laune fingen die Brustwarzen unter meiner Bluse an, sich aufzurichten. Ich verdrehte die Augen. »Ach, Sie sind's«, sagte ich.

»Ich freue mich auch, dich zu sehen.« Sein linker Mundwinkel verzog sich etwas weiter nach oben als der rechte, als er mich angrinste. »Ich dachte, ich komme lieber ein bisschen zu früh, falls du vorzeitig zumachst, um mir aus dem Weg zu gehen. Sieht aus, als wäre dein Plan hiermit gescheitert.«

»Ich bin nicht Ihnen aus dem Weg gegangen.« Ich drehte mich um und ging zurück zu meinem Schreibtisch. Ich hatte Lust, mir die Schuhe abzustreifen und mich zu betrinken, aber keine Lust, zu Mr Shaw zu fahren und Bilder umzuhängen.

»Ach wirklich?«, fragte er und folgte mir.

Ich steckte mein Handy und die Schlüssel in meine Handtasche und schaltete meinen Computer aus. Ich musste raus aus dieser Galerie, und wenn das bedeutete, dass ich mit Sam Shaw gehen musste, dann war es eben so.

»Na, dann kommen Sie, Mr Ich-kann-mir-kaufen-was-ich-will-auch-Menschen.« Ich nahm meine Handtasche und ging wieder in den Lagerraum hinter meinem Schreibtisch, um die

Alarmanlage einzuschalten. »Lassen Sie uns schnell Ihre Bilder neu anordnen, damit ich mich endlich betrinken kann.«

»Das klingt nach der Art von Abend, die ich mir erhofft habe.«

»Guten Abend, Miss Astor«, sagte Gordon, der Portier der Park Avenue 740, und tippte sich an den Hut. Ich hatte erwartet, dass Sam mich mit seinem Wagen abholen würde, aber als wir die Galerie verlassen hatten, rief er stattdessen ein Taxi. *Wahrscheinlich ist sein Fahrer krank oder so*, dachte ich.

»Guten Abend, Gordon, wie geht es den Mädchen?« Seine Enkelinnen, Zwillinge, waren wahnsinnig süß.

»Sehr gut, und sie werden täglich hübscher.«

»Seien Sie gut zu ihnen«, sagte ich und folgte Sam durch die Empfangshalle.

»Immer!«, rief er mir nach, während ich Sam hinterhereilte.

Als wir im Aufzug standen und in die Spiegelfliesen blickten, sagte Sam: »Du findest schnell Freunde.«

Bevor ich antworten konnte, hielt der Fahrstuhl im zwanzigsten Stock. »Verdammt, die müssen dieses Ding endlich mal reparieren lassen«, sagte ich. Mit dem Fahrstuhl im Westflügel war es wie verhext.

»Was muss repariert werden?«

»Aus irgendeinem Grund hält er immer im zwanzigsten Stock«, sagte ich und drückte wütend auf den Knopf für die vierunddreißigste Etage.

»Wahrscheinlich hat ihn jemand gerade gerufen und dann gemerkt, dass er was vergessen hat«, sagte Sam. »Du ärgerst dich auch schnell. Wie oft ist dir das passiert? Einmal, zweimal? Beruhige dich.«

»Das geht schon seit sieben oder acht Jahren so, Klugscheißer.«

»Sieben oder acht Jahre? Was machst du, testest du alle Fahrstühle auf der Upper East Side, um herauszufinden, ob sie richtig funktionieren?«

Trotz meiner schlechten Laune musste ich lachen. »Ja, das tue ich tatsächlich. Aber was geht es Sie an, was ich in meiner Freizeit mache?« Ich grinste ihn an, und er lächelte zurück, und das erinnerte mich daran, wie er mich im Arm gehalten hatte, fest, aber sanft, als wäre ich ein wertvoller Gegenstand, mit dem er vorsichtig umgehen musste. Ich wandte den Blick ab.

»Galeriebesitzerin am Tag, Fahrstuhlfahrerin in der Nacht. Es gibt noch vieles, was ich nicht über dich weiß, Grace Astor.«

»Sie haben ja keine Ahnung, Sam Shaw, nicht die geringste.«

Als wir seine Wohnung betraten, überraschte mich erneut das vollständige Fehlen von Möbeln, obwohl alles genauso aussah wie beim letzten Mal. »Okay, und jetzt sagen Sie mir, welches dieser Bilder falsch aufgehängt wurde.« Weil ich keine Antwort bekam, drehte ich mich um und stellte fest, dass ich allein im Wohnbereich stand. »Sam Shaw?«, rief ich.

»In der Küche, Grace Astor.«

Ich folgte seiner Stimme. Er war in der Küche, die, wenig überraschend, beinahe leer war, und goss Whiskey in zwei Kristallgläser.

»Einen Drink?«, sagte er und reichte mir ein Glas.

Verdammt, ja. Ich stürzte alles hinunter, ließ begeistert das flüssige Glück durch meine Kehle rinnen und alles schöner machen. »Danke.«

Sam sagte kein Wort, umfasste nur mein Handgelenk und hielt es fest, während er mir Whiskey nachschenkte.

Als er die Hand von meinem Arm löste, strich er mir sanft

über die Haut. Ich blinzelte und blickte unter meinen Wimpern hindurch zu ihm auf. Er sollte sich endlich mal beherrschen. Mit dem Flirten aufhören, sich das Küssen verkneifen.

Mein Herz war verletzt und verschlossen, und wäre es anders gewesen, hätte ich es einem Mann wie Sam Shaw trotzdem nicht geöffnet. Zu reich, zu verwöhnt, zu sehr bereit, alles zu tun, um seinen Willen durchzusetzen – zum Beispiel auch dazu, in meiner Galerie aufzutauchen und mich einfach in seine Wohnung zu schleppen.

Wenigstens hatte er mir einen Whiskey eingeschenkt.

Wenn er doch nur aufhören würde, mich auf diese Weise anzusehen! Ich spürte seinen Blick überall auf meinem Körper.

»Danke«, flüsterte ich.

Ehe er einen Schluck trank, musterte er mich über den Rand seines Glases hinweg. Sein Adamsapfel hüpfte, und ich stellte mir vor, mit der Zungenspitze über seinen Hals zu fahren.

»Schlimmen Tag gehabt?«, fragte er.

»Hmmm.« Ich drehte mich um und verließ die Küche, ging wieder in den Wohnbereich und auf den La Touche zu.

»Willst du darüber reden?«, hörte ich ihn hinter mir fragen.

Das war das Letzte, was ich wollte. Ich wollte diesen Tag vergessen. Vergessen, wie sehr ich mich in Steve getäuscht hatte. Er war immer so bescheiden gewesen, wenn ich ihm versichert hatte, dass er sehr talentiert war. Er schien so dankbar zu sein, als ich mich bereit erklärt hatte, seine Werke auszustellen – besorgt, dass sie dem Ruf der Galerie vielleicht nichts nützen würden. Und vor allem hatte er sich benommen, als liebte er mich.

Und doch hatte er sich, sobald der Erfolg in Sicht kam, in jemanden verwandelt, der mir derart fremd war, dass er mir die ganze Zeit schon etwas vorgespielt haben musste. Ich hatte mich selbst hinters Licht geführt, indem ich mir einbildete, er sei ein Mann mit großen menschlichen Qualitäten, während er in Wirklichkeit ganz anders war. Er hatte mich benutzt, um zu bekommen, was er brauchte, und als er glaubte, dass ich ihm nur noch im Weg stehen würde, verschwand er einfach.

Ich trank noch einen Schluck, um diese Erkenntnis zu verwässern.

»Das hier sieht genauso aus, wie wir es besprochen haben.« Der Rahmen befand sich exakt an der Stelle der Wand, die ich mit Bleistift markiert hatte.

»Gefällt dir das Bild an dieser Stelle?«, fragte Sam leise, kaum einen Meter hinter mir.

Der Whisky hatte meine Muskeln entspannt und den Stress des Tages so weit gemildert, dass er erträglich geworden war.

»Es würde überall gut aussehen.« Ich drehte mich nicht um, setzte stattdessen noch einmal das Glas an, denn ich wollte, dass auch noch der Rest dieses Tages von mir abfiel. Wenn ich mich verführen ließ, nur einen Abend lang, nur dieses eine Mal, dann würde mir die Frage, wie ich die Miete bezahlen und die Bestände aufstocken sollte, weniger wichtig vorkommen – und wenn es nur für wenige Stunden war. »Der Whiskey ist auch gut.«

Sam lachte leise, und ich betrachtete weiterhin das Bild, während ich ihn in die Küche gehen hörte.

Mein Herz schlug schneller, als er mit der Flasche in der Hand näher kam. Seine Hand berührte meinen Rücken, und er füllte mein Glas auf.

»Versuchst du, mich betrunken zu machen?«, fragte ich.

»Ich glaube, dass du gern ein bisschen angeschickert sein möchtest«, sagte er. »Und ich habe den Eindruck, dass das bei dir nicht sehr häufig vorkommt.«

»Du kannst beurteilen, ob ich regelmäßig trinke, indem du mich einfach ansiehst?«, fragte ich und blickte zu ihm auf.

»Nicht, indem ich dich nur ansehe.«

Was sollte das heißen? Worauf basierte seine Einschätzung denn sonst noch?

»Aber du siehst mich an.« Ich drehte mich wieder zu dem Bild um, machte aber keine Anstalten, seiner Hand auszuweichen, die immer noch auf meinem unteren Rücken lag. Ich fand es schön, dass wir auf diese Weise miteinander verbunden waren.

»Natürlich tue ich das. Wie gesagt, du bist schön.«

»Und wie alle reichen Männer sammelst auch du schöne Dinge. Bilder, Immobilien, Frauen.«

Sam nahm seine Hand weg und lachte leise in sich hinein. »Komm mit. Ich zeige dir, wo dein Handwerker meiner Meinung nach einen Fehler gemacht hat«, sagte er und steuerte auf sein Büro zu.

Ich folgte ihm.

Als ich durch die Tür kam, deutete er mit einem Kopfnicken auf die Wand gegenüber. »Hier«, sagte er. »Ich weiß nicht, ob du sie nicht dort haben wolltest oder ob sie an der Stelle einfach unpassend sind.« Er verschränkte die Arme und betrachtete die drei nebeneinander hängenden Akte.

Er hatte recht. Sie wirkten fehl am Platz. Das linke Bild war ein bisschen größer und das Passepartout etwas dunkler als das der beiden anderen. In der Mitte würde das Bild besser zur Geltung kommen. Ich überprüfte die Bleistiftmarkierungen, aber die Bilder waren genau nach meinen Anweisungen aufgehängt worden. »Einverstanden. Das hier«, ich deutete auf den Akt in der Mitte, »muss mit dem auf der linken Seite den Platz tauschen.« Ich löste zwei Halterungen und stellte die Bilder auf den Boden, sodass sie an der Wand lehnten. »Mal sehen, ob wir eine andere Aufhängung brauchen oder ob wir sie einfach austauschen können.«

»Ich glaube, so geht's«, sagte ich, und hängte die Bilder an ihre neuen Plätze. Ich trat einen Schritt zurück und verschränkte die Arme, genau wie Sam. »Was meinst du?« Ich blickte ihn von der Seite an, seine dichten Wimpern deuteten in Richtung Zimmerdecke, und der leichte Bartschatten verlieh seinem schicken Anzug einen rauen Touch. Vielleicht verstärkte auch der Whiskey die prickelnde Spannung zwischen uns.

»Ich versuche nicht, dich meiner Sammlung hinzuzufügen«, sagte er.

Eigentlich hatte ich gedacht, wir hätten dieses Thema schon im Wohnzimmer abgeschlossen.

»An der Leere hier kannst du vielleicht schon sehen, dass ich … kein großer Sammler von Dingen bin.«

Das hieß vermutlich, dass er keine Möbel bestellt hatte, die nur noch nicht geliefert waren. War das hier wirklich alles?

»Aber du hast die Bilder gekauft«, sagte ich. »Und du hast mich gebeten, deine Beraterin zu sein, was die Vermutung nahelegt, dass du deine Sammlung erweitern willst.«

»Na ja, Kunst zu kaufen lohnt sich finanziell. Hoffe ich jedenfalls.«

Ich seufzte. Typisch. »Ich dachte, du magst die da«, sagte ich und streckte den Arm in Richtung meiner kleinen Privatsammlung aus.

»Ja, das stimmt. Sie gefallen mir, aber ich bin davon ausgegangen, dass sie mir Geld bringen würden. Ich meine, von Degas habe ich immerhin schon mal gehört. Ich schätze, das ist ein gutes Zeichen. Und du hast gesagt, dass ich kein Geld verlieren werde. Ich vertraue dir.«

Er vertraute mir? Warum? »Für so ein Lotteriespiel war das ziemlich viel Geld.«

Er antwortete nicht, aber ich merkte, dass er über meine

Worte nachdachte, um den Wert seines neuen Besitzes einzuschätzen.

»Kein Grund zur Sorge. Du hast dich für eine gute Investition entschieden.« Ich wollte nicht, dass er seinen Kauf bereute, aus welchen Gründen auch immer. Jeder, der etwas bei mir kaufte, sollte das Kunstobjekt lieben und wertschätzen. »Und obendrein«, sagte ich so sarkastisch wie möglich, »sind sie auch noch richtig schön.«

Ein Schleier hob sich, und die Gedanken an seine Geldanlage verschwanden. »Nicht so schön wie du.«

Obwohl ich gern glauben wollte, dass er es ernst meinte, verdrehte ich die Augen. »Aber du willst mich nicht in deiner Sammlung.«

»Nein«, antwortete er. »Ich will dich ficken, dich in den Wahnsinn treiben, dich zum Schreien bringen, bis die hohen Mauern in sich zusammenstürzen, die dich einengen und dermaßen reizbar machen.«

Diese Antwort war ehrlicher, als ich erwartet hatte. Ich war davon ausgegangen, dass wir unseren Tanz noch eine Weile fortsetzen würden. Er würde einen Schritt vor machen, ich einen zurück. Aber soeben hatte er den Einsatz erhöht – und die Musik angehalten. Aber *ganz* so weit war ich noch nicht.

»Was für Mauern?«, fragte ich und blickte mich in der fast leeren Wohnung um, ohne seine letzte Bemerkung zu verstehen.

»Du kennst Gordon, du weißt, dass der Fahrstuhl auf der Westseite immer im zwanzigsten Stock hält und aufgeht.« Er schob die Hände in die Taschen. »Vielleicht hast du mal hier gewohnt. Vielleicht haben deine Verwandten eine Wohnung in diesem Gebäude. Du bist eine Park-Avenue-Prinzessin.«

Diesen Spitznamen hatte Harper mir gegeben, aber aus ihrem Mund klang er immer liebevoll und ein bisschen albern. Wenn Sam Shaw ihn aussprach, war dieser Name wie ein Büßerhemd, das obendrein nicht passte – was die Strafe noch schlimmer, unbequemer und unnötiger machte. »Ich bin in diesem Haus aufgewachsen. Meine Eltern wohnen immer noch hier.« Ich trank meinen Whiskey aus, nahm die Flasche von der Fensterbank, auf die er sie gestellt hatte, und schenkte mir nach, ohne ihm etwas anzubieten.

»Nicht zu viel, Prinzessin, ich brauche dich bei klarem Verstand.«

»Um zu ficken?«, fragte ich, denn der Alkohol gab mir Mut. Seine Analyse meiner Persönlichkeit sollte mich provozieren und schockieren, aber diese Genugtuung gönnte ich ihm nicht.

Er verzog die Mundwinkel zu einem kleinen Lächeln. So hatte ich ihn noch nie lächeln sehen – ein bisschen schüchtern mit einem Schuss Bosheit.

Er nickte. »Ja, um zu ficken.« Er ließ mich nicht aus den Augen, als würde ihm etwas fehlen, wenn er mich nicht sah.

»Funktioniert es meistens, wenn du so direkt bist? Ich meine, bei den Frauen?« Ich wollte ihn nicht provozieren. Meine Neugier war echt. Ich konnte mich nicht erinnern, dass mir je ein Mann so unverblümt gesagt hätte, dass er mich begehrte. Meistens war ich diejenige, die beschloss, dass sie jemanden wollte. Hatte mich eigentlich jemals ein Mann nach einem Date gefragt? Der Großteil meiner Freunde hätte sich ein Dinner nicht mal leisten können.

Ich hatte noch nie darüber nachgedacht, aber dass Sam mich so offensiv anmachte, führte mir schonungslos vor Augen, wie ich mich normalerweise verhielt. Stets hatte ich den Männern die ganze Macht überlassen.

»Also, nur damit das klar ist«, sagte ich, »was passiert nach dem Ficken?«

Sams Lächeln war jetzt nicht mehr boshaft, sondern belustigt. »Danach?«

Ich starrte in mein Glas, um mir die Illusion von Mut zu erhalten, die es mir schenkte, trank aber keinen weiteren Schluck, weil ich selbst auch Wert darauf legte, bei klarem Verstand zu sein.

Um zu ficken.

Ich wollte herausfinden, wie es war, wenn man aufgerissen wurde. Wie es war, unter einem so großen, so selbstsicheren, so beherrschten Mann wie Sam Shaw zu sein.

»Nichts. Ich tue nichts anderes als ficken.«

Oh. Also hatte er nur Sex im Angebot. Den einzigen One-Night-Stand meines Lebens hatte ich auf dem College gehabt. Ich wusste nicht mehr, ob der Sex gut war, und wahrscheinlich bedeutete das, dass er nicht gut war. Jedenfalls nicht so gut, dass ich mich daran erinnert hätte. Etwas an Sam Shaw sagte mir, dass ich eine Nacht mit ihm nie vergessen würde.

»So verklemmt bin ich gar nicht, weißt du«, sagte ich. »Ich wohne in Brooklyn.«

Ich würde mich nicht einfach abstempeln lassen.

Er fing schallend an zu lachen.

Hitze überzog meine Wangen. Wahrscheinlich hatte ich ziemlich blöd geklungen, so, als wollte ich behaupten, dass ich, weil ich in Brooklyn lebte, nicht die Park-Avenue-Prinzessin war, für die er mich hielt.

»Ich weiß nicht, ob man jemals aus der Umgebung herauswächst, in der man groß geworden ist«, antwortete er. Seine Stimme klang sanft, und er strich mir über den Rücken, als bäte er mich um Entschuldigung.

Ich legte ihm eine Hand auf die Brust, aber ich wusste nicht, ob ich ihn wegstoßen oder an mich ziehen wollte.

7. KAPITEL

SAM

»Also, Grace Astor«, sagte ich, nahm ihr das Whiskeyglas aus der Hand und stellte es neben die Flasche auf die Fensterbank. Ich wollte sie küssen. Berühren. Ficken.

»Also, Sam Shaw«, antwortete sie und blickte mich unter dichten Wimpern hervor an. Je weiter unsere Unterhaltung fortschritt, desto empfänglicher wurde ihr Körper für mich. Ich merkte, dass sie das Für und Wider abwog, mit mir zu schlafen.

Sie war eine Park-Avenue-Prinzessin – seitdem ich zu Geld gekommen war, hatte ich viele von dieser Sorte kennengelernt –, aber ich mochte sie. Grace entsprach nicht dem Klischee. Die meisten Leute machten sich viel zu viel aus Dingen, die nichts bedeuteten, und zu wenig aus allem, was wirklich wichtig war. Dass Grace darüber spottete, dass ich Geld für Kunst ausgab, ohne mich damit auszukennen, fand ich interessant, denn eigentlich war es ihr Job, Kunst zu verkaufen. Es machte sie anziehend für mich. Genauso wie die Fotografien, die sie neben den Degas gehängt hatte – die Kombination ergab keinen Sinn, funktionierte aber trotzdem.

Ich legte ihr die Arme um die Taille und zog sie an mich. Sie sträubte sich nicht, ließ die Hände aber vorsichtshalber auf meinen Unterarmen liegen. Sie begehrte mich – sie wusste nur nicht, wie sie damit klarkommen sollte.

»Ich will nicht auf einer Matratze auf dem nackten Fußboden gevögelt werden«, sagte sie, und ihre Lider begannen zu flattern.

»Wir müssen es überhaupt nicht tun.«

»Ich will aber.« Sie wandte den Blick ab und nickte. »Aber nicht da.«

»Sollen wir zu dir fahren?«, fragte ich. »Oder in ein Hotel?«

Sie saugte die Unterlippe ein und ließ sie langsam wieder los. Ich konnte mich nicht zurückhalten, ich musste mit dem Daumen über die gerötete Stelle streichen.

»Hier ist schon okay. Nur nicht auf der Matratze.«

Ich wusste nicht, was ihr Problem war. Ging es um die Matratze an sich oder darum, dass ich darauf schon andere Frauen gehabt hatte? So war es zwar nicht, aber sie konnte ja nicht wissen, dass ich mich grundsätzlich in die Wohnung der Frau mitnehmen ließ. Mir war es egal. Sie sollte sich einfach nur ausziehen. Wo, spielte für mich keine Rolle.

Sie fuhr mir an den Armen hinauf und umfasste meine Schultern, als wollte sie meinen Körper mit den Händen nachzeichnen, damit sie sich später und an einem anderen Ort besser an mich erinnern konnte. Ich löste eine Hand von ihrer Taille und schob ihr die Haare hinter die Ohren, dann legte ich meine Finger um ihren Hinterkopf.

Bei jeder Berührung schien ihr Körper sich zu entspannen, als besäßen meine Fingerspitzen magische Kräfte. Alles an ihr war weich – ihre Haut, ihr Haar, die Art, wie sie redete, wenn sie verlegen war. Es fühlte sich gut an, sie im Arm zu halten, aber ich wusste, unter mir würde sie sich noch viel besser anfühlen.

Ich drehte uns um und schob sie zurück, bis ich sie an die Wand neben dem La Touche drückte. Um die Frau auf dem Bild rankten sich genauso viele unbeantwortete Fragen wie um die Frau, die vor mir stand. Meine Hände lagen auf ihren Hüften, meine Daumen schoben sich unter den Bund ihres Rockes. Sie drängte die Hüften an mich, ließ mich ihr Verlangen spüren und fachte mein eigenes auf diese Art weiter an. Ich beugte mich über sie, meine Lippen berührten ihren Mund.

Sie lockerte den Griff um meinen Nacken, hielt mich aber fest – als würde ich irgendwohin gehen wollen! Ich nahm ihre Hände in meine und hob sie über ihren Kopf. Ich wollte sie küssen, unseren gemeinsamen Rhythmus finden, unser Atem sollte sich vermischen, bevor wir noch weitergingen.

Ihre Zunge war so weich wie alles andere an ihr, aber weniger zielstrebig, als ich erwartet hatte. Es gefiel mir. Ich wollte sie führen.

Sie schmeckte nach Kirschen – süß, mit einem Hauch von Säure –, und ihre Ecken und Kanten rundeten sich unter meinen Fingern und meiner Zunge allmählich ab. Ich lehnte mich zurück, um sie zu betrachten, denn ich wollte die Reaktion auf meine Liebkosungen in ihrem Gesicht sehen. Langsam hob sie die schweren Lider, als erwachte sie gerade aus einer Narkose. Ihre Lippen waren rot, ihr normalerweise glattes blondes Haar zerzaust.

Perfekt.

»Hey«, sagte ich.

Sie verdrehte die Arme und versuchte, sich zu befreien.

»Lass mich sehen, wie schön du bist.«

Erneut sog sie die Unterlippe zwischen die Zähne. Ich wollte an ihrer Stelle daran saugen. Ich eroberte ihre Lippen, ihre Zunge, ihren Kuss.

Der Rhythmus ihres Pulses unter meinen Händen entsprach dem Pulsieren in meinem Schwanz. Noch eine Drehung ihrer Hüfte und ein leises, kaum hörbares Stöhnen tief aus ihrer Kehle ließ mich aus dem Kuss erwachen und trieb mich weiter.

»Lass deine Arme oben«, flüsterte ich an ihrem Mund.

Wieder stöhnte sie, mein Schwanz presste sich von innen an den Reißverschluss, als wollte er mir sagen, dass ich mich verdammt noch mal beeilen sollte. Trotz der Sturmglocken, die in mir klingelten, wollte ich alles ganz langsam angehen, denn ich wusste, dass ich jeden Augenblick genießen musste. Nach dem Sex kam *nichts,* also musste ich das *Etwas* so lange ausdehnen wie möglich.

»Okay«, flüsterte sie. Ich spürte ihren Atem auf der Haut und versank noch tiefer in diesem Augenblick. Ich ließ meine Hände an ihren Armen hinabgleiten, mein Herzschlag wurde mit jeder Sekunde schneller.

Mit einer Hand umfasste ich ihre Taille, hakte einen Finger der anderen Hand in ihren Ausschnitt und blickte ihr ins Gesicht. Sie öffnete den Mund, ihr Blick wirkte flehend. Ein Ruck, und der Knopf sprang auf und enthüllte die Rundung ihrer Brüste. Ich atmete tief ein und langsam wieder aus. Perfekt. Ich legte den Kopf in den Nacken, versuchte meinen Schwanz wieder unter Kontrolle zu bekommen und meinen Körper daran zu erinnern, dass ich die ganze Nacht Zeit hatte, sie zu genießen.

Der Gedanke ließ meinen ungeduldigen Schwanz nur noch heftiger pochen.

Ich riss ihre Bluse auf, die Knöpfe sprangen über den Boden, als ich die Träger ihres BHs herunterzog und ihre Brüste von dem Stoff befreite. Ich wollte ihre Nippel in den Mund nehmen, zwischen die Zähne, ihre Härte auf meiner Zunge spüren. Ich küsste die Haut zwischen ihren cremeweißen Brüsten, dann ging ich stöhnend vor ihr auf die Knie.

Ich befand mich genau auf der richtigen Höhe, um ihre ganze Schönheit in mich aufzunehmen – zerzaust und erregt –, und ich wusste, dass sie das nicht gewöhnt war.

Ihre Hüften wölbten sich mir entgegen. Ich war nicht der Einzige, dessen Körper auf die Ziellinie zuraste.

Ich stand auf, hob ihre Brüste an, bis sie unter meinen Händen hervorquollen. Wie die Brüste auf ihren Zeichnungen waren sie prächtig, dafür gemacht, ihren Anblick zu genießen. Ich blickte auf, um zu überprüfen, ob sie die Hände noch immer über den Kopf erhoben hatte. Mein Schwanz pulsierte, als ich sah, dass sie sie nicht von der Stelle bewegt hatte. Sie verstand es, beim Sex zu gehorchen. Fuck. Sie hatte eine Belohnung verdient.

Ich nahm einen Nippel in den Mund, saugte daran, knabberte und ließ die Zunge schnalzen, angefeuert von ihrem leisen Wimmern. Ihre Bewegungen wurden heftiger, ruckartiger. Tagelang hätte ich so weitermachen, meinen steinharten Schwanz foltern können ... aber ich wollte *sie* nicht quälen. Ich wollte mein Revier markieren. Mit der Zunge fuhr ich über ihre Brüste, knabberte und saugte, vergrub die Zähne in ihrem üppigen Fleisch.

»Oh Gott!«, schrie sie.

Ich würde sie nicht retten. Nicht jetzt. Nicht vor mir selbst.

Ich ließ sie los und begann, ungeduldig abwechselnd an ihrem Reißverschluss zu ziehen und mir das Hemd aufzuknöpfen. Ich wollte ihre Haut auf meiner, ihre Nässe unter meinen Fingern spüren und sie über ihre Schenkel verteilen.

»Nimm die Arme runter, Prinzessin. Und jetzt leg dich hin.« Ich führte sie zum Teppich, zog ihr Bluse und BH aus, während sie sich an meinen Schultern festhielt und langsam zu Boden sank.

Fuck, ich wünschte, ich hätte ein Bett für sie. Eine Couch oder einen Esstisch. Lauter Orte, an denen ich sie vögeln könnte. Ich stöhnte, und als hätte meine Fantasie ihre Lust noch gesteigert, wölbte sie mir, auf dem Boden liegend, die Hüften entgegen. »Du bist ungeduldig«, sagte ich.

Sie nickte. »Aber sei trotzdem vorsichtig«, sagte sie und

blickte mich flehend an. Vorsichtig? Sie meinte weder den Fußboden noch meine Bisse. Um ihrer Seele und ihres Herzens willen flehte sie mich so an.

Ich wollte sie beruhigen, ihr sagen, dass ich sanft sein und ihr niemals wehtun würde, aber genau das konnte ich ihr nicht versprechen. Ich hätte nicht gewusst, wie. Meine Erregung ließ ein wenig nach. Die Art und Weise, wie ich aufgewachsen war, hatte mich gezwungen, auf Distanz zu anderen zu bleiben. Mich nicht um die Löcher in meiner Seele zu kümmern, die nie gefüllt werden würden. Ich hatte mir beigebracht, mich auf andere einzustellen – ich konnte sie durchschauen, aber ich konnte sie nicht trösten oder beschützen.

Obwohl sie mich so sehr anzog, löste ich mich widerstrebend von ihr und legte mich auf den Rücken. »Wir müssen das hier nicht tun. Wenn es zu viel ist …«

Mit beiden Händen bedeckte sie ihr Gesicht. »Willst du mich nicht?«, fragte sie.

Vielleicht wollte ich sie zu sehr. Noch nie hatte ich eine Frau so verzweifelt begehrt wie Grace.

»Ich will dich.« Ich legte eine Hand auf meinen steinharten Schwanz. »Aber ich will nicht, dass du … dich unwohl fühlst.«

Das hier musste körperlich, rein körperlich, bleiben – für uns beide. Aber sie berührte etwas. Tief in mir.

Ich betrachtete ihren straffen Bauch, und ich konnte nicht anders, ich musste die Finger unter den Bund ihres Rocks schieben. Ich wollte mehr. Als der Reißverschluss geöffnet war, schob ich ihr den Rock hinunter. »Nimm die Hände aus dem Gesicht. Du bist zu schön, um dich zu verstecken.«

Mit den Konsequenzen würde ich mich später befassen. Jetzt musste ich sie haben.

Ohne sie auch nur eine Sekunde aus den Augen zu lassen, zog ich sie aus. Ich befürchtete, dass sie verschwinden würde, wenn ich den Blick abwendete. Ich hakte die Daumen links und rechts unter den Saum ihres Slips und zog die zarte Spitze über ihre Schenkel hinab, sodass sie entblößt vor mir lag. Faszinierend. Ein kleines, akkurates blondes Dreieck aus Haaren, genau, was ich erwartet hatte. Grace war keine Frau, die vollkommen nackt rumlaufen würde, ohne eine kleine Anregung. Ich beugte mich über sie, drückte ihr die Beine auseinander, sodass ich mich zwischen ihren Schenkeln niederlassen konnte.

»Was machst du da?«, fragte sie und versuchte sich mir zu entziehen. Genoss sie das hier etwa nicht?

Ich packte sie und hielt sie fest.

»Nein, Sam. Bitte nicht.« Sie machte sich an meinen Schultern zu schaffen und versuchte, mich zu sich hinaufzuziehen.

»Ich will dich schmecken«, sagte ich. »Aber ich höre auf, wenn du mir sagst, dass du Oralsex nicht magst.«

Sie schlug die Hände vors Gesicht.

Ich schob ihre Schenkel weiter auseinander. »Sag es.«

»Es ist mir peinlich. Bitte.«

Himmel! War sie katholisch oder …?

Ich schob mich an ihr hoch, mein Oberkörper ragte über ihr auf. »Nimm die Hände vom Gesicht, und sprich mit mir.« Wenn ich könnte, würde ich in ihr Gehirn fassen und jeden einzelnen faszinierenden Gedanken hervorholen.

Ihr Brustkorb senkte sich, als sie lange ausatmete.

»Es ist nur …«

Sie sah mir in die Augen, dann auf mein Schlüsselbein.

»Ich bin da unten nur … extrem nass.«

»Na und?«

Achselzuckend sagte sie: »Ich weiß nicht. Normalerweise bin ich nicht so. Bitte, nicht mit dem Mund, okay?« Meine Güte, genauso gut hätte sie mir erzählen können, ich hätte einen Riesenschwanz und sei der beste Liebhaber, den sie je gehabt hatte. Sie glaubte, ein peinliches Geheimnis zu verraten, dabei törnte sie mich einfach nur an, brachte mich richtig auf Touren.

Nach dieser Enthüllung fragte ich mich eher, ob ich in Zukunft ständig hart sein würde. »Ich werde nichts tun, was dir Unbehagen bereitet«, sagte ich und stupste meine Nase gegen ihre. »Aber damit du's weißt: Nichts würde ich lieber tun, als dich überall zu lecken, vor allem, wenn sie so nass ist wie nie zuvor.« Ich küsste sie sanft auf den Mund und lehnte mich zurück, sodass ich sie ansehen konnte. »*Ich* habe das bei dir ausgelöst, und es gibt absolut nichts, wofür du dich schämen musst.«

Sie versuchte, das Lächeln zu unterdrücken, das um ihren Mund spielte. Wer hatte ihr beigebracht, sich für das zu schämen, was sie zu bieten hatte? Jemand, der ihr nicht gewachsen war und das auch wusste. Jemand, der sie zerstören wollte.

Ich hasste ihn sofort.

Ihre Fingerspitzen streiften meine Seite, und sie hätte mir genauso einen blasen können, der Wirkung nach zu urteilen, die ihre Berührung auf mich hatte. Ich brauchte ein Kondom, bevor ich überall auf ihrem perfekten Bauch kommen würde. Ungeschickt tastete ich nach meiner Hose; ein paar Stunden zuvor hatte ich eins der vertrauten quadratischen Päckchen hineingesteckt.

Ich sah ihr unverwandt in die Augen. »Ich brauche dich. Und da du mir gesagt hast, dass du mehr als bereit bist, werde ich dich jetzt ficken.«

Sie nickte kurz, und ich legte mich auf die Seite, um den Gummi über meinen gequälten Schwanz zu ziehen, so weit hinunter wie nur möglich. In wenigen Sekunden würde ich mich in ihr versenken – und nichts auf diesem Planeten wünschte ich mir in diesem Augenblick mehr.

Ich brachte mich in Stellung, und als ich aufblickte, stellte ich fest, dass sie mich ansah, sie sah mir in die Augen, als versuche sie, in mich hineinzublicken.

Keine Angst, Prinzessin.

»Bereit?«, fragte ich.

Sie nickte und presste die Lippen zusammen. Wenn sie jetzt noch nervös war, würde dieses Gefühl innerhalb von Sekunden von ihr abfallen. Ich beugte mich über sie, wollte sie noch einmal küssen, sie beruhigen, stellte dann aber fest, dass ich es nicht fertigbrachte, mich ganz von ihr zu lösen. Also legte ich meine Stirn an ihre. Wir waren einander so nah, dass jeder den Atem des anderen auf den Lippen spürte.

Ich fuhr mit meinem Schwanz über ihre Klit. Ihr Körper war angespannt, aber das würde bald vorbei sein. Ich würde die Beklemmung einfach wegvögeln.

»Willst du mich?«, fragte ich.

Sie wimmerte leise. »Bitte.«

Der Klang vibrierte an meinen Lippen. Nur ein einfaches Wort.

Langsam und beherrscht glitt ich in sie hinein, aber ich hörte erst auf, als ich bis zum Anschlag in ihr war. Himmel, sie war verdammt eng! Ich keuchte, stieß den Atem aus.

Ich wollte schnell machen, innerhalb der nächsten dreißig Sekunden kommen, aber gleichzeitig gefiel mir die Art, wie wir miteinander verbunden waren, jeder Teil meines Körpers berührte jeden Teil von ihr. Bei dem Gedanken musste ich stöhnen.

Sie wand sich unter mir.

»Gefällt dir das, Prinzessin?«, flüsterte ich. »Hast du es gern, wenn ich dich mit meinem Körper am Boden festnagle, wenn mein Schwanz ganz in dir steckt, so wie jetzt?«

Natürlich gefiel es ihr; wie hätte es anders sein können?

Sie schlang die Arme um meinen Nacken und zog mich an sich, die Beine um meine Taille geschmiegt. Genau wie ich nahm sie diese Verbindung zwischen uns wahr, ich spürte es ganz deutlich.

Ich fing an, mich langsam zu bewegen, mit kleinen Pausen zwischen den Stößen, sorgte dafür, dass unsere Körper eng aneinandergepresst blieben, während mein Schwanz in sie eindrang und sich wieder zurückzog, nicht zu weit – ich wollte in ihrer Wärme bleiben –, nur gerade so weit, dass es ... Verfickt. *Perfekt.* War.

Es war so intensiv, die Lust derart heftig. Ich leckte über die Innenseite ihrer Oberlippe. *Kirschen.* Der Geschmack fuhr mir direkt in die Leistengegend und drohte mich in den Abgrund zu stürzen, als sie auch noch den Kopf in den Nacken legte. »Fuck«, brachte ich stöhnend heraus, das Wort ergoss sich direkt in ihren offenen Mund.

Sie grub mir die Fingernägel in die Schultern. »Nicht aufhören.«

»Niemals«, stieß ich hervor. Unsere Körper waren so fest miteinander verbunden, dass es war, als teilten wir uns dieselbe Atemluft, als wären wir miteinander verschmolzen. Ich griff ihr unter die Pobacke, weil ich sie noch näher bei mir haben wollte.

»Bleib da«, sagte sie atemlos. »Ich habe dich gern über mir. Auf mir. So schwer.« Sie stöhnte und wölbte den Rücken, angetörnt von ihren eigenen Worten. Fuck, das war beinahe zu viel für mich. Fast wäre ich gekommen, aber ich weigerte mich, vor ihr ins Ziel zu preschen. Ich stieß härter und tiefer, dann wieder schraubte ich mich mit kleinen Bewegungen in sie hinein.

Erneut suchte meine Zunge ihren Mund, begierig, mehr von ihr zu bekommen und ihr mehr von mir zu geben. Diesmal trafen sich unsere Zungen, als sie keuchte. Ihre Finger krallten sich in meine Arme, erstarrten, ich fühlte, wie sie mich in sich hineinzog, wie ihr Höhepunkt den meinen in Gang setzte.

Viel hatte ohnehin nicht mehr gefehlt. Ich schaffte es, mich einige Zentimeter zurückzuziehen, um in ihr schönes Gesicht zu sehen. Ihre Augen wirkten glasig, aber sie blickte mich so unverwandt an, als wüsste sie *alles.*

»Fuck!«, schrie ich, als ich mich in sie ergoss. Ich neigte den Kopf, meine Wange berührte ihre.

Es war nur Sex, nur Vögeln, aber es schien so viel *mehr* zu sein, als ich je zuvor empfunden hatte. Als hätte sie mit diesem letzten Blick meine Haut zerstochen und ich mich vor ihr aufgelöst.

Wir atmeten stoßweise, einer in den Nacken des anderen.

»Himmel, Grace.« Mit dieser Intensität hatte ich nicht gerechnet.

Sie schwieg, verlagerte aber unter mir das Gewicht.

Ich legte mich neben sie, entsorgte das Kondom und rollte mich dann, noch immer schwer atmend, auf den Rücken.

Schließlich setzte Grace sich auf und wandte mir den Rücken zu. Sie drehte den Kopf und blickte mich über die Schulter an. »Warum hast du keine Möbel?«, fragte sie mit zittriger Stimme, denn sie hatte sich noch immer nicht von der Anstrengung erholt. Das gab meinem Ego einen Schub, denn *ich* hatte das bei ihr bewirkt. »Hast du sie irgendwo eingelagert?«

»Wie lange wolltest du mir diese Frage schon stellen?« Mir fehlte ihr warmer, weicher Körper unter meinem. Und ich war noch nicht bereit, sie gehen zu lassen. Ich wollte noch einmal spüren, wie sie mich umschloss. Und ich musste sie mit der Zunge kommen lassen. So vieles war noch zu tun.

Sie zog die Brauen hoch. »Ist dir schon mal aufgefallen, wie oft du eine Frage von mir mit einer Gegenfrage beantwortest?!«

»Das machst du auch«, entgegnete ich.

Sie kuschelte sich wieder an meine Schulter und respektierte die Tatsache, dass ich ihre Frage nicht beantworten wollte. Was nur dazu führte, dass ich ihr alles erzählen wollte. »Ich habe nichts eingelagert. Bevor ich dieses Ding hier gekauft habe, hatte ich eine Mietwohnung.«

»Du hast im Lauf der Jahre keine Möbel angesammelt?«

»Wie gesagt, ich bin niemand, der Dinge sammelt. Oder Menschen. Ich bin nicht auf diese Art sentimental.«

Sie schwieg, und wir lagen da, schwelgten in dem, was gerade zwischen uns vorgegangen war – die Worte, die Berührungen, wie mühelos sich unsere Körper aneinanderschmiegten.

Ich war zwar nicht sentimental, aber zum ersten Mal in meinem Leben wusste ich, dass auf das hier noch etwas folgen musste.

8. KAPITEL

GRACE

»Und es gibt wirklich nichts, woran du hängst?«, fragte ich einige Minuten später. Warum lag ich immer noch da, an seinen muskulösen, hinreißenden Körper gekuschelt? Anstatt in seinen Armen zu liegen, sollte ich machen, dass ich hier rauskam, verdammt noch mal. Hätte ich doch nur ein winziges bisschen mehr Kraft in meinen Muskeln! Es war, als hätte Sam mir sämtliche Energie abgezapft.

Mein Körper brauchte immer Zeit, um sich für einen neuen Mann zu öffnen, und ich kam nie zum Orgasmus, wenn ich das erste Mal mit einem Typ schlief. Ich wusste nicht, ob ich je zuvor so intensiv empfunden hatte. Mein Höhepunkt war wie ein tiefes leises Grollen gewesen, eine Welle nach der anderen. Dieser Mann, der mit seinem selbstsicheren Lächeln und der lockeren, positiven Ausstrahlung jede Frau haben konnte, dieser Mann hatte gewartet, damit ich als Erste kam. Erst danach war er selbst gekommen, als wäre ihm endlich erlaubt worden, zu tun, wonach er sich am meisten sehnte.

Ich erschauerte.

»Hey, ist dir kalt?«, fragte er.

Nein, ich fror nicht, aber ich konnte ihm schlecht erzählen, dass der Gedanke an ihn und an das, was wir miteinander getan hatten, mich zum Beben gebracht hatte. »Ja, ein bisschen.«

Wie ein frisches Baumwollbetttuch breitete er sein Hemd über mich.

»Ich will nicht, dass du dich schon anziehst. Wir haben noch einiges vor.«

Er konnte das Grinsen nicht sehen, das sich auf meine Lippen stahl, aber ich konnte nicht länger bleiben. Mein Wunsch, die Gedanken an Steve zu verbannen, hatte mich schwach gemacht. Vorübergehend. Aber so angenehm es an seiner Schulter auch war – gemütlich einrichten würde ich mich nicht in dieser Position. »Nicht zu fassen, ich habe zum ersten Mal mit einem Kunden gevögelt«, sagte ich und wünschte mir sofort, ich hätte es nicht laut ausgesprochen.

Er zog mich an sich und drückte mir einen Kuss auf den Scheitel. »Ich hoffe, dir ist klar, dass *ich dich* gevögelt habe.«

Ich wollte mich nicht mit ihm streiten. Er hatte recht. Beim *Wie* hatte er mir so gut wie kein Mitspracherecht eingeräumt, und ich hatte feststellen müssen, dass mir das gefiel. Ich presste die Schenkel zusammen, als ich mich an seinen heißen Atem zwischen meinen Beinen erinnerte. Ich ließ nur selten zu, dass mich ein Mann leckte, aber obwohl ein Teil von mir es nur ungern zugab, war ich mir sicher, dass ich Ja sagen würde, falls Sam Shaw mir das erneut vorschlug.

Sein Schwanz pulsierte an seinem Bauch, als würde er schon wieder hart werden. Scheiße. Ich musste wirklich los. Ich sollte schon längst weg sein. Wie er gesagt hatte, kam nach dem Sex nichts mehr, warum also lag ich hier herum und sonnte mich im Glanz des postkoitalen Ruhms?

»Ich muss jetzt gehen«, sagte ich.

»Noch nicht. Bald. Ich will noch mal kommen. Und dich noch mal kommen lassen.«

Das war genau, was ich auch wollte. Nur um sicherzugehen, dass es kein Glückstreffer gewesen war. Hoffentlich hatte ich mir nicht nur eingebildet, dass er meinen Körper zum Jubeln gebracht hatte. Schon jetzt, nur wenige Minuten danach, bezweifelte ich, dass es wirklich derart … überwältigend … anders … oder so gut gewesen sein konnte, wie ich glaubte.

»Außerdem hast du dich immer noch nicht bereit erklärt, meine Kunstberaterin zu sein.«

Ich stöhnte. Ich hatte gehofft, dass er die Sache mit der Kunstberaterin nicht mehr erwähnen würde. Da ich nun mit Steves frühen Werken nichts mehr verdienen konnte, brauchte ich das Geld.

Ich konnte sein Angebot nicht ablehnen.

Obwohl mir die passende Qualifikation fehlte.

Obwohl ich zu wenig Kontakte hatte.

Obwohl es mich total verwirren würde, für ihn zu arbeiten.

Das mit dem »Nichts« nach dem Sex war leicht, wenn ich ihn nie wiedersah. Aber die Gefühle, die er in meinem Körper auslöste … Mit Sicherheit würde ich mich nicht in seiner Nähe aufhalten können, ohne daran zu denken.

»Mein Büro wird deine Daten in meinen Vertrag mit Nina einsetzen und ihn dir schicken.«

Ich schwieg und saß so still wie möglich da. Ich sollte ablehnen, aber ich konnte nicht.

»Wir können sofort anfangen.«

Warum hatte er es so eilig? Das Sammeln von Kunst war kein Kurzstreckenrennen. Man tat es sein Leben lang. Ich setzte mich auf und sah mich nach meinen Klamotten um. »Bei Sotheby's findet nächsten Monat eine Auktion mit alten europäischen Meistern statt.« Ich griff nach meinem BH und hakte vor meiner Brust den Verschluss ein. »Ich sehe mir das Programm an. Vielleicht ist etwas dabei, wofür du bieten solltest.«

»Du sagst also Ja?«, fragte er. Er richtete sich zum Sitzen auf und schob mir eine Hand unter den BH-Träger.

Ich schüttelte sie ab, denn plötzlich stieg in meinem Bauch eine Traurigkeit auf, die ich nicht einordnen konnte. »Ja.« Ich stand auf, er griff nach meiner Hand und versuchte mich wieder zu sich herunterzuziehen. Ich zog den Arm zurück, und er ließ los.

»Hey, ich hab gesagt, ich bin noch nicht fertig.«

»Ich aber«, sagte ich und zog mich weiter an. Er hatte schließlich klar und deutlich gesagt, dass nach dem Sex nichts mehr kam, und ich würde sicher nicht warten, bis er mich hinauswarf.

»Ich dachte, du bleibst noch ein bisschen.«

»Ich muss woandershin«, erwiderte ich.

Irgendwohin, wo es Alkohol gab.

Obwohl Harper stillte und den Großteil ihrer Zeit in Connecticut verbrachte, sorgte sie dafür, dass sie den Mädelsabend am Dienstag nicht verpasste. Ich war ihr unglaublich dankbar. Wenn ich mich von jemandem trennte, war die Übergangszeit am schlimmsten, weil ich dann ein paar Wochen lang viel mehr Freizeit als üblich hatte. Ich wusste, dass es nicht lange dauern würde, aber in diesem Augenblick war mir schmerzlich bewusst, wie allein ich war.

Seit der Eröffnung der Galerie hatte ich den größten Teil meiner Zeit mit Arbeit verbracht. Ich fuhr nach Hause und füllte auch dort noch Kalkulationsbögen aus oder suchte nach neuen Künstlern. Gelegentlich störten Bilder von Sam Shaw, der in der geheimen, abgetrennten Ecke der Galerie seine Hand über meinen Hintern gleiten ließ und mich an sich drückte, meine Konzentration, aber ich kämpfte dagegen an.

»Du siehst irgendwie anders aus«, sagte Scarlett, als sie sich aus meiner Umarmung löste und auf den Platz neben mir in die Nische schlüpfte.

Ich verdrehte die Augen. »Nein, tue ich nicht.« Vielleicht doch. Sogar Tage danach spürte ich noch die Nachwirkungen von Sams Berührungen in meinem Körper. Die blauen Flecken auf meinen Brüsten waren zu centgroßen Schatten auf meiner Haut verblasst. Ich genoss jeden einzelnen davon und war enttäuscht, als sie jeden Tag ein bisschen kleiner und heller wurden. Kein Mann hatte je zuvor solche Spuren auf meinem Körper hinterlassen. Es gefiel mir.

Und auch in meinem Geist hatte er Spuren hinterlassen.

»Jetzt sag bloß nicht, du warst wieder mit diesem Loser im Bett, mit deinem Maler.«

Beim Gedanken an Steves weichen, spindeldürren Körper zuckte ich zusammen. »Nein. Absolut nicht.« An Sam Shaws Körper war nichts weich. An seinen Berührungen war nichts unsicher. »Aber du hast recht. Ich habe neulich mit einem Kunden geschlafen. Ziemlich dumm von mir, schätze ich.«

Nur dass ich es nicht im Mindesten bereute. Sams Körper würde mich bis ans Ende meines Lebens mit Masturbationsfantasien versorgen. War er wirklich so groß? Hatte er mich wirklich so heftig kommen lassen? Es war, als hätte er in mich hineingefasst und den Orgasmus mit schierer Kraft aus mir herausgeholt.

»Warum war das dumm?«

»Weil ich ihn als Kunden immer noch brauche.« Ich verschwieg Scarlett, dass Sams Assistentin mir wie versprochen die Verträge zugeschickt hatte. Und dass ich sie ihr unterschrieben zurückgesendet hatte. Ich erzählte nicht, dass Sam mich seitdem dreimal angerufen hatte und ich kein einziges Mal drangegangen war. Niemand sollte erfahren, dass er meine Gedanken immer häufiger mit Beschlag belegte.

»War der Sex schlecht?«, fragte sie. »Kannst du ihn nicht mehr ansehen, weil sein Schwanz nur drei Zentimeter lang ist?«

Ein kleiner Schwanz war gewiss nicht Sam Shaws Problem. Ich zuckte mit den Schultern und winkte einen Kellner heran. Gleichzeitig kam Harper an unseren Tisch. »Kann ich bitte einen Virgin Mojito und einen Brotkorb bekommen?«, fragte sie, bevor sie uns überhaupt begrüßt hatte.

»Noch zwei Margaritas, bitte«, sagte ich, dann drehte ich mich wieder zu meinen Freundinnen.

»Rutsch rüber«, sagte Harper und schob sich in die Nische. »Worüber redet ihr? Himmel, gibt's hier denn nichts zu essen? Ich dachte, das ist ein Restaurant.«

»Jetzt reg dich mal ab. Du hast doch gerade einen Brotkorb bestellt«, sagte Scarlett. »Und wir reden über Kerle mit Drei-Zentimeter-Schwänzen.«

Harper verzog das Gesicht und rutschte von uns, als hätte Scarlett gerade verkündet, dass sie Herpes hatte. »Wer hat einen drei Zentimeter langen Schwanz?«, fragte sie.

»Niemand«, antwortete ich.

Scarlett warf Harper einen vielsagenden Blick zu. »Ein Typ, mit dem Grace gevögelt hat.«

»Du hast mit einem gevögelt, der einen drei Zentimeter langen Schwanz hat?«, fragte Harper.

»Nein, sein Schwanz war sehr groß, danke der Nachfrage.« Himmel, wo sollte das nur enden! Ich wollte nicht über die Größe von Sam Shaws Penis nachdenken oder darüber, wie es sich anfühlte, wenn er ihn in mich schob und immer tiefer eindrang. Dass ich es in Zehen und Fingerspitzen und auch in jedem anderen Teil meines Körpers fühlen konnte.

Harper und Scarlet blickten mich erwartungsvoll an.

»Und, wer ist der Typ?«, fragte Harper.

Ich schüttelte den Kopf und blickte zum Kellner hinüber. Hoffentlich würde er bald wiederkommen, damit wir das Thema wechseln konnten. »Niemand.«

»Ein Kunde«, sagte Scarlett.

Ich rollte mit den Augen.

»Wann war das? Wird vielleicht mehr daraus?«, fragte Harper. Bevor sie ihren Mann kennengelernt hatte, war es fast unmöglich gewesen, mit Harper darüber zu reden, wie man einen Kerl für eine ernsthafte Beziehung fand. Jetzt wollte sie, dass auch alle anderen das bekamen, was sie hatte. Es war süß, aber es war auch nervtötend.

»Nein, es ist nichts, und es wird auch nie was daraus. Es ist einfach passiert, aber bei diesem einen Mal bleibt es auch.« Denn nach dem Sex kam *nichts*.

Und das passte mir gut in den Kram.

»Im Augenblick muss ich mich auf die Galerie konzentrieren. Ich glaube, ich werde interessierten Kunden meine Dienste als Kunstberaterin anbieten.« Ich drehte den Stiel meines leeren Cocktailglases zwischen den Fingern hin und her.

»Oh, ich dachte, das interessiert dich nicht«, sagte Scarlett.

Ich zuckte mit den Schultern. »Jetzt, wo Steves Bilder weg sind, muss ich alles tun, damit der Laden läuft.«

Glücklicherweise kam der Kellner mit den Drinks und nahm unsere Bestellung auf, sodass Harper und Scarlett von mir abgelenkt waren und ich Zeit zum Durchatmen und Nachdenken hatte. Ich blendete ihre Stimmen einfach aus. War er jetzt in seiner Wohnung? Auf der alten, abgenutzten Couch, bei laufendem Fernseher, die Hand unter den Hosenbund geschoben und um seinen Schwanz gelegt?

Auf dem Tisch begann mein Handy zu vibrieren, und ich fuhr hoch. Sams Bild blitzte auf dem Display auf. Drei ignorierte Anrufe und zwei Margaritas später war es an der Zeit, mit ihm zu reden. »Den muss ich annehmen«, sagte ich und schlüpfte aus der Nische.

»Sam Shaw«, sagte ich in den Lautsprecher und steckte mir einen Finger ins Ohr, während ich durch das Restaurant zum Ausgang lief.

»Ich habe dich dreimal angerufen, Grace Astor«, sagte er und klang eindeutig verärgert.

»Du stehst auf meiner Liste, aber du bist mir zuvorgekommen.«

»Auf deiner Liste?«, fragte er und ließ mir eine Sekunde Zeit, um zu antworten.

Ich schwieg.

»Du hast den Vertrag unterschrieben; du bist meine Beraterin. Bis jetzt hast du mich aber noch nicht beraten.«

»Dass ich unterschrieben habe, heißt nicht, ich gehöre dir.«

Erneut schwieg er, aber nach den Stunden, die ich mit ihm verbracht hatte, wusste ich, dass es kein zorniges, sondern ein nachdenkliches Schweigen war. Er nahm auf, was die Leute von sich gaben, lernte daraus und speicherte es ab. Aber wozu?

»Ich war bei der Vorschau für die Auktion, von der ich dir erzählt habe.«

»Warum hast du mich nicht gefragt, ob ich mitkommen will? Ich dachte, mir soll gefallen, was ich kaufe?«

Ich schob mir den Daumennagel zwischen die unteren beiden Schneidezähne, um mein Lächeln zu überspielen. »Oh, ich dachte, du willst nur Geld verdienen. Ich lasse dir den Katalog schicken, dann können wir vor der Auktion am Donnerstag eine Vorauswahl treffen.«

»Nein. Bring den Katalog lieber mit. Morgen zum Lunch. Um wie viel Uhr findet die Auktion am Donnerstag statt?«

»Du musst da nicht hingehen. Wir können ein Limit festlegen, und ich rufe dich dann an.«

»Nein, ich glaube nicht, aber darüber reden wir morgen beim Lunch. Halb eins. Komm zu mir ins Büro.«

Und damit legte er auf.

Ich starrte auf das Display meines Handys. Er hatte nicht nur einfach aufgelegt, er hatte mich auch in sein Büro bestellt, ohne mir zu sagen, wo es sich befand. Er ging einfach davon aus, dass ich das wusste. Was natürlich stimmte, denn nachdem er mich hatte kommen lassen, als wäre das sein Job, hielt ich es für eine Frage der Höflichkeit, ihn zu googeln. Trotzdem war es arrogant von ihm. Verwöhnt. Selbstgerecht.

Das Problem war, dass er nicht so *typisch* verwöhnt war, wie ich bei unserer ersten Begegnung geglaubt hatte. Manches passte ins Bild – er war fordernd und ging immer davon aus, dass er bekommen würde, was er wollte. Aber dann gab es diese andere Seite an ihm, den Mann, der keine Möbel in seiner Wohnung hatte. Und die Tatsache, dass er ein bisschen mehr zuhörte, als selbst zu reden. Vor allem aber fühlte ich mich zu ihm *hingezogen*.

Das war überhaupt nicht typisch.

Ich ging wieder in die Bar, die voll aufgedrehte Klimaanlage holte mich in die Gegenwart zurück.

»Ich habe jemanden kennengelernt, der vielleicht gut zu dir passt«, sagte Harper, als ich mich setzte.

»Hat Scarlett ihm einen Korb gegeben?«

Mein Blick wanderte zwischen den beiden hin und her. Scarlett war Single und ging immer mit zwei oder drei Typen gleichzeitig aus. Ich kam mit dem Zählen gar nicht mehr nach. Aber ich bewunderte, wie sie sich nach ihrer Scheidung wieder aufgerappelt und neu angefangen hatte.

»Duncan und ich haben beschlossen, dass die Sache zwischen uns exklusiv ist«, sagte Scarlett.

Meine Augen weiteten sich. Duncan war doch nur ein Lückenbüßer. »Tatsächlich? Wow? Wann ist das denn passiert?«, fragte ich, während Scarlett von einem Ohr zum anderen grinste.

Sie rutschte aufgeregt auf dem Stuhl herum und sagte: »Gestern Abend. Er hat mich zum Essen eingeladen und gesagt, dass er seinen Onlinedating-Account gelöscht hat.«

Keine Geigen und keine roten Rosen mehr. Das Löschen des eigenen Onlinedating-Profils, das war inzwischen die große romantische Geste in New York.

»Na, das ist ja aufregend«, sagte ich.

»Ich finde, du solltest dir noch ein paar Optionen offenhalten. Ich traue ihm nicht.« Harper sprach aus, was wir anderen dachten.

»Solange *du* es aufregend findest«, sagte ich und trat Harper vors Schienbein.

»Hey, man tritt nicht nach stillenden Frauen. Ich sage doch nur, was ihr alle denkt.«

Ich schüttelte den Kopf. »Wer ist dieser Typ überhaupt?« Nicht, dass mich das wirklich interessiert hätte. Im Augenblick traute ich meinem Urteilsvermögen nicht. Sam passte in keine meiner klar umrissenen Kategorien, und obwohl ich immer geglaubt hatte, es seien die Reichen, die andere Menschen benutzten, hatte Steve mir auch in dieser Hinsicht bewiesen, dass ich unrecht hatte, und alles auf den Kopf gestellt. Ich brauchte eine Auszeit von Männern.

»Er ist ein Kunde von mir«, sagte Harper. »Letzte Woche habe ich ihn gesehen, er hat sich gerade von seiner Frau scheiden lassen. Er ist ziemlich reich. Ich weiß, dass du solche Typen hasst. Aber er arbeitet zweimal im Monat ehrenamtlich für ein Obdachlosenasyl, ungelogen, ich schwöre es dir.«

Ich kicherte. »Dann ist er entweder nicht so reich, wie du sagst, oder er lügt dich an.«

»Sei nicht so zynisch.« Dass Harper mir Zynismus vorwarf, war ungefähr dasselbe, als wenn mich die Königin von England piekfein nennen würde. »Du solltest ihm wenigstens eine Chance geben.«

»Ich bin nicht bereit zu …« Wozu auch immer. Ich wollte überhaupt nichts, zumindest eine Zeit lang.

»Immerhin warst du zu Gelegenheitssex mit einem neuen Kunden bereit«, sagte sie. Harper und ich forderten uns ständig gegenseitig heraus. Das war einer der Gründe, warum wir schon so lange befreundet waren. Der Unterschied zwischen uns war, dass ich schubste und sie stieß.

»Das war was ganz anderes.« Ich würde nicht nachgeben.

»Wie meinst du das: was anderes?«, fragte Scarlett.

»Na ja, wie Sport oder so.« Ich hatte nichts in Sam investiert, und diese Freiheit fühlte sich gut an. So gut, dass ich mich darauf freute, ihn am nächsten Tag zum Lunch zu treffen.

Es war wärmer, als es in Manhattan im Herbst um die Mittagszeit sein sollte. Ich hatte mein Lieblingskostüm von Chanel angezogen – schwarz-weiß und kombiniert mit knallrotem, mattem Lippenstift und dunkelroten High Heels. Der Rock war etwas kürzer als bei mir üblich. Ich wollte sehen, ob Sam auf meine Beine achtete.

Ich freute mich auf ihn. Ich wollte mich vergewissern, ob ich ihn wirklich so attraktiv fand, wie ich es in Erinnerung hatte. Ich wollte wissen, ob sein Kinn wirklich so markant war wie in meiner Vorstellung. Ob das kleine Lächeln so verführerisch wirkte, wie ich es mir in diesem Moment ausmalte.

Hätte es sich nur um ein Treffen mit einem Kunden gehandelt, wäre es schlechtes Benehmen gewesen, zehn Minuten zu spät zu kommen, keine Frage, aber das hier war ein bisschen komplizierter. Ein geschäftliches Treffen mit jemandem, der bei unserer letzten Begegnung nackt gewesen war, folgte leicht veränderten Anstandsregeln. Hätte es sich hingegen um einen Drink mit einer flüchtigen Affäre gehandelt, hätte ich mich um zwanzig Minuten verspätet. Zehn waren ein Kompromiss.

»Grace Astor für Sam Shaw«, sagte ich zu der Rezeptionistin hinter dem hohen Tresen aus glänzendem Ahornholz. Sie war der Typ, den Männer lieben – eine jüngere, heißere Ausgabe von Jennifer Lopez, falls das überhaupt möglich war.

»Bitte folgen Sie mir, Ms Astor«, sagte sie, und sie und ihr fabelhafter Hintern gingen mir über einen mit plüschigem Teppichboden ausgelegten Korridor voran und führten mich in einen unternehmenseigenen Speiseraum. »Machen Sie es sich bequem«, sagte sie, ehe sie die Tür schloss und sich entfernte. Okay, bei diesem Lunch ging es also ums Geschäft, das war schon mal klar. Ich hatte erwartet, dass er in eins der zahlreichen Restaurants in der City mit mir gehen würde, die auf die Verpflegung von Geschäftsleuten spezialisiert waren. Aber wie es schien, würden wir das Gebäude nicht verlassen.

Der große, glänzende Ahorntisch war für zwei Personen gedeckt, mit Kristallgläsern und Porzellan. Wäre ich noch nicht in Sams Wohnung gewesen, hätte ich nach diesem Anblick angenommen, dass sie genauso teuer eingerichtet war, weil Geld keine Rolle spielte.

Ich wusste es besser.

Ich betrachtete gerade die blauen und grünen abstrakten Gemälde an der Wand über der Theke, da öffnete sich schwungvoll die Tür. »Grace Astor, du kommst zu spät«, sagte Sam.

»Ich bitte aufrichtig um Verzeihung für diese Verspätung. Es ließ sich leider nicht vermeiden.«

Er wartete eine Sekunde lang, ob ich weitere Erklärungen

vorbringen würde, und als ich schwieg, lachte er leise. »Wir essen hier, wenn du nichts dagegen hast. Das spart Zeit.« Er bedeutete mir mit einer Geste, dass ich aufstehen sollte, und stellte meinen Stuhl auf die rechte Seite am Kopfende des Tisches.

Sein Ton war freundlich und geschäftsmäßig, so als wären wir uns bereits begegnet, aber nicht so als hätten wir einander nackt gesehen, aneinander gezerrt, uns die Haut zerkratzt und gegenseitig angefleht, uns endlich mit einem atemberaubenden Orgasmus von der lustvollen Qual zu erlösen.

Okay, damit kam ich klar.

»Also, hier ist der Katalog«, sagte ich, holte das glänzende Heft aus der Stofftasche und legte es vor uns auf den Tisch. »Die Objekte, die vermutlich unter Wert weggehen werden, habe ich mit einem Post-it markiert.« Über das Budget hatten wir noch nicht gesprochen, darum hatte ich wirklich alles gekennzeichnet, was ich für lohnend hielt. Seine Auswahl würde mir einen Hinweis auf sein Budget geben.

Er fuhr mit dem Daumen über die Reihe von Post-its in unterschiedlichen Farben und lächelte. Dann schlug er den Katalog auf und betrachtete meine Auswahl.

Wir wurden von drei Kellnern unterbrochen, die mit großen weißen Tellern hereinkamen. Sam blickte nicht mal auf, als sie das Essen vor uns abstellten.

Das Schweigen wurde allmählich unbehaglich. »Ist etwas dabei, was dir gefällt? Ich meine, wenn du wissen willst, auf welchen Überlegungen meine Auswahl beruht, dann frag mich einfach.«

Er legte das Heft auf den Tisch, nahm seine Gabel und hielt inne, als er sah, dass ich noch nicht aß. Ich griff zum Besteck, und wir fingen an.

»Was haben die verschiedenen Farben zu bedeuten?«, fragte er.

Wollte er wissen, wofür Farben in Gemälden standen?

»Ich meine die Post-its«, erklärte er.

»Ignorier sie einfach, für deine Zwecke spielen sie keine Rolle.«

»Aber es gibt doch einen Grund für die verschiedenen Farben.« Er legte sein Besteck ab, lehnte sich auf dem Stuhl zurück und richtete seine volle Aufmerksamkeit auf mich.

»Keinen geschäftlichen«, erwiderte ich, den Blick auf den Teller gerichtet.

»Ich glaube, die grün markierten magst du am liebsten.«

Er hatte recht, aber woher um Himmels willen wusste er das? »Warum versuchst du immer, Menschen zu durchschauen?«, fragte ich.

»Nicht immer«, sagte er und griff wieder nach seinem Besteck. »Nur Menschen, von denen ich etwas will oder die etwas von mir wollen.«

»Und in welche Schublade gehöre ich?«

Er blickte von seinem Teller auf und grinste. »Ich glaube, du hast eine ganz eigene Schublade.«

Im Raum wurde es still, und ich glaubte plötzlich, meinen eigenen Herzschlag zu hören. Was meinte er damit? War er nur meiner Frage ausgewichen, oder hatte er mir ein Kompliment gemacht?

Ich wollte, dass er mich berührte, denn als er das zuletzt getan hatte, ergab plötzlich alles einen Sinn. Ich war so auf den Augenblick und auf das Zusammenspiel unserer Körper konzentriert gewesen, dass ich keinerlei Zweifel mehr gehabt hatte.

»Übrigens bin ich ganz deiner Meinung. Mir gefallen die grünen auch. Aber ich möchte sie sehen«, sagte er.

Ich blickte auf und sah, dass er mich musterte, als wollte er genau mitbekommen, wie ich auf ihn reagierte.

»Du willst die grün markierten Objekte sehen?«

»Ja«, bestätigte er.

»Du solltest auch den anderen gegenüber aufgeschlossen bleiben. Möglicherweise gibt es auch unter den Objekten, die ich in anderen Farben markiert habe, ein paar lohnende Stücke.«

»Grün ist okay für mich. Ich finde, wir sollten uns nach deinem Bauchgefühl richten.«

»Und du willst mir nicht verraten, woher du weißt, dass die grünen meine Lieblingssachen sind?«

»Oh, das ist kein Geheimnis. Ich lerne dich immer besser kennen, verstehe allmählich, wann du das Vertraute liebst und wann das Neue, Unerwartete.« Er grinste. »In der Kunst.« Er zuckte mit den Schultern und schob sich einen Bissen in den Mund. »Und du hast sie eindeutig nicht nach Preis oder Epoche eingeteilt. Das ist süß. Muss dir nicht peinlich sein.«

»Ist es auch nicht. Wenn mir das peinlich wäre, hätte ich die Post-its alle in derselben Farbe gehalten.« Er sollte nicht glauben, dass er mir unter die Haut gegangen war. »Jedenfalls ist es zu spät, um sich die Bilder vor der Versteigerung nächste Woche noch anzusehen – die Besichtigung endet heute Nachmittag.«

»Dann gehen wir nach dem Lunch hin.«

Hatte dieser Mann nicht ein Geschäft zu führen? »Und was, wenn ich heute Nachmittag schon etwas vorhabe?«

Seine Augen wurden schmal. »Tu, was du tun musst, Grace Astor.«

Fast alles, was er sagte, ließ sich auf verschiedene Weise interpretieren.

»Verlangst du immer ein bisschen mehr von den Leuten?«

Er zögerte und wandte den Blick ab. »Nein, nicht immer.«

Was wollte er dann von *mir*?

»Okay, ich nehme dich heute Nachmittag mit … unter einer Bedingung: Wenn du mehr bekommst, bekomme ich auch mehr.« Die fehlenden Möbel beschäftigten mich, seitdem ich seine Wohnung zum ersten Mal betreten hatte. Und nach seiner unvollständigen Erklärung beschäftigten sie mich sogar noch mehr. Dass ein Mann nicht an Materiellem hing, hieß nicht, dass er kein Bett besitzen konnte – oder eine anständige Couch.

Er schluckte den Bissen hinunter und legte seine Serviette auf den Tisch. »Um was geht's dir?«

»Nach der Besichtigung gehen wir los und kaufen dir eine Couch.«

Er lachte leise. »Das ist das Mehr, das du dir wünschst?«

Hatte er sonst noch was im Angebot? Wollte ich noch etwas anderes? Ich nickte.

»Abgemacht.«

9. KAPITEL

SAM

Als ich Grace auf der Auktionsvorschau herumlaufen sah, verspürte ich den Wunsch, sie beiseitezunehmen, ihr die Bluse aus dem spießigen Upper-East-Side-Rock zu ziehen und mit den Händen über ihre Brüste zu fahren, bis sie mich anbettelte, sie zu ficken. Hier. In diesem Raum. Vor den Augen aller Besucher.

Beim Vögeln auf dem Fußboden in meiner Wohnung hatte sie sich mir geöffnet, und nun tat sie es wieder, nur auf eine andere Art. Einfach, indem sie existierte.

Ich konnte nicht genug von ihr bekommen. Ihre großen Augen, wie sie sich von allem faszinieren ließ, was sie sah, wie sie sich zu mir beugte und mir geheime Dinge über die Bilder zuflüsterte. »Sieh dir diesen Stiefel an – auf den ersten Blick wirkt er schwarz, aber bei genauerem Hinsehen ist er grün und weiß«, sagte sie, drehte sich zu mir und vergewisserte sich, dass ich ihr zuhörte, denn sie wollte, dass ich ebenso begeistert von den Kunstwerken war wie sie selbst.

Ich lächelte und nickte. So eindrucksvoll die Vorschau auch war, *Grace* überstrahlte alles andere im Raum. Ohne nachzudenken, schob ich ihr eine Haarsträhne hinters Ohr. Ihre Brust, die sich kurz zuvor noch gehoben und gesenkt hatte, bewegte sich nicht mehr, so als hielte sie die Luft an. »Jetzt bist du noch schöner – so leidenschaftlich und erregt«, sagte ich.

Die Verführungsphase sollte eigentlich vorbei sein; die sollte ich hinter mir haben. So war es immer nach dem Sex. Aber seit sie meine Wohnung verlassen hatte, nagte das Gefühl an mir, dass ich nicht genug von ihr bekommen hatte. Lag es daran, dass ich meinen Orgasmus bei ihr nicht hinausgezögert hatte? Seitdem hatte ich es mir ein Dutzend Mal selbst besorgt, war aber immer noch nicht befriedigt.

Wer verführte hier also wen?

Sie lächelte und blickte in ihren Katalog, und wir gingen einfach weiter, als hätte ich nie daran gedacht, sie gleich hier zu vögeln. Schließlich erreichten wir das Ende der Ausstellung, und sie deutete mit einer Kopfbewegung an, dass wir uns von der Menschenmenge entfernen sollten. »Weißt du schon, welches dir am besten gefällt?«, fragte sie leise. »Wir sollten die Auswahl auf zwei oder drei Bilder beschränken und dann für jedes ein Limit festlegen.« Während sie im Katalog blätterte, steckte sie eine Hand in ihre Handtasche und holte einen Stift heraus. »Und mach dich darauf gefasst, dass du vielleicht gar nichts bekommst.«

Im Geist hatte ich mir die Bilder notiert, die sie mit grünen Zetteln markiert hatte, und schenkte ihnen besondere Beachtung, als sie auf unserem Rundgang auftauchten. Drei gefielen mir besonders gut. »Diese beiden hier mag ich«, sagte ich und deutete auf zwei zusammengehörige Drucke von Toulouse Lautrec in gewagten Farben. Sie wirkten maskuliner als die Bilder, die ich in ihrer Galerie erstanden hatte – irgendwie geradliniger.

»Ja!«, rief sie aufgeregt aus, gewann sogleich ihre Fassung zurück und fügte leiser hinzu: »Für dein Schlafzimmer.« Der Mindestpreis der Drucke lag im unteren fünfstelligen Bereich, darum fand ich es beeindruckend, dass sie sie markiert hatte. Sie arbeitete auf Provisionsbasis und hätte auf die teuersten

Lose setzen können. »Ich glaube, wenn wir die für einen guten Preis bekommen, wäre das eine gute Wahl. Was noch?«

Ich zeigte auf ein weiteres Bild, ebenfalls grün markiert. Eine Vase mit Blumen in lebhaften Farben vor schwarzem Hintergrund. Es war irgendwie altmodisch, aber die Art, wie die Farben aus der dunklen Farbe hervorzubrechen schienen, reizte mich.

»Der Brueghel. Gott, ja. Der passt zu dir.«

Ich schob die Hände in die Hosentaschen. Ach ja? »Der passt zu mir?«, fragte ich. Außer Angie hatte so was noch niemand zu mir gesagt. Dazu kannte mich niemand gut genug.

Ihre Wangen färbten sich rosa, und sie zuckte mit den Schultern. »Ja. Du weißt schon. Dunkel und streng. Aber wenn du näher kommst, dann …«

Ich wollte, dass sie den Satz beendete. Was *dann*?

»Der kommt in deiner Wohnung gut zur Geltung«, sagte sie nur und blätterte weiter im Katalog.

Schließlich entschieden wir uns für einen weiteren Akt. Die mochte sie offensichtlich genauso gern wie ich. Hatte Grace sich jemals nackt von jemandem zeichnen lassen? Oder fotografieren? Es traf mich in die Eingeweide wie ein dumpfer Schlag. Die Vorstellung, dass jemand sie ohne Kleidung sah, gefiel mir nicht. Schlimmer noch, ich fand es schrecklich, dass ich das so empfand.

»Na komm, als Nächstes geht's zu Saks«, sagte sie und führte mich durch den Ausgang auf die Straße. »Warum hast du eigentlich keinen Fahrer?«, fragte sie. »Du musst doch reicher sein als der Papst, oder?« Sie winkte ein Taxi herbei, aber ich zog sie von der Straße zurück und stellte mich zwischen sie und den Bordstein.

»Warum sollte ich einen Chauffeur haben? Manhattan ist doch voll davon.« Wie um meine Behauptung zu bestätigen, tauchte ein gelbes Taxi auf und spritzte mir den Regen dieses Morgens auf die Hosenbeine.

»Tja, wenn dein Fahrer das mit dir macht, kannst du ihn feuern«, erwiderte sie. »Aber ich bin froh, dass es mich nicht getroffen hat. Danke.«

Grace nannte die Adresse und beschrieb dann genau den Weg, den er fahren sollte. Ich lehnte mich zurück und sah sie an, immer noch fasziniert. Eine Couch zu kaufen betrachtete sie als Sieg, ich hingegen als etwas Unvermeidliches. Ich wollte sie nicht noch einmal auf dem Fußboden ficken müssen.

Aber ficken wollte ich sie auf jeden Fall noch einmal.

Und das würde ich auch tun.

Mist. Ich hielt den Blick fest auf die Straße draußen gerichtet. *Ich will sie tatsächlich noch einmal ficken.*

»Aber du willst kein Geld für einen fest angestellten Fahrer ausgeben?«, fragte sie.

»Nein, ich glaube einfach, dass ich keinen brauche.«

»Du sagst das, als glaubtest du nicht an den New Yorker Lifestyle, aber sieh dir doch mal deine Büroräume oder deine Anzüge an, um Himmels willen!« Sie musterte mich von Kopf bis Fuß, wie um zu überprüfen, ob ich tatsächlich einen Anzug trug. Oder nahm sie *mich* unter die Lupe?

»Das ist was anderes. Es gehört zum Geschäft. Die Leute erwarten von mir, dass ich hübsche Büros habe und teure Anzüge trage. Das ist ein Teil des Jobs.«

Grace kicherte. »Du tust also nur, was andere von dir erwarten?«

Versuchte sie etwa bewusst, Charakterfehler bei mir zu finden? Abgesehen von der Arbeit hatte ich außer mit Angie kaum mit Frauen Kontakt. Ich verstand den Grund für ihre Fragen nicht. Wollte sie etwas beweisen, oder versuchte sie, mich nur besser kennenzulernen? »Ich tue, was nötig ist. Manchmal muss man bestimmte Schritte gehen, um an sein Ziel zu kommen.« Ich legte keinen Wert auf eine schicke Couch oder einen eigenen Fahrer, nur weil das ein bisschen bequemer gewesen wäre. Worauf ich Wert legte, war, dass ich meine Jugend kein zweites Mal durchleben musste. Um das zu verhindern, würde ich jeden Preis zahlen.

»Du tust also, was nötig ist?«, fragte Grace, als wir bei Saks vorfuhren.

»Nein. Das habe ich nicht gesagt. Ich tue, was mir hilft, um ans Ziel zu kommen. Das nennt man gesunden Menschenverstand. Es hat keinen Sinn, sich selbst das Leben schwer zu machen«, sagte ich und ging auf dem Bürgersteig hinter ihr her.

Sie war ehrgeizig. Sie wusste genau, wie der Hase lief. »Du warst mit dem Künstler deiner ersten Ausstellung zusammen. Sonst hättest du seine Werke nicht zeigen können, stimmt's? Du hast also getan, was nötig war.«

»Wie bitte?« Sie wirbelte herum und blickte mir ins Gesicht. »*Er* hat *mich* benutzt, du Arschloch. Steve hätte ohne mich überhaupt keine Ausstellung bekommen.«

»Das wollte ich damit nicht sagen. Du musst nicht gleich überreagieren.«

»Weißt du, dass ich ihn dabei erwischt habe, wie er seine Assistentin auf meinem Schreibtisch gevögelt hat? Kurz nach der Eröffnung meiner Galerie?« Sie drehte sich um, riss die Tür auf und ließ sie gleich wieder los, sodass sie mir vor der Nase zufiel. Ich zog sie wieder auf und folgte ihr ins Innere des Kaufhauses. »Und woher wusstest du, dass ich mit ihm zusammen war?«

»Das war doch offensichtlich. Und er mag dich zwar betrogen haben, aber trotzdem hast du getan, was dich näher ans Ziel bringt«, sagte ich hinter ihr.

»Wenn du es so sehen willst«, antwortete sie.

Schweigend steuerten wir auf die Möbelabteilung zu. Hin und wieder machte Grace den Mund auf, als wollte sie etwas sagen, ließ es dann aber sein.

»Ich benutze dich also?«, fragte sie endlich und setzte sich auf ein riesiges, L-förmiges Sofa, auf dem zwanzig Personen Platz gehabt hätten.

»Ich habe nicht gesagt, dass du diesen Malertyp *benutzt* hast.« Ich setzte mich neben sie. Jede Beziehung war ein Kompromiss. Jemand wollte etwas von einem, und man selbst wollte etwas vom anderen – ob geschäftlich oder persönlich, war völlig egal.

»Du hast meine Frage nicht beantwortet«, sagte sie. »Als wir miteinander geschlafen haben, wozu genau habe ich dich da benutzt?«

»Ich möchte dich was fragen.«

Sie verdrehte die Augen.

»Ich frage dich nicht, um dir auszuweichen, ich möchte nur deine Frage besser beantworten können«, erklärte ich und strich mit der Hand über ein Kissen. Natürlich benutzte sie mich. Ich wollte nur sichergehen, dass ich wusste, aus welchem Grund sie es tat.

»Dann frag.«

»Mit wem warst du vor dem Fremdgänger zusammen?«

Ihre Augen wurden schmal, und ich war mir ziemlich sicher, dass sie bedrohlich zu wirken glaubte. Tatsächlich sah es unglaublich süß aus. »Er hieß Nathan. Zufrieden?«

»Was hat er gemacht? Was gefiel dir an ihm?«

»Er war Musiker, wenn du es unbedingt wissen willst.« Sie stand auf und ging zu einem anderen Sofa, dessen Abmessungen etwas realistischer waren. Ich folgte ihr. »Er war sehr begabt.« Sie inspizierte die Couch, indem sie eine Hand über den schwarzen Samt gleiten ließ.

»Das hier gefällt mir«, sagte ich, als ich Platz nahm und hoffte, dass die Couch bequem war. Sie war so lang, dass ich ausgestreckt darauf würde liegen können, und es würde hübsch aussehen, wenn Grace neben mir lag und ihr blondes Haar einen reizvollen Kontrast zu dem schwarzen Bezug bildete.

Sie setzte sich neben mich und starrte geradeaus.

»*Benutzen* ist das falsche Wort«, sagte ich. »Aber du musst einen Vorteil von einer Situation haben, sonst kannst du dir die Mühe auch sparen.« Ich sagte nicht, dass es klang, als ginge sie gewohnheitsmäßig mit Losern aus und dass es wahrscheinlich eine Menge Gründe gab, warum sie das nötig zu haben glaubte. »Du hast einen bestimmten Typ Mann, mit dem du normalerweise ausgehst. Das liegt daran, dass du von einem Date mit diesem Kerl etwas hast – genauso, wie er etwas von einem Date mit dir hat.« Wenn sie auf Künstlertypen stand, war ich eindeutig nicht der Typ Mann, mit dem sie sonst schlief.

»Okay«, sagte sie. »Und mit dir habe ich geschlafen, weil …?«

»Weil ich einen großen Schwanz habe?«

Sie lachte, und ich ertappte mich dabei, dass ich nicht über meinen eigenen Witz grinsen musste, sondern weil sie tief aus dem Bauch heraus lachte.

»Gefällt sie dir?«, fragte ich und klopfte auf die Couch.

»Ja. Sie ist maskulin und gleichzeitig hübsch.«

»Okay. Also, wenn das hier die richtige ist, müssen wir nur noch einen Verkäufer finden.«

»Wie, einfach so?«

Ich zuckte die Achseln, beugte mich ein Stück vor und blickte dann über die Schulter zurück, um Grace anzusehen. Ich hatte recht gehabt: Sie sah schön aus auf dieser Couch. »Wir haben etwas gefunden, was uns gefällt. Was für einen Sinn hätte es, noch weiterzusuchen?«

»Du hast dich offenbar dein Leben lang geweigert, Möbel

zu kaufen, und jetzt willst du einfach das Erstbeste nehmen, was wir sehen?«

Ich erhob mich und reichte ihr die Hand, um ihr beim Aufstehen zu helfen. »Ich habe doch gesagt, dass ich mir eine Couch kaufen will. Wir haben eine gefunden. Sie gefällt mir. Ich nehme sie. So kompliziert ist das doch nicht.«

Grace ignorierte meinen Versuch, ihr zu helfen, und stand auf. »Okay. Also, das war einfach. Wie wär's dann noch mit einem Couchtisch?«

Ich lachte leise in mich hinein. Warum interessierte sie sich so sehr für meine Einrichtung? »Oh, natürlich«, sagte ich. Im Grunde unterschied ich mich nicht entscheidend von den Männern, mit denen sie bisher zusammen gewesen war – der Künstler und davor der Musiker.

»Was denn?« Sie stand über einen Glastisch gebeugt und blickte zu mir auf.

»Du bist eine Problemlöserin«, sagte ich und nickte. Leuten wie ihr war ich schon häufiger begegnet. Zweifellos steckte sie zu viel Energie in die Leute um sie herum. Sie sorgte dafür, dass sie das Beste aus sich heraufholten, bis sie sich schließlich von ihr abwandten und sie fallen ließen.

»Und du bist ein Besserwisser«, erwiderte sie scharf. »Gefällt dir der Tisch hier?«

Nun, wenigstens gab sie nicht vor, jemand zu sein, der sie nicht war. »So leicht mache ich es dir nicht, Grace Astor. Wenn du meine Grenzen überschreitest, dann werfe ich auch einen Blick über deine Mauern, du Park-Avenue-Prinzessin.«

Achselzuckend stand sie auf und machte einen Verkäufer auf uns aufmerksam. »Entschuldigen Sie, Mr Shaw möchte gern diese Couch kaufen«, sagte sie. »Und dazu diesen Tisch.«

Himmel, die Frau hatte Mut. Aber ich nahm es als Zeichen, dass das Spiel jetzt begonnen hatte. Wie konnte ich sie aus ihrer Komfortzone locken? Bevor ich lange über die Konsequenzen nachdenken konnte, packte ich sie um die Taille und zog sie an mich.

»Was tust du da?« Sie legte mir eine Hand auf die Brust und versuchte, mich wegzudrücken, als ich sie fester an mich ziehen wollte.

»Ich gucke über deine Mauern«, antwortete ich. »Ich wette, du hast noch nie jemanden in der Öffentlichkeit geküsst. Wenn du willst, dass ich den Tisch da kaufe, dann drück deine Lippen vor allen anderen hier auf meinen Mund.«

Suchend blickte sie sich um. »Erpresst du mich etwa gerade?«, fragte sie.

»Wohl kaum. Wir reden über einen Kuss und einen Tisch.« Ehrlich gesagt, stand ich nicht besonders auf öffentliche Liebesbekundungen; wenn ich Paare sah, die sich umarmten, war mir immer ein bisschen unbehaglich zumute. Aber als ich Grace im Arm hielt, kroch mir ihre Wärme unter die Haut. Sie zu halten gab mir das Gefühl, in einer Art geheimem Club zu sein, zu dem nur sie und ich gehörten.

Mir war vollkommen egal, wer zuschaute.

»Okay«, flüsterte sie, legte mir eine Hand in den Nacken und strich mir mit dem Daumen über das Kinn. Hätte ich es nicht besser gewusst, hätte ich geglaubt, dass ihre Geste echte Zuneigung ausdrückte. Ich beugte mich vor, sie erhob sich auf die Zehenspitzen und berührte sehr keusch mit den Lippen meinen Mund. Sie waren so weich, so verletzlich.

»Mehr«, murmelte ich an ihrem Mund und senkte den Kopf noch weiter. Sie faltete hinter meinem Kopf die Hände und lächelte an meinen Lippen. Gegen meinen Willen grinste auch ich, dann drang ich mit der Zunge in sie ein und küsste sie, als wäre es mein letzter Augenblick auf dieser Erde.

Ohne den Whiskey waren alle Sinneswahrnehmungen

viel stärker, und innerhalb von Sekunden wurde ich hart. Ich drückte die Hand auf ihren Hintern und zog sie an mich, damit sie meinen Schwanz spürte. Himmel. Weil wir uns in der Öffentlichkeit befanden und wussten, dass nicht mehr als ein Kuss daraus werden würde, machte die ganze Sache noch mehr Spaß. Ich konnte mich nicht erinnern, je eine Frau geküsst zu haben ohne die Erwartung, dass noch mehr passieren würde. Das hier war neu. Und es gefiel mir.

Ein leises Stöhnen kam über Grace' Lippen, und plötzlich entzog sie sich mir, beinahe, als schämte sie sich, weil sie sich so hatte gehen lassen. Ich ließ sie los, konnte aber den Blick nicht von ihr abwenden, während sie sich verstohlen umsah. Sie strich sich das Haar glatt und wandte sich von mir ab, dann schlug sie die Hände vor den Mund. »Deine ...«, sagte sie im Flüsterton, als hätten wir die Aufmerksamkeit der Leute mit *Reden* auf uns gezogen. Mit einer Hand wedelte sie mir vor dem Gesicht herum. »Mein Gesicht wird ganz rot davon.«

Ich fuhr mir übers Gesicht. Sie meinte meine Bartstoppeln. Ich rasierte mich jeden Morgen, aber am Nachmittag war immer schon ein Schatten nachgewachsen. Ihr Kinn und ihr Mund waren leicht gerötet. Ich grinste, erfreut, dass ihr die Nachwirkungen des Kusses noch anzusehen waren. Wie es ihr wohl gefallen würde, wenn ich mit meinem Dreitagebart über die Innenseite ihrer Schenkel strich? Ich musste mich umdrehen, um ein Stöhnen zu unterdrücken.

Wieso hatte ich sie neulich einfach gehen lassen, ohne sie gekostet zu haben?

»Wünschen Sie normalen oder Expressversand?«, fragte der Verkäufer und lenkte mich von Grace und ihren roten, vom Kuss geschwollenen Lippen ab.

»Express«, antwortete ich, ohne nachzudenken, weil ich auf die blonde Schönheit vor mir fixiert war.

»Okay, jetzt noch einen Esstisch und ein Bett«, sagte sie, als der Verkäufer mir meine Kreditkarte zurückgab.

»Du weißt, wie so was läuft, stimmt's?«, fragte ich.

»Wie *was* läuft?«, fragte sie zurück und führte mich zu ein paar Esszimmergarnituren.

»Mal bist du an der Reihe, mal ich. Wenn ich für einen Couchtisch schon so einen Kuss bekomme, dann muss ich mir was Passendes überlegen, bevor du die Einrichtung fürs Esszimmer aussuchst.«

Sie biss sich auf die Unterlippe. »Okay, warte, bis wir auf dem Weg zum Ausgang sind«, sagte sie. Vielleicht glaubte sie, mich überreden zu können. Vielleicht glaubte sie auch, ich würde sie noch einmal küssen. Und möglicherweise wünschte sie sich das sogar.

Ich folgte ihr durch einen Bereich, der mit Tischen und Stühlen vollgestellt war, und beobachtete, wie sie die Umgebung in sich aufnahm. Schließlich drehte sie sich achselzuckend zu mir um. »Nope. Hier gibt es nichts für dich.« Sie grinste, und gegen meinen Willen musste ich lachen.

»Angsthase«, sagte ich.

Ihre Augen wurden schmal. »Ich habe keine Angst; diese Esstische gefallen mir bloß nicht. So einfach ist das.«

Ich gab einen missbilligenden Laut von mir und schob die Hände in die Taschen. »Mehr Mumm hätte ich dir zugetraut, Grace Astor. Du machst ja schon vor der ersten Hürde halt.«

Sie ging auf den Ausgang zu, und ich folgte ihr.

»Kommst du auf diese Weise an Frauen heran? Indem du sie erpresst und zu einer körperlichen Beziehung zwingst?«, fragte sie und zog die Augenbrauen zu einem hinreißend finsteren Blick zusammen.

»Ja«, sagte ich und lachte. »Ständig.« Schweigend warteten wir auf den Fahrstuhl und fuhren hinunter ins Erdgeschoss.

Als die Türen aufglitten, fragte sie: »Wozu hättest du mich denn gern gezwungen?«

»Ich würde dich nie zu etwas *zwingen.*«

»Okay, was wäre der Lohn gewesen?«, fragte sie und winkte bereits nach einem Taxi.

Ich legte ihr die Hände auf die Schultern, um sie auch diesmal von der Bordsteinkante zurückzuziehen. Fast sofort fuhr ein Taxi vor. Ich öffnete die Tür und bedeutete Grace mit einer Geste einzusteigen. Während sie sich auf die Rückbank schob, sagte ich: »Ein Tattoo.« Wie weit konnte ich sie bringen? Wie weit *wollte* ich sie bringen? Ich wusste nur, dass ich das Feilschen genießen würde – das Hin und Her, ihre Miene, wenn sie im Geist das Pro und Contra abwog. Ich wollte zwar eine Kunstberaterin, aber genauso sehr wollte ich Zeit mit Grace verbringen, egal, ob es dabei um Kunst ging oder nicht.

»Himmel, auf keinen Fall. Das wäre ja für immer.«

»Wohin willst du jetzt?«, fragte ich.

»Nach Brooklyn.«

»Und dafür nimmst du dir ein Taxi?« Ich lachte. »Nein, du bist überhaupt keine Park-Avenue-Prinzessin.« Ich drückte dem Fahrer drei Zwanziger in die Hand und schlug die Tür zu.

Das Taxi fuhr mit ihr davon, und ich sah ihm nach, als es die Straße hinunterfuhr. Ich hatte diesen Nachmittag mit Grace sehr genossen.

Beim nächsten Mal würde es mehr als nur einen Kuss geben.

»Meine Güte, Angie, es tut mir leid. Ich weiß gar nicht, was ich sagen soll.« Ich griff über den Melamintisch des Diners und bedeckte ihre Hand mit meiner. Angie hatte angerufen, als ich nach der Einkaufstour mit Grace wieder in meiner Wohnung war, und sie hatte mich gebeten, am nächsten Tag mit ihr zu Mittag zu essen.

»Verdammt, Sam, werde jetzt bloß nicht sentimental«, sagte sie und zog schnell die Hand weg. »Seit wann darfst du meine Hand halten?« Angie und ich zeigten uns unsere Zuneigung nie körperlich. Keine Umarmungen. Keine Luftküsse. Nichts. Niemals. In einem Kinderheim existierten keine beiläufigen Liebesbekundungen. Ich hatte Grace zwar aufgezogen, weil sie sich bei solchen Gesten in der Öffentlichkeit unwohl fühlte, aber um ehrlich zu sein, ging es mir dabei kein bisschen besser als ihr.

»Quatsch, ich werde nicht sentimental. Ich will nur, dass du glücklich bist.« Das war alles, was ich für sie wollte – sie sollte glücklich sein und die Familie bekommen, die sie nie gehabt hatte.

»Schließlich habe ich dir nicht erzählt, dass ich Krebs habe – sondern nur, dass Chas zu wenig Spermien hat.«

»Kann man das nicht in Ordnung bringen?« Das wünschte ich mir sehr. Ich würde alles tun, was dazu nötig war.

Angie tauchte den Löffel in ihren Eisbecher. »Die Ärzte haben gesagt, dass wir es weiter versuchen müssen, und wenn es in einem halben Jahr nicht geklappt hat, müssen wir vermutlich über künstliche Befruchtung nachdenken.«

»Das klingt … nach einem großen Schritt.«

»Ist es auch. Und ich weiß nicht, ob ich dazu bereit bin. Ich meine, ich hasse Spritzen, und irgendwie ist es auch ein bisschen … widernatürlich, finde ich.«

Sah Angie gar nicht ähnlich, sich Gedanken darüber zu machen, ob etwas natürlich war oder nicht. »Umfasst Chas' Krankenversicherung auch eine künstliche Befruchtung?«, fragte ich. Nach allem, was ich gehört hatte, war eine solche Maßnahme teuer und gehörte nicht zu den Dingen, die von den Krankenkassen bezahlt wurden.

Angie zuckte mit den Schultern, was bedeutete, dass sie verdammt gut wusste, dass die Sache nicht von der Krankenkasse übernommen werden würde, was wiederum bedeutete, dass es keine künstliche Befruchtung geben würde, weil sie und Chas sich das nicht leisten konnten.

»Tja, wir werden uns darüber unterhalten müssen, also finde dich lieber gleich damit ab, anstatt dich erst drei Monate lang darüber zu streiten«, sagte ich.

»Wovon redest du, du verrückter Kerl?«, fragte sie, den Blick auf die Haselnuss gerichtet, die sie auf dem Löffel balancierte.

»Du weißt genau, wovon ich rede. Du hasst es, über Geld zu sprechen, aber ich werde dir die künstliche Befruchtung bezahlen.« Es war ein alter Streit – hin und wieder verlor ich sogar im Kampf darum, wer die Cheeseburger im Imbiss bezahlte. Ich hatte Angie nur deshalb ein Haus kaufen dürfen, weil ich ihr erzählt hatte, es sei mein einziger Weihnachtswunsch, ihnen genau das Geschenk machen zu dürfen, das sie meiner Meinung nach verdient hatten.

»Ach verdammt. Da macht Chas nicht mit. Er wird nicht zulassen, dass du für unser Baby bezahlst.«

»Natürlich bezahle ich nicht für euer Baby. Ich bin doch kein Menschenhändler, Mann. Ich will nur die Arztkosten übernehmen.« Ich seufzte, denn Angie ignorierte mich und musterte stattdessen die anderen Paare in dem kleinen Raum.

»Vielleicht soll es einfach nicht sein. Wer weiß, was für eine Mutter ich wäre? Ich hatte weiß Gott kein Vorbild.«

»Du bist nicht wie deine Mutter, Angie. Das weißt du.«

Sie zuckte mit den Schultern. »Bist du sicher? Man sagt, dass man wie seine Eltern wird. Und wenn das stimmt, dann hätte ein Baby bei mir keine Chance.«

Ich rollte eine Serviette zusammen und warf damit nach ihr. »Lass bloß nicht zu, dass deine Mutter dir diesen Teil deines Lebens auch noch stiehlt. Du bist nicht sie. Sieh dir nur an, wie du mit Chas umgehst – ist sie etwa je eine liebende Ehefrau gewesen, so wie du es bist?« Ich schlug mit den flachen Händen auf den Tisch. Verstand sie denn nicht, dass sie es verdiente, glücklich zu sein? »Du darfst nicht zulassen, dass sie dir die Zukunft raubt – sie hat schon genug Schaden angerichtet.«

Sie lächelte mich an und legte den Kopf schief. »Danke, Sam. Du findest immer die richtigen Worte.«

Ich nickte. »Und ich bezahle den Eingriff. Ich will nichts mehr davon hören. Im Gegenzug kaufe ich mir auch eine neue Couch.«

Sie hielt den Kopf wieder gerade und musterte mich aus schmalen Augen. »Hast du etwa schon eine gekauft?«

Erwischt. Aber versuchen konnte ich es ja trotzdem.

»Ich mache es, wenn du mir erlaubst, die Arztkosten zu übernehmen.«

»Ich glaube, du hast dir bereits eine Couch gekauft«, sagte sie. »Wie kommt das denn?«

»Angie, hör zu, ich will …«

»Ich rede mit Chas. Aber ich kann nichts versprechen.« Einer der Gründe, warum ich Chas so sehr mochte, war, dass er ein stolzer Mann war, der alles für seine Frau getan hätte. Geld von mir anzunehmen war schwierig für ihn, und ich respektierte das.

»Okay«, sagte ich.

»Okay. Und jetzt erzähl mir von der Couch.«

Ich lehnte mich zurück und ließ die Arme hinter der mit rotem Kunstleder überzogenen Stuhllehne baumeln. »Was gibt es da zu erzählen? Ich habe mir ein Sofa gekauft.«

»Einfach so?«

»Klar«, sagte ich.

Angies Löffel klirrte gegen das Glas des Eisbechers. »Wo denn?«

»Bei Saks.«

Erneut legte sie den Kopf schief. »*Okaaaay*. Du hast also ganz zufällig beschlossen, zu Saks zu gehen und eine Couch zu kaufen.«

Ich grinste. »Okay, wenn du es unbedingt wissen willst: Meine Kunstberaterin hat mich mitgenommen.«

»Eine Frau?«

»Ja, eine Frau. Wir haben uns ein paar Bilder angesehen und …« Wie sollte ich ihr erklären, was da passierte? »Ich habe sie gefragt, wo ich einkaufen sollte, und so kam eins zum anderen.« Hmm … das war nicht mal annähernd die Wahrheit darüber, wie es zum Kauf des Sofas gekommen war, aber ich wollte nicht, dass Angie voreilige Schlüsse zog. »Sie hat mir ihre Hilfe angeboten.«

»Wohl eher, dir den Schwanz zu lutschen«, sagte Angie, und ich warf erneut mit einer Serviette nach ihr. Ich fing an zu träumen: Ich auf dieser großen schwarzen Couch, sie auf dem Boden kniend, meine Hände in ihren Haaren …

Das Kunstleder des Stuhls quietschte, als ich das Gewicht verlagerte und nach vorn rutschte, um meine wachsende Erektion zu verbergen.

»Du kannst nicht davon ausgehen, dass mir jede an die Wäsche will, die höflich und hilfsbereit ist«, sagte ich.

»Warum nicht?« Angie zuckte mit den Schultern. »Wahrscheinlich ist es so. Übrigens, wer ist denn die Tussi? Ist sie scharf?«

»Sie ist meine *Kunstberaterin*.«

»Und offensichtlich auch deine Couchberaterin. Es klingt, als würde sie dich sehr gut beraten.«

Ich lachte und schüttelte den Kopf.

»Also«, sagte Angie leichthin. »Ich glaube, das ist gut so. Du kannst ein bisschen ›Beratung‹ in deinem Leben gut gebrauchen. Mir gefällt die Vorstellung, dass du zusammen mit einer Frau Möbel aussuchst.«

So war es *nicht* gelaufen. »Wir gründen keinen gemeinsamen Hausstand, verdammt noch mal.«

»Nein, ihr sucht nur gemeinsam Möbel aus. Du hast nichts zu verbergen, ich weiß.« Sie zog die Augenbrauen hoch. »Wie gesagt, ich finde das sehr gut.«

Angie neckte mich genauso gern wie ich sie, aber etwas an dem, was sie sagte, war hart an der Schmerzgrenze für mich, und ich wollte gern das Thema wechseln.

»Und du redest mit Chas über die künstliche Befruchtung?«, fragte ich.

Sie grinste. »Dir ist es lieber, wir reden über meine Gebärmutter als über dein Liebesleben, stimmt's?«

»Es gibt kein Liebesleben, Angie.«

Ihr Grinsen verschwand. »Vielleicht sollte es eins geben.«

10. KAPITEL

GRACE

Seit unserer Einkaufstour in der Woche zuvor hatte ich nur zwei Anrufe von Sam ignoriert. Den dritten hatte ich angenommen, denn ich musste ihm die Einzelheiten des Zeitplans für den Tag mitteilen. Als ich auf den Eingang des Auktionshauses zusteuerte, rebellierte mein Magen. Ich hatte noch nie auf solche Dinge geboten. Ich hatte schon mal dabei zugesehen, aber noch nie die Hand gehoben und in Sekundenschnelle so enorm viel Geld ausgegeben.

Ich sah auf dem Handy nach der Uhrzeit. Zehn Minuten zu früh. Wir waren für fünfzehn Uhr dreißig verabredet, aber es regnete, und ich hatte befürchtet, dass ich vielleicht kein Taxi mehr bekommen würde. Auf keinen Fall hatte ich mich verspäten wollen. Wie auch immer, zumindest musste ich jetzt nicht allzu lange Schlange stehen, um uns registrieren zu lassen und die Bieterkelle in Empfang zu nehmen.

Ich lehnte mich an die dunkle Holzvertäfelung des breiten Flurs und starrte auf den königsblauen Teppich unter meinen Füßen, während ich wartete. Vielleicht sollte Sam selbst bieten? Schließlich war es sein Geld, das wir hier ausgaben.

In den fünf Tagen seit unserem letzten Treffen hatte ich häufiger an ihn gedacht, als gut für mich war. Außerdem waren mir Tattoos durch den Kopf gegangen. Ich hatte noch nie verstanden, was so toll daran sein sollte, mir etwas für immer in die Haut ritzen zu lassen. Was war, wenn das Motiv mich langweilte oder wenn ich meine Meinung zu dem Zeichen änderte, mit dem ich mich freiwillig hatte markieren lassen?

Nichts war von Dauer.

Warum also dachte ich darüber nach, welches Motiv ich mir aussuchen und wo ich es platziert haben wollte? Warum stellte ich mir vor, wie Sam meine Hand hielt und mich zum Lachen brachte, um mich vom Schmerz abzulenken?

»Hey«, flüsterte Sam, und sein heißer Atem traf auf meine Wange.

Ich blickte auf und sah ihn über mir aufragen.

»Geht's dir gut?«, fragte er. Mit gerunzelter Stirn musterte er mich, analysierte mich.

Ich stieß mich von der Wand ab und blieb vor ihm stehen. »Ja, alles okay. Hab beim Warten nur ein bisschen nachgedacht.«

»Tut mir leid, dass du warten musstest«, sagte er, die Hände in den Hosentaschen. Warum war seine Präsenz so beeindruckend, ohne dass er sich darum bemühen musste? Die meisten mächtigen Männer legten Wert darauf, viel Raum einzunehmen. Aber Sam kündigte sich nicht an, egal, wohin er ging. Er bewegte sich nie, ohne Rücksicht auf andere zu nehmen, selbst wenn sie ihm im Weg standen. Er war so beherrscht und zurückhaltend, aber wenn er in meine Nähe kam, musste ich ihn einfach ansehen, und dann wünschte ich mir, dass er mich ebenfalls anblickte. Er fesselte meine Aufmerksamkeit auf sehr subtile Art.

»Ich denke gerne nach«, sagte ich lächelnd.

»Und worüber hast du nachgedacht?«, fragte er, als wir uns in Richtung des Auktionssaals in Bewegung setzten.

»Ach, dies und das«, antwortete ich. »Du weißt schon.« Hätte ich ihm sagen sollen, dass ich an ihn gedacht hatte?

»Ich weiß nicht, ob ich es weiß, Grace Astor. Klär mich auf.«

»Hast du ein Tattoo?«, fragte ich.

Um seine Mundwinkel zuckte es. »Du hast darüber nachgedacht, ob ich tätowiert bin oder nicht?«

Als wir den Auktionssaal betraten, wurde unser Gespräch durch eine Vielzahl murmelnder Stimmen unterbrochen – zum Glück. Ich hatte schon viel zu viel preisgegeben.

»Hier«, sagte ich und zeigte auf zwei Stühle am Ende einer Reihe etwa auf halbem Weg zur Bühne.

Wir setzten uns, Sam auf den äußeren Stuhl, nahe an der Wand, ich nahm zwischen ihm und einer Frau zu meiner Linken Platz. »Also, wir müssen unser Höchstgebot auf dieses Stück hier heften«, sagte ich leise und beugte mich zu ihm. Man weiß nie, wer alles zuhört. Der Raum war voller Sammler – Leute, die sich Strategien ausdachten, um die richtigen Kunstwerke zum richtigen Preis zu bekommen. »Wir lassen uns zu nichts hinreißen.«

»Nein, das wollen wir doch nicht. Oder?«, flüsterte er zurück.

»Ich meine es ernst, Sam. Das Adrenalin wird nur so fließen, und ein Mann wie du kommt vermutlich in Versuchung, die anderen zu überbieten.«

»Ein Mann wie ich?«, fragte er. »Ein Kerl mit Tattoos?«

»Ja. Ich meine, nein.« Ich war verwirrt und verlegen, denn was er sagte, klang so persönlich. »Wenn du nicht gern konkurrieren würdest, wärst du nicht so erfolgreich.«

Er nickte, sagte aber nichts. Er suchte den Raum ab, nahm alles in sich auf. Überall wurde im Flüsterton geplaudert, fast wie in einer Kirche.

Ich folgte seinem Blick, als er beobachtete, wie nach und nach die Leute eintrudelten. »Du hast also ein Tattoo?«, fragte ich. Wir sollten uns auf die Kunstwerke konzentrieren. Zumindest sollte *ich* das tun. Aber ich wollte eine Antwort auf meine Frage. Ich wollte mir vorstellen können, wie es aussah.

»Ja, nur eins«, sagte er. »Ich würde dich nicht um etwas bitten, was ich selbst noch nie gemacht habe.«

Ich konnte mich nicht erinnern, eine Tätowierung an ihm gesehen zu haben. Bei der Erinnerung daran, wie er auf mir gelegen hatte, wie sein Bartschatten meine Wange gestreift hatte, als er in mich eingedrungen war und geflüstert hatte, wie gut sich das anfühlte, atmete ich tief durch.

»Alles okay?«, fragte er, griff über meine Beine und zog mich an den Knien in seine Richtung.

»Was ist es?«, fragte ich, als er seine Hand wegnahm. Oder besser gesagt: *Wo* war es?

Mehrere Leute betraten die Bühne, und es wurde still im Saal. Sam reckte den Hals. »Du wirst es bald genug sehen.«

Wie bitte? Ich würde es bald genug sehen? Hieß das, er hatte vor, es mir zu zeigen? Wo es war? Was es war?

Beim nächsten Mal?

Wir würden uns nicht noch einmal ausziehen. Es sei denn … es sei denn, mir gefiel, wie er mich berührte. Mir gefiel, dass er nie die Stimme heben musste, um gehört zu werden. Mir gefiel die Art, wie er sich bewegte. Sogar die Art, wie er atmete, schien so … so bewusst, so zielstrebig. Als hätte bei ihm alles etwas zu bedeuten. Wenn wir das nächste Mal nackt waren, würde ich jeden Zentimeter seines Körpers nach dem Tattoo absuchen.

Er stupste mich an und riss mich aus meinen Gedanken. »Sieh mal«, flüsterte er, und seine Augen weiteten sich. »Er hat einen kleinen Hammer und so.« Sam drückte mein Bein.

Ich blickte ihn an, und ein Lächeln breitete sich in meinem Gesicht aus. Er fand das alles hier aufregend. Und mir gefiel die Art, wie er mich dieses Gefühl mit ihm teilen ließ.

Die Lose gingen schnell weg, und bald waren die Lautrec-Drucke an der Reihe.

»Ich mag die Farben«, sagte Sam und betrachtete die Drucke, die nun auf den Ständern auf der Bühne standen.

Diese Bilder hier liebte ich geradezu, und ich freute mich, dass sie ihm genauso gut gefielen wie mir. Sie erinnerten ein bisschen an Comics – kräftige Primärfarben und feste Linien. Sie sahen lustig aus. »Willst du bieten?«, fragte ich.

Er schüttelte den Kopf. »Dafür bezahle ich dich.«

Ich erzählte ihm nicht, dass ich das noch nie gemacht hatte, aber er hatte recht. Es war mein Job.

Schweigen senkte sich über den Saal in den Sekunden, bevor das Bieten begann. Der Auktionator stellte die Drucke vor, erzählte uns etwas über ihre Herkunft und die Komposition – nichts, was nicht auch im Katalog stand –, und dann, bevor ich auch nur durchatmen konnte, begann das Bieten. Jemand bot gegen jemanden, der weiter vorn saß. Mein Plan war, zu warten, bis einer der ersten Bieter ausstieg und dann meine Kelle zu heben. Aber innerhalb weniger Sekunden hatten die beiden bereits unser Maximalgebot erreicht.

»Tut mir leid«, flüsterte ich, als das Bieten weiterging.

»Muss es nicht«, antwortete er. »Es macht Spaß. Erinnert mich an alte Zeiten, als Zeug auf der Straße verkauft wurde, nur geht es jetzt um mehr Geld. Und die Leute tragen bessere Klamotten.«

»Auf der Straße?«, fragte ich. »Wo hast du denn …?«

»Und glaub mir, die Leute riechen auch viel besser.«

Hatten seine Eltern ihn arbeiten lassen, als er auf dem College war oder so?

Dann war unser nächstes Los dran, die Lithografie eines Akts von Degas, passend zu den anderen, die er mir abgekauft hatte. Schon das erste Gebot belief sich auf vierzigtausend Dollar. Wir hatten uns für dieses Stück auf maximal fünfundsiebzigtausend geeinigt. Ich hatte Sam geraten, zurückhaltende

Obergrenzen zu setzen, aber vielleicht war ich auch *zu* vorsichtig gewesen. Bei sechzigtausend kamen die Gebote langsamer, und ich griff nach der Kelle, bereit, sie zu heben. Ich spürte Sams Blick auf mir, konnte ihn in diesem Augenblick aber nicht erwidern. Bei fünfundsechzigtausend sah ich meine Chance gekommen und hob die Bieterkelle hoch. Der Auktionator nahm mein Gebot an, indem er auf mich zeigte, dann fragte er den Bieter weiter vorn, der von Anfang an dabei gewesen war: »Fünfundsiebzig?« Mit einem Kopfnicken, als hätten wir uns gar nicht gemeldet, wurden wir überboten, und die Versteigerung des Degas war vorbei. Himmel.

Ich lehnte mich auf dem Stuhl zurück und schüttelte den Kopf. »Das macht nichts«, flüsterte Sam. »Ehrlich. Es ist ein Erlebnis.« Die Art, wie er das Wort *Erlebnis* betonte, weckte in mir den Wunsch, seine Zunge auf meiner Haut und seine Hände auf den Hüften zu spüren. Ich umklammerte die Kelle fester.

Das Stillleben von Brueghel kam als Nächstes, und wir hatten vereinbart, auf das teuerste der drei Lose zu bieten. Ich glaubte nicht, dass Sam es selbst aus meiner engeren Auswahl ausgesucht hätte – auf Leute, die nicht viel von Kunst verstanden, übte es keinen unmittelbaren Reiz aus, weil es auf den ersten Blick so traditionell wirkte. Aber wenn man sich Zeit nahm, um es genauer zu betrachten, erwachte es zum Leben und gab bei jeder Betrachtung etwas Neues preis. Auf jeden Fall war es ein großartiges Werk, und bei unserem Budget von eins Komma zwei Millionen hatten wir gute Chancen, es zu bekommen.

Meine Handflächen waren feucht, als ich die Bieterkelle von der einen in die andere Hand nahm. Sam sollte heute nicht mit leeren Händen aus diesem Saal hinausmarschieren, und er sollte nicht denken, dass ich völlig inkompetent war und unsere Limits viel zu niedrig veranschlagt hatte. Er umfasste mein Handgelenk. »Alles ist gut«, flüsterte er mir ins Ohr. »Egal, was passiert, heute wird weder der beste noch der schlechteste Tag meines Lebens werden.«

Wie seltsam, dass er das sagte, aber er hatte recht. Wir mussten hier niemanden von Krebs heilen. Bei seinen Worten beruhigte sich mein Herzschlag wieder. Was auch immer passierte, es war nicht der Weltuntergang.

Ich musste mich zwingen, wieder zur Bühne zu sehen, als die Auktion weiterging. Eigentlich sollte ich mich auf das konzentrieren, was sich vor meinen Augen abspielte, aber ich wollte zu gern wissen, wie der beste und der schlechteste Tag in Sam Shaws Leben ausgesehen hatten.

Mehrere telefonisch abgegebene Gebote trieben den Preis in die Höhe, aber bei achthunderttausend waren bis auf einen Bieter alle ausgestiegen, sodass der einzige Bieter im Saal mit dem am Telefon konkurrierte. Bei einer Million war nur noch der Kunde am Telefon übrig. Ich atmete durch und hob meine Kelle. *Verdammt.* Gleich würde ich *einen Haufen* Geld ausgeben, das einem anderen gehörte. Hoffentlich hatte ich das Richtige ausgesucht, sodass wir keinen Reinfall erleben mussten. Mein Gebot wurde angenommen, und ich drehte mich zu Sam, der mir gelassen zunickte.

Wir boten weiter, jedes Mal stieg der Preis um zwanzigtausend, und als wir eine Million achtzigtausend geboten hatten, fiel der Hammer.

Verdammt.

Wir hatten es geschafft. Mein Magen zog sich zusammen, mir wurde heiß. Ich hoffte, dass Sam in dieser Höhe kreditwürdig war. Ich hielt die Bieterkelle hoch, als der Auktionator meine Nummer notierte, und Sam ergriff meine Hand und drückte sie.

Gemurmel erhob sich in der Menge, und einige Leute drehten sich um, weil sie sehen wollten, wer da gerade innerhalb von wenigen Sekunden einen siebenstelligen Betrag ausgegeben hatte. Sam und ich saßen da, als gingen wir jeden Nachmittag auf diese Art shoppen. Ich presste die Lippen aufeinander, um meine Aufregung zu verbergen, und versuchte, das Adrenalin in meinen Adern zum Stillstand zu bringen.

»Du hast es geschafft«, flüsterte er mir ins Ohr, und meine Brustwarzen richteten sich unter dem Stoff des BHs auf, als sein Atem auf meine Haut traf. »Komm, gehen wir.«

Ich konnte verstehen, dass er das Bedürfnis hatte, das Auktionshaus zu verlassen. Was gerade passiert war, hatte etwas sehr Intimes an sich – von der Art, wie nah wir nebeneinandergesessen und miteinander geflüstert hatten, bis zu der Tatsache, dass wir beide auf dasselbe Ziel zugesteuert waren und er mich insgeheim angefeuert hatte. Und doch waren wir dabei von all diesen Menschen umgeben. Ich wollte mit ihm allein sein.

Er zog mich vom Stuhl hoch, weg von den Gesichtern, die uns anstarrten.

Auf dem Weg zur Tür hielt ich ihn auf. »Sam, warte. Wir müssen noch bezahlen.« Er verzog das Gesicht, drehte sich aber um und ging mit großen Schritten in die andere Richtung. Ich gab der Frau hinter dem Holzschreibtisch meine Bieterkelle und die Unterlagen, die ich bei der Ankunft bekommen hatte.

»Herzlichen Glückwunsch«, sagte sie, ohne zu uns aufzublicken. »Sie haben vierundzwanzig Stunden Zeit, um die Abholung zu veranlassen. Soll ich die Kartendaten nehmen, die wir hier haben?«

Mit einer Hand griff Sam in seine Hosentasche und klappte sein Portemonnaie aus braunem Leder auf. Ich versuchte, mich von ihm zu lösen, um ihm die Sache zu erleichtern, aber er hielt meine Hand fest. Umständlich fummelte er in dem Portemonnaie herum und zeigte schließlich seine American-Express-Karte vor.

Ich blickte auf und ertappte ihn dabei, dass er mich anstarrte. Er ließ meine Hand los, und einen Moment lang glaubte ich, dass er mir ansah, was ich dachte – dass ich ihn wollte. Mein Körper entspannte sich vor Erleichterung, als er den Arm um meine Taille legte und mich an sich zog. Begehrte er mich auch?

»Komm mit«, sagte er, und wir machten kehrt und gingen so schnell davon, dass ich hin und wieder in den Laufschritt verfallen musste, um mit ihm mitzuhalten.

Ein Taxi wartete an der Straße, der Motor im Leerlauf. »Park Avenue 740«, sagte Sam zum Fahrer.

»Das ging schnell«, sagte er, an mich gewandt. Seine Finger streichelten mein Knie.

Ich nickte. Wir hatten beide überschüssige Energie. Vielleicht sollten wir ein paar Kurze trinken, ein bisschen tanzen, obwohl ich mir nicht vorstellen konnte, dass Sam allzu gern tanzte. »Fahren wir zu dir?«, fragte ich. »Um zu entscheiden, wo das Bild am besten hängen soll?« Hoffentlich war das nicht das Einzige, was in seiner Wohnung passieren würde.

Er runzelte die Stirn. »Von mir aus. Aber danach ficke ich dich auf meiner neuen Couch.«

Obwohl es zwischen meinen Schenkeln pulsierte, setzte ich eine ausdruckslose Miene auf. Ich wusste nicht, wie ich auf eine derart unverblümte Ankündigung reagieren sollte. »Die Couch ist schon da?«

»Ich erzähle dir, dass ich dich ficken werde, und du denkst einzig und allein über die Couch nach?«

Ja, denn nur auf diese Art konnte ich es vermeiden, darüber nachzudenken, ob es ein Fehler war, mit zu ihm zu fahren. Das war nicht meine übliche Vorgehensweise. *Sam Shaw* war nicht meine übliche Vorgehensweise, aber ich begehrte ihn. Immer, wenn ich in seiner Nähe war.

Es fiel mir schwer, ihn anzusehen, als wir aus dem Wagen stiegen und das Haus betraten. Sogar noch im Fahrstuhl blickte ich auf den Boden anstatt in sein Gesicht, um ihm nicht zu zeigen, wie sehr ich ihn wollte. Hin und wieder drückte er mir die Hand, fuhr mit dem Daumen über meine Fingerknöchel und entzündete Funken der Lust unter meiner Haut.

In seiner Wohnung standen wir Händchen haltend vor der Couch und blickten hinaus auf die Stadt.

»Hast du es gefühlt?«, fragte er und blickte weiterhin auf die Skyline, als wollte er vermeiden, mich anzusehen. »Das zwischen uns, in dem Auktionshaus?«

Ich wusste, was er meinte. Ich fühlte mich körperlich zu ihm hingezogen, hatte das Bedürfnis, ihn zu berühren, den Wunsch, mit ihm allein zu sein.

Ich nickte, und er drehte sich zu mir. »Ich wollte mit dir allein sein, nur du und ich.« Er ließ meine Hand los und nahm mein Gesicht in beide Hände, fuhr mit den Daumen über meine Wangenknochen. »Ich mag dich.«

Sein Blick wanderte zu meinen Lippen.

Nichts als unser schweres Atmen war zu hören.

»Ich mag dich auch.« Verdammt, ich sollte ihn nicht mögen – ich sollte ihn für verdorben und verwöhnt halten. Nur dass er offenbar ganz anders war.

Er seufzte, als wäre er enttäuscht. Er schob mir die Jacke von den Schultern, ohne den Blick von meinem Gesicht zu lösen. Auch nicht, als er mir mein ärmelloses Top auszog und es auf den Boden gleiten ließ. Nicht, als er mir den Rock auszog. Und auch nicht, als ich nur noch in Unterwäsche vor ihm stand. Endlich trat er einen Schritt zurück und ließ den Blick über meinen Körper wandern. Schon dieser Blick berauschte mich, jeder Teil meines Körpers stand in Flammen, während er mich musterte. »Sam«, flüsterte ich drängend, damit er sich meiner erbarmte, mich endlich berührte.

Meine Stimme lenkte seinen Blick wieder auf mein Gesicht, und er machte einen Schritt nach vorn. »Ich bin hier«, sagte er. »Ich bin hier, Prinzessin.«

Meine Finger machten sich an seinem Hemd zu schaffen, aber er schob meine Hand weg und knöpfte es schneller auf, als ich es gekonnt hätte. Mein Körper war von ihm geschwächt. Sehnsüchtig hatte ich darauf gewartet, ihn zu berühren, ihn zu küssen. Er zog seine Hose aus und schlang mir die Arme um die Taille, legte eine Hand auf meinen Rücken, während die andere zu meinem Hintern hinunterwanderte, presste mich an sich. »Sag mir, was du willst«, flüsterte er und drückte seine Stirn an meine.

»Dich. Ich will alles von dir.«

Er stöhnte, als steigerten allein meine Worte sein Verlangen nach mir. »Du weißt noch nicht alles über mich, Prinzessin. Noch nicht.«

»Ist mir egal«, sagte ich. »Ich will alles.«

Hungrig und drängend drückte er seine Lippen auf meine. Wir ließen unserer Lust freien Lauf; ich konnte einfach nicht genug von ihm bekommen. Ich zog ihn an mich, er packte mich fester. Meine Hände wanderten von seinem Nacken zu seiner Brust zu den Hüften. Ich konnte mich nicht entscheiden, wo ich ihn festhalten sollte, wo ich ihn intensiv genug fühlen, genug von ihm bekommen konnte.

Er hob mich hoch, und ich schlang ihm die Beine um die

Taille, legte ihm die Arme um den Nacken, ohne dass unsere Lippen sich voneinander lösten; unsere Zungen umspielten einander, drängten in den Mund des anderen, als er mit mir das Wohnzimmer durchquerte.

Seine Hände wanderten zu meinen Hüften und hielten mich fest, als er mich aufforderte, meine Beine von ihm zu lösen.

»Beug dich vor, Grace«, sagte er und drehte mich um, sodass ich auf die Couch blickte. Ich erschauerte und beugte mich über die Lehne aus schwarzem Samt, der Stoff drückte sich an meine warme Haut und streifte meine Nippel.

Sam fuhr mir sanft mit den Händen über den Rücken, dann wieder hinab und über den Hintern. »Schön«, flüsterte er, und dann spürte ich ihn nicht mehr. Ich stützte mich auf den Händen ab und blickte über die Schulter. »Bleib so«, sagte er aus einigen Schritten Entfernung. Er ging in die Hocke und durchwühlte seine Hosentasche. Ich nutzte die Gelegenheit, um seinen Körper zu bewundern, die muskulösen Oberschenkel, die Wölbungen und Vertiefungen seiner Arme, an denen die Muskeln sich überlappten. Er stand auf und kam auf mich zu, sein Schwanz dicht vor seinem Bauch. *Himmel.*

Stark – das war das einzige Wort, das Sam Shaw zutreffend beschrieb. Und nicht nur sein Körper verdiente diese Beschreibung. Wie er sprach, die Art, wie er ging – alles an ihm strahlte Stärke aus. Wie ein Fels, der tausend Jahre überstanden hatte, war Sam stark, innen und außen.

»Bist du bereit?«, fragte er und strich mir über den unteren Rücken.

Merkte er das nicht?

Ich spreizte die Beine und wandte den Kopf ab, sodass er nicht sehen konnte, dass ich lächelte, als ich ihn stöhnen hörte. Das Knistern des Kondompäckchens zögerte den Zeitpunkt hinaus, an dem ich seinen Schwanz an meinem Körper fühlte. Ich bog den Rücken, erleichtert, dass er bald in mir sein und mein Verlangen stillen würde.

»Willst du mehr von mir?«, fragte er.

Ich nickte.

»Sag es mir, Prinzessin«, sagte er. »Ich will es hören.«

»Ja«, sagte ich mit leiser, verzweifelter Stimme.

»Sag es lauter«, wies er mich harsch an.

»Bitte! Ich will dich tief in mir haben. Ich will dich ganz in mir haben.«

Er stieß in mich hinein, und ich prallte gegen die samtene Lehne. Mit beiden Händen packte er mich an den Schultern, trieb seinen Schwanz in mich. »Das ist es, was du willst, stimmt's?« Er zog sich wieder zurück. »Sag's mir«, forderte er mich auf – leiser jetzt.

»Ja, ich will es. Bitte, Sam!« Was machte er nur mit mir? Dieser Mann brachte mich dazu, ihn um seinen Schwanz *anzubetteln.* Aber als er erneut in mich eindrang, lösten meine Fragen sich auf, und ich konnte nur noch daran denken, wie er mich ausfüllte. Ich hatte keine Kontrolle über meinen Körper. Die Hitze. Die Wellen von Lust, die sich bei jedem Stoß auf mir auszubreiten schienen. Sam gab mir alles, und ich lag da mit dem Gefühl, ihm nichts zurückgeben zu können.

Seine Schenkel drückten gegen meine, als er sich wieder zu bewegen begann, mich fickte. Seine Hände zerrten an meiner Taille, meiner Hüfte, meinem Nacken. Er bedeckte mich voll und ganz.

Ich war es nicht gewöhnt, etwas von einem Mann zu nehmen. Ich war daran gewöhnt zu geben, mich darauf zu konzentrieren, dass er glücklich war und bekam, was er brauchte. Alles, was ich noch denken konnte, war, wie gut sich das hier anfühlte. Dass Sam mich vollkommen glücklich machte.

Er zog sich zurück, und ich griff nach ihm, aber auch seine Hände hatten mich losgelassen. Ruckartig drehte ich den Kopf, doch ehe ich widersprechen konnte, hatte er mich hochgezogen, und mein Hintern landete an der Lehne des Sofas. »So ist es besser. Jetzt kann ich dir in die Augen sehen«, sagte er und drang erneut in mich ein. Diesmal war sein Tempo nicht mehr so getrieben, sondern langsamer, gleichmäßiger und bewusster, als hätte er einen Teil seiner Selbstbeherrschung wiedergewonnen, jetzt, wo ich zugegeben hatte, dass ich ihn wollte.

Er beugte sich vor, seine Lippen streiften meinen Mund, bevor er sich über meine Schulter beugte und sie küsste. Der Kuss verwandelte sich in einen Biss, als er immer heftiger in mich hineinstieß. Ich befürchtete, ich würde über die Lehne fallen, aber als ich den Halt zu verlieren drohte, hielt er mich fest, noch enger an sich gedrückt, und vergrub die Zähne noch tiefer in meiner Haut. Der Schmerz verstärkte meine Lust, und beim nächsten Stoß setzte mein Orgasmus ein, während ich ihm die Fingernägel in die Schulter krallte.

»Oh Gott, ja!«, schrie ich.

Seine Bewegungen wurden grob, und ich zog ihn an mich, wollte mehr von ihm, war nicht bereit, vom Gipfel meiner Lust auf die Erde zurückzukehren.

Er stieß ein lautes Stöhnen aus, stieß heftig in mich hinein, während sein Höhepunkt mit meinem zusammenprallte. Erneut legte er seine Stirn an meine, unser Atem ging kurz und abgehackt.

Es war, als risse er die Lust aus mir heraus, um sich ganz darin einzuhüllen. Als wären unsere Orgasmen symbiotisch miteinander vereint.

Einer unmöglich ohne den anderen.

»Ich wusste, dass du nackt auf dieser Couch unglaublich aussehen würdest«, sagte er, als wir nebeneinander auf den Kissen lagen, die er auf dem Boden angeordnet hatte.

Ich kicherte. »Hast du es darum gekauft?«

»Ja, ich glaube schon.«

Ich begann zu zittern. »Ist dir kalt?«, fragte er und zog mich an sich. Ich schüttelte den Kopf. Nein, mir war nicht kalt. »Ich sollte hier eine Decke oder so was haben. Du weißt schon, auf den Sofapolstern, wie in den Illustrierten immer.«

Ich lächelte. »Du hast ja nicht mal Stühle für den Esstisch – Accessoires kommen erst im zweiten Schritt. Zuerst brauchst du die Basics.«

»Hast du dich schon entschieden, was für ein Tattoo du haben willst?«, fragte er.

Ich riss die Augen auf. »Oh Gott.« Das hatte ich völlig vergessen. »Wo ist es?« Ich zog an seinem Arm, drehte ihn um, sodass ich ihn von allen Seiten betrachten konnte.

Sam strich mir mit dem Daumen über das Kinn. »Du bist so schön.«

Ohne den Blick von mir abzuwenden, hob er den Arm. Ich verlagerte das Gewicht auf den Ellbogen und suchte mit dem Blick seine Haut ab.

»Nein, auf der Seite«, sagte er.

Ein paar Worte in Schreibschrift zogen sich über seinen Körper. Ich legte die Finger auf die Haut daneben und betrachtete es genauer. »Warten und Hoffen«, las ich laut und blickte zu ihm auf, als er den Arm wieder senkte und ich die Schrift nicht mehr sehen konnte. Das Tattoo war schön. Die Buchstaben waren hübsch gerundet und schmückten ihn. Vielleicht konnte ich mir *tatsächlich* ein Tattoo stechen lassen. Mir gefiel, dass es unter seinem Arm versteckt war und erst entdeckt werden musste, dass er es nur Leuten gegenüber enthüllte, denen er es wirklich zeigen wollte. Das gab mir das Gefühl, etwas Besonderes für ihn zu sein. Ich ging nur selten Risiken ein, aber wenn ich es tat, schien es sich immer auszuzahlen – die Galerie, er … »Was bedeutet das?«, fragte ich.

»Das stammt aus einem Buch«, sagte er und nahm mein Gesicht in eine Hand, was mich von der Tätowierung ablenkte. Er küsste mich auf die Nase. »Es gibt da noch etwas, was ich auf dieser Couch mit dir machen will.« Er stützte sich auf und zog mich auf den Rand des Sofas, bis ich aufrecht saß. »Leg dich hin«, sagte er. »Ich will diese blonden Haare auf den Kissen ausgebreitet sehen.« Mit den Händen drückte er mir die Knie auseinander und starrte mir zwischen die Beine.

Vielleicht hätte mir das peinlich sein sollen, aber ich genoss es, ihm dabei zuzusehen, wie er mich ansah. Er war so konzentriert, so fokussiert. »Sogar dort bist du schön«, sagte er, blickte zu mir hoch und grinste, während er seine Hände an meinen Schenkeln hinaufgleiten ließ. »Dein Mund …« Er küsste mich flüchtig auf die Lippen, berührte sie kaum merklich mit der Zunge. »Schön. Das hier …« Er zeichnete mein Schlüsselbein mit der Zunge nach, und ich löste mich fast auf, sodass ich mich in die Kissen hinter mir sinken ließ. »Es ist schön. Alles ist …« Er bedeckte meine Kehle mit Küssen, bewegte sich zwischen meinen Brüsten in Richtung meines Bauches. »… schön.« Er zögerte und lehnte sich zurück, dann öffnete er mit den Daumen meine Schamlippen. Ich lag vor ihm, während er mich weit öffnete, und irgendwie war es in Ordnung für mich, so entblößt vor jemandem zu liegen, zumindest vor ihm. Es fühlte sich richtig an.

Er stupste die Zunge zwischen meine Schamlippen, ließ sie dann aufwärts zu meiner Klit wandern. Erwartungsvoll wölbte sich mein Rücken. Die Hitze zwischen uns, die während der Auktion immer stärker geworden war, entzündete sich erneut zu einem Feuer, als hätte der erste Orgasmus es nur vorübergehend beruhigt. Sam stöhnte und die Vibrationen liefen wie Wellen durch meinen Körper. Ich fuhr ihm mit den Händen ins Haar, trieb ihn zum Weitermachen an. Ich wollte mehr, wollte alles, was er mir zu geben hatte. »Ja.« Meine Stimme war ein flehendes Flüstern, als er mich leckte und die Zunge flach auf die Klitoris presste. Ich tropfte vor Nässe. Wir würden seine Kissen ruinieren.

Die Weichheit seiner Zunge auf meiner Klit, vermischt mit dem rauen Gefühl seiner Bartstoppeln an meinen Schenkeln, war zu viel für mich. Ich bewegte mich ruckweise, und er legte mir seine große Hand flach auf den Bauch, um mich an Ort und Stelle zu halten. Zwei Finger begannen meine intimste Stelle zu umkreisen. Ich wollte sie tiefer haben, brauchte sie in mir.

Er wusste, wenn er mir gab, was ich brauchte, dann war es vorbei, ich würde sofort kommen. Er wollte mich noch ein bisschen länger reizen.

»Mehr!«, schrie ich. Als hätte er auf mein Flehen gewartet, schob er die Finger in mich hinein, umkreiste mit der Zunge meine Klit. Es war zu viel. Ich griff ihm in die Haare, hatte auf einmal das Bedürfnis, ihn von mir fernzuhalten, aber er war gnadenlos. Das Necken war vorbei, jetzt würde er mich gewaltig kommen lassen. Die Erkenntnis löste meinen Orgasmus aus. Ich besaß keine Kontrolle mehr über mich selbst. Mein Körper gehörte ihm. Die Empfindungen rasten an meinen Schenkeln hinab, die zu zittern begannen. Er ließ die Zunge über meine Klitoris schnellen, und ich war so weit. Ich lockerte den Griff um sein Haar, ließ die Hände sinken, als ich mich aufbäumte und in gewaltigen Wellen kam.

Keuchend sah ich, wie er grinsend zu mir hochblickte. »Du schmeckst köstlich.«

Ich konnte kaum atmen.

Ich konnte ihm nicht sagen, dass mich noch nie ein Mann mit der Zunge zum Höhepunkt gebracht hatte. Ich konnte ihm nicht sagen, dass sich der Sex mit ihm so grundlegend von dem unterschied, was ich mit meinen anderen Freunden erlebt hatte, als würde man Eis mit Diamanten vergleichen. Er war alles, was ich mir nicht wünschen sollte – alles, was ich mein Leben lang abgelehnt hatte, und nun lag ich hier und begehrte ihn so sehr, dass ich kaum noch Luft bekam.

11. KAPITEL

SAM

Grace schien es sich zur Regel gemacht zu haben, meine ersten drei Anrufe zu ignorieren. Ich wählte ihre Nummer zum vierten Mal innerhalb von achtundvierzig Stunden. Ich blickte aus meinem Bürofenster auf die Straße. Das Gelb der sich drängelnden Taxis erinnerte mich an die Drucke, auf die wir bei der Auktion vergeblich geboten hatten. Obwohl sie mir gefielen, hatte es mir nichts ausgemacht, auf sie zu verzichten. Ich hatte es genossen, mit Grace zusammen zu sein.

Nach der Auktion, nach dem Sex, bei dem ich ihr gesagt hatte, dass sie mir ein Tattoo schuldete, war sie gegangen. Ich hatte sie eigentlich bitten wollen, noch zu bleiben, aber irgendwie fand ich nicht die richtigen Worte – keinen einleuchtenden Grund. Zwei Tage lang hatte ich jetzt versucht, mir einen Vorwand zu überlegen, warum ich sie anrufen musste. Sie hatte eine Ausstellung erwähnt, von der sie glaubte, sie würde mich vielleicht interessieren, und ich wollte mehr darüber wissen. Über die Ausstellung. Und über sie.

»Sam«, sagte sie, als sie den Anruf entgegennahm.

»Komm um zwölf zu mir ins Büro«, sagte ich und blickte nach Süden, über die Häuser hinweg. War sie in der Galerie? Was hatte sie an? Trug sie die Haare offen oder hochgesteckt? Ich mochte die Art, wie sich ein paar Strähnchen lösten, wenn sie sie hochgesteckt hatte. Ich wollte sie sehen.

»Ich bin beschäftigt«, sagte sie, aber ich hörte das Lächeln in ihrer Stimme. Die Vorstellung gefiel ihr also.

»Dann hör auf, dich zu beschäftigen, und komm um zwölf in mein Büro.«

Eigentlich war ich zum Lunch verabredet, aber den Termin konnte ich absagen. »Ich will wissen, was du über Esstische denkst.«

Ich brauchte noch einen Platz, um sie zu vögeln. Ein Esstisch war dafür sehr gut geeignet.

»Ich habe mich übrigens mit dem Tattoo noch nicht einverstanden erklärt«, erwiderte sie.

»Wirst du aber«, sagte ich. »Ich erwarte dich um Punkt zwölf hier bei mir.« Und damit legte ich auf.

Mir war es nie schwergefallen, die Frau zu verlassen, mit der ich geschlafen hatte. Ich wusste, so war es besser für sie und auch für mich. Ich hatte nicht das Bedürfnis nach gefühlsmäßiger Bindung. Aber von Grace konnte ich mich einfach nicht fernhalten. Wenn ich sie nicht angerufen und darauf bestanden hätte, sie zu engagieren, hätte sie sich vermutlich nicht mehr mit mir in Verbindung gesetzt. Sie hätte es uns leichtgemacht, getrennte Wege zu gehen.

Vielleicht war das der Grund, warum ich ihr nachlief wie ein Teenager.

Ich verfiel in hektische Aktivität, versuchte, genug Arbeit zu erledigen, dass ich an diesem Nachmittag nicht mehr ins Büro zurückkommen musste, nachdem ich dafür gesorgt haben würde, dass Grace ihr Tattoo bekam. Ich versuchte, mir selbst zu beweisen, dass es möglich war, eine Stunde lang nicht an Grace Astor zu denken.

Um Viertel nach zwölf schwebten meine Finger über den Tasten des Telefons. Sollte ich anrufen, um sicherzugehen, dass Grace auf dem Weg zu mir war? Es klopfte an der Bürotür, ich blickte auf, und meine Assistentin trat ein, gefolgt von Grace. Ich stand auf, um sie zu begrüßen, aber sie wich meinem Blick aus. Sie sah überallhin, musterte das Büro, Rosemary, alles.

»Möchten Sie eine Tasse Kaffee oder ein Glas Wasser?«, fragte Rosemary.

Grace lächelte und schüttelte den Kopf, eine Haarsträhne löste sich aus ihrer Hochsteckfrisur. »Nein danke.«

»Für mich auch nicht, Rosemary«, sagte ich, damit sie möglichst schnell aus meinem Büro verschwand. »Bitte schließen Sie die Tür.«

Ich kam hinter dem Schreibtisch hervor und steuerte auf Grace zu. Wie sollte ich sie begrüßen? Mit einem Kuss auf die Wange? Einem Kopfnicken? Stattdessen fuhr ich ihr mit der Hand über den Rücken und führte sie zum Konferenztisch. »Bitte, nimm Platz.«

»Also, da bin ich«, sagte sie, als sie sich gesetzt hatte und mich mit hochgezogenen Augenbrauen endlich anblickte.

Ich setzte mich ebenfalls und erwiderte den Blick. »Danke, dass du gekommen bist.« Wollte sie nicht hier sein? Ich wollte sie keinesfalls unter Druck setzen. Ich wollte, dass sie sich ebenso freute, mich zu sehen, wie ich mich freute, sie zu sehen. Vielleicht sollte ich mich auf unsere geschäftliche Beziehung konzentrieren. »Erzähl mir von der Ausstellung, die du bei unserem letzten Treffen erwähnt hast.«

Grace zögerte, dann sagte sie: »Es geht um einen aufstrebenden Künstler.«

Ich wusste, dass sie eine Vorliebe für aufsteigende Sternchen hatte. War dieser auch ein Exfreund von ihr?

»Ich glaube, es ist seine zweite Ausstellung nach der Kunsthochschule. Seine letzte war sehr traditionell, darum hoffe ich, dass seine Arbeiten dir gefallen werden.« Sie zuckte ansatzweise mit den Schultern, als wollte sie fragen: *Was soll ich sonst dazu sagen?*

Ich nickte. »Wenn du meinst, dass es sich für mich lohnt.«

»Du musst nicht mitkommen«, sagte sie. »Ich kann auch allein hingehen, mich ein bisschen umsehen, mit dem Handy ein paar Fotos machen und dir davon erzählen. Ich weiß nicht allzu viel über sein Werk, um ehrlich zu sein. Ich muss es erst sehen – vielleicht ist es auch katastrophal schlecht. Ich will dir keine Zeit stehlen. Ich weiß, wie viel du zu tun hast.«

Verstand sie denn nicht? Die Ausstellung war nur ein Anlass, Zeit mit ihr zu verbringen. Die Kunst war nebensächlich. »Ich hole dich ab.«

Sie runzelte die Stirn. »Das musst du nicht. Schließlich ist es kein Date oder so. Wir können uns hier treffen.«

Schließlich ist es kein Date oder so. Mein letztes Date hatte ich auf der Highschool gehabt, und mir war nicht klar gewesen, dass es sich um ein solches handelte, bis ich beim Kino ankam und feststellte, dass nur Jessica Warner und ich da waren. Ich hatte sie geküsst … ich meine … warum nicht? Bis zu diesem Tag war es das einzige Date gewesen, das ich je gehabt hatte.

Grace hatte die Hände artig im Schoß gefaltet, was über ihre Sinnlichkeit hinwegtäuschte. Wenn ich mit irgendjemandem ein Date haben würde, dann mit Grace. »Ich hole dich ab«, sagte ich. »Wir sehen uns die Sache gemeinsam an. Und was ist jetzt eigentlich mit dem Esszimmer?«, fragte ich, denn ich wollte nicht, dass ihr Besuch schon endete.

»Mal sehen, vielleicht«, sagte sie.

Ich verstand nicht, was sie meinte. »Vielleicht?«

»Wenn es klein ist. Und so schön wie deins.«

Ich brauchte ein paar Sekunden, um zu begreifen, dass sie

davon sprach, sich tätowieren zu lassen. »Du findest mein Tattoo schön?«

»Ach, auf ›schön‹ stehst du gar nicht, stimmt's?« Sie grinste mich an.

»Ich bin mit allem einverstanden, was dir gefällt«, antwortete ich, und ihre Wangen röteten sich.

»Es gibt da einen Laden im East Village, der ziemlich gut sein soll, aber du musst mitkommen. Allein mache ich das nicht.«

Dass ich sie überallhin begleiten sollte, hätte mich beunruhigen sollen. Ich hatte mein ganzes Leben lang entschlossen meine Unabhängigkeit verteidigt, aber irgendwie war die Vorstellung, dass sie mich brauchte, nicht so beängstigend, wie sie hätte sein sollen. Ich musste ein Lächeln unterdrücken – der Gedanke gefiel mir.

»Es soll klein sein«, sagte sie. »Und ich finde Worte gut. Kein Micky-Maus-Gesicht oder so was.« Sie redete schnell, wie sie es immer tat, wenn sie nervös war.

Ich hatte nicht damit gerechnet, dass sie Ja zu einem Tattoo sagen würde. Und jetzt, wo sie von selbst darauf zu sprechen kam, war ich mir nicht mehr sicher, ob es wirklich richtig war. Ich würde ihr alles kaufen, was sie wollte – ob Tattoo oder nicht. Ich mochte sie so, wie sie war. Es gab nichts, was sie ihrem ohnehin schon schönen Körper hinzufügen musste.

»Wie sieht's heute Nachmittag aus? Du hast hier bestimmt eine Menge zu tun, aber vielleicht verliere ich den Mut, wenn ich zu lange warten muss.« Sie strich sich eine Haarsträhne hinters Ohr. »Also. Bist du zu beschäftigt?«, fragte sie.

»Ja, immer«, antwortete ich. Ihre Schultern fielen leicht nach vorn. Erleichterung? Enttäuschung? Ich wusste es nicht. »Aber ich bin der Boss, darum kann ich …«

»Okay«, sagte sie. »Dann sollten wir jetzt gehen.«

»Wir müssen aber nicht«, sagte ich. »Ich meine, das war ziemlich viel verlangt … zu viel sogar. Ich hätte nicht gedacht, dass du wirklich …«

»Du brauchst einen Esstisch, Sam Shaw«, sagte sie.

»Ich kaufe mir einen, aber du musst dir kein Tattoo machen lassen. Das war eine blöde Idee.« Wenn sie nie den Wunsch gehabt hatte, sich tätowieren zu lassen, wie konnte ich dann von ihr verlangen, dass sie ihre schöne Haut für immer markieren ließ?

»Abgemacht ist abgemacht«, sagte sie und rang die Hände im Schoß. »Und die Risiken, die ich im Leben eingehe, scheinen sich auszuzahlen.« Sie atmete tief durch und nickte. »Warum also jetzt damit aufhören?«

Grace fuhr mit den Fingern über die dicken blauen Ordner mit Entwürfen, die an der hinteren Wand des Tätowierstudios standen. »Irgendeine Vorstellung, was dir gefallen würde?«, fragte der Typ hinter dem Tresen. Nur zwei Leute befanden sich im Laden. Ein Kerl, der locker hundertachtzig Kilo wog und einen langen grauen Bart und einen piratenmäßigen Creolen-Ohrring am linken Ohr trug. Er saß in der Ecke und kümmerte sich um seine eigenen Angelegenheiten, während ein jüngerer Typ mit Pferdeschwanz Grace auf eine Art musterte, als wäre ihm noch nie eine so schöne Frau über den Weg gelaufen.

Grace drehte sich um und blickte mich an. »Du hast die Wahl«, sagte sie.

Was? Sie konnte mir doch keine solche Verantwortung übertragen. »Auf keinen Fall. Ich suche dir dein Tattoo nicht aus. Du bist diejenige, die damit leben muss, bis …« Fast hätte ich gesagt: *bis du stirbst*, aber mit Worten dieser Art wollte ich nicht so leichtfertig umgehen. Ich wusste, wie nahe der Tod uns allen war. Waren meine Eltern tätowiert gewesen? Mir war nie etwas aufgefallen. Und nun würde ich es nie mehr erfahren. Meine Kehle schnürte sich zusammen. Ich dachte nicht gern an sie und daran, wie unbeständig das Leben war. Himmel, das hier war echt keine gute Idee. »Ein Tattoo ist zu endgültig, Grace. Lass uns gehen.«

Sie umklammerte mein Handgelenk und zog, sodass ich meine Haare loslassen musste. »Ich tue nichts, was ich nicht tun will. Bitte, Sam.« Ihr beschwingter Tonfall und die Berührung ihrer Haut besänftigten mich. »Such etwas für mich aus.«

Merkte sie nicht, dass sie zu viel von mir verlangte? Angie hätte mich darum bitten können, damit wäre ich vielleicht klargekommen. Oder wenn wir ein Ehepaar gewesen wären, aber ich kannte Grace noch nicht lange, und wir bedeuteten einander nichts. Eigentlich nicht.

Sie setzte sich auf den lila Kippstuhl, auf dem tätowiert wurde, und betrachtete mich. »Komm schon. Wir haben nicht den ganzen Tag Zeit. Wir müssen noch Esszimmermöbel kaufen. Such etwas aus, was du dir gut an mir vorstellen kannst.« Sie lächelte, und ihr ganzes Gesicht strahlte. In diesem Moment hätte ich alles getan, was sie von mir verlangte.

Mit gespielter Verärgerung schüttelte ich den Kopf. Ich würde eine Wahl treffen, weil sie mich darum gebeten hatte, nicht weil ich es wollte. Vielleicht, weil mir daran lag, ihr etwas zu bedeuten. »Okay, Prinzessin, leg dich hin, ich lasse mir was einfallen.«

Einer der Ordner lag aufgeschlagen auf dem hölzernen Schreibtisch hinten im Raum, und ich begann darin zu blättern. Was sollte es sein? Ein Zitat über Kunst? Sie hatte gesagt, ich sollte etwas aussuchen, was *mir* gefiel. War ihr Vertrauen zu mir so groß?

Über die Schulter blickte ich sie an, und sie erwiderte meinen Blick. Ich wollte zu ihr gehen und sie berühren, sie küssen, sie im Arm halten.

Ich atmete durch, wusste, welches Tattoo es sein sollte.

Mit gesenkter Stimme, damit sie mich nicht hörte, erklärte ich dem Tätowierkünstler, was ich wollte. Nur zwei Wörter, in Schreibschrift. Es würde nicht lange dauern und vermutlich nicht allzu wehtun.

»Soll das Motiv an der gleichen Stelle sein wie meins?«, fragte ich. Sie nickte, drehte sich auf die Seite und hob ihre Bluse, um ihre Rippen zu entblößen. Ihre Alabasterhaut war vollkommen makellos. Sie sollte nicht befleckt werden. »Bist du sicher, dass du es wirklich willst?«, fragte ich. »Wie gesagt, ich kaufe dir alles, was du dir wünschst.«

»Ja, ich will es.«

Ich zog mir einen Stuhl heran. »Kann ich dich zu etwas anderem herausfordern, damit du es lässt?« Ich wollte nicht, dass sie das hier für *mich* tat. Oder nicht, weil ich sie darum gebeten hatte, nicht als Teil eines Deals.

»Nein«, sagte sie. »Ich bin dazu verpflichtet.«

»Und was ist, wenn ich ihn gebeten habe, dir einen riesigen Misthaufen auf den Brustkorb zu tätowieren?«

Ich rechnete damit, dass sie lachen würde, aber sie sah mich nur an. »Ich vertraue dir.«

Mein Herz zog sich zusammen. Sie vertraute mir so selbstverständlich – *zu* selbstverständlich.

Das Summen der Tätowiermaschinen riss mich aus meinen Grübeleien.

»Bist du so weit?«, fragte ich.

Sie atmete tief durch und nickte. Unter ihrem zarten Äußeren verbarg sich eine starke, temperamentvolle Frau mit einem Willen aus Stahl.

Der Tätowierkünstler stand auf Höhe ihrer Taille neben ihr, und ich saß rechts neben ihm, am Kopfende.

Ich beugte mich vor und nahm ihre Hände. »Drück fest zu.«

Als die Nadel zustach, zog sie die Nase kraus und schloss die Augen, machte aber keinen Mucks. Das Motiv, das ich für sie ausgesucht hatte, würde nicht lange dauern.

»Grace«, sagte ich. »Sieh mich an.« Ich wollte, dass sie sah, wie groß mein Vertrauen in ihre Tapferkeit war.

Unsere Blicke trafen sich, und die Verbindung zwischen uns wurde mit jeder Sekunde stärker. Ich zwang ihren Schmerz zu verschwinden, und sie traute mir zu, dass ich so etwas fertigbrachte.

»Also, bitte sehr«, sagte der Tätowierer, als er die Maschine wenige Minuten später ausschaltete. »Fertig.«

Grace lächelte mich an. »Ich fasse es nicht, ich habe mich tatsächlich tätowieren lassen.«

Auch ich konnte es nicht fassen. Und sie hatte keinen Ton von sich gegeben, sich kein bisschen über den Schmerz beklagt. Ein Wille aus Stahl.

»Wie sieht es aus?«, fragte sie.

Ich stand auf und beugte mich über sie. Ihre Haut war leicht gerötet, aber das sah hübsch aus. Ich wollte sie berühren und mit den Fingern über das frische Motiv streichen. Es passte so gut zu ihr. Jedes Wort bedeutete mir etwas. Die Buchstaben waren klein und sauber und *hübsch* – genau, wie ich es verlangt hatte.

»Willst du es sehen?«, fragte ich. »Ich kann ein Foto machen.«

Ich holte mein Handy heraus und fotografierte das Tattoo, dann trat ich zurück und machte einen Schnappschuss von ihrem Gesicht. Sie sah so wundervoll aus, dass ich nicht widerstehen konnte.

»Hey«, sagte sie. »Gib es mir.«

Ich wischte über das Display, sodass das Foto mit ihrem Tattoo zu sehen war, und reichte ihr den Apparat.

Sie fuhr mit den Fingern über die Worte, während sie flüsterte: »Höchste Freude.« Sie blickte zu mir auf und sagte: »Das ist schön, Sam. Woher hast du das?«

»So, jetzt sind wir fertig«, sagte der Tätowierer, nachdem er das Tattoo mit Folie abgedeckt hatte. Grace setzte sich auf und gab ihm Bargeld.

»Nein, Sam. Ich bezahle.« In ihren Augen lag der gleiche Blick, den Angie gehabt hatte, als ich ihr anbot, die künstliche Befruchtung für sie zu bezahlen.

»Nein, das tust du nicht. Ich habe dich dazu überredet, dich tätowieren zu lassen, und ich habe das Motiv ausgesucht. Ich übernehme das.«

Nachdem ich bezahlt hatte, verließen wir den Laden und traten auf den Gehweg.

»Danke«, sagte sie.

»War mir ein Vergnügen.« Mir gefiel es, dass ich Geld für sie ausgegeben hatte.

»Höchste Freude?«, fragte sie. »Was soll das heißen? Das hast du mir noch nicht gesagt.« Sie blickte zu mir auf, als wir uns in Richtung Norden in Bewegung setzten.

Ich schob die Hände in die Hosentaschen. Es passte einfach zu ihr, war wie für sie gemacht. »Es stammt aus einem Buch.«

»Du scheinst viel zu lesen«, sagte sie. »Ist es aus demselben Buch wie dein Zitat?«, wollte sie wissen.

Ich nickte. »Ja, das ist es tatsächlich. Sogar aus demselben Abschnitt. Du hast gesagt, ich soll etwas aussuchen, was so ist wie meins.« Als ich die Worte laut aussprach, wurde mir klar, dass uns diese Tätowierungen in gewisser Weise für immer miteinander verbanden, obwohl ich mich so sehr bemühte, keinerlei Bindung einzugehen. Meine Wahl würde sie für immer auf der Haut tragen. Ich fuhr mir mit der Hand durchs Haar. Vielleicht hätte ich etwas aussuchen sollen, was mir weniger bedeutete.

»Es gefällt mir«, sagte sie. Und sie schien sich tatsächlich zu freuen. Absolut nicht die Reaktion einer Prinzessin. Vielleicht war es gar nicht so übel, mit ihr verbunden zu sein.

Die Geräusche der Stadt übertönten die Stille zwischen uns, während wir liefen – ich hatte keine Ahnung, wohin.

»Sagst du mir auch, aus welchem Buch das ist?«, fragte sie schließlich.

»*Der Graf von Monte Christo*«, antwortete ich. Ich wollte ihr nicht verraten, dass ich mich im Kinderheim an die Geschichte in diesem Buch förmlich geklammert hatte. Dass es wie ein Hoffnungsschimmer für mich gewesen war – irgendwann würde mein Leben besser werden.

Sie drängte mich nicht, ihr mehr zu erzählen, so als wüsste sie, dass ich ihr keine weiteren Erklärungen geben konnte.

»Du wirst mir mehr darüber erzählen. Bald«, sagte sie.

Ich wusste nicht, ob das eine Frage gewesen war oder nicht, aber ich blickte sie von der Seite an und nickte.

»Du siehst wundervoll aus«, sagte ich zu Grace. Sie schloss die Tür zur Galerie ab, während ich auf dem Gehweg wartete.

An diesem Morgen hatte ich meinen Anzug sorgfältig ausgewählt. Und ich hatte dafür gesorgt, dass ich Grace pünktlich abholte. An diesem Abend zu der Ausstellung zu gehen war Arbeit für sie, das wusste ich, aber mir ging es vor allem darum, Zeit mit ihr zu verbringen. Fühlte man sich so, wenn man ein Date hatte?

»Danke, Sam Shaw.« Sie blickte mich unter ihren Wimpern hervor an, und ihre Wangen erröteten auf eine Art, dass ich am liebsten die Hand ausgestreckt hätte, um zu fühlen, wie heiß sie waren. »Wir gehen. Es ist nur einen Block weit von hier entfernt.«

Ich steckte die Hände in die Taschen, um nicht nach ihr zu greifen, als wir losgingen.

»Wie geht's deinem Tattoo?«, fragte ich.

»Ehrlich gesagt finde ich es ziemlich klasse. Die Rötung ist weg. Aus der Entfernung kann man nicht gut erkennen, was es ist, aber wenn man genauer hinschaut, scheint es sich in mehreren Stufen zu offenbaren. Erst sieht man, dass es ein Schriftzug ist, dann liest man ihn, und am Ende versteht man die Worte.«

Himmel, die Art, wie sie die Welt sah, gefiel mir wirklich sehr. *Sie* gefiel mir sehr.

»Du weißt, was ich meine, oder?«, fragte sie und lächelte mich strahlend an. Immer wenn sie lachte, musste ich den Drang unterdrücken, sie zu küssen.

Ich nickte, schwieg aber. Sie sollte weiterreden. Ich wollte mehr über sie erfahren.

»Ich bin gerade dabei, dein Buch zu lesen. Hoffentlich hast du nichts dagegen«, sagte sie, den Blick auf den Boden vor sich gerichtet. Auf der Straße war einiges los. Leute zogen nach Ladenschluss die Rollläden hinunter und gingen zur U-Bahn, aber wir befanden uns in einer Blase, in der es still und friedlich blieb, sodass wir von all dem Lärm und der Hektik um uns herum getrennt waren.

»Mein Buch?«

»Der Graf von Monte Christo.«

»Oh.« Ich schluckte. »Es ist nicht *mein* Buch, Prinzessin.« Schließlich hatte ich keinen Besitzanspruch auf den Roman.

»Vielleicht nicht. Vielleicht aber doch.«

Vielleicht doch? Ich kam nicht mehr mit. Es war nicht mein Buch – Millionen von Menschen hatten es bereits gelesen.

»Ich habe es noch nie gelesen«, sagte sie. »Worum es geht, wusste ich ungefähr – der junge Mann, der für ein Verbrechen eingesperrt wird, das er nicht begangen hat, und der jetzt um sein Überleben kämpft und entkommen will.« Sie drückte meine Hand. »Beim Lesen wird mir immer klarer, warum es dir gefällt.«

Ehe ich sie fragen konnte, wie sie das meinte, waren wir bereits angekommen.

»Wir sind da.« Sie deutete mit einem Kopfnicken auf eine Gruppe von Menschen am Eingang eines Ladenlokals. »Da sind wir. Wenn es dir nicht gefällt, können wir wieder gehen. Sag's mir einfach.«

Das Lokal war voll, und die Kleidung der Leute kam mir ungewöhnlich bunt vor. Vielleicht lag es daran, dass ich Anzüge gewohnt war. Die Gäste griffen nach Drinks in Marmeladengläsern, während sie sich angeregt miteinander unterhielten und gelegentlich auf die Wände blickten. Sie waren viel jünger als die Teilnehmer der Versteigerung, obwohl sie ähnliche Brillen und Oberlippenbärte trugen. Die ganze Atmosphäre unterschied sich grundlegend von der Auktion mit ihrem Geruch nach altem Geld.

»Hier ist ganz schön was los, stimmt's?« Grace blickte zu mir auf, als wir auf den hinteren Teil der Galerie zusteuerten. Ich legte ihr einen Arm um die Taille, um sie nahe bei mir zu halten.

»Scheint beliebt zu sein, der Typ«, antwortete ich.

»Ja. Aber potenzielle Käufer werden dadurch abgeschreckt. Jemand hat offenbar die Kontrolle über die Gästeliste verloren, aber das ist vielleicht sogar gut für uns. Jede Menge Objekte ohne roten Punkt.«

»Ist es nicht verkaufsfördernd, wenn viele Leute da sind?«

»Nur, wenn sie hier sind, um auch etwas zu kaufen – und nicht, um sich kostenlos an der Getränkebar zu bedienen.«

»Was meinst du?« Sie drehte sich einmal um ihre eigene Achse und sah mir ins Gesicht. »Sag mir einfach, wie dein Bauchgefühl ist.«

Ich sah mich in dem Raum um. Die Stimmung der Bilder war irgendwie industriell. Sie wirkten maskulin und fast wie Szenen aus *Alien* oder *Matrix*, jede Menge Schwarz, Dunkelgrün und Dunkelblau. Ich versuchte, mir eins auszusuchen, aber sie sahen alle weitgehend gleich aus. Grace' Geschmack schienen sie nicht zu entsprechen. »Gefallen sie dir?« Ich wollte nicht aussprechen, dass die Bilder auf mich wirkten wie eine Variante von *Des Kaisers neue Kleider*. So zu malen, konnte nicht besonders schwer sein. Wenn mir jemand einen Pinsel und eine Leinwand gäbe, würde etwas ganz Ähnliches dabei herauskommen, da war ich mir ziemlich sicher.

»Komm, sehen wir uns die Sachen mal genauer an«, sagte sie, anstatt meine Frage zu beantworten. Wir gingen auf eines der kleineren Bilder zu, vor dem nur wenige Leute standen. Aufmerksam betrachtete sie es, zuerst von Nahem, wobei sie ihren langen Hals reckte, dann trat sie zurück und legte den Kopf schief, mal nach links, dann wieder nach rechts. Überprüfte sie, wie es an einer Wand aussehen würde? Eigentlich sollte ich das Bild betrachten, konnte mich aber nur auf Grace konzentrieren und auf ihre selbstvergessenen Bewegungen, die ihren Körper dennoch in Szene setzten, als posierte sie für ein Fotoshooting.

»Ich fühle es nicht«, sagte sie und drückte sich die Faust in die Magengegend. »Vielleicht *sollte* ich etwas empfinden, aber so ist es nicht. Und du?«

Was sollte ich empfinden? »Nein, ich glaube nicht«, antwortete ich aufrichtig.

»Weißt du noch, als du die Bilder von Lautrec gesehen hast? Wie fühlte sich das an?«, fragte sie.

Ich versuchte mich zu erinnern. »Ich dachte, dass sie sehr farbenfroh und rein und … irgendwie ehrlich sind. Sie versuchten nicht, etwas zu sein, was sie nicht sind.«

Grace lachte, und ich räusperte mich, um meine Verlegenheit zu überspielen. »Nein«, sagte sie und umfasste meinen Arm mit beiden Händen. »Ist schon gut. Ich lache, weil du genau beschrieben hast, was diese Gemälde hier *nicht* sind. Und ich bin ganz deiner Meinung.« Sie drückte meinen Arm, und das Funkeln in ihren Augen sorgte dafür, dass ich mich wieder entspannte. »Aber selbst wenn ich nicht deiner Meinung wäre – du darfst Kunst einfach mögen, egal, aus welchem Grund. Fühl dich bitte nie beurteilt.«

Ich entzog ihr meinen Arm und griff nach ihrer Hand, denn ich wollte sie festhalten.

»Aber wenn wir schon mal hier sind, sehen wir uns doch mal die da drüben an«, sagte sie und blickte über die Köpfe der Menge hinweg auf ein paar Bilder auf der anderen Seite des Raumes.

Wie steuerten auf die gegenüberliegende Wand zu.

Allmählich dachte ich, es wäre gar nicht so übel, wenn dieser Abend ein Date wäre.

»Technisch gesehen ist der Künstler recht talentiert«, flüsterte sie. »Ich weiß nur nicht, ob das reicht, wenn keiner von uns etwas dabei empfindet.«

»Aber er ist begabt?« Mir war nicht klar, woher sie wusste, dass er talentiert war. Ich war mir immer noch ziemlich sicher, dass ich mehrere solcher Bilder innerhalb weniger Stunden heraushauen könnte.

»Einfach die Art, wie er die Farben übereinanderschichtet und die Illusion von Licht erschafft. Sieh mal hier.« Sie zeigte auf die obere rechte Ecke der Leinwand, die mit mehreren gelben Farbspritzern gesprenkelt war. »Das ist vielversprechend – wie eine Hommage an Rothko und Turner. Aber es ist zu distanziert, zu kalt, die Leidenschaft fehlt.«

Ich fand es gut, dass sie Maler nicht mochte, denen es an Leidenschaft fehlte. Sie hatte so viel davon – die Kunstwerke, die sie kauften, mussten mindestens so viel Leidenschaft ausdrücken, wie sie selbst empfand. »Also, gehen wir?«, fragte ich, denn ich konnte es kaum erwarten, von all diesen Leuten wegzukommen und wieder mit ihr allein zu sein.

»Tut mir leid«, sagte sie und zuckte zusammen.

Ich drückte ihre Hand. »Das muss es nicht«, sagte ich, wobei ich sie bereits in Richtung Tür schob.

»Ich hätte mich besser informieren sollen, bevor ich dich hierher mitnehme.«

Meine Brust zog sich zusammen. Ich vergaß es immer wieder – für sie war das hier nur ein Job. Wir traten in die frische Herbstluft hinaus, und ich ließ ihre Hand nicht los, während wir zur Seventh Street gingen. Ich wollte sie daran erinnern, dass wir mehr gewesen waren als nur Klient und Kunstberaterin. »Ich bin heute Abend gern mitgekommen«, sagte ich. Ich wollte wissen, ob sie die Zeit genossen hatte. War es wirklich nur ein Job für sie?

»Wir waren nur zwanzig Minuten dort. Wahrscheinlich bist du extra früher aus dem Büro gekommen und …«

»Grace, ich bin wirklich sehr gern mitgekommen. Außerdem habe ich mir überlegt, dass ich vielleicht doch noch ein paar Möbel brauche.« An diesem Abend hatte ich ihre Gesellschaft genossen. Die Kunstwerke bedeuteten mir nichts. Und obwohl ich es besser wusste, suchte ich nach einem Vorwand, um mich erneut in einer Umgebung mit ihr zu treffen, in der es nicht nur um Arbeit ging.

»Ich glaube, die meisten Geschäfte sind um diese Zeit schon geschlossen«, sagte sie.

Ich strich mit meinem Daumen über ihren. »Nicht heute. Aber wenn ich dir sage, dass du alles für meine Wohnung kaufen kannst, was du willst …«

Ich zögerte, als müsste ich allen Mut zusammennehmen, um den letzten Schritt über den Rand der Klippe zu machen.

»Würdest du mit mir ausgehen?«

»Ausgehen?«, fragte sie.

Immer beantwortete sie meine Fragen mit Gegenfragen.

»Ja«, sagte ich. »Ausgehen. Ein Date.«

»Ich dachte, nach dem Sex kommt nichts mehr?«

Ich hätte ihr gern einen Grund genannt, warum ich sie um ein Date bat. Sie sollte verstehen, dass ich mich zu ihr hingezogen fühlte. Jede ihrer Bewegungen faszinierte mich; ihre leidenschaftliche Art, über Kunst zu reden, war so unwiderstehlich, dass ich ihr am liebsten den ganzen Tag zugehört hätte. Obwohl ich als Erwachsener jeder verbindlichen Beziehung aus dem Weg gegangen war, war Grace unter meinem Radar hindurchgeschlüpft, und nun hatte ich das Gefühl, mich auf einer Einbahnstraße zu befinden – als bliebe mir nichts anderes übrig, als die Sache zu vertiefen und mehr Zeit mit ihr zu verbringen.

»Was soll ich dazu sagen? Ich breche offenbar meine eigenen Regeln.« Ich versuchte, mich über meinen Sinneswandel lustig zu machen, aber das leise Grummeln in meinen Eingeweiden sagte mir, dass nichts an dieser Einbahnstraße, auf der ich mich befand, lustig war.

»Tja, ich schätze, dabei muss ich dir dann wohl helfen … Mist!« Etwas in einem der Fenster hatte ihre Aufmerksamkeit erregt. Sie blieb stehen und ging auf ein Schaufenster zu. Dort angekommen, entzog sie mir ihre Hand und legte beide

Hände auf die Scheibe. »Ich kann nicht fassen, dass sie es verkauft haben.«

»Was denn?«

»Mein Bild. Er hat mein Bild verkauft«, sagte sie und starrte in den dunklen Laden, während ihre Stimme verklang.

»War das ein Bild, das du in der Galerie hattest?«, fragte ich. Sie trat ein paar Schritte zurück und blickte an der Fassade hinauf, um den Namen des Geschäfts zu lesen.

»Das ist ein Renoir. Hast du je etwas Schöneres gesehen?«, fragte sie, während sie wie erstarrt vor dem Schaufenster stand. Ich trat näher. »Sieh dir nur ihr Gesicht an.« Auf dem Gemälde war ein kleines Mädchen zu sehen, das auf dem Rockschoß ihrer Mutter sah, ihr Haar war mit einem roten Band zusammengebunden. Sie blickte uns unverwandt an.

»Es ist hübsch«, sagte ich, denn etwas Geistreicheres fiel mir nicht ein. Das Bild erinnerte mich ein bisschen an die Frau, die am Schreibtisch saß – den La Touche, den ich Grace abgekauft hatte. Es wirkte genauso geheimnisvoll. Aber Grace schien dieses Bild regelrecht aufzuregen. Ich war es nicht gewöhnt, dass sich Leute in meiner Gegenwart so gefühlsbetont benahmen. »Meinst du, ich sollte es kaufen?«, fragte ich.

Sie antwortete nicht. »Komm, gehen wir«, sagte sie dann, drehte sich um und lief weiter die Straße entlang.

»Grace«, sagte ich, nachdem ich sie eingeholt hatte. »Rede mit mir.«

»Ich will nicht darüber reden.« Sie seufzte. »Es hat mal mir gehört … eine Zeit lang. Aber jetzt nicht mehr. Ich habe getan, was ich tun musste, und jetzt muss ich es loslassen.« Mit gesenktem Kopf beschleunigte sie den Schritt und starrte auf den Boden.

»Hey.« Ich fasste sie am Ellbogen.

»Nein. Ich will nicht mehr reden. Ich will nach Hause.« Es

war wie ein Schlag in die Magengrube. Ich wollte, dass unser Abend weiterging. Ich war noch nicht bereit, sie aufzugeben.

Sie streckte den Arm aus, als sich ein Taxi näherte, und es hielt mit quietschenden Bremsen neben dem Bordstein.

»Tut mir leid. Ich muss gehen.«

Ich schob die Hände in die Taschen und sah zu, wie sie die Tür zuzog und mich auf dem Gehweg zurückließ.

Zum ersten Mal seit langer Zeit hatte ich mir erlaubt, mehr von einem Menschen zu wollen, und nun stand ich da und starrte auf die Rücklichter von Grace Astors Taxi. Nicht genug damit, dass sie sich nicht auf ein Date mit mir eingelassen hatte. Nein, nur wenige Minuten, nachdem ich sie darum gebeten hatte, war sie vor mir davongelaufen. Ich betrachtete noch einmal das Bild, das sie so aufgeregt hatte.

Ich wollte das für sie in Ordnung bringen.

12. KAPITEL

GRACE

Bei Sam sollte es eigentlich nur ums Geschäft gehen. Und trotzdem saß ich hier neben ihm in einer Limousine und war an einem Samstagabend zu einem Date in der City mit ihm unterwegs. War das eine Mutprobe? Die Gegenleistung für den Möbelkauf? Ich hatte den Überblick verloren.

»Ich werde deine gesamte Wohnung möblieren. Das ist dir doch klar, oder?«, fragte ich. »Büro- und Schlafzimmermöbel, welche fürs Bad, Teppiche, Beleuchtung, das volle Programm.«

»Was immer du brauchst, um dich bei diesem Date wohlzufühlen«, antwortete er und nahm meine Hand.

»So lautet unsere Abmachung«, sagte ich und grinste ihn an. »Für einen Rückzieher ist es jetzt zu spät.«

»Mache ich keinen. Aber du hast gesagt, dass du nie etwas tust, was du nicht tun willst. Also weiß ich, dass du hier sein möchtest, genauso, wie du ein Tattoo haben wolltest.«

Er hatte recht, aber das würde ich ihm nicht sagen. »Was immer Sie brauchen, um Ihr Ego zu beruhigen, Mr Shaw.«

Sam schien mit meiner Neckerei so locker umzugehen wie mit den meisten Dingen. Obwohl mein Verstand mir sagte, dass ich zu mehr … zu einem richtigen Date mit Sam hätte Nein sagen sollen, war ich freudig erregt, als er mit Wagen und Fahrer in Brooklyn auftauchte. Er versuchte, mich zu beeindrucken, und das fand ich süß.

Der Wagen verlangsamte die Fahrt und hielt einige Blocks von seiner Wohnung entfernt. Hoffentlich erwartete er keinen Sex von mir – nicht, dass ich nicht mit ihm schlafen wollte, aber ich hatte Hunger.

»Muss ich laufen?«, fragte ich, als er die Wagentür öffnete und mir beim Aussteigen half.

»Wir sind angekommen«, sagte er und deutete auf das Gebäude vor uns. »Wenn deine Füße müde werden, kann ich dich natürlich huckepack tragen.«

Es schien sich nicht um ein Restaurant zu handeln. Kein Licht, und Menschen waren auch nicht zu sehen. Wir befanden uns auf einer ziemlich verlassen wirkenden Straße. Ich blickte mich um. Wo genau waren wir? Ich blickte an der Fassade der riesigen Villa hinauf. Aber ... das war ja die Frick Collection – einer meiner Lieblingsorte auf der ganzen Welt. Ich war nicht daran gewöhnt, das Gebäude nachts zu sehen. Hier gab es die allerschönste Kunstsammlung. Ich hatte mir immer gern vorgestellt, hier zum Dinner vorzufahren, mit Teddy Roosevelt und Edith Wharton Geschichten auszutauschen, als wäre ich keine Besucherin, sondern in dem großen Haus zu Gast.

»Du bist hier mit Sicherheit schon tausendmal gewesen, aber ich habe mich gefragt, ob du auch mit mir zusammen herkommen würdest«, sagte Sam. Er nahm mich bei der Hand und führte mich die Treppe hinauf.

Ich hatte angenommen, dass wir in irgendeinem schicken Restaurant zu Abend essen würden. Ein Rundgang durch dieses Gebäude war viel besser, aber die schwarzen High Heels, die ich zu meinem blauen Lederrock und dem Seidenshirt angezogen hatte, waren im Grunde nicht zum Gehen gemacht. Ich hätte wissen müssen, dass Sam eine Überraschung parat haben würde.

»Diese Schuhe sind wirklich etwas Besonderes«, sagte er.

Ich blickte zu ihm auf und sah, dass er mir auf die Beine starrte. »Was Besonderes?«, fragte ich lächelnd.

Unsere Blicke trafen sich. »Ja, dafür brauchst du einen Waffenschein«, flüsterte er mir ins Ohr.

Ich wollte, dass er mich küsste, wusste aber auch, dass keiner von uns würde aufhören können, wenn er das wirklich tat.

Wir gingen durch die Eingangstür und begegneten einem Mann, der ein Tablett mit zwei Champagnergläsern trug. Sam nahm beide und reichte mir eines. »Auf einen wunderschönen Abend.«

»Sam«, sagte ich und trank einen Schluck. »Es ist wirklich nett, dass du mich hierher bringst, sehr aufmerksam. Aber ich fürchte, ich bin etwas underdressed. Wird das ein formeller Empfang oder etwas in der Richtung?«, fragte ich und verlagerte unbehaglich das Gewicht von einem Fuß auf den anderen.

»Es wird sein, was immer wir uns wünschen«, sagte er. »Ich dachte, du könntest mir vielleicht deine Lieblingsbilder zeigen, und dann essen wir im Speisezimmer.«

»Im Speisezimmer?« Er konnte doch nicht das Speisezimmer *in der Frick* meinen! Vielleicht redete er von einem Restaurant in der Nähe.

»Ja, sie haben mich gefragt, welches Zimmer ich will, aber weil ich keine Ahnung hatte, was dir gefallen würde, habe ich mich für das Naheliegende entschieden.«

»Wir essen im Speisezimmer, zwischen dem Gainsborough und dem Hoppner?« Das konnte nicht sein Ernst sein. Es war einer meiner Lieblingsräume dort.

»Ehrlich gesagt, weiß ich gar nicht, was dort hängt. Nur, dass es da drin eine Menge Bilder gibt. Ich dachte, es gefällt dir vielleicht.«

»*Gefallen?*« Ich starrte ihn nur an, und stirnrunzelnd erwiderte er meinen Blick. »Ich kann mir nichts vorstellen, was ich lieber täte.« Eine Andeutung von Röte kroch ihm in die Wangen, als ich meine Hand in seine schob. »Wo fangen wir an?«

Er führte mich ins Atrium. Dort war es erstaunlich leer. Das gewölbte Glasdach, durch das normalerweise das Sonnenlicht hereinfiel, war dunkel, aber der Springbrunnen zwischen den Palmen in der Mitte des Hofes plätscherte trotz vorgerückter Stunde noch immer vor sich hin. »Sam Shaw, haben wir das hier etwa ganz für uns?«, flüsterte ich, während unsere Schritte auf dem steinernen Gehweg widerhallten.

»Normalerweise haben sie Samstagabend nicht geöffnet. Ich dachte, es wäre nett, hier zu sein, nur wir beiden.«

Wann hatte jemals ein Mann etwas so Wohlüberlegtes für mich getan? Okay, um fair zu bleiben: Keiner, mit dem ich seit der Highschool ausgegangen war, hatte Geld, aber das war es nicht, was diesen Abend so besonders machte. Sam hatte etwas organisiert, weil er über mich nachgedacht hatte, und das machte mich glücklich. Allein die Aufmerksamkeit, die er darauf verwendet hatte, aus diesem Abend etwas Besonderes zu machen, gab mir das Gefühl, selbst etwas Besonderes zu *sein*. Ich erschauerte.

»Machst du das immer so? Haust du die Frauen mit purem Luxus und mit deiner Aufmerksamkeit um, damit du ihnen an die Wäsche gehen kannst?«

Er fuhr sich mit der Hand durchs Haar. »Ich habe dich umgehauen?«

Das hatte ich nicht sagen wollen, so deutlich wollte ich ihm nicht zeigen, dass ich es nicht gewöhnt war, von einem Mann wie etwas Besonderes behandelt zu werden, denn wenn ich ihm das allzu deutlich zeigte, hörte er vielleicht damit auf, und das wollte ich nicht. »Ja. Ein bisschen schon.«

Seine Mundwinkel zuckten, dann nickte er.

»Ziemlich sogar«, gab ich zu.

»Gut.«

»Ich ziehe mir jetzt die Schuhe aus und mache es mir bequem, wenn du nichts dagegen hast«, sagte ich, als wir den kleinen, fensterlosen Oval Room am Ende des Garden Court betraten.

»Ich möchte, dass du es bequem hast. Wenn du deinen Rock ausziehst und nackt hier herumläufst, ist das für mich auch okay.«

Ich lachte. »Nackt in der Frick? Nicht, wenn wir von so vielen Augenpaaren umgeben sind«, sagte ich und deutete mit dem Arm auf die Porträts, die die Wände säumten. »Das sparen wir uns fürs Guggenheim auf.«

Sam lachte. Warum waren mir die Lachfältchen in seinen Augenwinkeln eigentlich noch nie aufgefallen? Vielleicht, weil ich ihn nur selten lachen sah. Aber das Lächeln stand ihm. Ich konnte mir Sam als Kind vorstellen, wie er mit seinen Freunden im Garten Purzelbäume schlug, jung und sorglos. Wann war er so ernst geworden?

Wir zogen von Raum zu Raum und blieben vor verschiedenen Bildern stehen. Manchmal erzählte ich, was mir an den Werken gefiel. Sam schien zufrieden zu sein, einfach zuzuhören und mir gelegentlich die Hand zu drücken.

»Ist das Degas?«, fragte er und deutete mit einem Kopfnicken auf ein Bild mit Ballerinen. »Du hast gesagt, dass er gern Tänzerinnen gemalt hat.«

Eine Welle von Stolz durchfuhr mich. Er hatte mir zugehört; was ich ihm erzählte, interessierte ihn. »Ja. Degas. Das hier ist sehr typisch für ihn.«

Sam beugte sich vor, um den Titel des Bildes zu lesen, der auf einem Schild stand. »*Die Probe.*«

»Degas malte gern, was er als lebensecht erachtete, lieber als posierende Modelle, und dieses Bild passt dazu.« Schweigend betrachtete Sam das Gemälde. »Fast die Hälfte seines Werks zeigt Tänzerinnen, weil das Motiv sich so gut verkaufte.«

Sam straffte den Rücken und drehte sich zu mir. »Aha, er war also ein Geschäftsmann, wenn es um seine Kunst ging. Wie findest du das, Grace Astor? Du magst doch keine Menschen, die mit Kunst nur Geld verdienen wollen.«

Ich lachte. Er wollte mich provozieren. »Ich glaube, bei Degas war es eine Kombination aus Herz und Verstand. Zumindest möchte ich das gern glauben.«

Wir schlenderten zur West Gallery.

»Ich glaube, das hier ist mein Lieblingsbild«, sagte ich, als wir vor Turners *The Harbour of Dieppe* stehen blieben. »Er schafft es, die Wasseroberfläche wie Glas aussehen zu lassen, das ist toll.« Ich schüttelte den Kopf. »Das beeindruckt mich immer wieder.«

»Welche Stelle meinst du?«, fragte er und musterte stirnrunzelnd die Leinwand.

»Da, wo die Sonne auf das Wasser trifft. Du musst dich konzentrieren, ohne zu genau auf die Einzelheiten des Gemäldes zu achten. Sieh dir die Szene als Ganzes an …«

»Oh, wow, ja«, sagte er. »Jetzt sehe ich es. Und das Licht. Es ist schön.«

Er schien den Anblick wirklich zu genießen, und sosehr ich diese Gemälde ohnehin schon liebte – dass auch er sie mochte, hob meine Freude auf eine noch höhere Stufe.

»Manche Leute haben die Bilder als unrealistisch kritisiert, weil das Licht in ihnen so schön ist«, sagte ich.

»Die Leute finden immer einen Grund, sich zu beschweren.«

Der Mann, der uns den Champagner serviert hatte, unterbrach uns. »Sir, das Dinner ist bereit, sobald Sie es sind.«

»Hast du Hunger?«, fragte Sam.

»Klar«, sagte ich, obwohl ich tatsächlich überhaupt nicht hungrig war. Ich war angefüllt mit Leben und Glück. Von diesem Abend. Von Sam.

»Diese Bilder sind einfach so romantisch«, sagte ich beim Betreten des Speisezimmers. »Kannst du dir vorstellen, wie es gewesen sein muss, im England des achtzehnten Jahrhunderts diese Kleider zu tragen?«

Sam ließ den Blick über die Porträts wohlhabender britischer Gutsbesitzer und ihrer Ehefrauen schweifen. »Zieht ihr euch in England nicht heute noch so an?«, fragte er und wartete, bis ich an dem für zwei Personen gedeckten Esstisch mitten im Raum Platz genommen hatte. »Das muss in eurer DNA stecken.«

Ich lachte. »Na klar, wenn wir unsere Verwandten drüben besuchen, packe ich immer meine seidenen Roben und gepuderten Perücken ein.«

»Wann bist du in die Staaten gekommen?«, fragte er, als zwei Kellner unsere Wasser- und Weingläser auffüllten.

»Wir sind nach New York gezogen, als ich fünf war. Ich kann mich an England kaum noch erinnern – ich fluche nur britisch, aber das liegt daran, dass mein Dad darin ganz groß ist. Wo bist du aufgewachsen?«

Sams Lächeln verschwand, und seine Miene wurde ausdruckslos. »In Jersey.«

»Leben deine Eltern immer noch da?«, fragte ich.

Eine Sekunde lang herrschte Schweigen, als dächte er über die Antwort auf eine Frage nach, die fast unmöglich zu beantworten war.

»Nein. Sie sind gestorben, als ich zwölf war. Ich habe keine Familie.«

Es war, als hätte er mir einen Schlag in den Magen versetzt.

Unzählige Worte rasten mir durch den Kopf und waren wieder verschwunden, ehe ich auch nur einige davon einfangen konnte. Ich wollte unbedingt das Richtige sagen. Schließlich brachte ich heraus: »Oh, das tut mir leid«, und reichte ihm über den Tisch hinweg die Hand. Er wich mir aus, bevor ich ihn berühren konnte.

»Das ist lange her«, sagte er und legte sich die Serviette auf den Schoß.

»Du bist also in dem Gebäude aufgewachsen, in dem sich meine Wohnung befindet?«, fragte er, offenbar, um das Thema zu wechseln. Ich wollte ihm sagen, wie leid mir sein Verlust tat, wollte eine Möglichkeit finden, es wiedergutzumachen. Trotz seines kratzbürstigen Auftretens war Sam ein freundlicher, großzügiger Mann, der ein gutes Leben verdient hatte.

»Sam, deine Eltern …«

Er räusperte sich. »Darüber rede ich nicht. Lass uns das Essen genießen. Ich dachte mir, wenn ich dich den ganzen Abend lang ansehen kann, dann sollst du auch etwas Schönes zum Ansehen haben.« Seine Worte holten mich in die Wirklichkeit unseres Dates zurück.

»Du bist so süß. Aber meine Aussicht ist nicht übel, auch ohne all die Kunstwerke.«

Sam lächelte, ein breites, jungenhaftes Grinsen. »Du willst mich total.«

Ich kicherte. »Du willst mich total.«

Er zuckte mit den Schultern. »Natürlich.«

Das Essen wurde serviert, und wir schwiegen, bis wir wieder allein waren. Wir waren damit zufrieden, uns anzusehen, blickten einander in die Augen, als fürchteten wir, der andere könnte verschwinden, wenn einer von uns wegsah.

Ich wollte nicht den Abend ruinieren, indem ich Sam bedrängte, mir von seiner Vergangenheit zu erzählen. Offenbar erfuhr ich bei jeder Begegnung etwas noch Fesselnderes, Herzzerreißenderes und Liebenswerteres über ihn. Ich saß hier nicht mit einem weiteren verwöhnten, reichen Typ beim Dinner – Sam Shaw hatte Verluste erlitten und war darüber hinweggekommen. Ihm war nichts geschenkt worden.

Ich wollte genau wissen, was in ihm vorging.

13. KAPITEL

SAM

Wir hielten vor dem Haus an, in dem Grace wohnte, und in dem Augenblick, in dem ich ihre Hand losließ und sie Anstalten machte, aus dem Wagen zu steigen, spürte ich, wie ich ihre Wärme verlor. »Komm, ich mach dir die Tür auf«, sagte ich. Schnell stieg ich auf meiner Seite des Wagens aus, lief um das Auto herum, öffnete ihre Tür und sah ihr ins Gesicht. Sie lächelte mich von unten herauf an. Gottverdammt, dieses Lächeln.

»Das war doch nicht nötig«, sagte sie, aber etwas an ihrer Stimme verriet mir, dass sie sich freute, weil ich ihr die Tür aufhielt.

Langsam näherten wir uns ihrer Wohnung, kosteten jeden Augenblick dieses vollkommenen Abends aus.

Kaum zu glauben, dass ich sie um ein Haar gar nicht eingeladen hätte. Hätte ich nur drei Sekunden länger gezögert, wäre mir der schönste Abend meines Lebens entgangen.

Mit der linken Hand schob Grace den Schlüssel ins Schloss, dabei wusste ich, dass sie Rechtshänderin war. Auch sie wollte nicht loslassen. Aber letztlich würden wir getrennte Wege gehen müssen.

Sie trat ein, und als ich ihr nicht folgte, blickte sie sich zu mir um.

»Ich glaube, ich gehe jetzt lieber.« Es gab viele Gründe, nicht über diese Schwelle zu treten. Erstens sollte sie nicht glauben, dass es mir an diesem Abend nur um Sex gegangen war. Ich mochte diese Frau – ich mochte es, mit ihr zu reden und Zeit zu verbringen, wollte nicht nur mit ihr schlafen. Ich wollte mehr von ihr. Ich *wollte* sie umhauen – sie beeindrucken. Außerdem wollte ich, dass sie mich mochte.

Und das machte mir Angst.

Ich befand mich auf völlig neuem Gebiet, ohne Landkarte in der Hand.

»Oh.« Das Lächeln in ihren Augen erlosch. »Verstehe«, sagte sie mit tonloser Stimme. Sie verstand überhaupt nichts. Ich wollte bleiben. Ich wies sie nicht zurück.

»Na ja, vielleicht ist es besser so.« Wie sollte ich ihr erklären, dass ich nichts vermasseln wollte, indem ich mit in ihre Wohnung kam, weil ich nicht wusste, was nach diesem Abend dort passieren sollte? Ich hatte keine Erfahrung, wusste nicht mit dem umzugehen, was als Nächstes kam.

Sie blickte auf den Boden. Ich hatte sie enttäuscht, und das fand ich schrecklich. »Möchtest du, dass ich mit reinkomme?«, fragte ich. War sie sich sicher? Wusste sie es besser als ich?

»Nicht, wenn du nicht willst.«

Himmel. *Natürlich* wollte ich.

»Verstehe. Schon okay.«

»Ich würde wirklich gern mit reinkommen«, sagte ich und strich ihr mit dem Finger über das Kinn. Dann hob ich es an, sodass ich ihr in die schönen blauen Augen blicken konnte. Mit zusammengezogenen Brauen sah sie zu mir auf. »Ich weiß nur nicht, wie so was geht.« Vielleicht sollte ich mich damit abfinden, dass ich nicht wusste, was als Nächstes passieren würde. Vielleicht konnte ich mich trotzdem einfach wohlfühlen. War es möglich, dass ich mehr von ihr wollte?

Ich wusste, dass auf Wünsche Enttäuschungen folgten.

»Du weißt nicht, wie so was geht?«, fragte sie.

Ich zuckte mit den Schultern und zog die Hand von ihrem Gesicht zurück. Unabsichtlich hatte ich ihr einen Teil von mir selbst gezeigt, den nie jemand zu sehen bekam. Ich wusste nicht, ob ich in der Lage war, ihr noch mehr zu geben. Ich befand mich mitten in einem Marathon, für den ich nicht trainiert hatte. Meine Muskeln waren schwach, und meine Lunge war leer.

Hier begann gerade etwas Großes zwischen uns abzulaufen; sie hätte auch Witze machen, mir irgendwelchen Blödsinn erzählen können. Aber das tat sie nicht. Sie schien besser als ich selbst zu wissen, wo meine Grenze war.

»Ich weiß es auch nicht. Lass es uns zusammen herausfinden«, sagte sie.

Sie drehte sich um, ging in die Wohnung, und ich folgte ihr, als wäre sie die Luft, die ich atmete. Ich konnte nicht anders.

»Grace!«, rief ich.

»Hier drin.« Ich folgte ihrer Stimme, meine Füße versanken in dem dicken Teppich des Flurs. Ihre Wohnung war genauso kultiviert wie sie selbst. Moderne Kronleuchter hingen von den Decken. Die Grau- und Silbertöne der Wände, Fußböden und Möbel verschmolzen miteinander, ohne auf die Art zueinanderzupassen, wie das bei teuer ausgestatteten Wohnungen der Fall war. Das hier war nicht die Wohnung irgendeines Twens in Brooklyn. Man konnte zwar die Prinzessin aus der Park Avenue entführen, aber man bekam die Park Avenue nicht aus dem Mädchen heraus.

»Diesmal in einem Bett.« Sie stand in einer Ecke des Schlafzimmers und musterte mich, während sie die Schuhe abstreifte.

»Wie ungeduldig du bist«, sagte ich. Sie wollte mich, und das war ein gutes Gefühl. Vielleicht spielte es keine Rolle, was als Nächstes kam. Bis hierher waren wir immerhin schon gekommen.

»Ich warte schon den ganzen Abend darauf.« Sie nestelte am Verschluss ihres Rocks, aber ich ging zu ihr und schob ihre Hand weg.

»Falls wir es tun, will ich mir Zeit dabei lassen.« Ich legte ihr eine Hand um die Taille und berührte mit der anderen ihr Gesicht.

»Es gibt ein *Falls*?«

Nein, gab es nicht. Nicht jetzt, wo wir einmal hier waren. An diesem Abend würde ich sie besitzen, aber es ging nicht darum, zu kommen und eine Kerbe in den Bettpfosten zu ritzen, und ich wollte, dass sie das wusste. »Kein Grund zur Eile, Grace Astor.« Ich strich über ihren Nacken, fasziniert von ihrer milchig weißen Haut.

Auf dem Bettrand sitzend, zog ich sie zwischen meine Knie. So konnte ich sie besser ansehen. Ich knöpfte ihr die Bluse auf und zog eine Augenbraue hoch, als sie mir zu helfen versuchte. Sie ließ die Hände sinken und überließ es mir, die kleinen blauen Knöpfe aus ihren Löchern zu befreien. Ich schob den Stoff ihrer Bluse zurück, bis darunter ein weißer Spitzen-BH zum Vorschein kam. »Der gefällt mir.« Ich fuhr mit dem Zeigefinger unter den oberen Rand des Cups, genoss das Gefühl der rauen Spitze auf der einen und ihrer weichen Haut auf der anderen Seite des Fingers. Ihre Nippel wurden hart, und ich widerstand dem Drang, sie zu kneifen, hineinzubeißen, an ihnen zu saugen. Mein Schwanz drängte sich gegen den Reißverschluss meiner Hose.

Fuck, sie war so süß.

Ich zog ihr die Bluse aus und griff ihr unter den Rock. »Dieses Zimmer ist perfekt. Der Teppich, die Kissen, die Bettdecke. Wir werden es ziemlich durcheinanderbringen. Das ist dir doch klar, oder?«

Sie biss sich auf die Unterlippe und schwankte leicht, als ich eine Hand an ihrem Schenkel hinaufgleiten ließ. »Wir werden es auf alle möglichen Arten tun.« Ich strich über die Stelle, wo ihre Schenkel zusammenliefen. Ganz leicht glitt mein Daumen über ihre Haut – sie war so feucht –, liebkoste den Saum ihres Höschens. »Du wirst überall Flecken hinterlassen. Kommst du damit klar?«

Sie nickte, ihre Bewegungen waren leicht verlangsamt – ihr Blick ein wenig trüb.

»Und ich werde überall auf dir kommen. Ich werde deine schöne Haut beflecken, damit du mir gehörst.« Ich schob den Daumen unter die Spitze des Höschens und zwischen ihre Schamlippen. Sie keuchte, packte meine Unterarme, um im Gleichgewicht zu bleiben.

»Ja«, sagte sie und sah mir fest in die Augen.

Ich fing an, kleine Kreise zu beschreiben. Meine Finger waren nass und bewegten sich mühelos, als ich mich langsam zu ihrer Klit vorarbeitete. Sie umfasste meine Arme immer fester.

Ich zog sie in meinen Bann, und je mehr sie mir verfiel, desto berauschender fand ich sie. Die Art, wie sie meine Finger und das, wozu sie imstande waren, förmlich anbetete … es war fast so gut, wie mit dem Schwanz in sie einzudringen. Vor Grace hatte ich nie die Euphorie erlebt, die es mit sich bringen kann, wenn man einem anderen Menschen ein gutes Gefühl verschafft.

Sie pulsierte unter meinem Daumen, und in meinem Schwanz pochte es im selben Takt. Sie zu sehen machte mich an, ihre Nässe zu spüren … verführte mich. *Ich* geriet unter *ihren* Bann.

»Ich brauche mehr«, sagte sie und zog an meinem Hemd.

»Mehr?«, fragte ich.

»Von dir.« Wusste sie denn nicht, dass sie bereits mehr von mir besaß als je ein Mensch zuvor?

Ich zog die Hand zurück, schob ihren Slip hinunter, dann öffnete ich ihr den Rock und hakte den BH auf. Mit den Händen um ihre Taille schob ich sie zum Bett. »Leg dich hin«, sagte ich, unfähig, auch nur eine Sekunde lang den Blick abzuwenden, während ich mich auszog.

»Ja.« Ihr Blick huschte zwischen meinem aufragenden Schwanz und meinem Gesicht hin und her. Sie streckte die Hand aus. »Das gefällt mir.«

»Das?«, fragte ich und kniete mich nackt aufs Bett.

»Wir«, sagte sie mit schläfriger Stimme. Sie fuhr mir mit ihrem Fuß an meiner Wade hinab und zog mich näher zu sich. »Ich mag es, wenn wir uns so nahe sind.«

Mein Herz machte einen Satz. Sie beschrieb ein Muster, das es zwischen uns gab. Ich war es nicht gewöhnt, dass sich zwischen mir und einer Frau ein Muster bildete. Irgendwo im Hinterkopf wusste ich, dass ich die Flucht ergreifen sollte, aber wenn es um Grace ging, wurde mein Verstand jedes Mal überstimmt. So sollte es sein.

»Und nackt.«

Ich bedeckte ihr kleines Lächeln mit dem Mund, strich sanft mit den Lippen darüber. Sie vibrierte, und die Schwingungen setzten sich ohne Umwege bis in meinen Schwanz fort. Wäre sie irgendeine andere Frau gewesen, wäre ich jetzt gekommen. Mein Schwanz flehte um Gnade, sehnte sich verzweifelt nach ihrem engen, feuchten Körper.

Küssend und saugend bahnte ich mir den Weg an ihrem Hals hinunter, wollte sie verschlingen und sie so verrückt vor Lust machen, wie ich es war.

Ich hinterließ eine Spur von Küssen von einem Hüftknochen zum anderen, dann ließ ich meine Zunge zum Ausgangspunkt zurückwandern.

Sie schob mir die Finger ins Haar. »Meine Beine zittern.«

Flüchtig fuhr ich mit einer Hand an ihrem Schenkel hinab. »Dein Körper sagt dir, wie sehr du mich willst«, murmelte ich an der Haut zwischen ihren Brüsten.

Sie stöhnte.

»Aber ich will, dass *du* es mir sagst.« Ich wollte es hören. Ich wollte unbedingt, dass ihr klar war: Genau das hier war es, wonach sie sich sehnte.

»Ich will dich«, flüsterte sie.

»Sag es noch mal.«

»Ich will dich«, sagte sie keuchend. »Ich will dich. Ich will dich.« Sie wand sich unter mir. »*Bitte,* Sam.«

Ich stöhnte.

Rasch riss ich das Kondompäckchen auf, das ich beim Ausziehen aus dem Portemonnaie geholt hatte, nahm den Gummi heraus und umhüllte meinen Schwanz damit. »Bist du bereit, Prinzessin?«

Sie blickte mich unter dichten Wimpern hervor an und nickte.

»Dreh dich um.« Wenn ich beim Eindringen nicht sehen musste, wie ihre schönen Augen sich halb schlossen, dann hatte ich vielleicht eine Chance, länger als fünf Sekunden durchzuhalten.

Sie streckte die Arme über den Kopf und drehte sich auf den Bauch. Ich setzte mich rittlings auf sie, zog ihre Hüften hoch, sodass ich ihr geschwollenes Geschlecht sehen konnte. Oh Gott. Fünf Sekunden grenzten an ein Wunder. Ich drückte den Schwanz an sie und musste innehalten. Schon die Nässe, die meine Spitze umfing, raubte mir den Atem.

Aber irgendwas stimmte nicht. Ich musste ihr schönes Gesicht sehen, ihre Hitze auf meiner Haut spüren. Sie war keine Frau, die ich nur ficken wollte – das hier erlebten wir gemeinsam.

Ich ließ mich neben sie sinken und zog sie an mich, ihren Po auf meinen Schoß, ihre Schultern drückten sich aufs Bett. *Ja.* Ich brauchte diese Nähe zu ihr, nichts durfte zwischen uns sein. Ich atmete tief ein, nahm den süßen Duft ihrer Haare in mich auf. »Sieh mich an«, sagte ich, und sie blickte zu mir auf. *Fuck, yeah!* Ich stieß in sie hinein, bis zum Anschlag, und wäre fast gekommen, als ich sah, wie ihr der Atem stockte.

»Alles okay?«, fragte ich.

»Mehr als okay«, stöhnte sie und griff nach meinem Hintern, als ich sie näher an mich zog. Wir waren ein Gewirr aus Gliedmaßen, jeder Teil von uns war mit dem anderen verbunden.

Langsam und vorsichtig begann ich, mich zu bewegen, legte ihr den Arm über Brust und Schulter, um sie an Ort und Stelle zu halten.

»Oh Gott«, brachte sie mit erstickter Stimme heraus und schloss die Augen.

»Sieh mich an«, wiederholte ich. Ich musste sie sehen. Sie sollte mich sehen. Ich wollte daran erinnert werden, dass wir miteinander verbunden waren – wollte wissen, dass es echt war.

Meine Stöße wurden heftiger. Sie vergrub die Fingernägel in meinem Oberschenkel. Ich hoffte, dass sie Spuren hinterlassen würden. Noch ein Zeichen auf meiner Haut, das von höchster Freude kündete.

Ich fand ihre Klitoris, und sie stieß einen kehligen Schrei aus, öffnete weit den Mund, als ich sanft das empfindliche Nervengeflecht umkreiste. Ihre Muskeln zogen sich um meinen Schwanz zusammen.

Wir starrten einander an, eingehüllt in Verwunderung und Lust und Verbundenheit, während uns das Ziehen und Schieben unserer Körper in immer größere Spannung versetzte. Wir sahen uns in die Augen, der Donner grollte immer lauter, bis er endlich von einem Blitz zerrissen wurde. Wie eine Welle überrollte der Höhepunkt ihren Körper und begrub den Bruchteil einer Sekunde später auch mich unter sich.

Es war, als wären wir auf einer Reise gewesen, auf einer Suche, oder als hätten wir einen Sturm überstanden – Sex hatte uns einander nähergebracht, uns zusammengeschweißt.

»Das heute Abend war …« Grace verstummte und blickte zu mir auf, als wüsste ich das Wort, nach dem sie suchte. »Mehr«, sagte sie schließlich.

Kein Zweifel, sie hatte recht. »Mehr«, genau das war dieser Abend gewesen. Mehr, als ich je zuvor mit einer Frau geteilt hatte. Mehr, als ich mir zu wünschen gewagt hätte. Mehr, als ich je für möglich gehalten hätte.

»Danke«, sagte sie. »Nicht für den … na ja, okay, für den Orgasmus, aber …«

»Orgasmen. Sprich nicht über deinen Orgasmus, als wäre er allein geblieben.«

Sie kicherte und stach mir mit dem Finger in die Brust. »Okay, dann eben danke für die Orgas*men*, aber auch für den Besuch in der Frick und für das Dinner. Ich bin es nicht gewöhnt, dass … Alles war so gründlich durchdacht. Es war mehr als …«

»Na, immerhin bist du eine Prinzessin. Du verdienst so etwas.« Das Date in der Frick hatte ich nicht arrangiert, weil ich darüber nachgedacht hätte, was andere Männer zuvor für sie getan hatten. Ich wusste einfach, dass sie es genießen würde.

»Du hältst mich für eine hochnäsige Park-Avenue-Prinzessin, aber …«

»Hey«, sagte ich und nahm sie in die Arme. »Ich ziehe dich nur auf. Ich glaube, dass du jemand ganz Besonderes bist, und wenn du bisher noch nicht wie eine Prinzessin behandelt worden bist, dann sollen sich die Männer schämen, die mit dir ausgegangen sind.«

»Du hast ja keine Ahnung«, murmelte sie.

Ich war es nicht gewöhnt, mir Geschichten von Frauen anzuhören, zu erfahren, wie *ihr* Leben verlaufen war. Angie wusste alles über mich, aber ich sah nicht *diese* Art von Frau in ihr. Grace, die etwas an meiner Brust murmelte und mir die Lippen auf die Haut drückte, um mich abzulenken, weckte in mir den Wunsch, ihr tausend Fragen zu stellen. Aber was war, wenn sie keine davon beantworten wollte? Als sie mich zuvor nach etwas Persönlichem gefragt hatte, hatte ich mich verschlossen wie eine Auster. Würde es mir wehtun, wenn sie genauso reagierte? Ich musste lernen, mich ihr zu öffnen – mehr von mir selbst preiszugeben. Das war nur fair, wenn ich dasselbe von ihr erwartete.

Mir war es das Risiko wert, wenn ich dadurch mehr von ihr erfahren konnte. »Darf ich dich etwas fragen?«

Ihre Finger, die gerade noch Muster auf meinen Handrücken gezeichnet hatten, hielten inne. »Was denn?« Bevor Grace so auf mich reagiert hatte, war mir nie bewusst gewesen, dass es eine Form der Selbstverteidigung ist, auf eine Frage mit einer Gegenfrage zu antworten.

Ich zog sie an mich und küsste sie auf den Scheitel. »Warum verbringst du deine Zeit mit Männern, die dich gar nicht verdienen?«

Sie zuckte mit den Schultern, ließ mich abblitzen, wie ich es zuvor mit ihr gemacht hatte.

Erst musste ich *ihr* etwas erzählen – andernfalls verlangte ich von ihr, dass sie mir ihre Verletzlichkeit zeigte, ohne dass ich bereit war, dasselbe zu tun.

Ich atmete tief durch. »Meine Mutter und mein Vater wurden von einem betrunkenen Autofahrer getötet, als ich zwölf war.«

Ich schluckte und blickte geradeaus, anstatt Grace anzusehen. Diese Worte sprach ich nur selten aus, es war kaum noch nötig, aber der Schmerz, gegen den ich mich gewappnet hatte, war, soweit ich mich erinnerte, weniger heftig als beim letzten Mal. Es würde immer wehtun, aber die Angst vor dem Schmerz war für mich ein genauso großes Hindernis wie der Schmerz selbst. »Ich hatte keine anderen Familienangehörigen, also bin ich in der Fürsorge gelandet.«

Sie drehte sich in meinen Armen, sodass sie mir ins Gesicht sah. Sie nahm mein Gesicht in ihre kleine Hand und strich mir mit dem Daumen über die Wange.

Diese Berührung gab mir die Kraft, weiterzureden, mehr von mir zu zeigen. »Es war hart. Ich war alt genug, um zu begreifen, was ich verloren hatte. Um zu verstehen, dass ich ein anderes, ein besseres Leben gehabt hatte, das mir nun genommen wurde.« Ihr das zu erzählen war beinahe eine Befreiung, und als ich mich überwand, sie anzusehen, stellte ich fest, dass sie blinzelte, um die Tränen zurückzuhalten.

»Das ist lange her. Heute geht es mir besser.« Sie sollte kein Mitleid mit mir haben. Ich wollte ihr näherkommen, nicht bemitleidet werden. Ich gab ihr nur mehr, weil ich dasselbe von ihr brauchte.

»Das tut mir leid«, flüsterte sie.

Ich atmete tief durch und verflocht meine Finger mit ihren.

»Ich finde, du bist etwas ganz Besonderes, Sam Shaw«, sagte sie und drückte einen Kuss auf unsere miteinander verflochtenen Hände.

Ich lächelte. »Das bist du auch.«

»Also ist das der Grund, warum du dir keine Möbel anschaffst? Und keine Beziehungen eingehst?«

Worauf wollte sie hinaus? Ich hatte Angie und eine Wohnung in der Park Avenue. Aber ich schrieb materiellem Besitz nicht so große Bedeutung zu wie die meisten Menschen, das war alles.

»Weil du weißt, wie schmerzhaft es ist, etwas zu haben und es dann zu verlieren?«, fuhr sie fort. »So etwas willst du nie wieder durchmachen.«

Der immerwährende Schmerz in meinen Eingeweiden, an den ich mich so gewöhnt hatte, wurde stärker. Hatte sie recht? Verzichtete ich auf Menschen und Dinge, um nicht erneut enttäuscht zu werden?

»Entschuldige. Ich wollte dich nicht bedrängen. Aber es ergibt absolut Sinn«, sagte sie.

Ich konnte ihr nicht widersprechen. Es ergab tatsächlich Sinn. Nur war mir dieser Zusammenhang noch nie aufgefallen.

»Vielleicht«, sagte ich. »Ich weiß es nicht.«

Sie beugte sich vor und küsste mich auf den Bauch. »Meine Mutter betrügt meinen Vater. Immer schon. Er weiß es, aber aus irgendeinem Grund bleibt er mit ihr verheiratet«, erklärte sie und machte damit ihr gleichgültiges Achselzucken von vorhin auf dieselbe Art rückgängig wie ich. Sie gestand Dinge ein, ließ mich an sich heran, gab mir mehr.

»Und du machst es wie dein Vater?«, fragte ich. »Suchst dir Menschen aus, die deine Liebe nicht verdienen?«

»Kann sein. Vielleicht will ich einfach nicht wie meine Mutter sein.«

Beruhte unser beider Umgang mit dem Leben und mit Beziehungen auf alten Erfahrungen? Vielleicht war das bei jedem so. Dennoch verstand ich nicht, warum ich mich auf eine Art auf sie einlassen konnte, wie es mir niemals zuvor möglich gewesen wäre. Wie hatte sie mich dazu gebracht, mehr zu wollen, obwohl ich mein ganzes Leben lang entschlossen gewesen war, nichts zu brauchen?

Sie ließ die Finger um die Stelle kreisen, wo sie mich auf den Bauch geküsst hatte, und gewährte mir einen flüchtigen Blick auf das Tattoo unter ihrem Arm.

Höchste Freude.

Als sie mich gebeten hatte, ein Motiv auszusuchen, war mir nicht viel Zeit zum Nachdenken geblieben, aber diese beiden Wörter waren mir als Erstes in den Sinn gekommen.

Wusste mein Unterbewusstsein etwas, was ich nicht wusste? Die Worte des Abschnitts, den ich so oft gelesen hatte, dass ich ihn auswendig konnte, gingen mir durch den Kopf.

Es gibt weder Glück noch Unglück auf dieser Welt; es gibt nur den Vergleich eines Zustands mit einem anderen. Der Mensch allein, der tiefste Verzweiflung empfunden hat, ist fähig, höchste Freude zu fühlen. Man muss sich den Tod gewünscht haben, um zu wissen, wie gut es ist, am Leben zu sein … die Summe aller menschlichen Weisheit ist in diesen beiden Wörtern enthalten: Warten und Hoffen.

War sie das, worauf ich gewartet hatte? Worauf ich gehofft hatte?

War sie meine höchste Freude?

14. KAPITEL

GRACE

Der Samstagabend war speziell. Etwas hatte sich zwischen uns verändert. Ich hatte vor, den Sonntag in Connecticut bei Harper und Max zu verbringen, darum brach Sam früh auf. Als er mich am Montag anrief und mir bewusst wurde, dass er keinen konkreten Grund dafür hatte, ertappte ich mich dabei, dass ich töricht in den Hörer grinste. Er wollte nur meine Stimme hören. Mit mir reden.

Das war ein gutes Gefühl. Ein sehr gutes.

Ich hatte ihm angeboten, am nächsten Tag die Lieferung der Möbel zu beaufsichtigen, und er hatte vorgeschlagen, danach gemeinsam essen zu gehen. Natürlich sagte ich Ja. Ich konnte es kaum erwarten, ihn wiederzusehen – er sollte mich wieder mit dieser völligen Offenheit und Ehrlichkeit ansehen, die er auszustrahlen schien. Er war etwas Besonderes, und ich bekam einfach nicht genug von ihm. Ich federte förmlich durch die ersten zwei Tage der Woche, die ich in der Galerie verbrachte.

Ich wartete vor den Fahrstühlen in der Park Avenue 740 und lauschte auf das Surren und Knacken, das anzeigte, dass die Kabine im Erdgeschoss angekommen war. Ich konnte es kaum erwarten, hinaufzufahren und Sam zu sehen. Er hatte gesagt, dass er das Büro früher als sonst verlassen würde, damit er auch ganz bestimmt rechtzeitig da war. Ich wollte wissen, wie die

Dinge zwischen uns standen, jetzt, nachdem wir uns am Samstag so viel anvertraut hatten.

Die Fahrstuhltüren glitten auseinander, und ich sah Sam. Meine Mutter und mein Vater standen vor ihm.

»Hallo, Liebling. Wir wussten gar nicht, dass du kommst«, sagte meine Mutter und rückte ihren Nerzmantel zurecht. »Wir wollten gerade los.«

Mein Blick huschte zwischen Sam und meinen Eltern hin und her, die Anstalten machten, gar nicht erst aus dem Fahrstuhl auszusteigen. Sam hingegen schien einfach an uns vorbei- und weggehen zu wollen. Würde er das wirklich tun?

»Oh, schon in Ordnung. Eigentlich bin ich hier, um Sam zu besuchen«, sagte ich.

Er blieb stehen und schaltete das Sam-Shaw-Megawatt-Lächeln ein, das ich bislang nur äußerst selten zu sehen bekommen hatte.

»Hallo, wie geht es Ihnen?«, fragte er und schüttelte meiner Mutter die Hand. Oh Gott. Meine Mutter liebte es, wenn jemand sich so benahm.

»Sam hat ein paar Werke aus meiner Galerie gekauft«, erklärte ich, als mein Vater und er sich die Hand reichten. »Ich helfe ihm, den richtigen Platz dafür zu finden. Sam, das sind meine Eltern, Mr und Mrs Astor.«

Der Blick meiner Mutter flitzte zwischen Sam und mir hin und her. »Was sagten Sie, wie war noch gleich Ihr Nachname?« Sams Anwesenheit verwirrte sie. Sie war ihm offensichtlich noch nie begegnet, aber er war wohlhabend genug, um im selben Gebäude wie sie zu wohnen.

»Er hat ihn nicht gesagt«, antwortete ich.

»Shaw«, sagte Sam. »Mein Name ist Sam Shaw.«

Meine Mutter nickte, und ich merkte, dass sie im Geist ihre Kontaktliste durchging und ihn zuzuordnen versuchte.

»Und wohnen Sie schon lange hier, Mr Shaw?«, fragte sie.

»Sylvia, wir sind spät dran. Lassen wir es dabei bewenden«, sagte mein Vater, um die Neugier meiner Mutter zu bremsen.

»Wir haben noch ein paar Minuten«, erwiderte sie, weil sie offensichtlich gern noch etwas Zeit mit Sam verbringen wollte. Das Gefühl kannte ich.

»Nein, Liebling. Wir kommen jetzt schon zu spät.« Mein Vater schlang meiner Mutter den Arm um die Taille und führte sie zur Tür. »Und Grace sehen wir an ihrem Geburtstag nächste Woche.«

Meine Mutter verlagerte ihre Aufmerksamkeit von Sam auf mich. »Ach ja. Ich habe dir mehrere Nachrichten wegen des Menüs hinterlassen, aber du hast dich noch nicht gemeldet.«

In neun von zehn Fällen vermied ich es, die Anrufe meiner Mutter anzunehmen. Wenn sie mit mir über meinen Geburtstag sprechen wollte, sank die Quote auf neunundneunzig von hundert.

»Das Menü ist mir egal. Es ist das Four Seasons – dort schmeckt mit Sicherheit alles gut.« Seit mehreren Jahren hatte ich keinen Geburtstag mehr mit meiner Mutter verbracht, aber ich hatte meinem Vater versprochen, mir mehr Mühe zu geben. Ich blickte Sam an, der höflich lächelte, den Blick ins Leere gerichtet. Er hatte so viel verloren. Und ich? Ich stand da und benahm mich wie eine Prinzessin, indem ich mit meiner Mutter im Nerzmantel über das Four Seasons sprach. Mein Geburtstagsdinner war absolut belanglos.

»Ich möchte nur sichergehen, dass du einen perfekten Abend erlebst.« Die Stimme meiner Mutter zitterte, wie immer, wenn sie bemitleidet werden wollte. Bei mir funktionierte das schon lange nicht mehr.

»Es ist mir wirklich egal«, sagte ich und versuchte, ruhig zu bleiben.

»Komm schon, Sylvia. Lassen wir Grace in Ruhe, damit sie ihre Arbeit machen kann«, sagte mein Vater. »Wir werden einen netten Abend verbringen. Die Gesellschaft ist das Wichtigste. Werden wir Sie dort sehen, Mr Shaw?«

Hatte mein Vater etwas Persönliches zwischen uns wahrgenommen? Ich gab ihm einen Kuss auf die Wange. »Viel Spaß euch beiden. Ich muss jetzt los.« Ich drehte mich wieder zum Fahrstuhl und drückte energisch auf den Aufwärtsknopf.

Glücklicherweise war Sam höflich genug, um auf die Frage meines Vaters nur mit einem Lächeln zu antworten. Die Türen öffneten sich, ich betrat die Kabine und bedeutete Sam mit einer ruckartigen Kopfbewegung, mir zu folgen.

»War nett, Sie kennenzulernen, Mr und Mrs Astor«, rief er und trat hinter mir in den Fahrstuhl.

Als sich die Türen schlossen, drängte er mich in eine Ecke. »Du hast mir ja gar nicht gesagt, dass du Geburtstag hast«, sagte er. Seine Finger gruben sich in meine Taille, ich spürte seinen Atem auf der Wange.

»Nein«, flüsterte ich und fühlte mich plötzlich schwach, weil er mir so nahegekommen war.

Er beugte sich zurück, musterte mich forschend, und schüttelte den Kopf. »Nächste Woche schon, und du hast mir nichts davon erzählt.«

War es das, was wir jetzt taten? Wir hatten nicht darüber gesprochen, wie die Dinge zwischen uns standen. Ich suchte nach Anzeichen bei ihm, die mir bestätigten, dass sich etwas geändert hatte.

»Nur ein paar Freunde und die Familie werden da sein. Du kannst gern kommen, wenn du möchtest.«

»Ich möchte«, sagte er und drückte mir einen Kuss in den Nacken.

»Wahrscheinlich wird es verdammt langweilig.«

»Mir egal.«

»Sind wir schon so weit?«, fragte ich. Waren wir ein Paar? Ich wollte es von ihm hören.

»Sind wir schon *wie* weit?« Seine Nase streifte mein Kinn, und ich legte den Kopf in den Nacken und presste die Hüften an ihn.

»Dass wir einander zum Geburtstag einladen. Uns unseren Freunden vorstellen. Machen wir solche Sachen?« Meine Worte wurden von Pausen unterbrochen, in denen ich die Berührung seiner Finger und Lippen und die Wärme seiner Haut genoss.

»Ja, so was machen wir«, antwortete er, dann ertönte ein leises Klingeln, und die Fahrstuhltüren öffneten sich auf seiner Etage. Er straffte den Rücken, nahm mich bei der Hand und zog mich aus der Kabine. »Wir machen all diese Sachen.«

Ich presste die Lippen aufeinander und gab mir große Mühe, mein Lächeln zu verbergen. Wir machten so was.

SAM

»Ihre Mutter trug einen Pelzmantel, als ich ihnen in die Arme lief. Allem Anschein nach war es ein Nerz«, sagte ich zu Angie, als wir durch Bergdorf Goodman liefen und nach einem Geburtstagsgeschenk für Grace suchten. Ich hatte keine Ahnung, was ihr gefallen könnte, darum hatte ich Angie als Unterstützung mitgenommen.

»Woher willst du wissen, was für eine Art von Pelz es war?«

»Ich weiß es eben. Sie ist in dem Haus aufgewachsen. Wir sind so verschieden.« Ich mochte Grace. Für niemand sonst war es eine große Sache, zu sagen, dass er eine Frau mochte. Aber für mich … Ich hatte mir eigentlich noch nie Gedanken darüber gemacht, ob ich jemanden mochte oder nicht – es spielte keine Rolle. Es war nicht nur, dass sie gut im Bett oder so schön war, dass es mir den Atem verschlug. Nein, ich verbrachte tatsächlich gern Zeit mit ihr. Aber weil diese Reaktion für mich derart ungewöhnlich war, zog es Fragen nach sich – warum mochte ich sie? Würde ich sie nächsten Dienstag auch noch mögen?

»Warum interessiert dich das überhaupt?«, fragte Angie.

Ich hatte erfolgreiche Menschen beobachtet, bevor ich selbst erfolgreich wurde, hatte ihre Eigenarten, ihre Art zu reden imitiert, darum fiel ich nicht auf, als ich es in ihre Kreise schaffte. Durch Versuch und Irrtum und mit viel Übung lernte ich den Umgang mit gut betuchten Leuten. Ich gehörte nicht von Geburt an zu diesen Kreisen, Grace aber sehr wohl.

Wir kamen aus verschiedenen Welten. Konnten Menschen aus so entgegengesetzten Verhältnissen einander wirklich mögen?

Ich folgte Angie, die Regale und Ständer absuchte, Sachen in die Hand nahm und sie wieder zurücklegte.

»Wie wär's mit einem Schal? Diese Mädels von der Upper East Side lieben Tücher und Schals.« Angie lachte und hielt einen orange gestreiften Seidenschal hoch. Sie hatte recht. Ich wusste nur nicht, ob Grace ein typisches Mädchen von der Upper East Side war.

»Jetzt rümpf nicht die Nase, als ob das Ding nach nassem Hund riecht – das hier ist ein Schal für siebenhundert Dollar«, sagte Angie und legte ihn ins Regal zurück.

»Er passt nicht zu ihr«, entgegnete ich.

»Ist sie kein Schalmädchen?«, fragte sie. Wir steuerten auf Glasvitrinen zu, in denen Geldbörsen ausgestellt waren.

Ich hatte noch nie einen Schal an Grace gesehen. Ich hatte noch nie darüber nachgedacht, was sie trug, abgesehen von der Frage, ob es ihren Körper zur Geltung brachte. »Ich glaube nicht.«

Trotz der Unterschiede zwischen uns ertappte ich mich dabei, dass ich mehr von Grace wollte. Mehr von ihrer Zeit, mehr von ihrem Körper. Ich gierte danach, ihre Meinung zu ganz alltäglichen Dingen zu hören. Ich wollte sehen, wie sie blinzelte, immer langsamer, je näher sie dem Orgasmus kam. Ich wusste, dass ihr Lachen ungekünstelt war und tief aus dem Bauch kam, während ihr Lächeln höflich und einstudiert war. Sogar jetzt dachte ich an sie, obwohl ich mich eigentlich auf Angie konzentrieren sollte. Ich folgte Grace einen dunklen Flur entlang, ohne zu wissen, was sich am anderen Ende befand. Aber ich konnte nicht stehen bleiben, konnte nicht mehr kehrtmachen.

»Wer braucht denn ein Reisepass-Etui?«, fragte Angie und spähte über die Vitrine. »Also, wie ist sie denn nun, diese Frau, die dich dazu bringt, Geschenke für sie zu kaufen?«

»Sie bringt mich nicht dazu, ihr Geschenke zu kaufen.« Ich schlenderte an der Reihe von Vitrinen entlang. Hier gab es nichts für Grace. »Sie hat mich zu ihrem Geburtstag eingeladen. Da ist es nur höflich, ein Geschenk mitzubringen.« Grace interessierte sich nicht für mein Geld. Wenn sie mit einem reichen Kerl zusammen sein wollte, hätte sie keine Vorgeschichte von Dates mit Künstlern, die keinen Cent in der Tasche hatten, und sie würde dann auch nicht in einer Galerie arbeiten, die sie selbst finanziert hatte. »So ist sie nicht.«

»Okay, Mr Sensibel. Du musst zugeben, dass du an einem Wendepunkt angekommen bist. Du hast dir noch nie den Kopf darüber zerbrochen, was du einer Frau schenken sollst.«

»Ich zerbreche mir nicht den Kopf«, sagte ich. »Ich will nur etwas finden, was gut zu ihr passt.«

»Erzähl mir, wie sie ist. Vielleicht fällt uns dann etwas ein.«

»Sie ist nett.« Ich zuckte mit den Schultern, und mein Mund

verzog sich zu einem Lächeln. »Lustig. Leidenschaftlich in allem, was sie tut.«

»Und wenn du sagst: ›Was sie tut‹, dann meinst du, dass sie es leidenschaftlich *mit dir* tut, stimmt's?« Angie wackelte mit den Brauen.

Eigentlich hätten ihre Worte mich amüsieren müssen, aber aus irgendeinem Grund taten sie das nicht. »Sag so was nicht.«

»Himmel. Beruhige dich. Ich mache nur einen Witz. Dich hat's ganz schön erwischt, mein Freund.« Sie drehte sich nach links und ging auf ein paar weitere Ständer mit nutzlosem Kram zu.

Ich holte sie ein. »Sorry, ich wollte dich nicht so anschnauzen. Ich will nur dieses Geschenk finden und dann nichts wie raus hier. Du weißt, dass ich solche Läden hasse.« Tatsächlich war Shopping nicht mein Ding, und ich wollte nicht, dass Angie es übertrieb und glaubte, meine Dates mit Grace wären mehr als das, was sie waren.

Sie zuckte mit den Schultern. »Okay. Aber hier gibt es eine Menge schöner Sachen, Sam. Du musst dich nur für irgendwas entscheiden.«

Ich konnte nicht einfach irgendwas kaufen. Als ich Grace in die Frick ausgeführt hatte, schien sie mit meiner Wahl so glücklich zu sein, und ich wollte denselben Ausdruck noch einmal in ihrem Gesicht sehen. »Bei unserem ersten Date habe ich sie in die Frick zum Dinner eingeladen, und das hat ihr offenbar gefallen. Vielleicht mache ich so was Ähnliches noch einmal. Anstelle eines Geschenks.«

Angie zog die Brauen hoch. »Wie, bist du mit ihr ins Besuchercafé gegangen?«

»Nein. Ich habe für einen Samstagabend das ganze Ding gemietet. Wir haben uns die Gemälde angesehen und in einem der Räume nett zu Abend gegessen.«

Als Angie nicht antwortete, blickte ich mich zu ihr um, um mich zu vergewissern, dass sie mir zugehört hatte. Aber sie starrte mich nur an, ihr Mund stand halb offen, so als hätte ich ihr gerade eröffnet, dass ich das Empire State Building kaufen würde. »Was ist?«, fragte ich.

»Du hast die gesamte Frick reserviert?«

»Ja.«

»Für euer erstes Date?«

Hatte sie mich nicht richtig verstanden? »Ja. Und es scheint ihr richtig gut ge…»

Angie schnaubte. »Das kann ich mir vorstellen. Aus solchem Stoff sind Märchen gemacht. Du magst diese Frau wirklich.« Sie grinste dermaßen breit, dass es aussah, als würde ihr Gesicht gleich in zwei Teile zerbrechen.

Ich machte Anstalten, auf die Tür zuzusteuern, aber Angie holte mich ein und tippte mir auf die Schulter. »Sam«, sagte sie, immer noch grinsend. »Du magst diese Frau *wirklich.* Die Frick? Dann ist es ernst.«

»Ist doch keine große Sache. Ich dachte nur, dass es ihr gefallen würde, und ich wollte nicht von einem Menschenauflauf gestört werden.«

»Und ob das 'ne große Sache ist! So einen Bullshit ziehen Kerle ab, wenn sie bis über beide Ohren verliebt sind.«

Ich stieß die Tür auf, und wir traten auf die Straße hinaus. »Tja, ich bin aber nicht verliebt. Du kennst mich.«

»Ja, darum ist es ja so aufregend. Vielleicht bist du *dabei*, dich zu verlieben.« Sie kreischte förmlich, und zusammen mit ihrem albernen Gefasel fand ich das äußerst lästig.

Ich steckte die Hände in die Hosentaschen. »Mach dich nicht lächerlich.« Ich wandte mich nach Norden, ohne zu wissen, wohin ich gehen wollte. Angie folgte mir und zog ihre Jacke fester über der Brust zusammen.

»Das ist nicht lächerlich. Es ist wundervoll, Sam. Ich habe geglaubt, dass es nie dazu kommen würde. Ich bin so froh, denn das ist ein wahnsinnig tolles Gefühl – du hast es verdient, so glücklich zu sein.«

Ich blinzelte in die Sonne, die der Kälte offenbar trotzen wollte. »So ist es doch gar nicht. Übertreib es nicht mit der Freude. Wir hängen nur zusammen rum.«

»Ich kann es kaum erwarten, Chas davon zu erzählen. Dann können wir zu viert ausgehen.«

»Angie. Im Ernst, hör auf damit. Ich muss ein Geschenk finden, und du hilfst mir kein bisschen.« Ich wollte Grace nicht einfach irgendwas kaufen, nur um etwas vorweisen zu können. Sie wusste, wie wenig Wert ich materiellen Dingen beimaß. Wenn ich ihr also etwas Teures, aber Unpersönliches kaufte, würde sie wissen, dass es nichts bedeutete, dass ich mir überhaupt keine Gedanken gemacht hatte.

»Versprich mir, dass ich dich nicht verliere.« Unvermittelt blieb Angie stehen und packte mich am Ärmel meines Mantels. »Ich liebe meinen Mann. Er ist ein guter Mensch, und ich kann über alles mit ihm reden.« Ihre Augen fingen an zu glänzen. »Aber was wir beide, du und ich, durchgemacht haben, kann niemand verstehen, der es nicht selbst erlebt hat.« Ich wusste, was sie meinte. Chas kannte die Angie, die überlebt hatte, nicht das Mädchen, das damals noch ums Überleben kämpfen musste. Ich verstand nur nicht, warum sie glaubte, dass sie mich verlieren würde.

»Wovon sprichst du? Bisher habe ich es jedenfalls nicht geschafft, dich loszuwerden.«

»Ich meine es ernst, Sam. Was ist, wenn Grace und ich uns nicht mögen? Dann können wir nicht mehr so viel Zeit miteinander verbringen; wir werden uns nach und nach aus den Augen verlieren.«

Ich fasste Angie bei den Schultern. »Du spinnst. Ich bin nicht in Grace verliebt, und du und ich werden bis ans Ende der Zeit befreundet sein.«

»Ich kann dich nicht verlieren.« Sie blickte auf den Boden. »Ich will, dass du glücklich wirst, aber ich möchte ein Teil deines Glücks sein.«

Ich umfasste ihre Arme, die ihr seitlich am Körper hinabhingen, und zog sie an mich. »Du wirst mich nicht verlieren.«

»Du umarmst mich ja«, sagte Angie. »Ich kenne dich jetzt seit fünfzehn Jahren, und das hast du *noch nie* gemacht.«

»Tja, gewöhn dich lieber dran.«

Schlaff stand sie da, eingehüllt in meine Umarmung. »Ich verlasse dich nicht«, sagte ich. »Du wirst mich *niemals* verlieren.«

Und ich war nicht in Grace Astor verliebt.

15. KAPITEL

GRACE

Ich behielt die Tür des Four Seasons die ganze Zeit im Blick, denn ich hoffte, Sam zu entdecken. Ich hatte ihn gebeten, Angie und ihren Mann mitzubringen. Letzterer war offenbar beschäftigt, aber Sam und Angie würden es zu meiner Geburtstagsfeier schaffen. Es war das erste Mal, dass ich ihr begegnen würde, und ich war nervös. Ich wusste, dass Sam großen Wert auf ihre Meinung legte. Sie schien der einzige Mensch zu sein, auf den er hörte. Und wenn sie mich nun nicht mochte? Würde sich das auf Sam und mich auswirken? Etwas mehr als eine Woche zuvor hatte er mir vom Tod seiner Eltern erzählt, aber seitdem hatte ich jeden Tag mit ihm gesprochen oder ihn gesehen, und alles lief so gut, dass Angie uns eigentlich nur noch ihren Segen geben sollte.

»Ist er schon da?«, fragte Harper hinter mir.

Ich löste den Blick von der Eingangstür. »Nein. Du erkennst ihn, wenn du ihn siehst. Wie geht's dem Baby?«

»Wie's einem Baby halt so geht. Die machen nicht viel. Ich möchte mehr über Sam wissen. Ist er der erste Mann mit einem richtigen Job, mit dem du ausgehst? Weiß er seine Zunge richtig einzusetzen?«

»Dir ist schon klar, dass wir uns in der Öffentlichkeit befinden, oder?«, fragte ich.

Harper zuckte nur mit den Schultern, denn in diesem Moment gesellten sich ihr Ehemann Max und seine Schwester Scarlett zu uns. »Herzlichen Glückwunsch zum Geburtstag«, sagte Max und küsste mich auf die Wange.

»Danke.«

»Herzlichen Glückwunsch«, hörte ich in dem Moment Sam hinter mir sagen. Ich erschauerte. War ich je zuvor einem Mann begegnet, auf dessen Stimme mein ganzer Körper reagierte? Mit ein paar Silben hatte er es geschafft, dass meine Brustwarzen hart und meine Knie weich wurden. Ich blickte über die Schultern, da legte er mir schon eine Hand um die Taille. Er lächelte mich an und gab mir einen Kuss auf den Mund.

Wir taten das wirklich.

Und zum ersten Mal war ich mir sicher, dass mein Freund weder ein Auge auf andere Frauen warf noch meinen Freunden auf die Nerven ging.

Er löste sich von mir und beugte sich leicht zurück. »Wie hübsch du bist.« Sein Daumen strich mir über den Wangenknochen, und ohne zu begutachten, was ich trug, zog Sam mich an sich, sodass Oberschenkel auf Hüfte traf. »Ich bin Sam«, stellte er sich den anderen vor, »und das hier ist Angie Jenkins.« Die Blondine neben ihm hatte ich überhaupt nicht bemerkt – wenn Sam in der Nähe war, hatte ich nur Augen für ihn.

»Angie, hi«, sagte ich und wollte mich losmachen, um sie zu begrüßen, aber Sam hielt mich einfach fest.

Nachdem jeder sich vorgestellt hatte, steuerten wir auf den langen Esstisch zu. Ich hatte zweiundvierzig Gäste eingeladen. Ein paar Familienmitglieder. Ein paar Freunde. Ich wollte keine große Party feiern, wünschte mir nur ein ruhiges Dinner. Ich saß in der Mitte. Die Tischgesellschaft teilte sich wie selbstverständlich auf in einerseits Familie, beginnend mit meinem Dad links neben mir und meiner Mutter an seiner anderen Seite, und meine Freunde andererseits, die rechts von mir saßen. Ich hatte Sam nicht den Platz neben mir zugewiesen, aber als ich mich setzte und die Wärme seiner Hand von meiner Hüfte verflog, hätte ich am liebsten schnell die Namenskarten ausgetauscht.

Harper machte keinen Hehl aus ihrer Begeisterung für Sam, und sobald sie Platz genommen hatten, bombardierte sie ihn mit Fragen.

»Dein Mann muss heute Abend also arbeiten? Was macht er denn?«, fragte ich Angie.

»Er hat ein kleines Bauunternehmen in Jersey.« Mit dem Blick suchte sie den Raum ab, ließ das Restaurant auf sich wirken, ehe sie endlich mich ansah. »Zurzeit kümmert er sich abends um ein Bürogebäude, an dem sie tagsüber nicht arbeiten können.«

»Oh, das ist hart, aber ich freue mich sehr, dass du kommen konntest. Tut mir nur leid, dass es so eine große Gesellschaft ist und wir nicht unter uns sein können. Ich freue mich sehr darauf, dich besser kennenzulernen.« Ich hielt den Atem an und hoffte, dass sie das genauso sah.

»Keine Sorge, es war nett von dir, mich einzuladen. Sam wollte unbedingt, dass ich mitkomme.« Sie verlagerte das Gewicht auf dem Stuhl, damit der Kellner ihr Wasserglas füllen konnte.

»Und wohnst du in New Jersey?«, fragte ich.

Sie lachte. »Ja, mein ganzes Leben schon. Ich habe immer gedacht, wenn ich mal heirate, bin ich sofort weg, aber Chas wird New Jersey nie verlassen, also hänge ich dort wohl fest.«

Ich wusste, dass sie und Sam zusammen auf der Highschool gewesen waren, und ich wollte ihr gern Fragen über ihn stellen. Redete er mit ihr über seine Eltern?

»Ich habe gehört, du bist in dem Haus aufgewachsen, in dem er jetzt wohnt?«, fragte Angie.

Ich nickte. »Ja. Bestimmt nennt er mich die Park-Avenue-Prinzessin.«

Lächelnd erwiderte Angie: »Das habe ich noch nicht von ihm gehört, aber andererseits erzählt er ohnehin nur einen Bruchteil von dem, was in seinem schlauen Kopf vor sich gut. Das wirst du sicher bald merken.«

»Das stimmt. Ich muss aufpassen, dass ich ihn nicht zehnmal pro Stunde frage, woran er gerade denkt.« Die Kellner begannen das Essen zu servieren, und am Tisch erhob sich anerkennendes Gemurmel, als sie die Teller vor den Gästen abstellten.

»Ihr verbringt viel Zeit miteinander, stimmt's?«

Nur die meisten Abende, seit ich aus Connecticut zurück war. »Ja, dabei habe ich ihn erst vor Kurzem kennengelernt.«

»Du musst auf ihn aufpassen«, sagte sie mit gesenkter Stimme und beugte sich kaum merklich zu mir. »Ich habe noch nie erlebt, dass er von einer Frau so begeistert war. Er mag dich verdammt gern.«

Ich griff nach meinem Wasserglas und trank einen Schluck. Am liebsten hätte ich es mir an die Wange gedrückt, um die Röte aus meinem Gesicht zu vertreiben. »Ich mag ihn auch verdammt gern.«

Angie lächelte und drückte mir die Hand. »Das hoffe ich.«

»Glaubst du mir nicht?«

»Nein, das ist es nicht. Aber er hat noch nie jemanden wirklich gemocht. Und ich kann mir vorstellen, dass du schon andere Freunde hattest ...«

»Für mich ist es auch anders. Vielleicht nicht so wie für Sam, aber er ist ganz anders als meine vorherigen Freunde. Er behält so vieles für sich, und trotzdem ist er der offenste und ehrlichste Mann, dem ich je begegnet bin. Ich werde alles tun, um deinen Freund nicht zu verletzen, das verspreche ich.«

»Danke«, sagte sie. »Und entschuldige. Ich wollte nicht allzu überfürsorglich rüberkommen …«

»Nicht deine Schuld. Ich finde es gut, dass ihr aufeinander aufpasst.«

Angie lachte. »Als ich anfing, mit Chas auszugehen, sind er und Sam eines Abends in Streit geraten, weil Sam gesehen hat, wie Chas an der Bar mit einer Frau redete. Sam hat keine Fragen gestellt, er hat einfach rotgesehen und auf ihn eingeschlagen. Wir beschützen uns gegenseitig.«

Ich wusste, dass es unvernünftig war, aber trotzdem verspürte ich einen Anflug von Eifersucht. Ich wünschte, ich hätte Sam auch sein Leben lang gekannt. Immer noch gab es so vieles, was ich nicht von ihm wusste. Ich konnte mir nicht vorstellen, dass der coole, ruhige Sam Shaw jemanden schlug. »Wird er schnell wütend?«, fragte ich, plötzlich beunruhigt.

Angie schluckte das Wasser hinunter. »Nein. So habe ich ihn nie zuvor und auch danach nicht mehr gesehen. Aber es gibt eben nur wenige Dinge, die ihm etwas bedeuten; ich glaube, für die würde er sich sogar vor einen Zug werfen.«

Ich kannte Sam zwar noch nicht lange, aber Angie beschrieb den Mann, den ich in ihm sah – treu ergeben und fürsorglich. Warum zum Teufel verbrachte ich meinen Geburtstag mit all diesen Menschen, obwohl ich mich im Grunde nur neben Sam auf die Couch kuscheln wollte? Ich sehnte mich nach ihm, fühlte mich ohne ihn einsam, obwohl er nur einen knappen Meter von mir entfernt saß.

Angie entschuldigte sich, und als sie aufstand, drehte sich Sam zu mir und ertappte mich dabei, dass ich ihn anstarrte. »Alles okay?«, fragte er leise.

Ich beugte mich zu ihm und stützte mich mit der Hand auf dem warmen Leder von Angies Stuhl ab. »Tut mir leid, dass ich dich nicht neben mich gesetzt habe.«

Er legte den Kopf schief. »Muss dir nicht leidtun. Ich unterhalte mich gern mit Harper.«

»Nein, ich meine, es tut mir für mich selbst leid. Ich vermisse dich.«

Erneut legte er den Kopf schief, seine Augen wurden schmal. »Redest du nicht gern mit Angie?«

»Oh doch, natürlich. Sie ist total nett, und sie himmelt dich geradezu an. Du fehlst mir einfach nur.«

»Ich bin hier, Prinzessin«, sagte er und schob mir eine Haarsträhne hinters Ohr.

Und das war er. Ich spürte es in meinem Herzen.

SAM

Als Grace mir sagte, dass sie mich vermisst, obwohl ich fast neben ihr saß, hätte ich sie am liebsten bei der Hand genommen und sie aus dem Hotel gezerrt, um mit ihr allein zu sein. Aber ein Teil von mir genoss es, sie mit ihren Freunden und im Kreis ihrer Familie zu sehen. Es bestätigte mir, wer sie war – ein freundlicher, großzügiger Mensch. Lustig. Sexy. Wunderschön. In Gegenwart dieser Leute verwandelte sie sich nicht in eine andere. Dass so viel Aufmerksamkeit Unbehagen bereitete, ergab ebenfalls Sinn. Ich genoss es, all das aus der Ferne beobachten zu können.

Mir gefiel auch, dass ich mit Grace' Freundinnen reden konnte – auch sie spiegelten wider, wer sie war. Harper saß neben mir und war temperamentvoll und charmant. Ihr Mann Max betete sie eindeutig an.

»Und, ist es dir ernst mit Grace?«, fragte Harper.

»Nimm es meiner Frau nicht übel«, sagte Max. »Sie ist die reinste Nervensäge. Harper, setz den armen Kerl nicht so unter Druck. Sie gehen erst seit ein paar Wochen miteinander aus.«

Ich lachte leise. »Schon in Ordnung. Du kannst mich alles fragen, was du willst. Wenn ich nicht antworten möchte, sage ich es dir.«

Harper drehte sich zu Max und sah ihn an, als wollte sie sagen: *Siehst du?* »Du hast gesagt, du hast Bescheid gewusst, sobald ich bei King & Associates zur Tür hereinkam«, sagte sie zu ihrem Mann. »Ich will wissen, ob es Sam genauso ergangen ist.«

Max verdrehte nur die Augen, und Harper richtete ihre Aufmerksamkeit wieder auf mich. »Also, war es so?«, fragte sie.

»Ich weiß nicht genau, was du meinst, aber natürlich fand ich Grace von Anfang an attraktiv.«

»Für dich ist das mit ihr also nichts Ernstes?« Ihre Augen wurden schmal, als wäre sie ein Cop, der einen Verdächtigen verhört.

Ich wusste nicht genau, was *ernst* bedeutete. Ich mochte Grace. Ich wollte mich weiterhin mit ihr treffen, aber ich war nicht in sie verliebt, auch wenn Angie das anders sah. »Wie Max schon sagte, wir gehen erst seit ein paar Wochen miteinander aus.«

»Aber ist es denn jetzt amtlich? Bist du ihr Freund?«, fragte Harper.

Hatte ich etwas verpasst? Mussten wir uns hier über den Stand unserer Beziehung unterhalten? Ich war glücklich damit, wie die Dinge zurzeit lagen. Ich brauchte kein Etikett dafür.

Als ich nicht antwortete, fragte Harper: »Schläfst du mit anderen Frauen?«

»Nein, absolut nicht.« Ihre Frage überrumpelte mich, und ich antwortete vollkommen spontan. Und es stimmte. Grace und ich verbrachten fast jeden Abend miteinander, und wenn sie nicht bei mir war, hatte ich trotzdem kein Bedürfnis, mit einer anderen ins Bett zu gehen.

»Sie schläft auch mit keinem anderen«, sagte Harper.

Es klang nicht wie eine Frage, und es war eine Antwort, die mir gefiel. Ob Grace mit anderen schlief, war eine Frage, über die ich nicht nachgedacht hatte – ich war einfach davon ausgegangen, dass sie es nicht tat. Ich beobachtete, wie Grace mit den anderen Leuten am Tisch plauderte. Gab es hier noch jemanden, mit dem sie ins Bett ging? »Ich habe sie gern«, brachte ich mühsam heraus. Es würde mich stören, wenn plötzlich ein anderer Kerl auf der Bildfläche erschiene. Ich wollte ihre Aufmerksamkeit, ihren Körper – wollte erfahren, wie ihr Tag gewesen war.

»Na, das will ich doch hoffen«, sagte Harper. »Sie ist etwas ganz Besonderes. Wenn du ihr wehtust, mache ich dich fertig.«

»Es gibt etwas, was du über mich wissen musst, Harper«, sagte ich und beugte mich zu ihr. »Ich habe nur wenige Menschen gern, und dass es so ist, finde ich ziemlich gut. Grace ist eine Ausnahme.«

»Worüber redet ihr zwei?«, fragte Grace und strich mir mit der Hand über den Rücken. Die Teller wurden abgeräumt, die Gäste standen vom Tisch auf, um zur Toilette oder zum Rauchen hinauszugehen. Ich drehte meinen Stuhl so, dass ich Grace auf meine Knie ziehen konnte.

»Über dich«, sagte ich.

»Harper, gehst du ihm etwa auf die Nerven?«, fragte sie.

»Nicht mehr, als ich es verdiene. Sie hat dich gern, das ist doch gut«, sagte ich.

Grace legte mir eine Hand in den Nacken, und ich atmete tief durch. Eigentlich hätte es mir unangenehm sein müssen, dass mich jemand in der Öffentlichkeit so selbstverständlich berührte, aber stattdessen fühlte es ich völlig normal an. Sogar beruhigend. Wenn sie noch mit anderen ins Bett ginge, täte sie so etwas nicht. »Du bist süß.«

»Nein, bin ich nicht. Aber ich habe dich gern, genau wie Harper.«

Grace blickte unter dichten Wimpern hervor zu mir auf. »Ich habe dich auch gern«, sagte sie.

»Hört mal, ihr müsst uns unbedingt in Connecticut besuchen«, sagte Max. Er legte den Arm um die Lehne des Stuhls, auf dem seine Frau saß, und beugte sich zu uns herüber.

»Ja!«, rief Harper. »Das heißt, wenn ihr mit einem Haufen Verrückter klarkommt. Wir würden uns sehr freuen, wenn ihr uns besucht. Nächsten Monat, dann ist das Häuschen am Pool fertig. Da drin könnt ihr euch eine Atempause von dem Wahnsinn bei uns gönnen, wenn ihr eine braucht.«

»Hm, ich weiß nicht«, sagte Grace und musterte mich. »Mal sehen.«

Ich würde später mit ihr über die Sache mit dem *Offiziellsein* reden.

Vorerst fand ich, ein Wochenende draußen bei ihrer besten Freundin klang gut. Ich legte den Kopf schief, um ihr in die Augen zu sehen. »Ich glaube, das wäre großartig.«

Grace' Augen weiteten sich, und sie nickte. »Wirklich?«

»Absolut.«

An dem Lächeln, mit dem sie meine Antwort quittierte, war nichts Falsches.

»Dann also abgemacht«, sagte Harper.

Ich nahm normalerweise keine privaten Einladungen an und sprach auch keine aus, aber wenn es das war, was Grace wollte, würde ich damit zurechtkommen.

»Die Mädels werden zu viel trinken und es uns überlassen, mit den Kindern fertigzuwerden«, sagte Max.

»Ich denke, das schaffen wir.« Von Max King hatte ich bereits gehört, war ihm aber nie persönlich begegnet. Er hatte den Ruf, ein harter Hund zu sein, aber er wirkte ganz locker an diesem Abend, den er mit seiner Frau verbrachte. Ich hatte gesellschaftlich noch nie mit Typen wie ihm zu tun gehabt. Der einzige Mann, den ich als meinen Freund betrachtete, war Chas, und das auch nur wegen Angie.

Die Frauen diskutierten über den Termin für das Wochenende in Connecticut, bis das Dessert serviert wurde, dann setzte Grace sich wieder auf ihren Platz. Da, wo sie gesessen hatte, fühlte mein Körper sich jetzt kalt an. Hätte sie nicht auf meinen Knien sitzend essen können?

Harper musterte mich und sagte leise: »Grace hat mir erzählt, dass sie das Bild gesehen hat, als sie mit dir unterwegs war.« Sie strich sich über den Hals. »War sie sehr aufgeregt?«

»Wer?«, fragte ich.

»Grace«, sagte Harper, »als sie das Bild gesehen hat.«

Eigentlich hätte ich wissen müssen, wovon sie sprach, aber obwohl ich blitzschnell mein Gedächtnis durchforstete, kam ich nicht darauf. »Das Bild?«

»Den Renoir im Schaufenster der Galerie ein paar Häuser neben ihrer.«

Ach, sie meinte das Porträt, das mal Grace gehört hatte. »Sie sagt, sie liebt dieses Bild.« Mir war nicht klar gewesen, dass es so eine große Sache für sie war.

»Ihr Großvater hat es ihr geschenkt, als sie noch ein Kind war – sie liebt es wirklich. Damit fing ihre Begeisterung für Kunst an.«

Hatte Grace mir das erzählt? Ich erfuhr hier eine Menge Neues über sie.

»Sie hat es verkauft, um die Galerie eröffnen zu können. Hat den Käufer sorgfältig ausgewählt, weil sie jemanden wollte, der es genauso liebt wie sie. Und kaum ein halbes Jahr später verkauft dieser hinterhältige Typ es weiter, ist das zu fassen?« Harper drehte sich zu ihrem Mann. »Es hat ihr das Herz gebrochen. Am liebsten würde sie ihren Vater um Geld bitten und es zurückkaufen, aber natürlich macht sie das nicht.« Warum hatte Grace mir das nicht erzählt? »Sie will auf keinen Fall so sein wie ihre Mutter, aber Grace hängt total an diesem Bild – es geht nicht um Geld, darum geht es bei ihr nie«, erklärte Harper.

Das war einer der Gründe, warum ich sie so mochte.

Es war einer der Gründe, warum ich mich auf Wochenenden auf dem Land einließ.

Es war einer der Gründe, warum ich mir ziemlich sicher war, dass ich sie auch nächsten Donnerstag noch mögen würde.

Grace hielt die Tür zu ihrer Wohnung auf, während ich die beiden Taschen mit Geschenken hineintrug, die wir aus dem Restaurant mitgebracht hatten.

»Danke«, sagte sie lächelnd.

»Gern geschehen.« Ich blieb in der Tür stehen und küsste sie auf den Mund. Es fiel mir schwer, sie länger als ein paar Sekunden nicht zu berühren, wenn sie in meiner Nähe war.

»Du hast eine Menge Geschenke bekommen«, sagte ich und stellte die überquellenden Taschen ab.

»Das gefällt dir bestimmt nicht.« Sie stieß mir den Finger in die Bauchmuskeln, aber sie lächelte, ehe sie in die Küche ging.

»Warum glaubst du das?«, fragte ich und folgte ihr.

»Ich weiß, wie du über Materielles denkst.« Sie stellte zwei Gläser auf die Theke und goss Selterswasser hinein. Ich war für so vieles an diesem Augenblick dankbar. Die Tatsache, dass sie jetzt das Wasser kaufte, von dem sie wusste, dass ich es mochte. Dass sie mir einen Drink machte, ohne zu fragen, weil sie bereits wusste, was ich wollte, bevor ich es selbst wusste. Mein Leben lang hatte ich diese Art von Zusammenspiel vermieden, aber jetzt stellte ich fest, dass ich es genoss.

»Wie du weißt, liegt es nicht daran, dass ich materielle Dinge für verwerflich halte. Sie bedeuten mir nur nichts.« Ganz sicher verurteilte ich Grace nicht dafür, dass sie eine vollständig eingerichtete Wohnung, teure Kleider und Ausstattungsgegenstände besaß. Es waren einfach Dinge, die ich nicht brauchte.

Sie reichte mir ein Glas und legte mir eine Hand auf den Bauch.

»Ist schon gut.«

»Ich habe dir mein Geschenk noch gar nicht gegeben«, sagte ich. »Ich war shoppen – Angie war dabei.«

Sie legte den Kopf schief. »Du musst mir nichts schenken.«

»Fürs Erste habe ich etwas sehr Kleines für dich. Ich möchte dir noch etwas schenken – ich glaube, ich weiß schon, was es sein soll, aber ich hatte noch keine Zeit, es zu besorgen.« Ich holte das quadratische Päckchen aus der Tasche mit den Geschenken, die ich gerade hereingetragen hatte. »Das habe ich selbst eingepackt.«

»Tatsächlich?« Sie stellte sich auf die Zehenspitzen, und ich gab ihr einen flüchtigen Kuss.

»Du hast es noch nicht aufgemacht.« Ich reichte ihr das Päckchen.

»Muss ich gar nicht. Ich finde es gut, dass du es selbst verpackt hast … etwas Schöneres hättest du nicht sagen können.«

Wir gingen zur Couch, ich zog meine Jacke aus und legte sie über den Sessel. Sie strahlte mich an, als ich mich neben sie setzte. Himmel, hätte ich ihr doch bloß Diamanten gekauft oder ein Pferd oder so was. Sie blickte mich an, als hätte ich ihr gerade den Mond vom Himmel geholt.

»Doch, mach es auf«, sagte ich.

Sie riss das Papier auf wie eine Fünfjährige bei der Bescherung an Weihnachten und blickte zu mir auf, als sie sah, was es war. »Oh Sam, das ist ja wundervoll«, sagte sie und blätterte in dem Bildband, den ich in der Frick gekauft hatte.

Sie fuhr mit der Hand über den glänzenden Einband.

»Wie aufmerksam von dir.«

Mein Herz trommelte gegen die Rippen, als sie die Finger um die rechte obere Ecke des Buches schloss und die Seite aufschlug, auf die ich etwas geschrieben hatte.

Mir fehlt nichts, solange du in meinem Leben bist.

Schweigend strich sie über die Worte. War es zu viel? Nicht genug?

Sie starrte auf die Seite. »Ich empfinde es genauso, Sam.«

Ich berührte ihre Hand und hob sie vom Buch, führte sie an den Mund und küsste ihren Handrücken. »Ich wusste nicht, was ich kaufen sollte.«

»So ist es perfekt«, flüsterte sie, als ich sie auf meinen Schoß zog.

»Harper hat mich gefragt, ob ich auch mit anderen Frauen schlafe.«

Grace' Miene erstarrte, ihr Lächeln erstarb.

»Ich habe ihr natürlich gesagt, dass ich das nicht tue.«

Ich wollte sie fragen, ob sie dasselbe von sich sagen konnte. Ich wusste, dass sie mit niemandem sonst schlief, aber ich musste es hören. Einige Sekunden lang starrten wir einander an, dann beantwortete sie mir die Frage, die ich nicht gestellt hatte. Sie atmete tief durch und sagte: »Ich auch nicht.«

Ich versuchte, ein Lächeln zu unterdrücken, doch sie drückte bereits ihre Lippen auf meine, sanft, aber bestimmt. Ich nahm ihr Gesicht in beide Hände.

Eigentlich hätte ich vor Freude schreien müssen. Stattdessen schien sich die Furcht davor, jemanden gernzuhaben – oder mich gernhaben zu lassen –, noch tiefer in meine Seele einzugraben.

Ihre Lippen an meinem Kiefer holten mich zu ihr ... zur Freude zurück. Sie roch nach Kirschen, reif und süß. Ich legte ihre Beine über meine.

»Ich weiß, wir sind noch nicht lange zusammen, aber du hast etwas an dir, was genau zu mir passt.«

Ich wusste, was sie meinte. Es war, als wären wir getrennt gewesen und hätten einander endlich wiedergefunden. Aber auch das konnte die Angst nicht auslöschen, die ich empfand. So gern ich sie auch hatte – diese Gefühle weckten unweigerlich Furcht in mir.

»Es ist ein großes Glück für mich, dich zu kennen, Grace Astor.«

»Danke gleichfalls, Sam Shaw.«

Ihr leises Lachen vibrierte an meiner Brust, und ich schloss sie fester in die Arme. »Erzähl mir von dem Gemälde, das wir im Schaufenster gesehen haben. Harper sagt, du hast es verkauft, um Geld für die Galerie zu bekommen, und dass deine Liebe zur Kunst mit diesem Bild begonnen hat. Ist das wahr?«

Sie ließ mein Gesicht los und zuckte mit den Schultern. Dann entspannte sie sich und lehnte sich an mich. »Es ist verkauft worden. Ich weiß es seit gestern. Ich bin an der Galerie vorbeigegangen, und es war weg, und da musste ich reingehen und fragen, was damit passiert war. Offenbar ein Käufer aus dem Mittleren Osten.«

Ich legte die Arme um sie. »Das tut mir sehr leid, Grace.«

»Ich habe das Bild zwar geliebt, aber ich habe ihm auch die Galerie zu verdanken. Ich sollte nicht traurig sein.«

Ich streichelte ihren Rücken, und meine Freude verwandelte sich in Frustration, weil ich ihren Verlust nicht rückgängig machen konnte. »Ich wünschte, ich könnte dass wieder in Ordnung bringen.«

Sie legte mir eine Hand auf die Wange und küsste die Stelle gleich daneben. »Harper hätte es nicht erwähnen sollen.«

»Ich bin froh, dass sie es getan hat. Ich will wissen, was dir Kummer macht.« Obwohl ich es seit dem Tod meiner Eltern sorgfältig vermieden hatte, jemanden in mein Herz zu schließen, hatte Grace mich aus dem Tritt gebracht. Ich würde alles tun, damit sie glücklich und in Sicherheit war.

Sie drehte sich in meinen Armen um, sodass sie mir ins Gesicht sehen konnte. »Abgesehen davon, dass sie sich überall einmischen muss: Wie findest du Harper?«

»Ich finde es toll, wie gern sie dich hat.«

»Hat sie dir Gewalt angedroht? Ich glaube, Angie hat es getan. Ganz subtil natürlich.«

Ich lachte leise. Angie war nicht gewalttätig, aber sie war sehr fürsorglich. »Ist das wahr?«

»Sie hat mir erzählt, wie du auf ihren Ehemann eingeschlagen hast, weil du dachtest, er betrügt sie.« Sie hob meine Hand und legte ihre Handfläche an meine.

»Es war das letzte Mal, dass ich jemanden geschlagen habe.«

»Hast du viele Leute verprügelt?«, fragte sie und legte den Kopf schief.

»Ich habe getan, was ich tun musste, um mich selbst und Angie zu schützen.« In Hightimes war ich meistens für mich geblieben. Es gab eine Gruppe von vier Jungs, die das ganze Heim terrorisierten, aber nachdem ich ihrem Anführer die Nase gebrochen hatte, ließen sie mich in Ruhe. Der Kung-Fu-Unterricht, den ich vor dem Tod meiner Eltern erhalten hatte, erwies sich als nützlich.

»Das tut mir leid, Sam. Ich wünschte, ich könnte es wiedergutmachen«, antwortete sie.

Ich vergrub meine Nase in ihrem Nacken, weil sie meinen Gesichtsausdruck nicht sehen sollte. Es war neu für mich, dass sich jemand so um mich kümmerte. Am liebsten hätte ich lauthals vom Empire State Building herab verkündet, was das für ein unglaubliches Gefühl war, aber die Angst, die an meinem Inneren nagte, hielt mich davon ab, jetzt gleich zur Fifth Avenue zu rennen.

Würde ich mich immer wieder fürchten, oder konnte Grace die Angst aus meinem Leben vertreiben?

16. KAPITEL

GRACE

Seine Finger tippten sanft auf mein Bein, als wir zufrieden auf der Couch saßen, ich mit dem Rücken an seiner Vorderseite. Ich konnte mich nicht erinnern, meinen Geburtstag je schöner verbracht zu haben. Mit Sam war alles besser. Im Gegensatz zu den Männern, mit denen ich vor ihm zusammen gewesen war, hatte er aus eigener Kraft eine echte Notlage überwunden. Er hatte nicht von anderen erwartet, dass sie seine Probleme für ihn lösten oder ihm das Leben leichter machten. Endlich ging ich mit einem Erwachsenen aus. Aber *Ausgehen* war ein zu schwaches Wort für das, was sich zwischen Sam und mir abspielte.

»Weißt du, was diesen Geburtstag quasi perfekt machen würde?«, fragte ich und lächelte ihn an.

»Was denn, Grace Astor?«

Ich zuckte mit den Schultern. »Ein Orgasmus.«

»Oh, verstehe.« Er nickte. »Ich soll dich also ranlassen.«

Mein Lachen verstummte, als er eine Hand an meinem Bein hinuntergleiten ließ und nach dem Saum meines Kleides griff. »Hey, *ich* habe Geburtstag!«

»Hast du wirklich geglaubt, ich könnte einen ganzen Abend mit dir verbringen, ohne mir ständig zu wünschen, du lägest nackt unter mir?« Er zog den Stoff hoch, seine Hand fühlte sich rau an auf meinen Schenkeln, und jede Zelle meines Körpers erwachte zum Leben.

Die Stimmung veränderte sich, und mir fiel es schwer, weiterhin ruhig zu atmen. Ein paar hingeworfene Worte und seine Finger auf meinen Schenkeln brachten mich dazu, um mehr zu betteln.

»Du denkst wohl, ich merke nicht, wie sich deine Atmung verändert, wenn ich dich berühre. Heute Abend in dem Restaurant … glaubst du wirklich, dass ich da nicht gesehen habe, wie deine Nippel hart wurden, als ich dir eine Hand um die Taille gelegt habe?«

Vor diesem Mann konnte ich nichts verbergen. Ich wollte es auch gar nicht.

Er schob die Finger in meinen Slip.

»Ich weiß genau, wie sehr du mich begehrst. Weil ich dich nämlich genauso sehr will. Immer, in *jeder* Sekunde. Glaub mir, es gibt keinen Augenblick, in dem ich das hier nicht fühlen will.« Seine Finger schoben sich in meine Schamlippen, und ich keuchte, zum Teil vor Lust, vor allem aber vor Erleichterung, weil er hier bei mir war und mich in jeder Hinsicht so glücklich machte. »In dem ich nicht spüren will, wie du meinen Schwanz eng umschließt.«

Ich umfasste seine Oberschenkel links und rechts von mir und drückte meine Hüften nach oben, wollte seine Finger tiefer in mir spüren.

Ich zog an meiner Bluse, sehnte mich verzweifelt danach, seine Hände überall zu spüren. Die Knöpfe waren widerspenstig, und ich war ungeduldig. Seine Finger streichelten mich weiter, auf und ab, während er mit der freien Hand die Knöpfe aufmachte. Ich ließ mich zurück an seine Brust sinken, als er die Führung übernahm.

»Warum glaubst du, dass ich das hier weniger dringend brauche als du?«, fragte er.

Genau das war der Grund, warum er so anders war als alle

anderen Männer vor ihm – wir waren einander ebenbürtig. Wir hatten sehr unterschiedliche Leben geführt, aber wir wollten einander aus denselben Gründen und mit derselben Intensität.

Er zog mir den BH hinunter, und ich schrie leise auf, als die raue Spitze meine Brustwarzen streifte. Ich hörte ihn hinter mir stöhnen, dann zog er die Hand aus meinem Slip. Ehe ich dagegen protestieren konnte, stand er bereits auf und zog mich mit sich hoch, wobei ich noch immer geradeaus blickte.

»Bleib stehen«, sagte er. Er löste sich von mir und zog mir, beginnend mit der Bluse, alle Klamotten aus, bis ich vollkommen nackt war.

Ich spürte seine Hände auf meinen Füßen, fühlte, wie sie zu meinen Fesseln hochglitten. Offenbar kniete er hinter mir. »Ich will alles von dir.« Seine Hände wanderten an meinen Beinen hinauf. Die Bewegungen waren weder aufgeregt noch quälend. Sie waren sicher und besitzergreifend. Er fuhr mir mit den Händen über die Rückseite der Oberschenkel, dann umfasste er meinen Hintern, drückte und knetete ihn. »Und dein schöner Hintern, Grace Astor. Der gehört mir auch.«

So gut es sich auch anfühlte – er berührte mich in erster Linie sich selbst und weniger mir zuliebe. Und ich fand es wunderbar.

»Ja«, flüsterte ich.

»Und das hier.« Seine Hände glitten über meine Hüften. Er war aufgestanden, drückte nun seine Wange an meine. »Diese schöne Pussy«, sagte er und drückte mir grob den Finger auf die Klitoris. »Das gehört auch mir. Alles. Jeder Teil von dir.«

Meine Knie gaben nach. Es stimmte. Mein Körper reagierte, als hätte ich mein Leben lang auf ihn gewartet und ihn nun endlich gefunden. Zum ersten Mal war ich ganz erwacht.

Mit der anderen Hand umfasste er meine Brüste, und am

liebsten wäre ich mit ihm verschmolzen, ein Teil von ihm geworden. »Sag mir, dass du mir ganz gehörst«, flüsterte er.

Ich hob den Arm, griff nach hinten und schob ihm die Finger ins Haar. »Ja.«

Seine Hand löste sich von meiner Klitoris, und ich fühlte mich nur besser, weil ich gleich darauf hörte, wie er seinen Reißverschluss öffnete.

»Kondom«, brachte ich mit erstickter Stimme heraus.

Er zog mich rückwärts an sich. »Ja, klar.«

Seine Finger glitten zwischen meine Pobacken, umkreisten meine intimste Stelle und ließen mich erschauern. »So nass, Prinzessin. Meinetwegen bist du so nass.« Mir war es nicht mehr peinlich, dass er mich so sehr antörnte. Jeder Versuch, es zu verbergen, wäre sinnlos gewesen. Denn wie gesagt: Er sah alles.

»Ich bin deinetwegen ganz hart.«

Und dann fühlte ich ihn. Die heiße, harte Spitze. Sam schob mir seinen Schwanz einfach zwischen die Backen, verweilte dort, ließ mich warten.

»Sam. Quäl mich nicht. Ich habe Geburtstag.«

»Willst du es so sehr, dass es schmerzt?« Seine Stimme war tief und rau. »So geht es mir mit dir. Ich will dich jetzt schon so sehr, dass es wehtut.«

Bevor ich richtig begriff, was er gesagt hatte, war er bereits mit einer raschen Bewegung in mich eingedrungen. Ich empfand Erleichterung, Lust und Verlangen, alles auf einmal. Meine Knie gaben nach.

»Hey, meine Schöne«, sagte er und hielt mich an der Taille fest, sodass sein Schwanz bis zum Anschlag in mir blieb. »Ist es zu viel?«

Ja.

»Sam«, sagte ich nur. Die Worte wollten mir nicht in der

richtigen Reihenfolge einfallen. Ich konnte ihm nicht sagen, wie gut es war.

Er zog sich aus mir zurück und führte mich zur Couch. Dort setzte ich mich rittlings auf ihn. »Wir können es in deinem Tempo tun. Wir machen es so, wie du es gern hast.«

Ich merkte, dass ich die Augen geschlossen, mich in einer Art Trance verloren hatte. Ich öffnete sie, und er blickte mich an. Seine Stirn glänzte leicht, ich strich ihm übers Haar. »Mir gefällt es immer mit dir, egal wie.«

Er hob mich an den Hüften hoch und zog mich erneut auf sich. Mein Körper war noch schwach, aber die Couch und seine Hand stützten mich, und ich drückte ihm die Hände gegen die Brust.

Träge blinzelnd sah er mir ins Gesicht und hob mich hoch, ganz sachte nur, um mich dann wieder auf sich zu ziehen. Ich ließ es zu, sah, wie sein Kiefer sich anspannte, als er ganz in mich eingedrungen war. So tief, und es fühlte sich so gut an.

Ich konzentrierte mich auf den Druck seiner Daumen unterhalb meiner Hüften, auf die harten Muskeln unter meinen Händen. Alles nur, um nicht zu kommen, denn das hier sollte am besten ewig dauern.

Sein Blick huschte von meinem Gesicht zu meinen schaukelnden Brüsten, die sich bei jedem Stoß hoben und senkten.

»Du bist so schön«, sagte er atemlos.

Ich erschauerte, und er stöhnte, als ich mich, ohne es zu wollen, fester um ihn schloss.

»Himmel, Grace.« Er bewegte sich schneller, hob die Hüften und zog sich zurück, immer wieder.

Ich biss mir auf die Lippe, um nicht laut zu werden, aber es funktionierte nicht, und ich fing an zu flehen. Um mehr. Um Sam. Darum, dass dieser Moment nie enden sollte.

Ich bewegte die Hüften etwas mehr, verstärkte das Drücken

und Ziehen, beschleunigte den Wirbel der Lust, der uns beide umkreiste.

Ich wollte ihn so sehr, wie er mich wollte.

Ich wollte diesen Augenblick.

Ich klammerte mich an ihn, grub ihm die Fingernägel in die Haut, und er setzte sich auf, bis wir Brust an Brust saßen und seine Lippen meine fanden.

Seine Küsse kamen ruckartig wie Stöße, als wollte er sämtliche Energie, die ihm noch geblieben war, in mich fließen lassen. Er atmete schwer, und er stöhnte. »Ich kann dich fühlen. So eng. Du bist fast …« Ehe er den Satz beenden konnte, schraubte sich der Orgasmus in mir hoch, und er folgte; es gab wohl keinen Muskel in seinem Körper, der nicht angespannt war, als sich seine Hüften vom Sofa hoben. Sein Gesichtsausdruck war angespannt und sanft zugleich, als wir uns während des gesamten Höhepunkts in die Augen sahen.

Mir fehlte nichts, solange Sam Shaw in meinem Leben war.

»Sie sind beide großartig – die perfekte Kombination aus Weichheit und Festigkeit«, sagte ich und starrte im Bergdorf an die Decke, während Sam neben mir herumzappelte. Wir kauften Möbel ein – ein Bett, um genau zu sein –, und wir hatten die Auswahl auf zwei Modelle eingegrenzt. »Aber die Entscheidung musst du treffen. Es ist dein Bett.«

»Du wirst ebenso oft darin schlafen wie ich«, erwiderte Sam.

Ich drehte mich um und blickte ihm ins Gesicht, ohne mein Grinsen zu unterdrücken. In den Wochen seit meinem Geburtstag hatte es keine Diskussionen mehr darüber gegeben, ob wir uns am Abend sehen würden. Wir verbrachten *jede* Nacht zusammen, aber er kam stets nach Brooklyn, weil ich mich weigerte, auf seiner Matratze zu schlafen. Ich bestritt zwar, eine Prinzessin zu sein, aber eine Matratze auf dem nackten Fußboden ging mir doch ein bisschen zu weit. »Okay, warum kaufen wir nicht einfach beide? Schließlich hast du vier Schlafzimmer, die noch ausgestattet werden müssen.«

Abgesehen davon, dass es dort kein Bett gab, in dem wir schlafen konnten, verbrachten wir auch deshalb wenig Zeit in seiner Wohnung, weil es sich komisch für mich anfühlte, wieder in dem Haus zu sein. Die Park Avenue war das Symbol für all das, was ich nicht hatte werden wollen. Ich wollte keine Park-Avenue-Prinzessin sein, wollte keinen Mann heiraten, den ich nicht liebte, nur weil er eine sogenannte *gute Partie* war. Ich wollte niemanden betrügen, um aus einer langweiligen Ehe auszubrechen, gleichzeitig aber bei meinem Mann bleiben, weil ich die Annehmlichkeiten meines Lebens zu schätzen wusste. Annehmlichkeiten, die überhaupt nichts bedeuteten.

Ich wollte nicht so werden wie meine Mutter.

Die Park Avenue 740 schien in so ziemlich jeder Hinsicht meine Vergangenheit zu sein, nicht meine Zukunft.

»Von meiner Wohnung aus haben wir es beide näher zur Arbeit«, sagte Sam.

Er war noch nie darauf zu sprechen gekommen, dass wir immer in meiner Wohnung in Brooklyn waren, darum war mir nicht aufgefallen, dass das ein Problem für ihn war. »Wäre es dir lieber, wenn wir bei dir übernachten?«

Er setzte sich auf, schwang die Beine von der Matratze und fing an, auf dem Hintern auf und ab zu hüpfen. »Es wäre vernünftig. Es ist näher.«

»Vermutlich hast du recht«, sagte ich. »Und wir müssen nicht jede Nacht miteinander verbringen.« Die Sache zwischen Sam und mir war schnell ins Rollen gekommen. Zwei ereignisreiche Monate lagen hinter uns, und obwohl alles in Ordnung – oder sogar perfekt – zu sein schien, war es vermutlich gut, ein bisschen Freiraum für jeden zu haben. Ich mochte ihn wirklich – das heißt, die Zuneigung hatte mich getroffen wie ein Blitz aus heiterem Himmel –, aber ich war oft genug enttäuscht worden, um zu wissen, dass es besser war, mich ein bisschen zurückzuhalten. Jetzt, wo ich davon angefangen hatte, war ich mir sicher, dass er von der Aussicht begeistert sein würde, Zeit ohne mich zu verbringen.

Sam hörte auf zu hüpfen, drehte sich zu mir und betrachtete mich stirnrunzelnd. »Du willst nicht mehr bei mir wohnen?«

Ich zuckte mit den Schultern. »Brooklyn gefällt mir.«

»Weil du dort deine eigene Wohnung hast oder aus einem anderen Grund?« Er streckte die Hand aus, um mich hochzuziehen.

»Die Park Avenue ist eigentlich nicht mehr mein Ding«, antwortete ich, ohne die angebotene Hand zu ergreifen. »Ich bin nicht die Prinzessin, für die du mich hältst.« Freute er sich nicht darüber, dass ich darauf verzichtete, ihn jeden Abend zu sehen?

Sam stand auf, ging um das Bett herum und blieb stehen, sodass er auf mich herabblickte. »Irgendwie habe ich das Gefühl, dass ich irgendetwas verpasst habe.« Er starrte mich an, als versuchte er, auf diese Art eine Erklärung zu bekommen.

»Du hast nichts verpasst«, sagte ich. »Brauchst du denn keine Zeit für dich allein?«

Er runzelte die Stirn. »Ich finde es gut so, wie es ist.« Mein Körper entspannte sich, und ich sank in die Matratze. Warum war er nur so süß? Immer, wenn ich ihm die Chance gab, mich im Stich zu lassen, erhöhte er den Einsatz und gab mir das Gefühl, noch mehr angebetet zu werden. Dieser Kerl würde mir eines Tages vielleicht wirklich das Herz brechen.

»Für mich ist es einfacher, wenn ich in meiner Wohnung

bin. Ich habe meine ganzen Klamotten in Brooklyn. Manchmal habe ich sogar was zu essen im Kühlschrank und …«

»Und wir schlafen in einem Bett, in dem vor mir schon andere Männer gelegen haben.«

Ich starrte ihn nur an. Sam war der selbstsicherste Mann, der mir je begegnet war, aber er wollte absolut nichts mit meinen vorherigen Freunden zu tun haben. »Okay. Dann kaufe ich eben ein neues Bett.« Nicht Eifersucht sorgte dafür, dass Sam rotsah, sondern die Tatsache, dass er der Ansicht war, keiner meiner Exfreunde sei gut genug für mich gewesen.

»Wäre es nicht einfacher, wenn du einfach zu mir kommst?«

In der Park Avenue war alles einfacher, denn ohne einen Haufen Geld zu besitzen, konnte niemand dort leben.

Davon würde ich mich nicht einwickeln lassen. Ich wollte Sam wegen seiner Aufrichtigkeit mögen – weil er sich nie zu verstellen schien, wenn er mit mir zusammen war. Ich wollte nicht wegen seiner Wohnung mit ihm zusammen sein oder um es näher zur Galerie zu haben.

»Okay, dann schlafen wir eben weiterhin in Brooklyn, wenn dich das glücklich macht.«

Sam hatte meine Zukunft verändert. Er hatte mir gezeigt, dass das Leben ganz anders sein konnte. Ja, er hatte Geld, aber sein Reichtum bestimmte ihn nicht … und auch ich sollte mich davon nicht bestimmen lassen.

»Ich glaube, du und deine Wohnung, ihr seid völlig okay. Und ich glaube, ich finde dieses Bett hier am besten«, sagte ich und setzte mich auf.

In die Park Avenue 740 zurückzukehren war vielleicht rebellischer, als mich mit einem Leben abzufinden, das ich nicht wollte.

17. KAPITEL

SAM

»Du hast dich gut mit Max verstanden, oder?«, fragte Grace, als wir die Interstate 95 verließen und auf Max' und Harpers Haus zufuhren. Die Reise war schleppend verlaufen – zuerst wegen des Verkehrs und dann, weil die Straßen zunehmend vereist waren, je weiter wir die City hinter uns ließen.

»Klar«, antwortete ich und musterte sie von der Seite. »Warum nicht?«

Außer nach Angie und Chas hatte sie nie nach meinen Freunden gefragt, aber vermutlich wusste sie, dass es außer den beiden keine gab, weil ich nie jemanden erwähnte. Abgesehen von ihr. Mit Grace hatte sich unversehens alles verändert, im Großen wie im Kleinen. Ich hatte jetzt ein Bett und ein Sofa, und die Zahl der Menschen auf dieser Welt, die mir etwas bedeuteten, war um fünfzig Prozent gestiegen.

»Ob ich mir ein Auto kaufen sollte?« Für die Fahrt nach Connecticut hatte ich einen Range Rover gemietet. »Ich habe einen Stellplatz im Gebäude.«

»Mr Keine Besitztümer will etwas kaufen, was ihm gar kein Geld einbringt? Du entwickelst dich allmählich zu einem richtigen Shoppingfan. Ich hatte ein Auto, aber ich brauchte es nie, darum habe ich es verkauft. Glaubst du, du würdest es benutzen?«

Der Rover fuhr sich gut, aber eigentlich hatte ich kein Interesse daran, mir einen Wagen zuzulegen. Was ich wollte, war ein Wochenende auf dem Land, um mal abzuschalten. Beim Zusagen war mir dieser Kurztrip nicht bedeutsam vorgekommen. Ich war damit zufrieden gewesen, Grace glücklich zu machen, aber als die Stadt immer weiter in die Ferne rückte, erinnerte mich die Landschaft auf unangenehme Art an etwas anderes.

Ich war nie wieder in meine alte Umgebung in New Jersey zurückgekehrt. Hightimes war dreißig Meilen von dem Haus entfernt, in dem ich aufgewachsen war, und obwohl Angie und ich oft in die Stadt gefahren waren, hatten wir das Haus meiner Kindheit nie wieder besucht. Als Erwachsener wollte ich nicht mehr an den Tod meiner Eltern erinnert werden. Die guten Erinnerungen waren es nicht wert, auch die schlechten erneut zu durchleben.

Ich legte Grace die Hand aufs Knie. Das hier tat ich für sie, und sie war es wert. Sie legte ihre Hand auf meine und drückte sie.

»An diesem Wochenende tun wir vieles zum ersten Mal«, sagte sie. »Es ist unsere erste gemeinsame Reise. Das erste Mal, dass ich mit deiner Fahrweise zurechtkommen muss.« Sie lachte, als ich ein schockiertes Gesicht aufsetzte. »Zum ersten Mal übernachten wir bei Freunden. Es ist der erste Abend, an dem wir mit Max und Harper allein sind. Ehrlich gesagt habe ich keine Ahnung, wer wir in der Öffentlichkeit sein wollen.« Sie wirkte besorgt, und obwohl auch ich besorgt war, machten ihre Bedenken mir mehr aus als meine eigenen.

»Wie meinst du das?«, fragte ich.

»Na ja, sind wir eins von diesen liebevollen Paaren, die nicht aufhören können, sich zu berühren? Sind wir ein Paar, das sich dauernd streitet? Lachen wir über die Witze des anderen, obwohl wir sie schon kennen? Wer sind wir?«

»Du bist verrückt. Wir sind einfach, wer wir sind. Du bist immer noch du. Ich bin ich. Auch in der Öffentlichkeit.«

»Aus deinem Mund klingt das so einfach.« Sie seufzte. »Ich hoffe, du hast recht. Man kann nie wissen, vielleicht finde ich dich im Licht von Connecticut gar nicht mehr so heiß.«

Ich fing leise an zu lachen. »Du bist lustig. Komm, wir fahren rechts ran und ziehen uns aus, dann kann ich dich davon überzeugen, dass du mich immer noch scharf findest.« Ich fuhr an die Seite und schaltete die Warnblinkanlage ein.

Sie griff nach meinem Unterarm. »Nein, da vorn an der Ecke ist ihr Haus. Wir sind schon da.«

»Wir können wenden. Ich will sichergehen, dass du mich immer noch attraktiv findest.«

Verärgert schüttelte sie den Kopf, sodass ich wieder losfuhr und in die Zufahrt einbog.

Ein Mädchen im Teenageralter mit einem Kleinkind auf der Hüfte stand in der Einfahrt. Sie winkte.

»Das ist Max' fünfzehnjährige Tochter Amanda«, sagte sie, und ich winkte auch. »Das Kind ist Amber. Lizzie, die Jüngste, schläft wahrscheinlich.«

Das klang nach ziemlich vielen Kindern.

Als wir aus dem Wagen stiegen, kam Harper heraus und streckte die Arme zur Begrüßung aus. »Ich freue mich ja so, dass ihr da seid.« Sie umarmte uns beide und drückte uns.

»Harper! Ich brauche deine Brüste!«, rief Max aus dem Innern des Hauses.

»Wenn es doch so wäre«, murmelte sie und bat uns herein. »Oh, wie sehne ich mich nach der Zeit, in der Max als Erster dran war, wenn's um Brüste ging.«

»Sie stillt«, erklärte Grace.

»Manchmal komme ich mir vor wie eine Milchkuh«, sagte Harper. »Ich lebe nur, um Milch zu geben, und frage mich, ob ich geschlachtet werde, wenn die Quelle irgendwann versiegt.«

Grace lachte über Harpers dramatisch gedehnte Sprechweise. »Willkommen in Connecticut, Sam.«

Harper drehte sich um und grinste. »Ja, willkommen. Es freut dich bestimmt zu hören, dass du während deines Aufenthalts hier nicht zum Stillen verpflichtet bist.«

»Das weiß ich sehr zu schätzen«, versetzte ich.

Kaum waren wir zur Tür hereingekommen, gab Max Grace einen Kuss auf die Wange und reichte Harper das Baby, um mir die Hand zu schütteln.

»Komm, trinken wir ein Bier. Die Anzahl der Männer in diesem Haus hat sich soeben verdoppelt, das muss gefeiert werden«, sagte Max. Er steckte den Kopf in den Kühlschrank und brachte eine Flasche Wein und zwei Flaschen Bier zum Vorschein.

»Ich habe die ganze Woche Milch abgepumpt, also kann ich heute Abend auch was trinken«, sagte Harper. »Dann sind wir alle glücklich, stimmt's?«, sagte sie und turtelte mit Lizzie. »Du bist satt, und ich bin betrunken. Besser geht's nicht.«

Ich wusste nicht, ob es angebracht war, über Muttermilch zu lachen, darum setzte ich ein ausdrucksloses Gesicht auf.

»Kann ich einen Drink haben, Dad?«, fragte Amanda. »In Frankreich trinken Teenies in meinem Alter Wein zum Dinner, weißt du.«

»Tja, wir sind aber nicht in Frankreich«, erwiderte Max.

Amanda verdrehte die Augen und reichte Amber an Grace weiter, die die Lippen spitzte. Amber küsste sie. Sie fühlten sich eindeutig wohl miteinander. Diese Seite von Grace hatte ich noch nicht zu sehen bekommen.

»Runter«, quengelte Amber und wand sich in Grace' Armen. Grace bückte sich und stellte sie auf den Fußboden.

Sie blickte zu mir auf. »Woran denkst du?«, fragte sie und schlang mir den Arm um die Taille.

»Er denkt, dass es hier zugeht wie in einem Zoo«, sagte Harper. Nein, nicht ganz, aber es war laut und chaotisch, und die entspannte Atmosphäre in dieser Familie rührte etwas an, was tief in mir verborgen lag.

»Warum fangt ihr nicht schon mit dem Abendessen an?«, schlug Max vor. »Amanda macht Lasagne.«

»Aber du hilfst mir doch, oder?«, fragte Amanda und drehte sich wieder zu ihrem Dad.

»Ich bin hier, aber du schaffst das schon allein. Du hast tausendmal gesehen, wie ich es mache. In ein paar Jahren gehst du aufs College. Du musst kochen lernen. Ich verwöhne dich zu sehr.«

Ich erinnerte mich, dass mein Vater am Wochenende immer gekocht hatte. Er ließ meiner Mutter ein Bad ein und bereitete das Abendessen zu. Er stellte mich auf einen Hocker neben sich, solange ich noch nicht groß genug war, um selbst an die Theke zu kommen, und dann redeten wir über die Schule. Ich rührte in Töpfen und rieb Käse und kam mir ausgesprochen hilfreich vor. Als ich das letzte Mal mit meinem Vater gekocht hatte, war ich einige Jahre jünger gewesen als Amanda.

»Du meinst, ich muss kochen lernen, weil ich ein Mädchen bin.«

»Nein, du musst es lernen, weil du in der Lage sein sollst, dich gut zu ernähren. Jetzt geh mir nicht auf die Nerven.« Max saß auf einem der Barhocker gegenüber der Küchentheke. »Wir bleiben hier sitzen und sehen dir zu«, sagte er, als Amanda sich eine Schürze um die Taille band.

Hatte mein Vater die gleiche Art von Liebe für mich empfunden, die ich in Max' Augen sah?

Ich kannte die Antwort. An Max erkannte ich den Gesichtsausdruck wieder, den mein Vater jedes Mal gehabt hatte, wenn er mich ansah.

»Hol alles raus, was du brauchst, und stell es auf die Theke«, sagte Max. Dann, an mich gewandt: »Wie laufen die Geschäfte?«

Dankbar, weil er mich von den Gedanken ablenkte, die in meinem Kopf umherrauschten, sagte ich: »Oh, ziemlich gut.« Grace und ich nahmen neben Max Platz. »Der Markt ist im Augenblick schwierig, aber ich glaube, das ist auch eine Chance. Es hält die Leute davon ab, auf dem Immobilienmarkt herumzuspielen wie bei einer Partie Blackjack, und das ist bestimmt nicht schlecht.« Ich trank einen großen Schluck Bier.

»Ich habe gesehen, dass du dabei bist, das Grundstück beim Battery Park zu erschließen.«

»Ja. Der Standort ist großartig. Im Moment wird er zu wenig genutzt.«

Sehr lange Zeit hatten meine sozialen Kontakte nur aus Angie und Chas bestanden. Ich war nicht an neue Leute gewöhnt, und ich war auch nicht an so viele Stimmen in privater Umgebung gewöhnt. Die Erinnerungen an meine eigene Kindheit wurden stärker. Ich versuchte, mir einzureden, dass Connecticut mit Max und Harper etwas ganz anderes war als das Haus meiner Kindheit, denn ich hatte nie Geschwister gehabt. Dieser ganze Lärm – weinende Babys, lachende Menschen – und die ganzen Kleinkind-Utensilien, mit denen jedes Zimmer des Hauses übersät war, all das war mir vollkommen fremd.

Aber es gab so viele Ähnlichkeiten zu früher, dass ich dennoch an meine Eltern denken musste.

Ich hatte vergessen, wie sich das anfühlte: Familie, Liebe. Die Erinnerungen an die Zeit mit meinen Eltern hatte ich begraben und den Boden darüber festgestampft, damit sie nie wiederauftauchten. Beinahe fünfzehn Jahre lang hatten sie dort gelegen, still und regungslos. Aber jetzt hatte das Erdreich einen Riss bekommen, und der Boden bebte.

Ich versuchte alles, um ihn nicht aufbrechen zu lassen.

»Grace, ist Sam besser als deine anderen Freunde?«, fragte Amanda, während wir ihr bei der Zubereitung des Dinners zusahen. »Harper hat gesagt, dass du immer mit Losern ausgehst.«

»Harper!«, rief Grace in Richtung Couch. Max verdrehte die Augen, und ich lächelte, denn ich wusste, dass er das von mir erwartete.

»Was denn?«, fragte Harper. Sie legte die schlafende Lizzie in das Gitterbett neben der Couch.

»Hast du gerade gesagt, dass ich mit Versagern ausgehe?«, fragte Grace.

Harper betrat die Küche, öffnete den Kühlschrank und nahm eine Flasche Wein heraus. »Du kannst nicht leugnen, dass es so ist.« Sie blickte mich an, als sie sich Wein in ein Glas goss. »Du bist der erste anständige Kerl, mit dem sie sich je getroffen hat. Mach es nicht kaputt.«

»Harper!«, protestierte Grace.

Aber Harper hatte recht. Ich musste die Sache mit Grace auf die Reihe bekommen, und ich wusste nicht recht, wie ich es anstellen sollte. Seitdem meine Eltern gestorben waren, hatte ich jeden Tag damit verbracht, mir bloß nichts zu wünschen – Grace hatte recht gehabt. Ich wollte kein zweites Mal etwas verlieren, was mir wichtig war. Anfangs war es mir schwergefallen, nichts mehr zu begehren. Selbst jetzt war es noch fast unmöglich, auf Menschen mit Angehörigen nicht eifersüchtig zu sein, aber es war leichter geworden. Das war nicht über Nacht passiert; nach und nach hatte ich mir eine harte Schale angeeignet, die zu meinem Panzer geworden war. Danach wurde es von Tag zu Tag leichter.

»Was denn? Stimmt doch«, sagte Harper.

Ich hatte ziemlich früh gemerkt, dass ihre Exfreunde sie nicht verdient hatten. Ich war kein Engel, aber es bereitete mir keine Mühe, Grace an die erste Stelle zu setzen, da, wo sie hingehörte. Aber würde ich das immer schaffen? Grace schien sich hier wohlzufühlen, inmitten von Familie und Liebe. Und sie sollte das selbst auch haben. Ich wusste nur nicht, ob ich ihr all das würde geben können. Meine Gefühle hatte ich vor langer Zeit schon stillgelegt – weil ich eine solche Zukunft für mich selbst ausgeschlossen hatte. Zum ersten Mal seit vielen Jahren hatte ich mir erlaubt, jemanden zu begehren. Ich hatte keine Wahl gehabt. Grace war durch meinen Panzer gedrungen; dagegen war ich machtlos gewesen. Aber eine Familie? Ein Zuhause? Das konnte ich nicht riskieren.

Ich trank einen großen Schluck Bier, versuchte, die Furcht hinunterzuschlucken, die mich wie eine Welle zu überrollen drohte.

»Dein Problem«, sagte Harper zu Grace, »besteht darin, dass du eine Problemlöserin bist.«

Grace' Kopf fuhr herum, und sie ertappte mich dabei, wie ich ein Lachen unterdrücken musste. Dieser Charakterzug gehörte zu den vielen Dingen, die ich an Grace liebte, und genau so hatte ich sie bei einer unserer ersten Begegnungen beschrieben – als Problemlöserin. Sie setzte ein finsteres Gesicht auf und hielt mir den Mund zu. Ich packte ihr Handgelenk, küsste ihre Hand und verflocht ihre Finger mit meinen. »Ich habe kein Wort gesagt, Prinzessin.«

»Sie hat in Männern immer Projekte gesehen. Kerle, die gerettet oder gefördert werden mussten«, sagte Harper.

»*Harper*«, sagte Grace mit anklagender Stimme. Ich wusste, dass sie es nicht mochte, auf diese Art beschrieben zu werden.

»Du gibst und gibst und gibst«, fuhr Harper fort, ohne

Grace zu beachten, »bis du völlig ausgepowert bist. Es ist, als würdest du diese Versager stillen, und zwar permanent! Du bist mit *Kindern* ausgegangen.«

Grace seufzte.

»Also, *ich* muss nicht gerettet werden«, sagte ich, obwohl ich wusste, dass das nicht stimmte. Aber ich wusste auch, dass niemand, einschließlich Grace, in der Lage sein würde, mich zu retten. Niemand hatte die Macht, in der Zeit zurückzugehen und diesen betrunkenen Autofahrer aufzuhalten. Aber wusste Grace das? Oder war ich nur einer dieser Liebhaber, die *gefördert* werden mussten?

»Jeder von uns muss irgendwie gerettet werden«, sagte Grace kleinlaut, als ich ihr über den Rücken strich.

Vielleicht hätte ich mich von Grace trennen sollen, aber jetzt, wo ich hier war, fehlte mir die Kraft, sie gehen zu lassen. »Ich *glaube,* Harper versucht, dir zu sagen, dass du freundlich und großzügig und liebevoll bist«, sagte ich.

»Auf die Art, wie nur Harper es kann«, sagte Max.

»Natürlich ist es das, was ich ihr sagen will«, erklärte Harper und fing an, Käse zu reiben. »Habe ich mich etwa gerade, ohne es zu merken, in deine Hilfsköchin verwandelt?«, fragte sie Amanda, die nur mit den Schultern zuckte.

»Sie hat uns beide um den Finger gewickelt«, sagte Max.

Dasselbe hätte meine Mutter über mich gesagt.

»Mach bitte so viel, dass es für die oberste Schicht reicht«, sagte Amanda.

»Ja, Ma'am«, antwortete Harper. An Grace gewandt, fuhr sie fort: »Hör mal, was ich dir sagen will, ist, dass du einer der nettesten, liebsten, großzügigsten und treuesten Menschen auf dieser Welt bist … und ich glaube, die Männer, die du bisher getroffen hast, haben dich absolut nicht verdient.«

»Ich bin ja *so* froh, dass wir in Sams Anwesenheit darüber

reden, wirklich«, sagte Grace, und obwohl sie lächelte, verriet mir ihr angespannter Kiefer, wie unbehaglich ihr zumute war. Um sie zu beruhigen, strich ich ihr mit dem Daumen übers Handgelenk.

»Das ist nichts, was ich nicht schon gewusst hätte«, sagte ich.

»Das heißt also, mit Sam bist du einverstanden?«, fragte Amanda Harper. »Du findest, dass er Grace verdient hat?«

Ich war mir sicher, dass ich das *nicht* hatte.

»Solange er mir nicht das Gegenteil beweist …«, sagte Harper.

»Nimm's nicht persönlich, Sam. Dasselbe sagt sie über mich auch.« Max ließ sich vom Hocker rutschen, und auf dem Weg zum Kühlschrank drückte er Harper einen Kuss auf den Scheitel.

»Woher willst du das wissen?«, fragte Amanda.

»Was denn?«, fragte Harper zurück.

»Dass er Grace verdient hat.«

»Na ja, von dem, was Grace mir erzählt – und was ich mit eigenen Augen sehe.«

Harper musterte mich, als sie Amanda einen Teller mit geriebenem Käse reichte. »Er ist aufmerksam und liebevoll und bringt sie zum Lachen.«

Lächelnd blickte Grace mir ins Gesicht. Ich zog die Brauen hoch. Tat ich all das wirklich?

»Vergiss nicht, du musst die Männer nach ihren Taten beurteilen, nicht nach ihren Worten«, sagte Harper.

»Amanda braucht keine Datingtipps, aber vielen Dank, meine Süße«, sagte Max.

»Ich wünschte, *mir* hätte mal jemand diesen Rat gegeben«, sagte Harper. »Nein, das stimmt nicht ganz. Ich wünschte, ich hätte diesen Rat früher *befolgt*.«

»Ich finde, alles hat sich perfekt entwickelt«, sagte Max und drückte Harper an sich.

Im Wohnzimmer fing Amber zu schreien an, und Harper wand sich aus Max' Armen.

»Trink deinen Wein«, sagte Max. »Ich kümmere mich um sie. Sie ist müde, und sie braucht ein Bad.«

»Genau darum habe ich diesen Mann geheiratet«, sagte Harper. »Er ist ein absoluter DILF.«

»Harper!«, rief Amanda.

Harper zuckte nur mit den Schultern, und Amanda verdrehte die Augen.

»Alles okay mit dir?«, fragte Grace mich im Flüsterton.

Ich nickte und lächelte, schob ihr eine Haarsträhne hinters Ohr und ließ die Finger über ihr Kinn wandern.

Ich hob den Blick und bemerkte, dass Amanda uns beobachtete.

»Wirst du Sam heiraten?«, fragte sie und sah Grace an. Obwohl die Frage nicht an mich gerichtet war, erwischte sie mich unvorbereitet.

Grace lachte. »Vielleicht.«

»Warum nur vielleicht?«, wollte Amanda wissen.

Grace zu lieben hatte ich mir nicht ausgesucht, aber heiraten? So weit hatte ich nicht gedacht. Noch nie. Die Ehe war etwas für andere Leute. Leute, die ein normales Leben geführt hatten. Leute, die wussten, wie man ein Ehemann oder ein Vater war … Leute, die lieben konnten.

»Amanda, du solltest anderen nicht so persönliche Fragen stellen«, sagte Max.

»Warum nicht? Es ist schließlich Grace. Sie stellt mir noch viel persönlichere Fragen.«

Meine Hand krampfte sich um den Rand der Küchentheke zusammen, um sich an irgendetwas festzuhalten. Ich brauchte etwas Solides, Haltbares – etwas, dessen ich mir sicher sein konnte. Meine Sehnsucht nach etwas, was schon lange verschwunden war, wurde immer größer.

Ich versuchte mich wieder auf das Gespräch zu konzentrieren, dessen Zeuge ich gerade wurde.

»Du hast recht. Ich stelle dir persönliche Fragen, und wir sollten nicht mit zweierlei Maß messen«, antwortete Grace. »Sam und ich kennen uns noch nicht sehr lange, aber vielleicht heiraten wir eines Tages.«

Sicherlich wusste Grace, dass ich ein solcher Mann nicht war – ich war kein Mann, der sich binden konnte. Ich war nicht in der Lage, ihr drei Kinder und ein Haus voller Liebe, Lachen und Chaos zu schenken. Das war einfach zu viel Verantwortung für mich.

Zu viel, was ich verlieren konnte.

»Entschuldigt mich«, sagte ich, als mein Hocker über den Küchenfußboden schrammte. »Ich hole unsere Taschen aus dem Auto.« Ich brauchte Luft. Ein bisschen Abstand von einem Leben, das ich Grace niemals würde bieten können. Ich war nicht der Mann, den sie verdient hatte.

Ich war alles andere als das.

»Entschuldige, dass ich das vorhin gesagt habe«, sagte Grace, als wir die Tür zum Poolhaus hinter uns schlossen. »Übers Heiraten, meine ich. Ich weiß, im Augenblick entwickelt sich alles in Lichtgeschwindigkeit und …«

»Hey«, sagte ich und nahm sie in die Arme. Ihre Worte hatten mich zwar aufgewühlt, dennoch sollte sie sich nicht dafür entschuldigen. »Das muss dir nicht leidtun. Ich finde es gut, dass ich weiß, wie du über diese Dinge denkst.« Mit ihr im

Arm ging ich auf das Bett zu und stieß sie sanft rückwärts auf die Matratze.

Sie zog mich am Hemd, bis ich über sie gebeugt dastand. »Hast du dich über mich geärgert?«

»Du hast nichts Falsches gesagt. Warum sollte ich sauer sein?« Ich wollte sie vor meinen Ängsten schützen.

Sie lächelte und fuhr mir geistesabwesend mit den Fingernägeln über die Kopfhaut. Die Berührung setzte sich ungehindert bis in meinen Schwanz fort. Ich musste sie bremsen, sagen, dass ich ihr nicht geben konnte, was sie sich wünschte.

Mit einem leisen Stöhnen löste ich mich von ihr, und sie nutzte die Gelegenheit, um sich rittlings auf mir niederzulassen. Mein Schwanz, durch mehrere Stoffschichten von ihr getrennt, wurde sofort hart.

»Soll das heißen, dass du daran gedacht hast, mich zu heiraten?«, fragte sie, während sie sich in den Hüften wiegte.

»Nein, habe ich nicht.« Das war die Wahrheit, und sie verdiente es, sie zu hören. Ihr Lächeln wurde schwächer, nur ein kleines bisschen. »Aber du bist die einzige Frau, für die ich je so viel empfunden habe.«

Sie hörte auf, sich zu wiegen und machte Anstalten, sich von mir zu lösen, aber ich hielt sie an den Oberschenkeln fest.

»Rede mit mir. Möchtest du gern heiraten, ist es das, was du dir wünschst?«

»Nicht um jeden Preis«, sagte sie, den Blick auf meine Brust geheftet.

»Ich verstehe nicht ganz. Willst du eine Familie mit Kindern und Chaos – und viel Verantwortung? Ist es das, was du dir wünschst?«

»Ja, mir und dem Mann, den ich liebe.« Sie blickte unter dichten Wimpern zu mir auf. Hatte sie gerade gesagt, dass sie mich liebte?

»Nein, Grace.« Ich ließ ihre Schenkel los, ließ sie von mir hinuntersteigen und richtete mich auf. »Ich bin nicht der Mann, den du lieben solltest.« Ich fuhr mir mit der Hand durchs Haar. Verstand sie denn nicht? Darum ging es zwischen uns nicht.

»Wie meinst du das: Du bist nicht der Mann, den ich lieben sollte?«, fragte sie hinter mir. Das Bett bewegte sich, als sie das Gewicht verlagerte, dann fühlte ich ihre warmen Hände auf meinen Schultern. Ich stand auf, um der Berührung auszuweichen.

Ich konnte das hier nicht. Was hatte ich mir nur dabei gedacht, mich auf eine Frau einzulassen? Warum hatte ich mir selbst erlaubt, sie gernzuhaben, und zugelassen, dass sie mich in ihr Herz schloss? Ich wusste doch, dass so etwas nur in einer Katastrophe enden konnte.

»Wen ich liebe, suche ich mir immer noch selbst aus.« Ihre Stimme klang jetzt härter und ein bisschen herausfordernd.

Ich konnte sie nicht ansehen. Stattdessen holte ich meine Reisetasche hervor und begann zu packen. Ich musste gehen. Zurück in meine Wohnung – um allein zu sein. »Ich sage nur, dass du mich nicht aussuchen kannst. Und wenn du es tust …«

»Wie bitte? Du willst mich verlassen? Weil ich dich liebe?«

Keine Anspielungen mehr. Jetzt hatte sie es ausgesprochen. »Sag so was nicht. Du kannst mich nicht lieben. Und ich kann dich niemals lieben.«

Etwas traf mich am Kopf – vielleicht ein Schuh. »Du bist ein Arschloch, Sam Shaw.« Bei meinem Nachnamen brach ihre Stimme. »In den letzten Monaten hast du dich als der beste Mann erwiesen, den ich nach meinem Vater je kennengelernt habe.«

Es kostete mich all meine Kraft, sie nicht anzusehen, als sie zu schluchzen begann. Ich wollte sie trösten, sie in die Arme nehmen und ihr sagen, dass alles gut werden würde, aber das würde es nicht. Ich schwieg.

»Was soll ich denn jetzt machen? Einfach darüber hinwegsehen, wie wundervoll du bist – wie besonders ich mich in deiner Gegenwart fühle? Ich liebe dich. Und wenn du mich nicht liebst, dann müssen wir getrennte Wege gehen, aber du kannst mir nicht verbieten, dich zu lieben.«

Je öfter sie dieses Wort – Liebe – aussprach, desto schwächer wurde ich. Ich fand es schrecklich, dass ich es so gern hörte. Sie knallte die Badezimmertür hinter sich zu, und ich hörte sie dahinter weinen. *Getrennte Wege.* Ihre Worte weckten etwas in mir. Ich wusste nicht, ob ich sie einfach so aufgeben konnte.

Ich ließ die Jeans fallen, die ich in der Hand hielt, sank auf den Stuhl am Ende des Bettes und bedeckte das Gesicht mit beiden Händen. Sosehr ich mir auch wünschte, es wäre anders: Dass Grace mich liebte, hatte meine Welt nicht zusammenbrechen lassen – noch nicht. Aber letztlich *würde* sie zusammenbrechen, war es nicht so?

Ihre Schluchzer hallten im Badezimmer wider. Ich hasste es, sie weinen zu hören. Schlimmer noch, ich hasste es, der Grund für ihre Tränen zu sein.

Shit. Was sollte ich nur machen? Ich schuldete ihr die Wahrheit. Ich musste ihr sagen, was ich empfand.

Ich stand auf und steuerte aufs Bad zu. Vorsichtig klopfte ich an die Tür. »Grace«, rief ich. »Es tut mir leid.« Sollte ich die Tür öffnen? Wir hatten uns nie zuvor gestritten, nicht so. »Darf ich reinkommen?« Sie antwortete nicht, also war es auch kein Nein. Ich drehte den Knopf, und vor Erleichterung, dass sie mich nicht ausgesperrt hatte, gaben fast die Knie unter mir nach. Aber nicht körperlich, obwohl das vielleicht für uns beide besser gewesen wäre.

Mit gesenktem Kopf saß Grace auf dem Rand der Badewanne. Es war schrecklich, sie so traurig zu sehen. Daran war ich nicht gewöhnt. Ich liebte es, mich in ihrer Zuversicht und ihrem Lächeln zu sonnen, liebte die Art, wie sie schelmisch die Hüften schwenkte oder herausfordernd den Kopf schief legte.

»Grace. Ich versuche nicht, dich zu verarschen.«

Noch immer sagte sie kein Wort.

Ich setzte mich neben sie, drückte meinen Oberschenkel an ihren. Obwohl ich sie nur einige Sekunden lang nicht gespürt hatte, kam es mir zu lang vor. »Tut mir leid. Es ist einfach …«

»Zu viel. Ich wusste es.« Abrupt stand sie auf, und ich griff nach ihrem Handgelenk.

»Warte, ich bin noch nicht fertig. Ich weiß, dass ich dich aufgeregt habe, aber ich will es dir erklären. Dass ich hierhergekommen bin … das hat in mir eine Menge aufgewühlt.«

Ihr Körper entspannte sich; erwartungsvoll blieb sie vor mir stehen.

»Dinge, die mit meinen Eltern zu tun haben. Dinge, an die ich nicht mal denke, weil die Erinnerungen schmerzen wie tausend kleine Messerstiche.«

»Was für Dinge?«, fragte sie mit ausdrucksloser Stimme, als versuchte sie, locker zu bleiben, als bestünde der beste Schutz für sie darin, jederzeit einfach weglaufen zu können.

Sie sollte alles erfahren, aber ich wollte es ihr nicht erzählen müssen, wollte die Qualen nicht noch einmal durchleben, die die Worte mir bereiten würden. Darum war meine Freundschaft mit Angie so mühelos. Sie wusste Bescheid, immer schon.

»Hier zu sein erinnert mich an das Haus meiner Kindheit. Der Ort, an dem ich lebte, ehe meine Eltern starben.« Um mich zu beruhigen, atmete ich tief durch. »Das hat einfach ein paar Erinnerungen hochkommen lassen, die ich schon sehr lange zu vergessen versuche.«

»Du redest nie darüber«, sagte sie, und ihr Körper entspannte sich noch ein wenig mehr.

»Ich weiß, aber das betrifft nicht nur dich. Darüber rede ich mit niemandem mehr. Meine Eltern kommen nie wieder zurück, darum fand ich es immer leichter, zu vergessen, dass es sie jemals gegeben hat.« Ich stützte die Ellbogen auf die Knie und den Kopf in die Hände. Ich wollte das hier nicht, aber sie hatte ein Recht darauf, es zu erfahren. »Wenn ich an das denke, was ich mal hatte – all das, was ich verloren habe –, dann ist der Schmerz wieder da.«

Erneut streifte ihr Schenkel meinen, und sie strich mir über den Rücken. Die Berührung war sehr sanft, aber sie riss mich förmlich auf.

»Als meine Eltern starben, verlor ich meine ganze Welt. Ich hatte das Gefühl, für etwas bestraft zu werden, was ich nicht getan hatte, für Verbrechen ins Gefängnis gesteckt zu werden, die ich nicht begangen hatte. Dass meine Eltern starben, war ungerecht, und die Folgen trafen mich ebenso unverdient.«

Grace drückte mir die Lippen auf die Schulter, beruhigte mich mit dieser schlichten Geste. Sie war etwas ganz Besonderes für mich geworden. Wie hatte ich das nur zulassen können?

»Mein Ausweg bestand darin, sie zu vergessen. So etwas wollte ich nie wieder durchmachen müssten – und dafür habe ich gesorgt. Unbewusst habe ich mir geschworen, nie wieder jemanden zu lieben.«

»Aber du hast mich gern, Sam, das weiß ich. Ich fühle es.«

Ich griff nach ihrer Hand, war zwar immer noch nicht fähig, sie anzusehen, wollte sie aber dennoch beruhigen. »Ja, das stimmt. Aber das war nichts, wonach ich gesucht habe, ich habe mich nicht bewusst dafür entschieden.«

»Tut mir leid«, flüsterte sie. »Ich hätte dich nicht hierher mitnehmen sollen.«

Das Letzte, was ich wollte, war, sie unglücklich zu machen. »Natürlich solltest du das. Ich hatte keine Ahnung, dass beim Anblick von Max' und Harpers Familie so viele Erinnerungen zurückkommen würden. Und wenn ich dich so mit ihnen sehe ... du hast dieselbe Art von Glück verdient.«

»Willst du denn keine Ehe oder eine Familie?«

Schon diese Worte trieben meinen Puls in die Höhe. »Ich habe nie geglaubt, dass das mein Weg ist.«

Das Schweigen zwischen uns dehnte sich aus, aber wir rührten uns nicht, bis sie schließlich meine Hand losließ und an meinem Hemd zu zupfen begann. »Heb deine Arme«, sagte sie und zog mir den Stoff über den Kopf. »Hier.« Mit dem Zeigefinger zeichnete sie mein Tattoo nach.

Warten und Hoffen.

»Das bist du«, sagte sie. »Ich weiß, du bist eine Waise, ein Opfer, ein trauerndes Kind. Aber du bist auch ein Optimist. Verstehst du nicht? Die Sache mit dem Grafen ist doch die: Er musste zwar viele Jahre warten, Tunnel graben und gegen Piraten kämpfen, aber letztlich fand er seine höchste Freude. Das Leben ist ein Sturm, mein Liebster.«

Das Leben ist ein Sturm, mein junger Freund.

In einem Augenblick wärmt Ihr Euch in der Sonne, im nächsten zerschellt Ihr an den Klippen.

Was Euch zum Mann macht, ist das, was Ihr tut, wenn der Sturm naht.

Ihr müsst dem Sturm entgegentreten und schreien, wie Ihr es in Rom getan habt: Tu das Schlimmste, zu dem du fähig bist, denn das tue ich auch.

»Die Stürme werden kommen, Sam, aber ich will, dass wir sie zusammen meistern.«

Ich drehte mich zu ihr. »Ich will sie auch zusammen mit dir meistern.« Das war alles, was ich mit Sicherheit wusste. Ich wusste nicht, ob ich ihr eine Familie geben konnte oder ein Zuhause wie jenes, das ich selbst gehabt hatte. Aber ich konnte es versuchen.

Ich war noch nie fischen gegangen, aber als ich jetzt neben Max auf einem Stuhl im Flussbett saß, Bier trank und die frische Luft von Connecticut genoss, fragte ich mich, warum ich das nicht schon früher versucht hatte. »Es ist so schön friedlich hier«, sagte ich.

Max lachte. »Ja. Zu Hause ist es manchmal so chaotisch, da ist es gut, ein paar ruhige Stunden zu verbringen.«

»Aber dir gefällt es«, sagte ich. »Das Chaos?«

»Natürlich. Ich liebe meine Familie, aber das heißt nicht, dass ich dem Irrsinn nicht hin und wieder gern entfliehe. Das ist der Grund, warum wir bei dieser Kälte hier draußen sind.«

Ich blickte zu dem Schindelhaus in der Ferne. Das Grundstück, auf dem Max' und Harpers Haus gebaut worden war, reichte bis zu einem Fluss an einer leicht abschüssigen Böschung. Die Blätter waren von den Bäumen gefallen, aber die Äste bildeten einen kastanienbraunen Baldachin über dem klaren, stillen Wasser. Es war schön dort.

»Mein Vater und ich sind immer fischen gegangen, um den drei Frauen zu Hause zu entgehen. Manchmal hat Violet uns begleitet, aber normalerweise waren nur Dad und ich hier.«

»Hat Harper etwas dagegen?«

»Überhaupt nicht. Sie zählt die Minuten, die ich hier draußen verbringe, und dann sorgt sie dafür, dass sie genauso viel freie Zeit bekommt.«

Ich lachte. »Das ist nur fair.«

»Für uns beide funktioniert es gut. Aber ich passe auch auf, dass Harper und ich Zeit miteinander verbringen – sonst dreht sich schnell alles nur noch um die Kinder.«

Max erzählte mir von seinen Erfahrungen, als hielte er es für ausgemacht, dass Grace und ich ebenfalls eine Familie gründen würden. Für viele Paare war das der natürliche Lauf der Dinge. Ich wollte mich Grace gegenüber unbedingt öffnen, aber ich glaubte nicht, dass das so einfach war nach einem Leben, in dem ich alles getan hatte, um persönliche Verwicklungen zu vermeiden.

»Das bedeutet verdammt viel Druck«, sagte ich leise wie zu mir selbst.

»Was denn?«, fragte Max und ließ die Kiste mit dem Angelzeug zuschnappen.

»Drei Kinder zu haben stellt einen bestimmt vor logistische Herausforderungen. Aber ertappst du dich manchmal auch dabei, dass du befürchtest, du könntest alles verlieren oder einem von ihnen könnte etwas zustoßen?« Waren meine Ängste irrational und beruhten nur auf dem, was ich erlebt hatte, oder machte das jeder durch?

Max runzelte die Stirn und setzte die Bierflasche an. »Jeden Tag. Ich bin fast gestorben, als Amanda zur Highschool ging – all die Drogen und der Alkohol, dem sie dort ausgesetzt war.« Er blinzelte wegen des Sonnenlichts und blickte über das Wasser. »In etwas mehr als einem Jahr wird sie Auto fahren.« Er seufzte. »Ich darf gar nicht darüber nachdenken, was den beiden Kleinen alles passieren könnte, verdammt. Harper macht vielleicht den Eindruck, als wäre sie supercool, aber das ist sie nicht, ganz im Gegenteil. Ein paar Wochen nach Ambers Geburt habe ich darauf bestanden, mit Harper zum Dinner auszugehen und meine Mutter als Babysitter zu engagieren.« Er lehnte sich auf dem Stuhl zurück. »Also, meine Mutter hat selbst drei Kinder großgezogen, und Amanda war bei ihr.

Mom kann fahren, ein Telefon benutzen, und sie ist viel ruhiger als Harper und ich. Und trotzdem hat Harper auf dem Weg zum Restaurant die ganze Zeit geweint, weil sie Angst hatte, dass Amber in den zwei Stunden, die wir für das Dinner brauchten, irgendetwas Schreckliches zustoßen könnte.«

Er bückte sich und machte sich an der Angelrute zu schaffen. »Für ein anderes menschliches Wesen verantwortlich zu sein ist das Beängstigendste, was du jemals tun wirst, aber gleichzeitig ist es das Lohnendste.« Max lächelte. »Es ist ein Vermächtnis und unendlich viel wichtiger als jedes Geschäft, das du dir aufbauen kannst.«

Mit einem weiteren großen Schluck leerte ich mein Bier und stellte die Flasche ins Gras. Ich verstand, was er sagen wollte, aber ich bezweifelte, dass er jemals in einem Kinderheim hatte leben müssen. Er würde nie begreifen, welche Freiheit finanzielle Sicherheit mit sich brachte – das war es, was mein Geschäft mir gegeben hatte. »Aber meinen geschäftlichen Erfolg kann ich immerhin in gewissem Ausmaß kontrollieren – ich kann Entscheidungen treffen, die mein Geld in Sicherheit bringen. Für Menschen gilt das nicht.«

Eine Weile schwieg Max. Wir blickten beide zufrieden auf die Wasseroberfläche und die schaukelnden Schwimmer. »Bist du Footballfan?«, fragte er, als einige Minuten vergangen waren.

Ich schüttelte den Kopf. »Nope.«

»Baseball? Irgendein Team?«

»Hockey. New York Rangers. Und du?«

»Die Red Sox.«

»Tatsächlich? Und das im Land der Yankee-Fans?« Ich hätte hohe Beträge gewettet, dass er *darüber* im Büro schwieg.

»Was soll ich sagen? Ich gehe gern Risiken ein. Ich meine … du bist *Hockey*fan, um Himmels willen. Wenn man ein Team unterstützt, kann man nicht davon ausgehen, dass es jedes Mal gewinnt, stimmt's?«

»Wenn man Red-Sox-Fan ist, dann nicht, klar.«

Max lachte leise. »Tja, so ist das Leben. Es gibt keine Garantien. Aber wenn deine Mannschaft gewinnt, ist es super, oder? Du weißt, dass du nicht jedes Jahr gewinnen wirst. Du unterstützt sie auch in schlechten Zeiten. Mit Kindern ist es genauso. Du weißt, dass es oft schwer sein wird und dass du dir *viele* Sorgen machen wirst. Aber all das lohnt sich, wenn sie lächeln und dir sagen, dass sie dich lieben. Glaub mir.«

Meine Eltern müssen ständig um mich besorgt gewesen sein. Aber sie haben es sich nie anmerken lassen. Sie haben mir trotzdem beigebracht, wie man Fahrrad fährt und die Straße überquert. Sie wussten, dass sie mir nicht alles ersparen konnten, und darum hatten sie mich nicht daran zu hindern versucht, in die Welt hinauszugehen, nur weil es dort gefährlich war. Doch jetzt begriff ich, dass mein Glück für sie immer das Wichtigste war. Und ich war mir sicher: Wären sie noch am Leben, hätten sie immer noch gewollt, dass ich … liebe und geliebt werde.

Hatte ich sie enttäuscht, indem ich mich all diese Jahre so abgekapselt hatte?

Und selbst wenn es so war: Konnte ich meine geistige Gesundheit, mein Herz, mein Leben aufs Spiel setzen? Obwohl es keine Garantie gab, dass mir das Leben nicht alles nehmen würde, was ich liebte? Noch einmal?

Eins stand fest: Einmal hatte ich diesen Verlust überlebt – für ein zweites Mal würde meine Kraft nicht reichen.

18. KAPITEL

GRACE

»Es ist so schön, wieder zu Hause zu sein.« Noch bevor die Tür ins Schloss gefallen war, streifte ich die Schuhe ab. Die Rückfahrt aus Connecticut hatte fast doppelt so lange gedauert wie die Hinfahrt, und ich war reif für ein Bad und für mein Bett.

»Hast du dich nicht amüsiert?«, fragte Sam. Er nahm mir den Mantel ab und hängte ihn für mich auf.

Ich musste lächeln, denn wenn wir nach Brooklyn kamen, tat er das inzwischen automatisch. »Doch, natürlich. Aber ich bin trotzdem immer froh, wenn ich nach Hause komme.«

»Weißt du, was mir gefehlt hat?«, fragte Sam. Er stellte sich mir in den Weg, als ich auf die Küche zusteuern wollte, schlang mir die Arme um die Taille und presste seine Erektion an meinen Bauch.

»Wie lange bist du schon in diesem Zustand?«, fragte ich.

Er senkte den Kopf und küsste mich in den Nacken. »Das ganze Wochenende«, sagte er. »Die reinste Folter.«

Ich kicherte. »Danke, dass du nicht vor Max und Harper über mich hergefallen bist.« Nach unserem Streit hatte Sex nicht mehr auf der Tagesordnung gestanden. Aber trotz der fehlenden körperlichen Intimität nach unserer Debatte im Poolhaus über Sams Eltern fühlte ich mich ihm näher denn je.

»Okay, jetzt ist es vorbei mit der Selbstbeherrschung.« Er

schob mich rückwärts ins Schlafzimmer. »Ich werde dir zeigen, was du verpasst hast.«

Während wir noch auf den Beinen waren, zog er mir das Top aus und öffnete den Reißverschluss meines Rocks. Ich hüpfte auf und nieder, als mein Hintern auf der Matratze landete, und sah zu, wie Sam sich im Zeitraffer vor mir auszog.

»Wohin guckst du?«, fragte er, auf einem Bein balancierend, weil er sich die Socken auszog.

Ich zuckte mit den Schultern. »Ach, da steht so'n Typ in meinem Schlafzimmer.«

»Einer, der dich für die schönste Frau der Welt hält?«, fragte er, als er nackt war, und legte mir die Finger in die Kniekehlen. Wie war es möglich, dass ich durch eine Berührung an einer so harmlosen Stelle dermaßen feucht wurde?

»Kann schon sein«, flüsterte ich. Ich hatte ihm gesagt, dass ich ihn liebte, und er hatte sich aufgeregt. Vorläufig würde ich mich damit begnügen, dass er mich schön fand. Ich wusste, dass er mich gernhatte, und ich musste mir immer wieder klarmachen, dass unsere Beziehung für ihn etwas Besonderes war.

Er beugte sich vor und drückte mich auf die Matratze nieder. Anstatt mich abzuschrecken, wie Sam befürchtet hatte, sorgte das, was er mir über seine Vergangenheit erzählt hatte, nur dafür, dass ich ihn noch mehr liebte. Dass er trotz allem, was er als Kind ertragen musste, zu einem solchen Mann geworden war, haute mich geradezu um. Ich empfand Ehrfurcht vor ihm. »Er ist jedenfalls ein ganz *besonderer* Typ, der beste von allen.«

»Ein Typ, der alles tun wird, um der Mann zu sein, den du verdienst«, sagte er.

Mein Körper und mein Verstand schienen sich in Wackelpudding zu verwandeln.

Er bedeckte meinen Bauch bis zu der Stelle zwischen meinen Brüsten mit flüchtigen Küssen, zog mir die BH-Träger über die Schultern hinunter und ließ die Zunge um meinen harten Nippel kreisen. Ich schob ihm die Finger ins Haar und packte zu, als er sog und küsste, knabberte und leckte. Ungeduldig wölbte ich die Hüften vor. Er sollte wissen, wie feucht ich war. Seine Hände umfassten meinen Bauch und hielten meine Hüften auf der Matratze.

Er ließ von meiner Brustwarze ab und blickte mich von unten an. »Ist das die Art, wie du um Aufmerksamkeit bettelst?«

Ich nickte leicht verlegen.

»Halte dich nicht zurück. Ich mag es, wenn du gierig bist«, sagte er und schob mir die Hand in den Slip, bis sein Mittelfinger meine Klitoris fand. Es machte mich fast wahnsinnig, dass er den Finger nur leicht darauf liegen ließ und sich mit der freien Hand an meinem anderen Nippel zu schaffen machte.

»Bitte!«, schrie ich und kippte die Hüften, um mehr Reibung an seinem Finger zu erzeugen.

»Ja, da«, sagte er und umkreiste langsam meine Klitoris. »Ich will alles hören. Selbst, wenn wir uns dann streiten und wieder versöhnen müssen. Ich will alles wissen, was dir durch den Kopf geht, Prinzessin.«

»Küss mich«, sagte ich lächelnd. »Aber halte die Hand still.«

Er grinste und drückte die Lippen auf meine, erforschte meinen Mund mit der Zunge.

»Du fühlst dich so gut an, es ist, als käme ich nach Hause«, sagte er und zog sich leicht zurück, um mich anzusehen. Ein größeres Kompliment hätte mir Sam nicht machen können. Ich verstand, wie schwer es ihm gefallen sein musste, mich an sich heranzulassen, aber ich wusste, dass er es wollte, und ich würde alles dafür tun. Ich streichelte seinen Rücken.

Ich hakte meinen BH auf und warf ihn weg, während Sam

mir den Slip auszog. Ich krallte die Hände in seine Schultern. Ich liebte es, wie er sich unter meinen Fingern anfühlte. Er war so fest, so sicher.

Rasch zog er mich auf sich. Ich saß mit dem Rücken vor ihm, hob ein Bein an und ließ es auf seines niedersinken.

Ich liebte es, wie warm er mich in dieser Stellung einhüllte.

»Bist du bereit, Prinzessin?«, fragte er und neckte mich mit seinem Schwanz.

»Immer«, sagte ich und wartete, bis er sich ein Kondom übergezogen hatte.

»Ich habe mich das ganze Wochenende so nach dir gesehnt. Wir haben einiges nachzuholen.« Er drang in mich ein, eine Hand auf meiner Hüfte, und zog mich auf sich hinab. Vor Erleichterung, ihn in mir zu spüren, entspannte sich mein ganzer Körper. So sollte es sein. Immer.

»Das hat mir so gefehlt«, sagte ich. »Du hast mir gefehlt.«

»Darauf musst du nie wieder verzichten.« Er zog sich zurück und drang erneut in mich ein. »Ich versuche es, für dich, Grace.«

Seine zärtlichen Worte machten den heftigen Sex perfekt. Meinte er tatsächlich, was er da sagte?

Mein Kopf war wie leer gefegt, als mein Körper beim einsetzenden Orgasmus innerlich zu beben begann.

»Fuck«, rief Sam, zog sich zurück und rollte sich auf den Rücken. »Ich war kurz davor, so kurz. Ich will nicht, dass es schon vorbei ist«, sagte er.

Mir gefiel, dass er nur wenige Sekunden in mir gewesen war, ehe das Bedürfnis zu kommen ihn überwältigte. Ich verlagerte das Gewicht, um ihn anzusehen, und küsste ihn auf die schweißfeuchte, heiße Brust.

»Tut mir leid«, murmelte er und streichelte mir den Rücken. »Bei dir kann ich mich einfach nicht beherrschen.«

»Ist schon okay.«

Er ließ eine Hand an meinem Bauch hinabgleiten, bis seine Finger auf meiner Klit landeten. Er sah mir tief in die Augen, während er sie immer wieder umkreiste. Sein Blick ließ die Berührungen noch intensiver wirken. Diesmal bauten sich die Vibrationen in meinem Bauch auf. Seine Bewegungen waren gleichmäßig und klein, als wollte er mir den Höhepunkt mit aller Sorgfalt und Geduld entlocken. Ich umklammerte seinen Arm, damit er nicht aufhörte.

Als ich stöhnte, nahm er sanft meine Unterlippe zwischen die Zähne, und seine Zunge drang mit kräftigen, besitzergreifenden Stößen in meinen Mund ein, als wollte er mich daran erinnern, dass ich ganz und gar ihm gehörte. Ich stöhnte und tropfte auf seine Finger, mein Körper bebte, und endlich zerfloss ich auf dem Höhepunkt meiner Lust.

»Himmel, ich liebe es, wenn du kommst«, sagte er. Er drehte mich auf den Rücken und legte sich auf mich.

Ich konnte nicht sprechen. Ich lächelte nur und nahm sein Gesicht in beide Hände.

Als er in mich eindrang, verriet sein Gesicht, wie intensiv seine Lust war. Dass ich ihm diese Gefühle schenken konnte, fühlte sich so machtvoll an, dass ich spürte, wie ich noch feuchter wurde, obwohl ich gerade erst gekommen war.

»Oh Gott!«, rief er. Die Muskeln in seinem Nacken spannten sich an, und ich strich mit einem Finger darüber. »*Fuck*, Grace.«

Ich keuchte, als er mir eine Hand unter den Po schob und mich anhob. Er beschleunigte den Rhythmus. Undeutlich nahm ich wahr, dass das Kopfende des Bettes gegen die Zimmerwand stieß, als seine Stöße heftiger wurden.

Ich hob die Beine an, wollte ihm mehr geben, ihn tiefer in mir haben. Er stieß fester, ich spürte seinen schweren Atem im

Nacken, hörte seine gestöhnten Worte: »Du gehörst mir« und: »Für immer«.

»Ich finde, wir sollten uns ein Auto anschaffen«, sagte Sam, und um mich zu vergewissern, dass ich mich nicht verhört hatte, drehte ich mich zu ihm um, während ich noch meine Wohnungstür abschloss. »Und einen Fahrer.«

Maß ich der Tatsache, dass er *wir* sagte, zu viel Bedeutung bei? »Einen Fahrer?«

»Ja. Wir fahren sowieso jeden Tag mit dem Taxi. Ein Fahrer könnte mich bei der Arbeit absetzen und dich dann zur Galerie bringen. Wenn einer von uns ihn braucht, ist er da. Was meinst du?« Er nahm mich bei der Hand, obwohl es ein bisschen unbequem war, nebeneinander die Treppe hinunterzugehen.

Er sprach von einer gemeinsamen Zukunft – so hatte ich ihn noch nie reden hören. »Na ja, ich bin eine Park-Avenue-Prinzessin, also bin ich natürlich einverstanden.«

Die Luft war kühl, als wir hinausgingen, ein eisiger Wind fegte durch die Straßen. Während unserer Abwesenheit hatte es leicht geschneit, aber der meiste Schnee war bereits wieder verschwunden. »Ich glaube, es schneit bald wieder«, sagte ich, als Sam den Hals reckte, um nach einem Taxi Ausschau zu halten. »Komm, wir gehen zur Ecke.« Ich zog ihn am Arm.

»Wenn wir in der Park Avenue sind, ist der Weg nicht so weit«, sagte er. »Und wir müssen nicht in der Kälte stehen und auf ein Taxi warten.«

Da war es wieder, dieses Wort. *Wir.* Ich lächelte.

Bald darauf hielt ein Taxi an, und Sam öffnete mir die Tür.

»Das Bett kommt heute Abend«, sagte er, als er neben mir saß. »Wo willst du schlafen?«

»Heute Abend?«

»Ja. Heute Abend. Und morgen.«

Hätte ich es nicht besser gewusst, hätte ich geglaubt, dass er mir jetzt vorschlagen würde, mit ihm zusammenzuziehen. Obwohl mir seit Connecticut eine Veränderung an ihm aufgefallen war, rechnete ich nicht damit, dass von jetzt an alles von selbst laufen würde.

»Wir könnten Angie und Chas für das Wochenende einladen«, sagte er. »Vielleicht sogar Harper, Max und die Kinder.«

»Ja, vielleicht.« Ich wollte ihn nicht bedrängen oder schmerzliche Erinnerungen in ihm wachrufen, gegen die er nicht gewappnet war. Ich war entschlossen, ihm Zeit und Raum zu geben, damit er alles verarbeiten konnte.

»Ich mag sie wirklich. Wir sollten sie einladen.« Er drückte meine Hand und sah aus dem Fenster.

»Da vorne links«, teilte er dem Fahrer mit, als wir uns der Galerie näherten.

Das Taxi hielt an, und Sam bedeckte meine Hand mit seiner.

»Hey. Bevor du gehst ... ich ... wegen dieser Sache, die du da in Connecticut gesagt hast.«

Ich hielt die Luft an, denn ich wusste nicht, was er sagen würde, hoffte aber so sehr, dass es das war, was ich hören wollte. Mein *Ich liebe dich* hatte ich nicht wiederholt – ich wollte nichts Unangenehmes in ihm wachrufen. Ich nickte.

»Okay«, sagte er. Er atmete tief durch und fuhr fort: »Also ... ja, ich empfinde dasselbe.«

19. KAPITEL

SAM

Dass ich sie liebte, wusste ich seit unserem Streit in Connecticut. Das war einer der Gründe, warum ich so wütend war – sie hatte mich dazu gebracht, sie zu lieben, gegen jede Wahrscheinlichkeit und obwohl ich mir große Mühe gegeben hatte, es zu vermeiden.

Ihre Augen wurden schmal, so als hätte sie mich nicht richtig verstanden.

»Du weißt schon«, sagte ich, denn ich wollte die Worte sagen, fand es aber furchtbar schwer, sie über die Lippen zu bringen. Sie drückte meine Hand. Sie würde mich nicht zwingen, den Satz auszusprechen, aber sie verdiente es, ihn zu hören.

»Ich liebe dich«, sagte ich.

Ihre Augen wurden feucht, und ich nahm ihr Gesicht in beide Hände. Sie sollte nicht traurig sein.

»Ich liebe *dich*, Sam Shaw.«

Ich nickte und versuchte mir das Grinsen zu verkneifen. Der Taxifahrer räusperte sich. »Ich gehe dann mal lieber«, sagte sie.

»Ich will nicht, dass du gehst.« Ich wünschte, ich hätte ihr das am Abend zuvor gesagt, dann hätte ich sie einfach stundenlang im Arm halten können.

»Wir sehen uns heute Abend. Vielleicht kannst du früher Schluss machen und wir essen zusammen zu Abend.«

Zu dem Fahrer gewandt, sagte ich: »Ich verabschiede mich

kurz. Warten Sie. Ich fahre gleich mit Ihnen weiter.« Ich wollte sie in die Arme schließen, ehe sie den ganzen Tag fort war, und wenn es nur für eine Sekunde war. Grace öffnete die Tür des Taxis und stieg aus in dem Augenblick, als ich den Fuß auf die Straße setzte.

Bremsen quietschten, der Fahrer brüllte etwas, und dann wurde ich in meinen Sitz zurückgeschleudert.

Was zum Teufel war passiert? Der Motor des Taxis verstummte, und ich drehte den Kopf.

»Grace?« Ihre Tür auf der Beifahrerseite war geschlossen und verformt, und vor mir sah ich die zertrümmerte Windschutzscheibe eines anderen Wagens. Überall lagen Glassplitter.

Jemand hatte uns angefahren.

»Fuck«, stieß ich hervor und stieg mühsam aus dem Taxi. »Grace!«, rief ich, konnte sie aber nicht sofort entdecken. Als ich um den Kofferraum herumging, erwartete ich, sie mit ausgestreckten Armen vor mir zu sehen. Aber sie war verschwunden. »Grace!«, brüllte ich. Dann sah ich sie. Sie lag auf dem Asphalt, ihr Haar war auf der Straße ausgebreitet. Gefühlt brauchte ich Stunden, um zu ihr zu gelangen. Ich ging auf die Knie. Sie hatte die Augen geschlossen, ihre Beine waren seltsam verdreht.

Mein Herz hämmerte. Voller Panik streichelte ich ihr die Wange. »Grace.« Ich blickte auf und sah jemanden über mir aufragen und auf mich herabstarren. »Rufen Sie 911 an!«, schrie ich ihn an, drehte mich wieder um und legte Grace eine Hand auf den Brustkorb. Meine Hand hob und senkte sich unter ihrem Atem, und ich war ein kleines bisschen erleichtert.

Was sollte ich tun? Ich wollte sie aufheben und ins nächste Krankenhaus bringen, aber etwas hielt mich davon ab, die Lage ihres Körpers zu verändern. Ich wand mich aus meinem Mantel, zog mein Handy aus der Tasche und deckte Grace zu. Die

911 rief ich selbst an, denn ich wusste nicht, ob der Schaulustige meiner Bitte Folge geleistet hatte. Grace brauchte so schnell wie möglich Hilfe.

Ich ließ meine Hand auf ihrer Wange liegen, während ich mit der Vermittlung sprach und der Frau am anderen Ende der Leitung mehrmals die Adresse nannte. Warum stellte sie mir immer wieder dieselben Fragen? Ich legte in dem Augenblick auf, in dem die Sirenen zu heulen begannen. Alles würde gut werden. Das musste es einfach. Ich konnte sie nicht verlieren.

Ich hob Grace' Hand ganz leicht vom Asphalt und schob meine darunter. Und da stieg mir ein metallischer Geruch in die Nase. Es war nicht der Motor. Es war etwas Feineres, Schwächeres. Immer wieder blitzten Bilder vom Auto meiner Eltern vor meinem inneren Auge auf.

Blut bedeckte meine Finger. Himmel. Wo blutete sie? Was musste ich tun, damit es aufhörte? Ich suchte ihren Körper ab, konnte aber keine offensichtliche Ursache für den Blutverlust finden.

Ich schloss die Augen, zwang die Zeit, sich zurückzudrehen, denn ich wollte sehen, wie ich sie in einem anderen Universum gezwungen hätte, auf meiner Seite aus dem Taxi zu steigen.

»Sir, bitte machen Sie den Weg frei.« Die Worte kamen so langsam, dass ich erst verstand, nachdem mich jemand beiseitegeschoben hatte.

»Grace«, sagte ich, als jemand nach ihrem Namen fragte.

Die Sanitäter sprachen mit ihr, sagten ihr, was sie taten, während sie um ihren Hals einen Stützverband anlegten und sie zu dritt auf eine Trage hoben. Aber ihre Stimmen überlagerten sich. Ich versuchte, sie auseinanderzuhalten, denn ich wollte hören, was jeder einzelne von ihnen sagte. Ich musste unbedingt wissen, ob Grace wieder gesund werden würde. Denn das war es, was ich hören musste.

Aber ich wusste ihre Mienen zu deuten, und sie verhießen nichts Gutes.

Ich liebte Menschen nicht. Ich *konnte* sie nicht lieben.

Galle stieg mir in die Kehle, und ich erbrach mich auf das Auto neben dem Taxi. Immer wieder stieg mir Magensäure in Kehle und Mund. Ich kam mir selbstsüchtig vor, weil mir übel wurde, während der beste Mensch, den ich kannte, auf einer Trage lag und starb.

Erneut krümmte ich mich, bis endlich nichts mehr kam. Ich wischte mir den Mund ab und richtete mich auf, um zu sehen, was mit Grace passierte. Ein Mann in Uniform führte mich zum Krankenwagen. Was er sagte, hörte ich nicht. Ich sah, wie er die Lippen bewegte, konnte mich aber nicht auf seine Worte konzentrieren. Ich blickte nur immer wieder zwischen ihm und dem Krankenwagen hin und her.

Ich taumelte zum Heck und setzte mich neben Grace.

Ich musste etwas tun, irgendetwas, um sie zu retten. Hätte ich bloß einen Erste-Hilfe-Kurs oder so etwas absolviert! Ich sah mich um, aber niemand unternahm etwas.

Ich sollte jemanden anrufen. Die Nummer ihrer Eltern hatte ich nicht, aber die von Harper war in meinem Handy gespeichert. Sie würde wissen, was zu tun war. Ich tippte aufs Display.

»Harper. Es hat einen Unfall gegeben. Benachrichtige Grace' Eltern.«

»Was? Geht es ihr gut?«

Diese Frage konnte ich nicht beantworten. »Ruf ihre Eltern an. Sag ihnen, sie sollen ins Krankenhaus kommen.«

»Wo bist du?«

Ich blickte aus dem Fenster. »In einem Rettungswagen.«

»Verdammt, Sam, welches Krankenhaus?«

Ich hatte keine Ahnung. »Zu welchem Krankenhaus fahren wir?«, fragte ich die Frau neben mir.

»Mount Sinai West«, antwortete sie.

»Ich hab's gehört. Bin schon unterwegs«, sagte Harper.

»Grace …« Wie gern hätte ich sie in den Arm genommen! Hätte Gott es zugelassen, hätte ich innerhalb von Sekunden den Platz mit ihr getauscht. Eine Sauerstoffmaske bedeckte ihr Gesicht, und ihre Arme lagen ausgestreckt an ihrem Körper. Sanft strich ich über die glatte Haut ihres Arms. Wo war ihr Mantel? Ich betrachtete ihren Körper. Ihre Beine. Als ich sie zuletzt angesehen hatte, waren sie verdreht und blutverschmiert gewesen.

»Wo blutet sie?«, fragte ich, doch ich war so benebelt, dass ich die Antwort nicht mitbekam.

Ich starrte Grace ins Gesicht, versuchte, sie zum Aufwachen zu zwingen, zum Gesundsein, versuchte, ihr meine Lebenskraft einzuflößen.

Der Krankenwagen hielt an; die Türen öffneten sich. Ich folgte den Sanitätern, die Grace' Trage aus dem Wagen und auf die Straße gleiten ließen. Als mein Fuß den Asphalt berührte, gaben meine Beine nach; ich landete auf einem Knie. Jemand fasste mir unter die Achseln, ich kam auf die Füße und eilte hinter Grace auf der fahrbaren Krankentrage her.

Ich war kaum durch die Tür des Krankenhauses, da versuchte mich jemand aufzuhalten, indem er mir gegen die Brust stieß. »Sir, Sie können hier nicht rein. Sie muss untersucht werden. Nehmen Sie Platz. Es kommt gleich jemand und sieht nach Ihnen.« Die Schwester reichte mir ein Klemmbrett.

»Mir geht's gut«, sagte ich und verrenkte mich, um zu sehen, wohin sie Grace brachten.

Ich wagte nicht mal zu blinzeln aus Furcht, irgendwelche Details zu verpassen.

Schließlich setzte ich mich, ohne das Klemmbrett weiter zu beachten. Ich wartete. Und wartete.

»Sam.«

Ich blickte auf und sah Harper vor mir stehen.

»Geht es ihr gut?«

Ich schüttelte den Kopf. »Ich weiß nicht. Ich glaube nicht.«

»Sam«, rief sie und rüttelte mich an den Schultern. »Wo ist sie?«

Glücklicherweise kam eine der Schwestern zu uns und beantwortete Harpers Fragen.

Hilflosigkeit überwältigte mich, ein Gefühl, das ich seit ewigen Zeiten zu vermeiden versuchte. Ich wollte Harper nicht zuhören – ich wollte Grace sehen. Ich sank nach vorn, hielt mir mit beiden Händen den Kopf und stützte die Ellbogen auf die Knie. Warum hatte ich nur darauf bestanden, ein Taxi zu nehmen? Wenn wir die U-Bahn genommen hätten, wären wir nicht auf der Straße gewesen. Oder wenn ich einen Fahrer engagiert oder einfach auf der anderen Seite des Taxis gesessen hätte …

»Sir, würden Sie mir bitte folgen? Ich muss Sie untersuchen«, sagte eine Krankenschwester in rosa OP-Kleidung, als Harper sich gerade auf den Stuhl neben mir setzte. Ich wollte das nicht. Ich wollte hier sitzen und auf Grace warten. Es musste ihr gut gehen. Selbst wenn die Situation aussichtslos war – solange ich hier saß, bestand vielleicht noch eine Chance.

Als meine Eltern starben, sagte mir niemand etwas. Ich hatte sie nie im Krankenhaus besucht, hatte nicht gesehen, wie sie auf Tragen in den Krankenwagen geschoben wurden. Ich erinnere mich, dass ich im Krankenhaus war, auf einem Bett hinter einem Vorhang, und dann wurde ich zum Übernachten in das Haus fremder Leute gebracht. Diesmal würde ich das nicht zulassen, diesmal würde ich es schaffen, mich zu verabschieden.

»Nein. Ich bleibe hier.«

»Dann müssen wir die Untersuchung hier durchführen. Sie haben sich übergeben und stehen wahrscheinlich unter Schock. Ich muss darauf bestehen.«

»Also gut. Aber ich gehe nirgendwohin.«

Als die Krankenschwester mir ein Thermometer ins Ohr steckte, entdeckte ich Grace' Eltern am Empfangsschalter.

»Harper«, sagte ich und deutete mit dem Kopf in die entsprechende Richtung.

Harper ging zu Grace' Mutter und reichte ihr das Klemmbrett, als ginge damit die Verantwortung für Grace' Wohlergehen von mir auf sie über.

Genauso sollte es sein.

Ich hatte mit Grace' Leben nichts zu tun. Ich war zu weit gegangen.

Die Automatiktüren öffneten sich zum ersten Mal, seitdem Grace sie passiert hatte. Ich stand auf, um die Person anzusprechen, die herauskommen würde, aber es war nur ein Kurier, der mir absolut nichts nützte.

»Setzen Sie sich, Sir«, sagte meine Krankenschwester und schob mich wieder zu meinem Stuhl. Sie gab mir einen weißen Plastikbecher mit Wasser. »Trinken Sie in kleinen Schlucken.«

Warum verschwendete sie ihre Zeit hier bei mir, obwohl sie eigentlich bei Grace sein sollte? »Können Sie sich bitte um Grace kümmern?«

»Sie wird noch untersucht«, sagte sie und legte mir eine Hand auf die Schulter.

Als die Schwester ging, kamen Grace' Eltern auf mich zu. Was konnte ich ihnen sagen? Ich hatte versagt, denn für die Sicherheit ihrer Tochter hatte ich nicht sorgen können. »Geht es Ihnen gut?«, fragte mich ihre Mutter.

»Es tut mir leid«, stammelte ich.

Harper rückte einen Stuhl weiter, und Mrs Astor setzte sich

neben mich und tätschelte mir das Knie. Ihr Mann ging vor uns auf und ab.

»Ich hätte sie aufhalten müssen.«

»Es ist nicht Ihre Schuld. Harper hat gesagt, dass ein Wagen seitlich in das Taxi gefahren ist«, sagte Grace' Mutter.

Woher wusste Harper das? Hatte ich es ihr erzählt?

Ich nickte. »Sie wollte aus dem Wagen steigen. Ich hätte sie auf meiner Seite aussteigen lassen sollen.«

»Psst!«, sagte Mrs Astor. »Sie konnten nichts tun. Hat man Sie schon untersucht? Sie sollten auf einem CT bestehen.«

»Mir geht es gut. Aber Grace …«

»Psst«, sagte sie wieder, »alles wird gut.«

Ihre Stimme besaß Autorität, und hätte ich nicht gewusst, was der Tod mit sich brachte, dann hätte ich ihr geglaubt. Nichts würde wieder gut werden, wenn Grace nicht durchkam.

Sekunden, Minuten, Stunden vergingen. Ich widerstand dem Drang, einfach durch die Tür zu stürmen und nach Grace zu suchen. Was machten sie mit ihr?

Endlich glitten die Türen wieder auf, und diesmal kam eine Schwester heraus, ein Klemmbrett in der Hand. »Grace Astor«, rief sie.

Zu viert umringten wir sie, begierig, endlich etwas zu erfahren. »Ms Astor geht es gut. Sie hat etwas Blut verloren, ist aber bei Bewusstsein und fragt nach Sam.«

Es war wie die steile Abwärtsfahrt auf einer Achterbahn – Angst und Erregung überschlugen sich in meinem Bauch. »Sie lebt?«, fragte ich.

»Sie ist ein bisschen mitgenommen, aber es geht ihr gut«, sagte die Krankenschwester. »Ihr CT war in Ordnung.«

Grace würde wieder gesund werden.

»Sie hat Prellungen und eine leichte Gehirnerschütterung. Ihr Bein ist an zwei Stellen gebrochen.«

Ich hörte Grace' Mutter weinen, aber ich lächelte. Ein gebrochenes Bein? Das war alles? »Heute Nachmittag werden sie den Bruch richten und das Bein dann in Gips legen. Wir haben ihr etwas gegen die Schmerzen gegeben. Sie ist bei Bewusstsein, und Sie können jetzt reingehen, aber immer nur zwei auf einmal. Sam, soll ich Sie zu ihr bringen?« Ich hätte großmütig sein und ihre Eltern zuerst gehen lassen sollen, aber ich musste sie sehen, um sicher zu sein, dass es ihr gut ging. Ohne mich noch einmal umzublicken, folgte ich der Krankenschwester.

Wir liefen den ersten Flur entlang und bogen dann in eine Nische ab, in der einige Betten standen. Auf der Suche nach Grace ließ ich den Blick durch den kleinen Raum schweifen. Die Schwester führte mich zu einem durch einen Vorhang abgetrennten Bett, und für den Bruchteil einer Sekunde, bevor sie den Vorhang zurückzog, stellte ich mir vor, ich würde jemand anderen als Grace in dem Bett vorfinden. Ich konnte nicht recht glauben, dass mit ihr alles in Ordnung war. Sicher hatten sie sie mit einer anderen Patientin verwechselt.

Ich wappnete mich innerlich, als der Vorhang zur Seite glitt, musste mich aber trotzdem beinahe übergeben, als ich sah, dass sie es tatsächlich war. Ihre Lider flatterten, und endlich öffnete Grace die Augen und sah mich an. »Sam«, sagte sie mit heiserer Stimme.

Ich stürzte auf sie zu, hielt mich dann aber zurück. Ich wollte sie an mich drücken, doch ich wagte kaum, sie zu berühren. Ich machte einen Schritt nach vorn, und sie hob eine Hand. Ich blickte mich zur Krankenschwester um.

»Es geht ihr gut«, versicherte sie mir.

Ich nahm ihre Hand und küsste sie auf die Stirn. Als ich mich aufrichtete, zuckte sie zusammen. »Es tut mir so leid, Grace.« Der Kuss, der Unfall. Ich wollte sie von ihren Schmerzen befreien.

Sie lächelte schwach. »Ich liebe dich.«

Noch wenige Stunden zuvor hatten diese Worte meine Seele in ungeahnte Höhen steigen lassen. Jetzt kamen sie mir unangemessen vor. Sie sollte mich nicht lieben, weil ich sie nicht lieben *konnte.* Es sollte einfach nicht sein.

Ich zog einen Stuhl heran und setzte mich zu ihr ans Bett. Ich betrachtete ihr schönes Gesicht, wollte mich daran erinnern, wie warm ihre Hände waren, versuchte mir ihren Duft einzuprägen.

Aber ich konnte Grace nicht beschützen, und mich selbst *musste* ich schützen.

Einen Moment lang hatte ich mir erlaubt, sie zu lieben, hatte geglaubt, dass es mir möglich war, mich lieben zu lassen. Ich hätte es besser wissen müssen. Ich war nicht stark genug.

Ich musste fortgehen.

20. KAPITEL

GRACE

Ich blickte auf das Bett hinunter und amüsierte mich darüber, wie unterschiedlich groß meine Beine waren. Sie hatten mir gesagt, dass sie die Knochen richten würden, daran erinnerte ich mich noch, sonst aber an nichts mehr, bis ich in einem anderen Zimmer wieder wach geworden war.

Ich hatte mir noch nie einen Knochen gebrochen.

»Geht es dir gut, Liebling?«, fragte meine Mutter und reichte mir einen Becher Wasser.

Ich nickte. »Ja, alles okay. Wo ist Sam?«

Meine Mutter warf meinem Vater, der auf der anderen Seite des Bettes stand, einen Blick zu. Er tätschelte meine Hand. »Entspann dich einfach.«

»Ich bin total entspannt. Das kommt von den Medikamenten. Wo ist Sam?«

»Ich weiß es nicht, mein Schatz«, sagte meine Mutter.

Er war hier gewesen, das wusste ich noch aus der Zeit, bevor sie mein Bein behandelt hatten. »Harper?«, fragte ich. »Ist er verletzt?« Sie saß auf einem Stuhl beim Fenster und spielte auf ihrem Handy herum.

Sie blickte zu mir auf und legte das Handy weg. »Nein. Überhaupt nicht. Ich glaube, er wollte etwas holen. Ich weiß es nicht. Ich versuche mal, ihn anzurufen.« Sie stand auf und verließ das Zimmer.

Wo konnte er sein? Der Sam Shaw, den ich kannte, würde bei mir sein wollen, wenn ich erwachte.

»Wie geht es dir, Liebling?«, fragte meine Mutter.

»Es geht mir gut, Mom.«

»Nein, das tut es nicht. Wir waren alle sehr besorgt.«

»Ich habe Glück gehabt«, sagte ich. Beim Erwachen aus der Narkose hatte ich Harper sagen hören, dass alles viel schlimmer verlaufen wäre, wenn das Auto nur in einem minimal anderen Winkel aufgeprallt wäre.

Aber das war nicht passiert.

Ich hatte ein gebrochenes Bein, das würde wieder heilen.

Das Einzige, was mich belastete, war, dass Sam nicht bei mir war.

»Kann mir mal jemand mein Handy geben?«, fragte ich und versuchte, mich aufzusetzen.

»Nicht bewegen«, sagte meine Mom. »Ich weiß nicht, wo es ist. Harper ist rausgegangen, um ihn anzurufen. Du musst dich jetzt auf deine Genesung konzentrieren.«

Hörte mir denn niemand zu? Ich wollte Sam. »Lassen sie mich heute Abend nach Hause gehen?« Der Gedanke, über Nacht im Krankenhaus bleiben zu müssen, gefiel mir nicht. Sam und ich sollten die Nacht in seiner Wohnung verbringen. Das Bett wurde geliefert. Verdammt. Das Bett. War Sam weggefahren, um es in Empfang zu nehmen? Er würde mich doch nicht einfach so verlassen. Wo war er?

»Ich glaube nicht. Sie wollen dich noch zur Beobachtung hierbehalten.«

»Die Schwester hat gesagt, dass sie mich in den Computertomografen gesteckt haben. Wo ist das Problem?«

Harper kam wieder ins Zimmer, den Blick auf den Boden gerichtet.

»Hast du mit ihm gesprochen? Wo ist er?«, fragte ich.

Sie blickte erst meine Eltern an, dann mich. Was auch immer sie zu sagen hatte, sie wollte es nicht vor meiner Mom und meinem Dad tun.

»Dad, könntest du mir vielleicht eine Illustrierte oder ein Buch zum Lesen holen, bevor ihr geht?«

»Natürlich, Liebling. Deine Mutter und ich kümmern uns sofort darum.«

Meine Mom starrte ihn finster an. »Ich bleibe hier. Du gehst.«

Er zog sie am Ellbogen, denn er hatte verstanden, dass ich mit Harper unter vier Augen sprechen wollte. »Nein, komm jetzt, Sylvia. Sie kann gut einen Moment mit Harper allein bleiben.«

Meine Mutter verdrehte die Augen, griff aber nach ihrer Handtasche. Mein Dad zwinkerte mir zu. *Danke*, formte ich mit den Lippen.

Als meine Eltern das Zimmer verlassen und die Tür hinter sich geschlossen hatten, wich Harper noch immer meinem Blick aus. Sobald sie weg waren, sagte ich: »Du musst mir sagen, was los ist. Wo ist Sam? Ist alles in Ordnung mit ihm?«

Harpers Brust hob und senkte sich, als sie tief durchatmete. Endlich blickte sie mich an, dann stand sie von dem Stuhl am Fenster auf, um sich in einen anderen zu setzen, der näher an meinem Bett stand. »Ich weiß es nicht, Grace. Wirklich nicht. Max versucht für mich, ihn zu erreichen.«

»Das verstehe ich nicht. Er war doch vorhin hier, oder?« Ich war mir sicher, dass er an meinem Bett gesessen hatte, bevor mein Bein gerichtet worden war. Er hatte mich auf die Stirn geküsst, meine Hand gehalten und mir gesagt, dass er mich liebte.

»Ja, aber nachdem er dich gesehen hatte, sagte er, er müsste fort.«

»Hat er gesagt, wann er zurückkommt?«

Sie rückte auf dem Stuhl näher an mich heran und legte ihre Hand auf meine. »Ich bin sicher, dass er bald wiederkommt. Ich glaube, er fühlt sich schlecht wegen des Unfalls – schuldig.«

Warum sollte er sich deswegen schlecht fühlen? Er hatte ihn nicht verursacht. »Es war nicht seine Schuld.«

»Ich weiß«, sagte sie. »Aber du weißt ja, wie Männer sind. Sie möchten gern glauben, dass sie das Universum beherrschen.« Harper zuckte mit den Schultern. »Und sie wollen die Menschen beschützen, die sie lieben.«

Und Sam hatte nur Angie und mich.

Er fühlte sich *schlecht*, nicht schuldig. Der Unfall musste ein Trigger für ihn gewesen sein und all die Erinnerungen an die Zeit, als seine Eltern starben, in ihm aufgewühlt haben.

Mist. Er litt viel mehr als ich. Ich musste ihn sehen, ihn trösten, dafür sorgen, dass er sich besser fühlte.

»Seine Eltern sind bei einem Autounfall ums Leben gekommen. Bestimmt sind ihm viele Erinnerungen hochgekommen.« *Noch mehr* Erinnerungen. Connecticut war schon hart genug gewesen. »Hast du mein Handy? Ich muss ihn anrufen.«

»Nein. Hat Sam es vielleicht?«

»Harper, ich muss ihn sehen. Ihm sagen, dass es mir gut geht. Er leidet, und er hat niemanden. Ich muss für ihn da sein.« Sie mussten mich entlassen. Ich versuchte, mich am Geländer des Bettes aufzurichten.

»Was machst du da?«, fragte Harper.

»Ich muss Sam finden.«

Sie stand auf und löste meine Hände fast gewaltsam von den Streben. »Leg dich hin. Du gehst nirgendwohin. Du hast gerade einen schlimmen Autounfall überstanden, du musst dich ausruhen. Bist du verrückt geworden?«

»Nein, du vielleicht?«, fragte ich zurück. »Ich *liebe* ihn, Harper. Ich muss ihn finden.«

»Er kommt zurück. Gib ihm ein bisschen Zeit, um sich zu beruhigen.«

Etwas tief in meinen Eingeweiden sagte mir, dass ich Sam auf keinen Fall Zeit geben sollte. Wenn ich ihn wirklich so gut kannte, wie ich glaubte, dann war er dabei, sich zu verschließen. Mich auszuschließen. Er hatte gesagt, dass er sich seine Gefühle für mich nicht hatte aussuchen können, aber was, wenn sich durch den Unfall alles geändert hatte?

»Hast du mein Handy gesehen?«, fragte ich Harper, als sie die Kinder ins Bett gebracht hatte und wieder ins Wohnzimmer kam. Sie hatte mich aus dem Krankenhaus abgeholt und darauf bestanden, dass ich sofort nach der Entlassung mit ihr nach Connecticut fuhr.

»Möchtest du ein Glas Wein, jetzt, wo du nur noch Paracetamol nimmst?« Vor drei Tagen hatte ich Sam das letzte Mal gesehen; ich rechnete ständig damit, dass er auftauchen und erklären würde, dass er das Bett in Empfang nehmen musste, mich jetzt aber aus dem Krankenhaus abholen wollte.

Er kam nicht.

»Ja, ein Glas Wein wäre schön, aber hast du mein Handy gesehen? Ich glaube, eben lag es noch hier.«

Meine Handtasche mitsamt Handy und Portemonnaie war mir im Krankenhaus wiedergegeben worden. Ich wusste nicht, wie sie dorthin gekommen war, und es interessierte mich auch nicht genug, um danach zu fragen. Ich war einfach dankbar, dass alles wieder da war, selbst wenn Sam meine Anrufe nicht beantwortete.

»Glaubst du, dass sein Handy bei dem Zusammenstoß beschädigt wurde? Vielleicht ist das der Grund, warum ich nicht durchkomme«, fragte ich, als Harper mir ein Glas Wein und mein Handy reichte.

Sie zuckte mit den Schultern. »Und wennschon. Warum ist er nicht einfach wieder ins Krankenhaus gefahren?« Seitdem wir in Connecticut angekommen waren, hatte Harper mich nicht mehr gefragt, ob ich etwas von ihm gehört hatte.

»Es ist absolut verständlich, dass er nach dem Unfall ein bisschen Abstand braucht. Es muss schwer für ihn gewesen sein, damit klarzukommen, wenn man bedenkt, was seinen Eltern passiert ist. Meinst du nicht?« Ich wollte hören, dass er zu mir zurückkommen würde – ich musste einfach glauben, dass alles in Ordnung kommen würde.

»Soll ich dir helfen?«, fragte sie, als ich mich vorbeugte.

Mein Magen rebellierte, weil sie meiner Frage so offensichtlich auswich. Natürlich war es verständlich, dass die Sache ihn aufgeregt hatte. »Nein«, sagte ich und stieß mich vom Sofa ab. »Wenn ich erst mal stehe, ist alles gut. Nur das Aufstehen selbst fällt mir schwer. Ich bin es nicht gewöhnt, auf einem Bein zu balancieren.« Zögerlich ging ich ein paar Schritte. »Auf Krücken zu gehen ist sicher gut für die Muskeln in Bauch und Rücken, stimmt's?« Ich versuchte, nicht ständig zu sitzen. Die Ärzte hatten mir gesagt, dass ich den Gips etliche Wochen lang würde tragen müssen, und irgendwie musste ich schließlich mit meinem Alltag klarkommen. Ich hatte eine Aushilfe eingestellt, damit die Galerie in dieser Woche geöffnet blieb, aber am Montag wollte ich mich wieder an die Arbeit machen.

»Und wennschon. Ich habe keine Bauchmuskeln. Die haben mir meine Kinder zusammen mit meiner Würde weggenommen, als ich sie zur Welt gebracht habe.«

Ich lachte und schwankte leicht auf den Krücken. »Ach, hör auf. Du liebst deine Mädels.«

Sie grinste. »Stimmt. Aber sie sollen wissen, wie hoch der Preis war, den ich für sie gezahlt habe.«

»Das Problem ist nur, wenn ich an Krücken humple, kann ich nicht trinken, weil ich keine Hand frei habe.« Ich stützte mich auf einen der Küchenhocker an der Theke, und Harper brachte mir mein Glas und nahm Platz. »Glaubst du, dass es ihm gut geht? Vielleicht hatte er einen Unfall …«

»Nein, das glaube ich nicht, Grace, und wenn du ehrlich bist, glaubst du es auch nicht.« Sie trank einen kleinen Schluck Wein.

»Glaubst du, dass er sich wie ein Arschloch benimmt?«

»Es ist schon ziemlich seltsam, dass er – ohne ein Wort zu sagen – einfach verschwunden ist. Und das schon seit Tagen. Du bist entlassen worden, und er ist immer noch nicht zu dir gekommen.«

»Er leidet.«

»Schon möglich«, sagte sie. »Aber du leidest auch. Dieser Unfall hätte viel schlimmer ausgehen können.«

»Ist er aber nicht.«

»Ich glaube einfach, dass du damit rechnen solltest, nie wieder etwas von ihm zu hören. Ihm ist durchaus zuzutrauen, dass er einfach spurlos verschwindet.«

Schmerz fuhr mir in die Brust wie ein Messerstich.

»Alles okay?«, fragte Harper.

Ich nickte und stützte mich an der Theke ab. Sie glaubte also, Sams Schweigen bedeutete, dass er fortgegangen war. Es beendet hatte. Endgültig. Ich hatte einfach angenommen, dass er litt und nicht mitteilen konnte, was er meinetwegen durchmachte. Ich hatte damit gerechnet, dass er nach einigen Stunden oder Tagen wiederauftauchen würde. Aber allmählich wurde ich ungeduldig. Und Harper glaubte eindeutig, dass er nicht zurückkommen würde.

Der Gedanke, ihn vielleicht niemals wiederzusehen, niemals mehr mit ihm zu sprechen, ihn zu berühren, zu küssen – es war entsetzlich. Ich trank meinen Wein aus. »Schenkst du mir noch mal ein?«, fragte ich. Das war nicht möglich, oder? Er hatte gesagt, dass er versuchen wollte, sich mit mir eine Zukunft aufzubauen. Jedenfalls glaubte ich, dass er das gesagt hatte. Er konnte … würde doch davor nicht einfach weglaufen … oder?

»Wir sind glücklich zusammen, Harper. Warum glaubst du, dass er einfach verschwindet und nie wieder mit mir spricht?«

»Du weißt genauso gut wie ich, dass Logik nichts bringt, wenn es um Männer geht.«

»Aber Sam ist nicht so.« Abgesehen von meinem Vater war Sam der beste Mann, dem ich je begegnet war. Er war rücksichtsvoll und freundlich und interessierte sich für die Dinge, die auf dieser Welt etwas bedeuten sollten. Er hatte so viel durchgemacht und war dennoch durch und durch anständig und ehrlich geblieben. Er war etwas Besonderes. Und er liebte mich. Er hatte es mir gesagt, und ich wusste, dass das eine große Sache für ihn war. So leicht würde er mich nicht fallen lassen, oder?

»Ach komm. Wir denken immer, dass sie nicht so sind, bis sie dann doch so sind. So lange kennst du ihn schließlich noch nicht.«

Harper hatte recht, Sam und ich kannten uns noch nicht sehr lange, aber sie verstand nicht, wie weit wir schon gegangen waren. Wir hatten eine verbindliche Beziehung – er sagte, dass er sich meinetwegen bemühen wollte. Dass er der Mann sein wollte, den ich verdiente.

Ich wusste, dass ich ihn nur sehen und beruhigen musste.

»Ich muss nach Manhattan«, sagte ich, als Harper mein Weinglas auffüllte.

»Warten wir ab, wie es dir am Sonntag geht. Und wenn du wirklich zurückwillst, dann solltest du in meiner Wohnung in der City bleiben. Von da aus kommst du mit dem Taxi viel billiger nach Brooklyn. Mit der U-Bahn kannst du in nächster Zeit nicht fahren.«

Ich sollte überhaupt kein Taxi nehmen müssen.

Sam sollte einen Fahrer einstellen.

Warum musste ich Pläne schmieden, in denen er nicht vorkam?

»Ich will nach Manhattan, um Sam zu besuchen.«

»Grace, ich glaube, das ist keine gute Idee. Er ruft dich an, oder er lässt es bleiben. Du bist nicht in der Verfassung, ihm hinterherzulaufen. Du musst dich auf deine Genesung konzentrieren.«

»Du verstehst nicht, was ich für ihn empfinde. Für mich ist er es. Ich werde nie wieder einen anderen Mann so lieben wie ihn.« Ich drehte den Stiel des Weinglases zwischen den Fingern, und der Alkohol plätscherte gegen den Rand, versuchte sich aus dem Glas zu befreien. »Kommst du mit? Oder hältst du mich für eine solche Idiotin, dass du …?«

»Idiotin oder nicht, natürlich komme ich mit.«

»Dann also am Montag.« Am Montag wäre seit dem Unfall eine volle Woche vergangen. Eine volle Woche, in der ich Sam nicht gesehen hatte. »Wir fahren zu seinem Büro, und ich beweise dir, dass du dich irrst.« Ich setzte das Glas an die Lippen. »Aber wenn du recht hast und er mich wirklich verlässt, warum auch immer, dann muss er es mir ins Gesicht sagen.«

21. KAPITEL

SAM

»Was gibt's?«, bellte ich ins Handy, als ich meine Wohnung betrat. Seit dem Unfall hatte ich dort so wenig Zeit wie möglich verbracht. In der Wohnung erinnerte mich alles an Grace – von den Kunstwerken bis zum Sofa. Sie war überall, in jedem Raum.

Himmel, ich konnte sie sogar riechen. Dabei hatte ich gedacht, dass der Duft inzwischen verflogen war. Die Gedanken an sie waren immer noch so stark wie zuvor, aber die konnte ich abschalten. Ich hatte es schon mal getan, und ich konnte es wieder tun. Auf diese Art würde ich überleben, und sie würde weiterhin ein glückliches Leben ohne mich führen.

»Du bist also nicht tot. Danke, dass du endlich an dein gottverdammtes Handy gehst.« Angie hatte kein Recht, wütend zu sein. Ich war derjenige, der sauer sein sollte.

Seit dem Unfall hatte sie mich ständig angerufen und mir Nachrichten geschickt. Ich hatte mit niemandem reden wollen. Ich musste allein sein. Vom Krankenhaus aus war ich stundenlang gelaufen, bis ich schließlich in einem Diner gelandet war. Ich nahm undeutlich wahr, dass die Zeit verging, aber nicht für mich, denn ich hatte mich von den anderen Menschen abgekoppelt, die in Manhattan ihren alltäglichen Verrichtungen nachgingen.

»Ich bin beschäftigt, Angie. Was gibt's?« Ich wand mich aus

meinem Jackett, ließ es auf den Boden fallen und ging in die Küche. Ich war alles andere als beschäftigt. Im Gegenteil, ich hatte mich krankgemeldet. Eigentlich nahm ich mir nie frei, nicht einmal, um Urlaub zu machen – kein Wunder, dass die Leute allmählich nervös wurden. Ich würde bald wieder ins Büro gehen müssen. Also stellte ich mein Handy auf Lautsprecher und suchte nach meinem Kalender.

Morgen. Morgen würde ich wieder zu arbeiten anfangen. Es war Montag, und ich könnte einfach so tun, als hätte es die Woche davor gar nicht gegeben. Ich würde sie einfach aus dem Kalender streichen.

»Willst du mich verarschen, verdammt? Du und Grace, ihr habt am Montag einen Autounfall gehabt. Und du hast vergessen, mir davon zu erzählen?«

»Woher weißt du das?« Ich öffnete den Küchenschrank und holte die erste Flasche heraus, die Alkohol enthielt.

»Von dir jedenfalls nicht, so viel ist sicher. Verdammt noch mal!«

Ich nahm die Flasche von der Theke und schraubte den Verschluss mit einer Hand auf. »Angie, für so was habe ich keine Zeit.«

Der Whiskey gluckerte in den weißen Kaffeebecher, den das Logo einer Immobilienagentur zierte.

»Grace hat es mir erzählt, du Idiot. Und da wir gerade von Idiotie reden: Warum zum Teufel ignorierst du ihre Anrufe?«

Ich trank einen großen Schluck und genoss das Brennen in meiner Kehle. Der Schmerz beruhigte mich, lenkte mich ab.

»Kannst du mir das beantworten, oder benimmst du dich einfach nur wie ein Riesenarschloch?«, fragte Angie.

Oberflächlich betrachtet wirkte die Tatsache, dass ich Grace' oder Angies Anrufe abwies, tatsächlich wie eine ziemlich miese Nummer. Ich war vor Grace auf Tauchstation gegangen und hatte keinen ihrer Anrufe und keine Nachricht beantwortet. Aber ich musste die Zugbrücke hochziehen, meine Abwehr wieder in Stellung bringen. Das Leben hatte mich auf hässliche Art daran erinnert, wie zerbrechlich es war und wie nah ich am Abgrund gestanden hatte.

»Mir geht's gut, Angie. Grace geht es gut. Es ist einfach vorbei. Das ist alles. Keine große Sache.«

Ich weiß nicht, warum Angie eine Art Dauerausnahme von meinem Prinzip der Isolation geworden war. Im Grunde hätte ich sie längst abschießen müssen.

Am anderen Ende der Leitung herrschte Schweigen. War ich zu weit gegangen? Gut. Vielleicht hatte sie jetzt endlich begriffen und ließ mich verdammt noch mal in Ruhe.

»Sam«, sagte sie leise.

Ich schenkte mir Whiskey nach und stolzierte aus der Küche. Den Drink fest in der Hand, überfiel mich der Anblick des La Touche an der Wand.

Fuck, sie war einfach überall.

»Sam, ich mache mir Sorgen um dich.«

Ich stellte meinen Drink auf den Couchtisch, den Grace und ich gekauft hatten. Warum zum Teufel besaß ich einen Tisch, auf den ich meinen Whiskey stellen konnte? Wut kochte in mir hoch, und ich warf den Tisch um. Der Whiskeybecher flog durch den Raum, die Flüssigkeit ergoss sich in einem Bogen über die Couch, und das Geräusch des brechenden Tischbeins bildete die Hintergrundmusik.

»Was war das?«, fragte Angie.

Jetzt musste ich mir einen neuen Whiskey eingießen. »Nichts. Ich habe meinen Drink fallen lassen.« Ich bückte mich, um den weißen Kaffeebecher aufzuheben. Der Henkel war abgebrochen, aber trinken konnte ich noch daraus. Ich steuerte auf die Küche zu, um die Flasche zu holen.

»Alles okay, Sam?«

»Ich hab dir doch gesagt, dass es mir gut geht. Mir ist nichts passiert. Und Grace geht es auch gut. Sie ist aus dem Krankenhaus entlassen worden.«

»Und woher weißt du das? Sie hat mir erzählt, dass sie nichts mehr von dir gehört hat, seit sie aus der Narkose erwacht war.«

Ich antwortete nicht. Was sollte ich auch sagen? Angies Worte ließen sich nicht leugnen, und ich hatte keinen Grund, mich zu rechtfertigen. Wichtiger als alles andere war, dass ich überlebte. Es gab keinen anderen Weg. Jemanden gernzuhaben war ein Fehler gewesen. Allein der *Gedanke*, dass Grace etwas passierte, tat mir dermaßen weh, dass ich nicht damit klarkam. Es war besser für uns beide, wenn ich jetzt verschwand.

Vielleicht würde ich ihr breites Lächeln und ihr großes Herz vermissen. Vielleicht würden mir ihre warmen Berührungen und flüchtigen Küsse fehlen. Vielleicht würde ich die Gefühle vermissen, die sie in mir hervorrief, aber trotzdem war es besser so.

Den Tod meiner Eltern hatte ich überlebt, aber er hatte einen Riss hinterlassen, der mitten durch mich hindurchging und ständig aufzubrechen drohte.

Wenn ich jetzt fortging, hatte ich noch eine Chance.

Auf diese Art war ich in Sicherheit.

Und allein.

»Herein«, sagte ich, als es an der Tür klopfte. Ich hatte Rosemary, meiner Assistentin, ausdrücklich gesagt, dass ich nicht gestört werden wollte. Nachdem ich eine Woche weg gewesen war, gab es viele Leute, die mich auf den neuesten Stand bringen wollten.

Rosemary steckte den Kopf zur Tür herein. »Tut mir leid, dass ich Sie störe, aber hier am Empfang ist eine Frau, die Sie gern sehen möchte. Ich habe ihr erklärt, dass Sie den ganzen Tag beschäftigt sind, aber sie hat nur gesagt, sie würde warten, und jetzt sitzt sie hier.«

Mein Herz begann zu pochen. Ich wusste genau, wer das war. Hatte Grace meinen Wink mit dem Zaunpfahl nicht verstanden? Himmel, wie hartnäckig sie war!

»Ich weiß nicht, was ich machen soll«, sagte Rosemary mit einem hilflosen Schulterzucken. »Sie sieht aus, als wollte sie den ganzen Tag dort sitzen bleiben. Soll ich die Security rufen?«

»Hat sie ihren Namen genannt?«, fragte ich, obwohl ich genau Bescheid wusste.

»Grace Astor. Ich glaube, sie war schon mal hier.«

Ich starrte auf den Bildschirm und nickte, tat so, als machte es mir überhaupt nichts aus, ihren Namen zu hören. »Bringen Sie sie herein. Mal sehen, was sie will.«

»Okay.« Rosemary zögerte. »Kann ich irgendwie helfen? Wartet sie vielleicht auf eine Zahlung von Ihnen? Sie wollte mir nichts sagen.«

»Ich habe keine Ahnung, was sie will, aber ich kümmere mich darum.«

Aus dem Augenwinkel sah ich, dass Rosemary noch immer dastand, als wollte sie etwas sagen, aber glücklicherweise überlegte sie es sich anders und zog die Tür hinter sich zu.

Ich schloss die Augen.

Atme, Sam. Atme.

Ein Ende mit Schrecken anstatt eines Schreckens ohne Ende lag ebenso in Grace' Interesse wie in meinem eigenen. Anfangs würde es vielleicht wehtun, aber das war ein Schmerz, den man überleben konnte.

Ich öffnete die Augen, als ich hörte, wie der Türknopf gedreht wurde, aber ich löste den Blick nicht vom Bildschirm meines Computers.

»Grace Astor«, verkündete Rosemary, und Grace kam auf Krücken hereingehumpelt. Warum zum Teufel war nicht ich derjenige, der angefahren worden war? Warum nur hatte das der einzigen Frau zustoßen müssen, mit der ich mir je eine Zukunft erhofft hatte?

Noch immer blickte ich auf den Bildschirm, konnte mich aber auf nichts anderes mehr konzentrieren als auf Grace – so klein und zerbrechlich.

Ich konnte fast die Uhr ticken hören in den wenigen Sekunden, die ich verstreichen ließ, ehe ich beschloss, ihre Anwesenheit zur Kenntnis zu nehmen.

Sobald Rosemary die Tür hinter sich zugezogen hatte, humpelte Grace auf Krücken auf meinen Schreibtisch zu. Ich stand auf, schob die Hände in die Taschen und starrte auf die Tür links von ihr.

»Sam, sieh mich an.«

Ich wollte es. Wirklich. Ich sehnte mich danach, jeden Zentimeter von ihr in mich aufzunehmen, sie meinem Gedächtnis einzuprägen, ehe ich sie niemals wiedersehen würde. Und gleichzeitig wollte ich zu ihr gehen, sie in die Arme schließen, ihr sagen, dass es mir leidtat und dass alles wieder gut werden würde.

»Warum bist du hier? Du solltest zu Hause sein und dich ausruhen«, sagte ich.

»Du fragst, warum ich hier bin?«, sagte sie leise. »Wo warst *du*?« Ihre Stimme wurde lauter. »Warum hast du nicht auf meine Anrufe und Nachrichten geantwortet? Es ist, als wärst du einfach verschwunden.«

Ich musste es tun. Ich musste ihr eine schmerzhafte, tiefe Wunde zufügen – oder sie würde niemals akzeptieren, dass es vorbei war. Ich drehte den Kopf und sah ihr in die Augen. »Das zwischen uns ist zu schnell zu ernst geworden.« Das stimmte. Ihre Liebe hatte mich überrannt wie eine Herde Büffel. »Ich habe die Gelegenheit genutzt und mir die Sache noch mal überlegt.« In meinen Ohren begann es zu summen, als hätte jemand anderes diese Worte gesagt.

»Ich glaube dir nicht«, erwiderte sie. Ihre Augen wurden schmal, und sie sah verwirrt aus.

Ich hatte mir vorgemacht, dass ich glücklich werden könnte. Dass ich lieben könnte. Dass ich leben könnte wie andere Menschen auch. Grace' Unfall hatte mir klargemacht, dass mein Leben niemals so sein würde.

»Es war nur eine Woche. Was kann sich in dieser Zeit schon groß verändert haben?«, fragte sie.

Ich zuckte mit den Schultern. »Tut mir leid, wenn ich dir das Gefühl gegeben habe, unsere kurze Affäre könnte etwas sein, was sie nicht ist.« Ich versuchte, gleichmütig und unbeteiligt zu klingen, als verhandelte ich über den Kauf eines neuen Gebäudes, aber was ich sagte, war sehr verletzend, jedes einzelne Wort schmerzte wie ein Hieb. Mit einer kurzen Affäre hatte meine Liebe zu Grace nichts zu tun.

»Sam, sag so etwas nicht. Ich weiß, dass du das nicht so meinst. Du hast nur Angst.«

Ich biss die Zähne zusammen. »Ich will nicht, dass die Sache zwischen uns ernster wird, also habe ich Angst?«, sagte ich und schnaubte verächtlich. Wie konnte sie so tun, als würde sie mich besser kennen als ich mich selbst? Sie hatte keine Ahnung, was ich durchgemacht hatte.

»Ja, Sam. Du hast Angst, dich zu öffnen. Angst, mich zu lieben. Aber ich bin hier, an deiner Seite, und wir werden die Stürme des Lebens gemeinsam überstehen. Hast du schon vergessen? Du hast gesagt, du willst es versuchen.«

Ich fürchtete mich nicht.

Ich wusste nur, wie bösartig das Leben sein konnte.

Ich war realistisch.

Ich nahm die Hände aus den Taschen und beugte mich vor, legte sie flach auf den Schreibtisch. Erneut blickte ich ihr in die Augen. »Ich habe vor gar nichts Angst. Ich empfinde einfach nichts für dich. Das musst du akzeptieren.«

Tränen stiegen ihr in die Augen, und ihre Fingerknöchel wurden weiß, so fest hielt sie ihre Krücken umklammert. »Nein, das akzeptiere ich nicht.«

Ich richtete mich auf und steckte die Hände wieder in die Hosentaschen.

»Dann kann ich dir nicht helfen. Mach dich nicht lächerlich.«

Sie keuchte, und es war, als hätte jemand seine Hände um mein Herz gelegt und drückte jetzt zu und wrang es aus. Das Knirschen und der dumpfe Aufprall ihrer Krücken hallten im Raum wieder. Sie sollte überhaupt nicht auf den Beinen sein. Ich hätte ihr gern angeboten, sich zu setzen, aber zugleich wünschte ich mir dringend, sie würde gehen. Je länger sie hier war – schön und warmherzig, die Frau, die ich immer lieben würde –, desto schwächer wurde ich, das spürte ich.

»Du solltest jetzt lieber gehen, Grace. Soll ich dir einen Wagen rufen?«

Ich ging um sie herum und hielt so viel Abstand wie möglich, als ich auf die Tür zusteuerte. Trotzdem stieg mir ihr Duft in die Nase. Ich ballte die Fäuste, grub die Nägel in die Handballen und hoffte, der Schmerz würde mich von dem ablenken, was mein Herz von mir verlangte. Sie zu trösten, zu beruhigen, sie zu lieben.

»Sam!«, schrie sie meinen Rücken an.

Verdammt, warum machte sie es mir so schwer? Ich war gemein zu ihr gewesen. Kalt. Ekelhaft. Sie sollte mir einen Tritt geben und sich um ihr eigenes Leben kümmern.

Mit dem Gesicht zur Tür blieb ich stehen. »Du musst jetzt gehen.«

»Ich weiß, dass du leidest, und ich weiß, dass der Unfall schrecklich für dich gewesen sein muss«, sagte sie. »Aber mir ist nichts Ernstes passiert. Und dir auch nicht.«

Ich rührte mich nicht vom Fleck. Obwohl ich sie verlassen und so furchtbare Dinge zu ihr gesagt hatte, versuchte sie immer noch, alles zu meinen Gunsten auszulegen, die Sache von meiner Warte aus zu betrachten. Sie war eine erstaunliche Frau, aber ich durfte nicht der sein, der ihr das sagte.

»Ich liebe dich so sehr«, sagte sie leise und mit brechender Stimme.

Ich legte die Hand auf den Türknauf. Es gab nichts mehr zu sagen. Wenn ich sie jetzt ansah, würde ich zu ihr gehen, das wusste ich, denn ich liebte sie auch, und das würde uns am Ende beide zerstören.

Ich drehte mich um und sah ihr ins Gesicht, zum letzten Mal. Jetzt musste ich den K.-o.-Treffer landen. »Ich habe dir gesagt, dass ich nicht dasselbe für dich empfinde. Und jetzt geh.«

»Sam.« Ihre Stimme schwamm in Tränen, und sie stützte sich auf die Krücken, als hielten die sie über Wasser. »Bitte, tu das nicht. Ich brauche dich.«

Diese letzten drei Worte gaben mir die Kraft, die ich brauchte, um die Tür zu öffnen.

Sie sollte mich nicht brauchen.

Und ich durfte sie nicht brauchen.

»Viel Glück, Ms Astor.« Wenn sie nicht gehen wollte, würde ich es eben tun. Ich verließ mein Büro und die einzige Frau, die ich je geliebt hatte.

22. KAPITEL

GRACE

»Bitte, fahr einfach los«, sagte ich zu Harper, als ich die Wagentür zuzog. Irgendwie hatte ich die Kraft aufgebracht, Sams Gebäude zu verlassen und zu Harper zu gehen, die draußen auf mich wartete.

Harper fuhr los, in Richtung Norden, nach Madison.

»Können wir über die Upper West Side fahren? Ich kann einfach nicht …« Auf der anderen Seite des Parks lauerten zu viele Erinnerungen – die Frick Collection, die Wohnung. Einer Sieh-mal-das-hätte-dein-Leben-sein-können-Tour war ich nicht gewachsen.

»Kein Problem«, antwortete Harper. Sie griff nach meiner Hand und drückte sie. »Es tut mir so leid.«

Ihr Mitgefühl öffnete die Schleusen, und ich begann zu schluchzen, tiefe, klagende Laute, die ich noch nie von mir gehört hatte.

Harper fuhr nicht rechts ran, um mich zu trösten. Sie wusste, nur wenn ich mich so weit wie möglich von Manhattan entfernte, von Sam, würde ich mich ein kleines bisschen besser fühlen. Sie hatte sich bereit erklärt, mich in die City zu fahren, aber ihrer Reaktion nach zu urteilen, hatte sie von Anfang an gewusst, dass mein Besuch in seinem Büro nicht gut verlaufen würde.

Wie hatte ich mich so täuschen können? Oh, ich wusste, dass er mich liebte. Darin täuschte ich mich keineswegs. Aber ich hatte geglaubt, das würde reichen. Ich hatte geglaubt, dass wir beide jetzt, wo wir uns gefunden hatte, alles tun würden, was nötig war, damit wir zusammenbleiben konnten.

Wir hatten überhaupt keine Kraft, wenn wir so schnell und gründlich vom Kurs abgekommen waren.

»Vielleicht braucht er nur noch etwas Zeit«, sagte ich.

Harper warf mir einen Seitenblick zu. »Hat er gesagt, dass er mehr Zeit braucht?«, fragte sie, obwohl sie verdammt gut wusste, dass er das nicht getan hatte.

Erneut liefen mir Tränen über die Wangen. »Nein, er hat gesagt, dass er mich nicht liebt, aber ich weiß, dass das nicht stimmt.«

»Spielt das eine Rolle?«

»Natürlich tut es das. Wenn er mich liebt, dann …«

»Liebe ist nicht genug«, sagte sie. »Wenn er sagt, dass er dich nicht liebt, dann musst du ihn beim Wort nehmen.«

»Aber begreifst du denn nicht? Er tut das, um sich zu schützen. Er *will* mich nicht lieben – er will niemanden lieben, denn er könnte denjenigen verlieren, und dann muss er noch mal dasselbe durchmachen wie damals, als seine Eltern starben.« Ich hatte Harper nicht erzählt, dass Sam weder Möbel noch einen Freundeskreis besaß, aber jetzt war mir so klar geworden, dass all das auf der Angst beruhte, jemanden zu verlieren, an dem er hing. Das ergab absolut Sinn. Sam hätte mich durch den Unfall beinahe verloren, und jetzt stieß er mich weg, um sich selbst zu schützen. Ich verstand das.

»Begreifst *du* es nicht? Das ist vollkommen egal.«

»Wie meinst du das? Natürlich spielt das eine Rolle.« Er liebte mich. Es war zu spät, um das auszulöschen – oder so zu tun, als wäre es nicht wahr. Ganz sicher.

»Das Ergebnis ist dasselbe. Warum auch immer, er hat es beendet.«

»Sag das nicht.« Ich wimmerte, wenn ich zwischen zwei Schluchzern Luft zu holen versuchte. »Er kommt schon wieder zu sich. Ich muss ihm nur Zeit lassen.«

»Du musst *dir* Zeit lassen. Und dann nimmst du dein eigenes Leben wieder in Angriff.« Harpers Stimme war beruhigend und mitfühlend, ihre Worte aber schroff und schneidend. Wie konnte sie nur glauben, dass mein Leben ohne Sam weitergehen würde?

»Jetzt ist nicht der richtige Zeitpunkt für deine patente Hilfe zur Selbsthilfe. Ich *muss* daran glauben, dass Sam zu mir zurückkommt.« Obwohl wir so kurze Zeit zusammen gewesen waren, hatte ich mein ganzes Leben lang nur auf ihn gewartet. »Ich kann ihn nicht einfach aufgeben.«

»Hör mal, ich glaube auch an Märchen, wirklich. Sieh dir meinen Mann an, Herrgott noch mal! Aber du bist meine beste Freundin, und ich ertrage es nicht, dich so leiden zu sehen. Ob er dich liebt oder nicht, er ist jedenfalls nicht bei dir, um dir seine Liebe zu zeigen. Und wenn du diese Liebe weder siehst noch fühlst, dann weiß ich nicht, ob es eine Rolle spielt, was er tief in seinem Innern empfindet.«

Mir gefiel nicht, dass ihre Worte Sinn ergaben. Ich wollte nicht glauben, dass sie genau das zum Ausdruck brachten, was ich auch zu ihr gesagt hätte, wäre sie diejenige auf dem Beifahrersitz gewesen.

»Du kennst ihn nicht so wie ich.« Schon während ich sie aussprach, klangen die Worte schwach. War ich eine dieser Frauen geworden, die das Verhalten ihrer Freunde und Ehemänner entschuldigten, indem sie behaupteten, andere wüssten eben nicht, wie sie wirklich waren? Wie erbärmlich.

»Natürlich nicht, aber ich weiß doch, was ich sehe – einen Mann, der dich im Stich gelassen hat, als du ihn am meisten gebraucht hast. Der dich zurückgewiesen hat, als du nachsichtig warst und ihn in seinem Büro besucht hast, um ihm zu sagen, dass du ihn liebst.« Sie seufzte. »Und das ist alles, was ich von ihm sehen muss.«

Schweigend und niedergeschlagen saß ich da.

»Wir sollten uns einen Plan ausdenken«, sagte sie und zwang sich, fröhlich zu klingen. »Lass uns heute Abend ein Lagerfeuer und S'mores machen. Wir machen die Heizstrahler auf der Terrasse an und wickeln uns in Decken ein. Was hältst du davon?«

»Gehört zu diesem Plan auch Wein?«

Harper drehte den Kopf und lächelte. »Ohne Wein wäre es keine Party.«

Ich nickte. »Klingt gut.«

»Hast du mit Natalie gesprochen?«, fragte Harper, die offensichtlich versuchte, meine Gedanken von der Vergangenheit auf die Zukunft zu lenken, zur Galerie und meiner vorläufigen Assistentin.

Mein Magen rebellierte. »Ich habe ihr heute Morgen eine Nachricht geschrieben. Es läuft gut. Ich glaube, sie mag es, sich selbst überlassen zu sein. Wahrscheinlich lässt sie mich gar nicht rein, wenn ich wiederkomme.«

Harper lachte, aber es klang ein wenig gezwungen. »Vielleicht solltest du dir in Connecticut noch genauer überlegen, was du mit der Galerie vorhast. Ich weiß, dass sich einige der Werke, die du am meisten liebst, schlecht verkaufen lassen. Du weißt schon, die traditionelleren Sachen. Hast du schon mal darüber nachgedacht, zwei Abteilungen zu eröffnen und beides zu machen?«

Für dieses Gespräch war in meinem Kopf kein Platz. Sam zu sehen, ohne ihn berühren zu können, der Gedanke, ihn nie wiederzusehen – das alles hatte mich erschöpft. »So was funktioniert nicht. Ich habe nicht die richtigen Kontakte, um traditionelle Kunst in die Galerie zu holen. Und auch nicht das Geld dafür.«

»Denk dran: Du hast mal gesagt, ohne das Geld deines Vaters könntest du nie eine eigene Galerie haben, und jetzt sieh nur, was daraus geworden ist.«

»Aber ich musste meinen Renoir verkaufen.« Bei dem Gedanken, dass ich dieses Gemälde an irgendeinen unbekannten Käufer im Mittleren Osten verloren hatte, musste ich schon wieder weinen.

»Du hast dieses Bild verkauft, um Grace Astor Fine Art zu bekommen. Und jetzt nimm nicht einfach den Fuß vom Gas. Wenn du es zulässt, kann die Galerie ein großartiges Zentrum für Kunst aller Art werden.«

Harper redete, als durchlebte ich gerade eine normale Trennung, als müsste ich mich nur ablenken, meine Energie in die richtigen Bahnen lenken, um mich in null Komma nichts wieder aufzurappeln. Verstand sie denn nicht, dass ich Sam immer lieben würde?

»Meinst du nicht?«, fragte sie.

Ich nickte. »Doch, sicher.«

»Vielleicht kann Max dich mit einigen seiner reichen Kunden bekannt machen. Ja, warum fängst du nicht an, Partys in der Galerie zu geben? Vielleicht kann er dort eine Konferenz ausrichten oder so?«

Ich zuckte mit den Schultern. Ich wusste, dass Harper mein Wohl sehr am Herzen lag, aber ich konnte mich nur auf das konzentrieren, was ich gerade verloren hatte.

Ich war nicht bereit, einfach weiterzumachen, und ich konnte mir nicht vorstellen, dass sich das je wieder ändern würde.

»Ja, stellen Sie es hier auf diese Seite«, sagte ich zu den beiden Männern, die die neuen Bilder lieferten, die ich Max' Kunden abgekauft hatte. Er freute sich für mich, dass ich sie in seinem Namen verkaufen und eine Provision einstreichen konnte. Entschlossen und dickköpfig, wie Harper nun mal war, setzte sie ihre Idee, dass Max bei Grace Astor Fine Art eine Verkaufsparty schmeißen könnte, innerhalb von drei Wochen um, nachdem sie zum ersten Mal darüber gesprochen hatte. Es war gut, dass sie mich zum Arbeiten drängte. Seitdem hatte ich jede Menge neue Kontakte geknüpft und noch drei weitere Partys angesetzt.

Die Arbeit hielt mich beschäftigt, aber obwohl es schon sieben Wochen her war, dass ich Sam gesehen hatte, dachte ich noch immer ständig an ihn.

An diesem Abend stand uns das dritte geschäftliche Event bevor, und ich wollte dieses neue Kunstwerk an der Wand hängen haben, bevor nach und nach die Gäste eintrudeln würden. Es diente nur als Kulisse für einen Abend, an dem es um Networking ging, verbunden mit der Rede einer prominenten Persönlichkeit aus der Geschäftswelt oder dem Sport. Max hatte mir einige Namen vorgeschlagen, und mit den Mieteinnahmen für die Location bezahlte ich den passenden Speaker. Heute Abend war es ein Baseballspieler.

Ich winkte Scarlett zu, als ich sie über die Straße auf mich zukommen sah. Ihr nahezu schwarzes Haar bildete einen dramatischen Kontrast zu ihrem roten Mantel. »Hey«, sagte ich. »Wie geht es dir? Du siehst fantastisch aus.«

»Ach, hör auf. *Du* bist doch die Schönheit in Person.« Sie spähte über meine Schulter. »Ich habe dir Lunch mitgebracht – sonst isst du vermutlich überhaupt nichts, habe ich mir gedacht.« Sie hielt eine Papiertüte hoch.

»Du bist so gut zu mir«, sagte ich. »Aber ich muss erst mit dieser Lieferung hier fertig werden.«

»Kein Problem.«

»Hey, wirke ich cool?«

»Ach, du siehst aus, als wäre es ein Tag wie jeder andere auch, warum solltest du da vor Aufregung innerlich beben?«

Ich grinste sie an.

Sie lachte. »Ja, Babe, du wirkst immer cool. Bist du denn aufgeregt?«

»Verdammt, und wie!« Ich deutete mit einem Kopfnicken auf den Lieferwagen. »In dieser Partie befindet sich ein verdammter Gauguin. Ist das zu fassen?« Alle Bilder, die hereinkamen, waren schön und eine Spur besser als die Arbeiten, die ich normalerweise ans Lager nehmen konnte, aber ein Gauguin? Ich würde mir gleich in die Hose machen. Kunstwerke wie diese würden mir zu Ansehen und Bekanntheit verhelfen.

»Hey, von dem habe ich schon mal gehört. Hängt der nicht auch im Museum und so?«, fragte Scarlett und lächelte mich an. »Ich wusste, dass das Ding hier ein Knaller wird.«

»Na ja, ich weiß nicht, ob *Knaller* das richtige Wort ist …« Zum ersten Mal seit der Eröffnung der Galerie hatte ich das Gefühl, richtig in Fahrt zu kommen.

»Du kannst stolz auf dich sein, Grace.«

»Das Ganze war Harpers Idee. Sie hat versucht, mir ein Ziel zu geben, nachdem …« Ich zuckte mit den Schultern. »Du weißt schon.« Ich redete nicht gern über Sam. Ich versuchte, nicht mal an ihn zu denken. Noch immer ignorierte er meine Anrufe und Nachrichten. Er hatte seine Entscheidung getroffen. Was auch immer seine Motive waren, das Resultat blieb dasselbe, wie Harper gesagt hatte.

»Ja, aber du hast sie aufgegriffen und etwas daraus gemacht. Du hast die Idee in die Tat umgesetzt.«

Allerdings hatte ich nicht damit gerechnet, dass die Leute bei diesen Events tatsächlich Bilder kaufen würden. Ich hatte gehofft, Visitenkarten verteilen zu können, damit vielleicht jemand an mich dachte, wenn er irgendwann später einen Bonus erhielt oder seine Ehefrau Geburtstag hatte. »Bei den ersten beiden Partys habe ich großartige Verkäufe getätigt – ich hoffe, das ist heute Abend wieder so.«

»Na ja, die Leute können eben deinem guten Geschmack und deinem Charme nicht widerstehen. Ach, da wir gerade davon reden: Sind irgendwelche Männer darunter, mit denen man ausgehen könnte?«

»Ich dachte, du hättest alle Hände voll mit Duncan zu tun?«, fragte ich.

»Doch nicht für mich, Dummerchen. Für dich. Ich bin mir sicher, dass sich der eine oder andere schon mit dir verabreden wollte.«

»Oh, nein, eigentlich nicht.« Ich öffnete die Tür, um die nächste Lieferung hereinzulassen. Ich weiß nicht, ob ich es überhaupt mitbekommen hätte, wenn mich jemand angebaggert hätte.

»Alle nicht dein Typ?«, fragte sie.

»Ehrlich gesagt bin ich im Augenblick überhaupt nicht auf der Suche. Ich will mich ganz aufs Geschäft konzentrieren.« Schon der Gedanke, dass mich ein anderer Mann anfasste, verursachte mir Übelkeit. Siebeneinhalb Wochen war es her, dass ich Sam zuletzt gesehen hatte, und noch immer war mir der Gedanke unerträglich. Mein Gips war weg, aber mein Herz trug nach wie vor die Narben dieses Unfalls. Ich wusste nicht, ob sie jemals verschwinden würden.

»Ein Freund von Duncan würde dich gern kennenlernen. Du würdest ihn mögen.«

»Danke, aber ich gehe momentan mit niemandem aus.« Die Geschichte lehrt uns, dass gebrochene Herzen heilen, und vielleicht würde ich eines Tages wieder Lust auf Dates verspüren, zulassen, dass mich jemand küsste, aber ich konnte mir nicht vorstellen, dass es in naher Zukunft so weit sein würde. »Können wir bitte das Thema wechseln?«

»Hey, Grace«, rief mir Mark, ein Künstler, den ich bald ausstellen würde, von der anderen Seite der Galerie aus zu. »Ich bin hinten fertig und breche jetzt wieder auf.«

Ich blickte Scarlett an, die Mark anstarrte, als wäre er nackt – mit geweiteten Augen und offen stehendem Mund. »Okay. Hast du alles in der vereinbarten Reihenfolge aufgehängt?«

Grinsend schlenderte er auf uns zu. So viel zum leidenden Künstler – Mark wirkte eher amüsiert als gequält. Und er musterte mich so intensiv, dass mir unbehaglich zumute war – als hätte ich die Antworten auf all seine Fragen parat. »Mark, das ist Scarlett. Scarlett, Mark ist einer der neuen Künstler, die demnächst bei uns zu sehen sein werden.«

»Freut mich«, sagte Scarlett, und ihre Augen funkelten, als sie die Hand ausstreckte. Mark schüttelte sie kurz, aber seine Aufmerksamkeit galt mir. Die alte Grace hätte Mark geliebt. Er war talentiert, und obwohl die Ausstellung bei mir nicht seine erste sein würde, war er noch ziemlich unbekannt. Und er sah ausgesprochen gut aus und war charmant. Wenige Monate zuvor hätte ich mich sofort auf ihn gestürzt. Aber inzwischen war mir die Lust dazu vergangen.

»Danke, dass du mich nach meinen Vorstellungen zur Kuration gefragt hast, Grace, das weiß ich sehr zu schätzen.«

Ich lächelte, um professionell zu sein. »Kein Problem. Es ist großartig, deine Meinung zu hören.«

»Darf ich dich zum Dank dafür vielleicht zum Dinner einladen?«

Aus dem Augenwinkel sah ich, wie Scarlett die Brauen hochzog und ihre Aufmerksamkeit so unauffällig wie möglich auf das Gemälde direkt hinter sich richtete.

»Oh, danke, ist nicht nötig«, antwortete ich. »Das gehört alles zum Job.« Mit Typen wie Mark ging ich nicht mehr aus. Ich war erwachsen geworden. Hatte erlebt, wie es sich anfühlte, wenn einen jemand wirklich liebte. Jetzt kannte ich den Unterschied zwischen Liebe und dem Wunsch, jemanden zu retten. In den alten Trott konnte ich nicht mehr zurück, selbst wenn ich gewollt hätte.

Er sah ehrlich enttäuscht aus. »Verstehe. Sag mir, wenn ich irgendwas für dich tun kann, ansonsten reden wir nächste Woche weiter.«

»Klar«, antwortete ich und winkte ihm zum Abschied.

Scarlett wirbelte herum. »Grace, er ist hinreißend. Wieso um alles in der Welt gibst du ihm einen Korb? Ich dachte, er ist genau dein Typ.«

Lustig, dass offenbar niemand mitbekommen hatte, wie grundlegend und vollständig Sam mich verändert hatte – für mich gab es keinen mehr außer ihm.

»Nein, er ist nicht mein Typ. Nicht mehr.«

»Ein Dinner kann doch nicht schaden. Eine Frau muss essen. Vielleicht gefällt er dir, wenn du ein bisschen Zeit mit ihm verbracht hast.«

»Wie gesagt, ich gehe mit niemandem aus.« Die Auslieferungsfahrer kamen mit dem nächsten Bild zur Tür herein.

»Ich finde, du solltest dich nicht mehr so von Männern abschotten. Es ist doch alles etliche Wochen her.«

»Bitte, Scarlett, ich habe dich gebeten, nicht mehr darüber zu reden.«

Sie legte mir den Arm um die Schulter. »Tut mir leid. Ich will ja nur, dass du glücklich bist.«

»Und ich weiß das zu schätzen. Also mach mich glücklich, indem du mir sagst, was du uns zum Lunch mitgebracht hast. Ist auch Alkohol dabei?«, fragte ich. »Ich könnte nämlich ein bisschen was gebrauchen, um diesen Nachmittag zu überstehen.«

Sie lachte. »Ich weiß ja nicht, ob mein Arbeitgeber so nachsichtig mit mir wäre, wenn ich tagsüber trinken würde.«

»Wahrscheinlich nicht. Schließlich bist du für viel Geld verantwortlich.« Ich stupste sie mit dem Ellbogen in die Rippen, und sie drückte mich, ehe sie mich losließ.

»Wir werden wohl mit Pinienkernen, Rucola und Salat mit Ziegenkäse vorliebnehmen müssen.«

Offen gesagt hatte ich keinen Appetit mehr.

Ich hatte das Stadium hinter mir gelassen, in dem ich ständig glaubte, ich hätte Sam irgendwo flüchtig gesehen. Aber ich war noch weit davon entfernt, an ihn denken zu können, ohne dass Schmerz durch meinen Körper rieselte. Ich wünschte mir verzweifelt, er würde endlich verschwinden. Ich war bereit, ihn zu vergessen. Es passierte nur nicht.

Ich fragte mich, ob es je dazu kommen würde.

23. KAPITEL

SAM

»Komme«, rief ich, als jemand an die Tür meines Hotelzimmers hämmerte. Ich ging rasch hin – Himmel, war der Zimmerservice ungeduldig! – und machte auf, doch anstelle meines Essens erblickte ich Angie. Fuck. Ich hätte durch den Türspion schauen sollen. »Was machst du denn hier?«, schnauzte ich sie an.

Sie antwortete nicht, schob sich nur an mir vorbei in die Suite. In der Park Avenue zwischen all den Erinnerungen an Grace hielt ich es nicht aus – sie hatte die Möbel und die Bilder ausgesucht. Das war mir zu viel.

Ich ließ die Tür zufallen. »Wie hast du mich gefunden?«

Angie setzte sich auf die Couch, verschränkte die Arme und starrte geradeaus. »Tja, ich bin eben erfinderisch. Wenn dein bester Freund acht verdammte Wochen lang verschwindet, dann fällt dir schon was ein.«

»Ich bin nicht verschwunden.«

»Du bist ausgezogen. Ich habe vierundzwanzig Stunden lang vor deiner Tür gesessen, nur um sicherzugehen. Und du hast meine Anrufe nicht mehr angenommen.«

»Okay, jetzt bist du hier. Was willst du?« *Ich* wollte in Ruhe gelassen werden – Angie sollte sich nicht einmischen.

»Erklär mir mal, warum zum Teufel du meine Anrufe ignorierst. Wahrscheinlich willst du vermeiden, dass ich dir ein zweites Loch in den Arsch reiße, weil du Grace im Stich gelassen hast, als sie dich am meisten brauchte.«

Bei dem Gedanken, dass Grace mich brauchte, rutschte mir das Herz in die Magengrube. Ich ballte die Fäuste. Genau darum war ich fortgegangen – ich konnte mich einfach nicht so weit öffnen.

»Um dieses Gespräch kommst du nicht herum, Sam. Wir sind Familie. Und Familienmitglieder sagen etwas, wenn jemand dabei ist, einen riesengroßen Fehler zu begehen.«

Familie. Was für ein bedeutungsschweres Wort. Meine Familie hatte ich mit zwölf verloren. Mit Grace war ich auf eine neue Familie zugesteuert. Aber Angie hatte recht – Familie war vor allem das, was ich mit ihr zusammen hatte, seitdem wir uns im Kinderheim begegnet waren.

Ich antwortete nicht. Stattdessen beugte ich mich über eine kleine Vitrine aus glänzendem Holz neben dem Sofa und holte eine Flasche Whiskey und zwei Gläser heraus. Ich goss zwei Drinks ein und setzte mich neben sie.

Ich wollte ihr ein Glas geben, aber sie stieß meine Hand weg. Whiskey lief mir in kleinen Rinnsalen über den Arm, und das Glas landete mit einem dumpfen Knall auf dem Teppich.

»Meine Güte, sag doch einfach Nein.« Ich trank einen Schluck.

»Das Zeug riecht widerlich«, sagte sie und verschränkte die Arme wieder vor der Brust.

»Absolut nicht. Es riecht nach teurem Whiskey.« Angie hatte wirklich verdammt schlechte Laune.

»Schon möglich. Aber für eine schwangere Frau riecht es wie Hundescheiße.«

Ich unterdrückte ein Lächeln. Das war es, was Chas und sie sich über ein Jahr lang gewünscht hatten. »Gratuliere. Freut mich wirklich sehr für dich.«

»Leck mich.«

»Warum? Ich freue mich für dich. Das ist mein Ernst.« Wow, Angie bekam ein Kind. Sie hatte es absolut verdient.

»Du wirst sein Pate sein, Arschloch.«

Ich fuhr mir mit beiden Händen durch die Haare. »Nein, Angie, werde ich nicht.« Ich brauchte weniger in meinem Leben, das mir etwas bedeutete, nicht mehr.

»Dir bleibt nichts anderes übrig. Du bist der einzige Mensch, dem ich absolut vertraue – derjenige, der mich am besten kennt.« Sie drehte sich um und sah mich an, zum ersten Mal, seit sie gekommen war. »Jemand anderen kann ich nicht fragen. Und darum wirst du nicht einfach aus meinem … aus unserem Leben verschwinden. Kapiert? Ich brauche dich.«

Ich stand auf. »Das ist keine gute Idee. Du darfst mich nicht *brauchen*, Angie. Am Ende enttäusche ich dich nur. Oder einer von uns stirbt und …«

»Hör auf damit«, sagte sie. Ich musterte sie, und sie verdrehte die Augen. »Sei nicht so verflucht melodramatisch.«

Ich schwieg eine Weile, dann musste ich lachen. Auch in den dunkelsten Stunden hatte ich mit Angie immer die lustige Seite der Dinge sehen können.

Ich setzte mich wieder neben sie.

»Und jetzt brauche ich dich mehr denn je«, sagte sie. »Ich habe diesen kleinen menschlichen Parasiten in mir, und in sieben Monaten kommt er auf die Welt. Ich habe keine Ahnung, was ich tun soll, und ich bin mir sicher, dass ich mir jeden Tag mindestens einmal die Augen ausheulen werde. Das Einzige, was ich von meiner Mutter gelernt habe, ist, eine Crackhure zu sein. Diese Lektion will ich meiner Tochter gern ersparen.«

»Du bekommst ein Mädchen?« Trotz ihres schlechten Starts ins Leben würde Angie eine wundervolle Mutter sein.

Ihre Mundwinkel wanderten nach oben. »Ja. Ist das zu fassen?«

Ich schüttelte den Kopf. »Es ist wunderbar.«

»Ich *brauche* dich, Sam.«

»Du hast Chas.«

»Ihn brauche ich auch. Aber verstehst du denn nicht? Du bist meine Familie. Ich bin schon einmal verlassen worden – tu mir das kein zweites Mal an.« Sie fing an zu weinen, und ich nahm ihre Hand. Ich hasste die Vorstellung, sie zu verlassen, wie ihre Mutter sie verlassen hatte. »Und meiner Tochter kannst du das auch nicht antun. Sie braucht dich genauso wie ich.«

Ich drückte ihre Hand. »Ich bin ja da.« Angie würde immer ein Teil meines Lebens sein, im Guten wie im Schlechten. Es war einfach zu spät, um daran etwas zu ändern. Sie war meine Familie. »Es tut mir so leid, dass ich abgehauen bin.«

»Ich weiß.«

Und damit war mir verziehen, einfach so. Wir waren wieder Sam und Angie.

»Also, bist du bereit, diesem Kind ein Onkel zu sein?«

»Kein bisschen.« Ich lächelte sie an.

»Du musst sie nur lieb haben. Mehr verlange ich nicht von dir.«

»Ich glaube, da fragst du den Falschen.« Zu Dingen, die für andere Menschen selbstverständlich waren, war ich nicht in der Lage – zum Beispiel, andere zu lieben. So einfach war das nicht.

»Ohne Liebe kannst du nicht leben, Sam. Wenn du das versuchst, hättest du genauso gut mit deinen Eltern in dem Wagen sterben können.«

Ich versuchte, ihr meine Hand zu entziehen, aber sie ließ mich nicht los. »Rede keinen Unsinn.« Ich wusste, wie viel Glück ich gehabt hatte.

»Ich weiß, dass du nicht über sie reden willst, aber ich weiß auch, was du für ein Mensch bist. Du bist nicht der Typ, den die Leute in dir sehen – nicht das, was der Tod aus dir gemacht hat. Du bist der Mensch, der noch bleibt, wenn außer mir alle gegangen sind.« Sie beugte sich über mich und stieß mir den Zeigefinger in die Brust. »Ich weiß, was da drin ist. Ich weiß, was deine Eltern erschaffen haben, solange sie noch lebten. Ein Mann, der sich für mich opfern würde. Treu. Entschlossen. Grimmig. Jemand, der großartig lieben kann.«

Obwohl sie mich so früh im Leben verlassen hatten, war ich doch das Vermächtnis meiner Eltern. Angie hatte recht – all das Gute in mir kam von ihnen. »Du wirst eine wunderbare Mutter sein.«

»Wenn nicht, ist es deine Schuld. Du hast mir eingeredet, ich könnte es. Und ich bin fest entschlossen, für dieses Kind mein Bestes zu geben. Das bin ich meiner Tochter schuldig und auch Chas, aber am meisten mir selbst. Du hast gesagt, ich soll nicht zulassen, dass meine Vergangenheit meine Zukunft bestimmt. Aber dasselbe gilt auch für dich, mein Freund. Du hast Grace verdient.«

Ich lehnte den Kopf an das Sofakissen und schloss die Augen.

»Deine Eltern würden sich dasselbe für dich wünschen, Sam. Eine große Liebe. Jemand, der deiner würdig ist. Jemand wie Grace. Ich glaube, sie hätten sie ebenso geliebt, wie sie dich liebt.«

Ich war mir sicher, dass sie Grace geliebt hätten. Und Grace hätte diese Liebe erwidert. In meiner Nase brannte es, als Bilder von dem, was hätte sein können, vor meinem inneren Auge Gestalt annahmen.

»Sie liebt mich nicht. Nicht mehr.« Der Gedanke schmerzte, als hätte mir jemand mit dem Vorschlaghammer vor die Brust geschlagen. »Und so soll es auch sein.«

»Nein, Sam, so soll es überhaupt nicht sein. So etwas wie das zwischen Grace und dir gibt es nicht oft.«

Ich hätte gern widersprochen, aber es ging nicht. Die Sache zwischen Grace und mir war etwas Besonderes. Aber das reichte nicht, um mich zu schützen, wenn das Schlimmste passierte. Ich starrte an die rissige Zimmerdecke. »Was ist, wenn ihr etwas zustößt oder wenn sie mich irgendwann verlässt? Damit würde ich nicht klarkommen.«

»Sei der Mann, den sie niemals verlassen würde, und überlass dem Universum den Rest.«

»Dem Universum? Ist das deine Antwort? Es gibt keine Garantie. Ich würde es nicht *überleben*, sie zu verlieren. Das weiß ich.« Obwohl ich Grace seit Wochen nicht mehr gesehen hatte, würde es mich umbringen zu hören, dass ihr etwas zugestoßen war.

»Ich glaube, du bist der stärkste Kerl, den ich kenne. Du überlebst immer. Das solltest du aus dem Tod deiner Eltern gelernt haben. Dein Überleben war eine Demonstration deiner Kraft. Lass nicht zu, dass du wegen ihres Todes in Angst lebst. Ehre deine Mom und deinen Dad, indem du das bestmögliche Leben führst und so sehr liebst, wie du nur kannst.«

Ich beugte mich vor und stützte den Kopf in die Hände.

Ich wusste, meine Eltern hätten gewollt, dass ich glücklich bin. Aber sie würden auch verstehen, dass ich mich schützen musste. Reichte es nicht, dass ich überlebt hatte?

»Ich glaube, das kann ich nicht.«

»Ich frage jetzt mal andersherum: Hättest du auf diese ersten zwölf Jahre mit deinen Eltern lieber verzichtet? Hättest du sie lieber gar nicht kennengelernt?«

Ein stechender Schmerz fuhr mir in die Brust, und ich stöhnte. Ich konnte mir nichts Schlimmeres vorstellen, als meine Eltern überhaupt nicht zu kennen. Die Jahre mit ihnen waren all die Schmerzen und das Leiden wert, die später gefolgt waren. Ich hätte alles ertragen, um sie in meinem Leben zu haben, selbst wenn es nur für ziemlich kurze Zeit war.

Und plötzlich wusste ich: Ich musste Grace lieben, solange das Leben es mir erlaubte.

Von der anderen Straßenseite aus beobachtete ich, wie die Leute aus der Galerie strömten. Die Veranstaltung war fast vorüber. In den Tagen, nachdem Angie mich überfallen hatte, hatte ich meine Hausaufgaben gemacht. An diesem Abend richtete Grace eine Party für eine Investmentbank der Wall Street aus, mit der ich zufälligerweise sehr oft geschäftlich zu tun hatte. Ein kurzer Anruf bei meinem dortigen Ansprechpartner hatte mir eine Einladung gesichert. Damit der nächste Teil meines Plans klappte, würde es mehr brauchen als nur ein Telefonat, aber wenn ich eines war, dann hartnäckig. Ich bekam immer, was ich wollte. Daran würde sich an diesem Abend hoffentlich nichts ändern.

Ich nahm das Päckchen aus braunem Kraftpapier, das ich mitgebracht hatte, in beide Hände und überquerte die Straße.

»Sam Shaw«, sagte ich zu dem Securitytyp an der Tür. Er wischte über den Bildschirm eines iPads und nickte mir zu. Ich wartete, bis eine Gruppe von vier Männern herausgekommen war, dann betrat ich die Galerie.

Auf der Suche nach Grace musterte ich die Gesichter der Gäste. Ich wollte sie an diesem Abend nicht stören, darum hatte ich mir vorgenommen, einfach zu bleiben, bis alle anderen gegangen waren. In der Zwischenzeit musste ich etwas ausliefern.

Ich steuerte auf den hinteren Teil der Galerie zu und versuchte, zu dem geheimen Bereich mit ihren Lieblingsbildern zu gelangen. Aber etwas hatte sich verändert. Die Bilder waren anders angeordnet, nicht mehr so groß. In der Mitte der Galerie hatte sie eine zusätzliche Wand errichtet, und der geheime Bereich war verschwunden. *Shit.* Was sollte ich jetzt machen? Dort hatte ich mein Geschenk hinterlassen wollen.

Von meinem Standpunkt aus wirkte die Galerie kleiner. Die Kunstwerke wirkten kühn und waren über die ganze Länge des Raumes verteilt. Ich drehte den Kopf und sah einen ziemlich großen Durchgang in der Mitte der Wand. Hatte sie den Laden aufgeteilt? Ich sah mich suchend um, aber noch immer war keine Spur von ihr zu sehen, also steuerte ich auf den Durchgang zu. Alles auf der anderen Seite war durch und durch Grace. Ich erkannte die Kunstwerke, die sie wirklich liebte. Ich lächelte, denn ich sah sie in jedem Bild. Ihre geheime Sammlung war nicht mehr so klein, und geheim war sie mit Sicherheit auch nicht mehr.

Gut für sie. Sie tat, was sie liebte. Obwohl ich kein Recht dazu hatte, war ich sehr stolz auf sie.

Ich ging in die Hocke, stellte mein Geschenk ab und zog an der Schnur. Ich hatte es absichtlich nur lose zusammengebunden, damit ich es schnell öffnen konnte, aber jetzt ließ sich der Knoten nicht lösen.

Ich verdrehte die Schnur, versuchte den Knoten zu lockern, aber das Licht war gedämpft, und ich konnte nicht genau sehen, was ich tat.

»Sam?«, fragte Grace hinter mir.

Ich ließ die Arme sinken und stand auf, bereit, ihr ins Gesicht zu sehen. Doch als ich mich umdrehte, war ihr Anblick fast zu viel für mich, obwohl ich mich innerlich darauf vorbereitet hatte. Ich hatte vergessen, wie deutlich sich ihr großzügiges Wesen in ihrem Gesicht spiegelte, wie ansteckend ihre Warmherzigkeit war.

»Hi«, sagte ich. »Du bist …« *Die Liebe meines Lebens.* »… schön.«

»Was willst du hier?«, fragte sie und wich zurück, als ich auf sie zuging.

»Ich bin gekommen, um mich zu entschuldigen und dir alles zu erklären. Es dauert nur ein paar Minuten.«

Ich erwartete nicht, dass sie mir verzeihen würde, nicht sofort jedenfalls, aber ich musste einfach glauben, dass sie es noch einmal mit mir versuchen würde. Was auch passierte, ich würde sie mein Leben lang lieben.

Ihre Miene war ausdruckslos, aber sie schickte mich nicht fort. Ich musste meine Chance nutzen und atmete tief durch. »Du bist die erste Frau, die ich je geliebt habe, und die einzige, die ich je lieben werde. Und ich habe es versaut.« Wenn sie mir nicht vergab, würde ich mein Leben lang dafür bezahlen. »Hätte ich gewusst, dass ich dir begegne, dass ich fühlen würde wie jetzt, dann hätte ich geübt. Ich hätte die Fehler vorher begangen und sie aus dem Weg geräumt, bevor du kamst. Aber ich hatte keine Ahnung, wie Liebe sich anfühlen kann. Du übersteigst einfach meine Vorstellungskraft, Grace Astor.« Ich ließ den Blick über ihren Körper schweifen. Ihre Haltung und ihre Miene gaben nichts preis. Aber solange sie es mir erlaubte, würde ich ihr meinen Fall darlegen. »Du hast mich gelehrt, den Optimisten in mir zu sehen. Und ich weiß, dass ich ein Kämpfer bin. Ich gebe dich nicht auf. Niemals. Ich liebe dich.«

Ihre Brust hob sich, als sie tief einatmete.

»Ich habe dir das hier mitgebracht«, platzte ich heraus und deutete auf das Gemälde, das halb ausgepackt an der Wand lehnte. Ich würde die unausweichliche Zurückweisung so lange wie möglich hinauszögern.

Grace schüttelte den Kopf. »Sam, nein, ich brauche nichts.«

Himmel, sie wollte nicht mal ein Geschenk von mir annehmen. »Es gehört dir.«

»Nein, du musst mir nichts …«

»Es gehört dir. Egal was passiert, es ist deins.«

24. KAPITEL

GRACE

Sams Geschenk war so unnötig. Alles, was ich wollte, war er – ich wollte in seinem Gesicht lesen, dass er mich noch liebte. Seine Augen waren geweitet, seine Haare zerzaust und länger, als ich sie bisher gesehen hatte, aber er war immer noch *mein* Sam. Und der würde er immer bleiben. Bei allem, was passiert war, hatte ich nie an seinen Gefühlen für mich gezweifelt. Also hatte ich gewartet, gehofft und gebetet und vor allem *geglaubt*, dass er zu mir zurückkommen würde. Zu uns.

»Bitte, Grace, mach es auf.«

Ich ging in die Knie und zog die Schnur von dem braunen Papier ab. Die Ecken waren hart, wie ein Rahmen. Hatte er mir ein Bild mitgebracht? Ich warf das Papier weg, dann die Luftpolsterfolie und das Seidenpapier, das die letzte Lage der Verpackung bildete. Ein flüchtiger Blick auf den Rahmen sagte mir, was er getan hatte. Tränen liefen mir übers Gesicht, als ich die Leinwand enthüllte. Wie hatte er es gefunden?

»Mein Renoir«, sagte ich. Mein Blick huschte über das Bild, während ich zu begreifen versuchte, was vor sich ging. »Du hast ihn mir zurückgeholt. Wie hast du … oh Sam, das muss dich ein Vermögen gekostet haben!«

»Psst! Mach dir darüber keine Gedanken. Es hat immer dir gehört. Genau wie ich.«

»Weißt du, das ist merkwürdig«, sagte ich und blickte zu ihm auf. »Ich habe immer geglaubt, dass ich ihn eines Tages wiederbekommen würde. Als ich ihn verkaufen musste, war ich am Boden zerstört, aber schon bei der Übergabe an den Käufer habe ich geglaubt, dass er eines Tages wieder mir gehören würde. Ein bisschen so wie du, Sam Shaw.«

»Aber …« Ihm fiel die Kinnlade herunter, als er vergeblich nach Worten suchte.

»Ich brauche keine großen Reden oder teuren Bilder. Alles, was ich brauche, bist *du*«, sagte ich.

In seinen Augen funkelten Tränen. »Ich habe das nicht verdient …«

»Du verdienst es, *glücklich* zu sein«, entgegnete ich. »Und ich verdiene es, mit der Liebe meines Lebens zusammen zu sein. Das bist du. Ich weiß es. Ich habe es immer gewusst. Aber du musst verstehen, dass du nicht einfach weglaufen darfst, wenn es stürmisch wird, Sam. Wir müssen zusammenhalten.«

Er nickte. »Ja, ich verstehe. Wirklich, ich habe es verstanden. Ich gehe nie wieder weg.«

Ich griff nach seiner Hand. »Gut. Ich hasse es, ohne dich zu leben.«

Er schloss seine Hand um meine und zog mich an sich.

»Das musst du nie mehr. Ehrlich, Grace, ich werde es dir beweisen. Ich gebe dir alles, was du willst und was dir zusteht.

»Und was willst *du*?«

»Ich will dich. Ich möchte, dass du heute Abend bei mir einziehst. Ich will die verlorene Zeit wieder aufholen. Und morgen will ich dich heiraten.«

»Du willst mich heiraten?« Ich rang um Atem.

»Natürlich will ich dich heiraten. Du bist die Liebe meines Lebens – ich will alles.«

»Ist das ein Antrag?« Das Gerede in der Galerie wurde ausgeblendet, es gab nur noch Sam und mich, während wir einander in den Armen lagen.

»Möchtest du, dass es einer ist?«

Ich strich ihm über die Hände. »Ich habe dich gerade erst zurückbekommen.«

»Dann lautet deine Antwort heute also Nein, aber ich werde dich so lange fragen, bis du bereit bist. Und wenn es hundert Jahre dauert – eines Tages, Grace Astor, wirst du meine Frau sein.«

»Ach ja? Warum bist du dir da so sicher?«

»Du«, sagte er und hob mein Kinn an, um mich zu küssen, »hast mir die wichtigste Lektion aus der Geschichte des Grafen beigebracht. Das Glück ist wie ein verzaubertes Schloss, dessen Tore von Drachen bewacht werden: Wir müssen kämpfen, um es zu erobern.« Lächelnd blickte er auf mich herab. »Ich werde nie wieder aufhören zu kämpfen.«

EPILOG

SAM

»Willst du mich heiraten?«, fragte ich, als ich, ein Handtuch um die Taille geschlungen, aus unserem Badezimmer kam und mir mit den Fingern durch die nassen Haare fuhr. Grace lag unter der Bettdecke und sah mir zu, wie sie es immer tat, wenn ich geduscht hatte.

Morgens, mittags und abends liebte ich Grace Astor, aber schon morgens raubte sie mir vollkommen den Atem – ihr verschlafenes Gesicht, die entspannten Glieder, ihre heisere Stimme. Ich gehörte ihr. Obwohl sie es langsam angehen lassen wollte, hatten wir doch keine einzige Nacht mehr getrennt verbracht, nachdem ich neun Wochen zuvor in der Galerie aufgetaucht war.

Sie lächelte mich an und setzte sich im Bett auf, dann strich sie sich mit beiden Händen das vom Schlafen zerzauste Haar glatt. »Nein. Du heiratest mich.«

Ich erstarrte. Hatte ich richtig gehört?

Sie biss sich auf die Unterlippe, um ein Lächeln zu unterdrücken. Mit großen Schritten durchquerte ich den Raum, setzte mich zu ihr aufs Bett und zog sie an mich. »Was hast du da gerade gesagt?«

Als wir nebeneinander auf dem Bett lagen, zeichnete sie mit dem Finger meine Nase und meine Lippen nach. »Ich sagte: *Heirate* mich.«

»Hast du mich gerade gebeten, dich zu heiraten?«, fragte ich und stützte den Kopf auf die Hand.

Sie nickte.

»Du sagst also endlich Ja?«

»Nein.«

Ich war verwirrt.

»*Du* wirst Ja sagen. Hoffe ich. Ich bitte *dich*.«

Ich lachte leise. »Okay. Ich sage Ja.«

»Du sagst Ja?« Ihr Lächeln wurde breiter. Hatte sie wirklich geglaubt, sie würde eine andere Antwort bekommen?

»In den letzten achtundfünfzig Tagen habe ich dir diese Frage täglich gestellt – hast du erwartet, dass ich Nein sage?«

Wir lachten, und ich rollte sie auf den Rücken und küsste sie, erkundete langsam ihren warmen, weichen Mund, genoss es, wie sie mir mit den Fingern durchs Haar strich.

»Das heißt, wir sind jetzt verlobt«, sagte ich.

Sie nickte. »Ich brauche einen Ring.«

»Ich habe drei gekauft.«

»Du hast *drei* Verlobungsringe?« Sie warf den Kopf in den Nacken und lachte. »Seit wann?«

Erneut küsste ich sie und löste mich von ihr, sodass mein Mund dicht über ihren Lippen schwebte. »Seit siebenundfünfzig Tagen. Willst du sie sehen?« Ich machte Anstalten, aufzustehen, aber sie zog mich am Arm zurück aufs Bett.

»Gleich. Im Augenblick reicht es mir, hier mit dir zu liegen und von dir geküsst zu werden, solange du nur ein Handtuch anhast.«

Ich zog ihr die Träger des Tops hinunter und küsste sie auf jede Schulter. »Wo willst du geküsst werden?«

Sie griff nach dem Saum des Tops und zog es über den Kopf aus. »Überall.«

In diesem Augenblick war kein Mann auf der Welt glücklicher als ich. Die beste Frau, die mir je begegnet war, hatte versprochen, den Rest ihres Lebens mit mir zu verbringen. Besser konnte es einfach nicht werden.

Ich bedeckte ihren Bauch mit Küssen und zupfte sanft an ihren Brustwarzen, bis sie stöhnte. Ich lächelte, als ich es hörte. *Ich* bewirkte das. Ich verschaffte ihr so schöne Gefühle. Und so würde es bleiben, für immer.

Ich hakte beide Daumen unter den Rand ihres Slips und zog ihn hinunter, küsste die Stelle, an der ihre Schenkel sich trafen, leckte die Vertiefung, dort, wo ihr Bein begann. Ihre Haut duftete nach reifen Kirschen.

»Sam«, rief sie. Ihre Stimme klang rau und atemlos, aber zufrieden. Sicher. Sie war sich meiner sicher. Wir waren weit gekommen.

Sanft streichelte ich die Innenseite ihres Oberschenkels, drückte ihn zur Seite, machte sie bereit. Ich wusste nicht, wer sich mehr auf das freute, was gleich kommen würde – sie oder ich. Sie wölbte den Rücken, und ich ließ meine Zunge über ihre Klitoris gleiten. Schon jetzt war sie so nass, dass ich sie trinken konnte, und ich war immer durstig nach ihr.

Meine Erektion drückte auf die Matratze, als ich tiefer leckte. Sie stöhnte und brachte ihr Verlangen in einem atemlosen Durcheinander aus *Bitte, nicht aufhören* und *Ja, genau da* zum Ausdruck.

Ich legte eine Hand auf meinen Schwanz. Ich fragte mich, ob ihr Geschmack, die Geräusche, die sie machte, mich immer so hart werden lassen würden. Ich grinste an ihre Haut, als sie weiterredete. *Ja.* Keine Frage. Es würde immer so sein.

Sie packte mich bei den Schultern. »Sam, ich brauche dich.«

Diese Worte hatten mir immer Angst gemacht und mich in die Flucht geschlagen. Jetzt gab es nichts, was ich lieber hören wollte. Dass eine so schöne, großzügige, freundliche und liebende Frau *mich* brauchte. Es war nichts weniger als eine Ehre.

Ich küsste ihre Klitoris ein letztes Mal und rutschte im Bett nach oben. »Du brauchst mich, Prinzessin?«

Sie griff nach meinem Schwanz. »Ja«, flüsterte sie und näherte sich meinem Mund, hungrig und bereit für mich. Ich legte mich auf sie und drückte meinen Schwanz an sie. Zur Antwort schlang sie mir die Beine um die Hüften.

»Wir lieben uns jetzt zum ersten Mal als verlobtes Paar«, sagte ich, als ich in sie eindrang. Sie stöhnte, ihre Hände lagen flach an meiner Brust.

Eine Sekunde lang schloss ich die Augen, um mich zu beruhigen und daran zu gewöhnen, wie sie sich anfühlte.

»Nein«, sagte sie. »Ich glaube nicht.«

Ich beugte mich über sie, um sie zu küssen. »Habe ich was verpasst?«

Sie lächelte. »Verlobtsein bedeutet nur, dass wir unser Leben zusammen verbringen werden – und ich glaube, das stand schon beim allerersten Mal fest.«

Der Druck, mit dem sie mich umschloss, als ich mich zurückzog, und dazu diese Worte … das raubte mir den Atem.

»Ja«, antwortete ich, drang erneut in sie ein und fand allmählich in meinen Rhythmus. Sie hatte recht. Von der ersten Berührung an hatte sie mir gehört. Und ich hatte ihr schon gehört, bevor ich sie auch nur kannte.

Wir passten auf magische Weise zueinander. Die Hitze unserer Körper hüllte uns ein, verband uns miteinander. Ich wiegte mich in ihr, sah ihr in die Augen, und sie nahm mein Gesicht in beide Hände. »Ich liebe dich«, flüsterte sie, als mein Orgasmus bereits irgendwo in der Ferne grollte. »Ich liebe dich«, wiederholte sie, das Grollen wurde lauter, und sie begann bereits unter mir zu pulsieren.

»Ich liebe dich«, sagte ich. Sie keuchte auf, als hörte sie die Worte zum ersten Mal.

»Sam«, rief sie, und ihre raue, brechende Stimme verriet mir, dass sie fast so weit war. »Oh Gott, Sam, ich liebe dich.« Sie wölbte den Rücken und nahm mir alles, trieb mich zum Orgasmus, der sich in mir hochschraubte, während mein Herzschlag in meinen Ohren hämmerte. Ich beugte mich über sie und küsste sie auf die Schulter, sog, kostete, atmete sie ein, wollte so viel von ihr in mich aufnehmen, wie ich konnte, als unsere Orgasmen sich vereinten und unsere Lust sich immer weiter ausdehnte.

Wir atmeten jetzt langsamer. Ich drehte mich auf die Seite und zog sie an mich, sodass unsere Beine miteinander verschlungen waren. »*Du* bist meine höchste Freude«, zitierte ich Dumas' Worte. »Jetzt habe ich es verstanden. Ohne es zu wissen, habe ich gewartet und gehofft, selbst im tiefsten Kummer meines Lebens. Auf dich.«

Sie strich über mein Tattoo. »Ich glaube, ich habe auch mein Leben lang gewartet und gehofft.«

»An dem Tag, als du aufgetaucht bist, wusste ein Teil von mir, dass du es sein solltest, immer schon.«

»Deine Seele«, sagte sie. Sie überraschte mich immer wieder. »Die Stelle habe ich unterstrichen.« Sie lächelte. »Es gibt zwei Arten zu sehen: mit dem Körper und mit der Seele. Der Blick des Körpers vergisst zuweilen, aber der der Seele erinnert sich immer.«

»Ich liebe dich, mit meinem Körper und meiner Seele«, antwortete ich.

GRACE

»Sie ist das Schönste, was ich je gesehen habe. Findest du nicht auch?«, sagte Sam. Er stand über seine Tochter gebeugt, um ihr die Windel zu wechseln.

»Fällt dir das jetzt erst auf?«, fragte ich und schlang ihm die Arme um die Taille.

Er lachte leise. »Tja, hin und wieder fällt es mir eben wieder ein.«

Lauren hielt den Blick fest auf ihren Vater gerichtet, so als wollte sie ihn ermahnen, sich auf den Vorgang des Wickelns zu konzentrieren.

»Wenn *ich* ihr die Windel wechsele, hält sie nie so still«, sagte ich.

»Vermutlich weiß sie, dass ich keine Babykacke auf meinem Smoking gebrauchen kann.«

Ich lachte. »Stell dir nur mal die Hochzeitsfotos vor!«

Wir waren den Block von unserer Wohnung zur Frick zu Fuß gegangen. Lauren im Kinderwagen, geschoben von Sam im Smoking, ich in einem Kleid aus rotem Seidenorganza – wer heiratete schon in Weiß?

Es war die perfekte Art, zu unserer Hochzeit zu gelangen – unsere ganze Welt schlenderte über eine New Yorker Avenue.

Sam klebte Laurens Windel zu und zog ihr die Strumpfhose an. Ich hatte es geschafft, ihr ein Stirnband mit rosa Blümchen anzulegen, das genau zu ihrem Kleid passte.

»Sie sieht aus wie eine Zuckerfee«, sagte ich.

»Hast du das gehört, Zuckerfee?« Sam hob sie hoch und küsste Lauren auf die Pausbäckchen. Er setzte sie auf seine Hüfte und drehte sich zu mir um. »Bist du so weit?«

Ich lächelte und nickte.

Die Leute von der Frick hatten vorgeschlagen, die Trauung

in der West Gallery abzuhalten, aber wir fanden beide, dass der Raum zu groß war. Wir hatten nur wenige Gäste eingeladen und wünschten uns eine anheimelnde, vertraute Atmosphäre, und darum hatten sie das Speisezimmer für uns hergerichtet, in dem wir unser erstes Date gehabt hatten.

Beim Eintreten begrüßten uns lächelnde Gesichter und Jubelrufe. Sam legte mir den Arm um die Taille und trug auf der anderen Hüfte unsere Tochter, denn er wollte nicht, dass wir drei getrennt wurden. Anders hätte ich es auch nicht gewollt.

»Du siehst fantastisch aus – eine richtige Park-Avenue-Prinzessin«, sagte Harper und küsste erst mich und dann Sam.

»Nur gut, dass ich meinen Prinzen gefunden habe«, sagte ich.

Scarlett und Violet schoben Max aus dem Weg, ehe er überhaupt dazu kam, mir einen Kuss zu geben. Ich lächelte ihn nur an, und er verdrehte die Augen.

»Du siehst großartig aus«, sagte Scarlett.

»Und man sieht deutlich, dass Lauren deine Tochter ist. Sie ist so süß!«, rief Violet und streichelte Lauren die Wange.

Sam zog uns weiter, und ich warf den beiden eine Kusshand zu.

»Hey, Daddy«, sagte ich, als wir uns meinen Eltern näherten. Sam gab meiner Mutter einen Kuss auf die Wange.

»Ich glaube, so schön habe ich dich noch nie gesehen«, sagte mein Dad, und in seinen Augen funkelten Tränen.

»Ich heirate die Liebe meines Lebens. Was könnte besser sein?«

»Das habe ich vor vierzig Jahren auch getan, und ich habe es nie bereut«, antwortete er. »Sie macht mich sehr glücklich – ich kann dir nur dasselbe wünschen.«

»Danke, Daddy.«

»Was für ein tolles Kleid«, sagte meine Mutter. »Du siehst einfach wundervoll aus.«

Sam schob uns weiter auf den Standesbeamten zu.

Angie stand auf, als sie uns erblickte. »Ich bin so stolz auf dich«, flüsterte sie Sam ins Ohr und umarmte ihn, was ein bisschen mühsam war, weil er sich weigerte, mich auch nur eine Sekunde lang loszulassen.

Ich winkte Chas zu, der in der ersten Reihe saß und Morgan, seiner Tochter, die Flasche gab. Er lächelte.

Als Angie wieder auf ihrem Platz saß, drehte ich mich zu Sam um und fragte: »Denkst du an deine Eltern?«

»Immer«, antwortete er. »Aber ich fühle sie in meinem Herzen.« Er gab mir einen Kuss auf den Mund.

Es gab keine Brautjungfern und keine Trauzeugen, weder Blumensträuße noch Reden. Nur Sam, Lauren und ich – mit ein paar wichtigen Menschen feierten wir unsere Liebe und unser Leben …

Unsere höchste Freude.

DANK

Letztes Jahr um diese Zeit schrieb ich die Danksagungen für *Indigo Nights*. Dass ich dasselbe fast genau ein Jahr später noch einmal tue, gibt mir Gelegenheit, auf die vergangenen zwölf Monate zurückzublicken. Kaum zu glauben, was alles passiert ist – Gutes und Schlechtes, aber vor allem Gutes, und dafür bin ich dankbar. Das Jahr 2017 beginnt für mich, nachdem ich meinen Brotjob gekündigt habe. In wenigen Wochen wird das Schreiben mein Hauptberuf sein. Als ich vor einigen Jahren damit anfing, hätte ich mir das nicht mal vorstellen können – erst drei Jahre ist es her, dass zum ersten Mal etwas von mir in gedruckter Form veröffentlicht wurde. Ich danke euch allen, die ihr meine Bücher gekauft habt – ihr habt diesen Traum Wirklichkeit werden lassen.

Manche Romane lassen sich problemlos schreiben. Andere nicht. Aus irgendeinem Grund gehörte dieser zu den schwierigeren. Manches wird immer leichter, je öfter man es tut, aber ich weiß nicht, ob das jemals auch fürs Schreiben gelten wird. Ich glaube, mir wird einfach immer bewusster, was ich tue und was noch besser, noch stärker werden muss. Aber das ist einer der Gründe, warum ich das Schreiben so liebe – ich lerne unglaublich viel dabei! Danke, dass ihr dieses Buch gelesen habt. Sam und Grace bedeuten mir sehr viel. Ich hoffe, ihre Geschichte hat euch gefallen.

Elizabeth – Wie bei jedem schwierigen Buch, haben wir auch diesmal gesagt: »Okay, wenigstens ist es nicht so schlimm wie bei *dem Buch.*« Und so war es auch. Trotzdem hätte ich ohne dich vermutlich aufgegeben. Ich bin froh, dass Sam dein Liebling ist, aber das verraten wir natürlich keinem. Er macht sich ziemlich gut als Held. Tatsächlich ist er sogar toll, und das ist zum größten Teil dir zu verdanken. Ich hoffe, 2017 wird ein fantastisches Jahr für dich.

Nina – Ich liebe dich. Und du würdest eine supertolle Kunstberaterin abgeben – obwohl du Sam am liebsten getötet hättest. Ich kann die Umarmung zum Jahreswechsel 2017 kaum erwarten!

Jessica Hawkins – Danke für die großartige Unterstützung.

Karen Booth – Danke, Klappentextfee. Nicht zu fassen, dass wir miteinander sprechen konnten! Yay!

Ich danke all den fantastischen Autoren, die mir immer wieder Hilfe und Unterstützung gewähren – ich liebe diese Community und bin sehr stolz, dazuzugehören.

Najla Qamber – Das Cover ist einfach der Hammer. Du bist großartig, und ich weiß jeden Augenblick zu schätzen, den du mir geschenkt hast.

Jules Rapley Collins – Danke, dass du mich so toll unterstützt hast, *babycakes.* Megan Fields – Ich weiß, dass 2017 gut zu dir sein wird.

Dank gilt auch meiner Familie und all meinen Freunden, die mich während der vergangenen drei Jahre unterstützt haben, dich eingeschlossen, Twirly, ich liebe dich. Ich hoffe, dich jetzt, wo ich nicht mehr mit drei Jobs jonglieren muss, öfter zu sehen.

Ich danke allen, die bloggen, twittern, teilen, liken und auf diese Art dazu beitragen, meine Bücher bekannt zu machen. Ihr seid unverzichtbar für mich! Auf Buch Nummer zehn!

LESEPROBE

LOUISE BAY

Duke of Manhattan

RYDER

Alles war besser in einem Privatflugzeug. Privatflüge waren nichts, womit sich der britische Adel abgab. Meine Familie betrachtete so etwas als unseriös – sie würden es *neureich* nennen. Es war weder das erste noch das letzte Mal, dass meine Familie und ich unterschiedlicher Meinung waren – mir gefiel nämlich alles an diesem Erlebnis. Die Art, wie sich der Ledersitz an meinen Hintern schmiegte. Die Tatsache, dass die Röcke der Flugbegleiterinnen besonders kurz, ihre Beine aber sehr lang aussahen. Sogar der Service hatte etwas von einem Flirt an sich.

Die blonde Schönheit, die für diesen Flug eingeteilt war, beugte sich tief über mich, um mir ein Glas Wasser einzugießen und mir einen Blick in ihren Ausschnitt und auf ihre hohen, runden Brüste zu gewähren.

Ich wusste ihr Entgegenkommen zu schätzen.

Wenn ich unter besseren Umständen nach London zurückgekehrt wäre, hätte ich möglicherweise überprüft, ob ihr Blick fürs Detail sich bis ins Schlafzimmer erstreckte. Ich liebte es, in einem gekonnten Blowjob zu schwelgen, und ich hatte das Gefühl, dass Melanie ihn mit Vergnügen so lange ausdehnen würde, wie ich es wollte.

Aber auch ein Griff in den Nacken dieser schönen Frau, während sie das Gesicht in meinem Schoß vergrub, würde meinen Tag nicht besser machen.

Ich warf einen Blick auf die Uhr.

»Noch dreißig Minuten bis zur Landung, Sir«, sagte Melanie. Schade, dass ich auf sie verzichtet hatte. Normalerweise ließ ich mir kein Vergnügen entgehen, aber irgendwie hatte ich den Kopf nicht frei. »Darf ich Ihnen noch etwas bringen?«

»Nein, danke. Ich rufe noch schnell jemanden an.« Ich musste meiner Schwester sagen, dass ich in etwa einer Stunde ankommen würde.

Ich löste die Finger von dem weichen, cremefarbenen Leder der Armlehne. Vor mittlerweile sechs Stunden hatte ich vom Sturz meines Großvaters erfahren. London fehlte mir nur selten, aber bei Gelegenheiten wie dieser wünschte ich mir immer, New York wäre nur eine dreiviertel Stunde mit dem Auto von meiner Familie entfernt.

Immer wieder musste ich mir sagen, dass ich nichts für meinen Großvater tun konnte, egal, ob ich mich an seinem Bett befand oder hier oben in der Luft.

»Seid ihr schon gelandet?«, fragte Darcy, als sie meinen Anruf entgegennahm.

»In einer halben Stunde.«

»Dann bist du also in etwas mehr als einer Stunde hier. Schick mir gleich nach der Landung eine Nachricht. Wir sehen uns dann im Krankenhaus.«

»Warum? Gibt es etwas, das ich noch nicht weiß?« Hatte sich der Zustand meines Großvaters verschlechtert, seit ich das letzte Mal mit ihr gesprochen hatte?

»Nein. Aber er wird unausstehlich sein, wenn du plötzlich dort aufkreuzt.« Sie klang müde, als wäre sie die ganze Nacht wach gewesen. Wenn ich erst mal bei ihr war, würde ich ihr einen Teil der Last abnehmen können.

»Ist er bei Bewusstsein?«, fragte ich, denn ich bezweifelte, dass sie mir die ganze Geschichte erzählt hatte.

»Ja. Er sagt, er habe sich nie besser gefühlt, aber natürlich ist es schlimm, wenn man sich mit zweiundachtzig die Hüfte bricht.« Ihre Stimme klang angespannt. Sie riss sich zusammen. Wollte sich nichts anmerken lassen.

»Er wird wieder gesund werden.« *Diesmal noch.* »Hast du die Ergebnisse der Computertomographie schon bekommen?«

»Nein«, sagte sie und seufzte. »Weißt du, sie haben mehrere Stunden gebraucht, um ihn davon zu überzeugen, dass er sich durchleuchten lassen sollte.« Ohne es zu wollen, verzog ich die Lippen zu einem Lächeln. Darcy würde die Belustigung in meiner Stimme hören und wütend auf mich sein, weil ich zu ihm hielt. Großvater war ein unbeugsamer Charakter, und es war fast unmöglich, ihn zu etwas zu überreden, das er nicht wollte. Und wenn ihm umgekehrt jemand erzählte, er könne etwas nicht tun, fand er immer Mittel und Wege, es doch in die Tat umzusetzen. In dieser Hinsicht waren wir einander ziemlich ähnlich. Als ich noch ein kleiner Junge war, war er mein Held. Und ein besserer Elternteil für Darcy und mich als unsere eigenen nichtsnutzigen Eltern. Unser Vater hatte sich mit einer Kellnerin abgesetzt, als ich so jung war, dass ich mich kaum an ihn erinnerte. Unsere Mutter hatte sich davon nie erholt und den größten Teil ihrer Zeit auf der Suche nach Erleuchtung an verschiedenen Orten in Asien verbracht. Unser Großvater war der Mensch, der uns beruhigte, wenn wir aufgebracht waren, der zu unseren Theateraufführungen in die Schule kam – und den wir *noch immer* um Rat fragten.

»Er hasst es, wenn so viel Aufhebens um ihn gemacht wird«, sagte ich.

»Ich weiß, aber nach dem Schlaganfall können wir kein Risiko mehr eingehen.«

Der Schlaganfall meines Großvaters zwei Jahre zuvor war für uns alle ein Schock gewesen. Zum Glück war er ein Kämpfer und hatte sich Sprache und Bewegung weitestgehend zurückerobert. Aber seine linke Körperhälfte war gebrechlich und schwach geblieben, sodass er anfällig für Stürze war. »Ich weiß. Trotzdem, er wird wieder gesund«, sagte ich so energisch wie möglich. Wenn sein Sturz allerdings eine Hirnblutung nach sich gezogen hatte … Ich atmete tief durch und versuchte, meinen schneller werdenden Puls zu beruhigen.

»Victoria hat angerufen«, sagte Darcy mit gepresster Stimme.

Ich biss die Zähne zusammen und schwieg. Ich konnte es nicht ertragen, etwas über die egoistische Frau meines Cousins zu hören.

»Wahrscheinlich wollte sie wissen, ob sie schon mal anfangen können, das Geld zu zählen«, fügte Darcy hinzu.

Erneut atmete ich tief durch. Ich musste mich zusammenreißen, denn sonst würde auch meine Schwester sich aufregen.

Der Titel meines Großvaters ging auf den nächsten verheirateten, männlichen Erben über. Da ich der Älteste war, hätte ich dieser Erbe sein sollen. Aber ich hatte mich nie mit einer einzigen Frau begnügt, und deshalb würden mein Cousin Frederick und seine Frau Victoria der nächste Duke und die nächste Duchess von Fairfax sein.

Nicht, dass ich das Geld gebraucht hätte. Ich hatte selbst inzwischen mehr verdient, als das Vermögen meines Großvaters wert war, und aus dem Titel machte ich mir absolut nichts. Der Duke of Fairfax hatte ich nie sein wollen. Ehrlich gesagt verstand ich auch nicht, warum meine Schwester allein aufgrund der Tatsache, dass sie eine Frau war, nicht die Nächste in der Erbfolge sein konnte. Sie sollte den Titel bekommen, das Geld und den Grundbesitz – und all das Kopfzerbrechen, das damit einherging.

Frederick und ich hatten uns nie nahegestanden, obwohl ich mehr von ihm mitbekam, als mir lieb war, weil er Wooltons Erbe und Enkel meines Großvaters war. Schon als Kind war er kleinlich und eifersüchtig, und daran hatte sich nie etwas geändert. Er schien mich um alles zu beneiden, was ich besaß – Spielzeug, Freunde und später Frauen. Obwohl meine Schwester und ich bei meinem Großvater lebten, weil unsere Eltern uns nicht wollten, hasste Frederick es, dass wir auf Woolton lebten und er nicht. Bei jeder Gelegenheit kritisierte er, wie Darcy mit dem Vermögen umging. Und ständig gab er irgendwelche Kommentare dazu ab, dass ich nach Amerika *abgehauen* sei. Kränkungen, mit denen ich klargekommen wäre. Doch als ich ihn anrief, um ihn über den Schlaganfall unseres Großvaters zu informieren, hatte er nicht gefragt, in welchem Krankenhaus er war oder wie die Prognose aussah. Stattdessen sagte er, er würde mich zurückrufen, sobald er mit seinem Anwalt gesprochen habe.

Danach gab es für uns kein Zurück mehr.

»Okay, dann sag Victoria, sie soll in Zukunft mit mir reden. Ich habe kein Problem damit, ihr zu sagen, dass sie sich verpissen soll.« Tatsächlich war es so, dass auch Victoria das ganze Geld besitzen würde, sobald mein Großvater starb. Und obwohl mir weniger an unserer Familiengeschichte lag als Darcy, fand auch ich das nicht fair.

»Wir müssen reden, wenn du hier bist. Ausführlich.«

Ich wusste, was mich erwartete. Wir würden darüber diskutieren, dass alles anders laufen würde, wenn ich heiratete. »Natürlich.«

»Über Aurora, meine ich.«

Darcy hatte mehrfach angedeutet, dass unsere Freundin aus Kindertagen gern bereit wäre, meine Frau zu werden. Diesmal klang meine Schwester ziemlich entschlossen. Und ich würde klarstellen müssen, dass Aurora nicht die Frau war, die ich heiraten wollte. »Wenn ich schon mal in London bin, werde ich auch mit den Anwälten über die Sache sprechen.« Ich hoffte immer noch, auf legale Weise verhindern zu können, dass Frederick sämtliche Besitztümer erbte.

Einige Sekunden lang herrschte Schweigen. »Du kennst meine Meinung dazu«, sagte sie schließlich.

»Ich will mich nicht um Großvaters Vermögen streiten«, antwortete ich. Darcy hasste die Vorstellung, dass es zu einem Kampf um Großvaters Eigentum kommen würde, weil das für sie offenbar den Wert unserer Liebe zu ihm schmälerte. Da ich aber wusste, wie sehr er sich meine Schwester als Erbin wünschte, wusste ich auch, dass er sich über eine entsprechende Lösung freuen würde. »Und was wäre die Alternative?«

»Ich wünschte wirklich, du würdest ein Arrangement mit Aurora in Betracht ziehen – ihr liegt viel an unserer Familie, und sie wäre eine hervorragende Ehefrau für dich.«

»Ich will nicht heiraten.« Und ganz sicher niemanden, der mich nur wegen des Titels wollte, den ich erben würde. Und die Alternative – dass sie einen *richtigen* Ehemann wollte – war noch schlechter. Aurora und ich kannten uns von Kindesbeinen an und hatten ein wenig füreinander geschwärmt, aber im Grunde war ich inzwischen ein Fremder für sie. Sie wusste nicht, wie ich als Erwachsener war.

»Ich bin mir sicher, dass die meisten Männer so empfinden. Und es ist ja nicht so, dass ihr … du weißt schon … wie Mann und Frau *leben* müsstet.«

»Darum geht es nicht, Darce.« Aurora zu *vögeln* wäre das kleinste Problem gewesen. Sie war immer schon attraktiv gewesen. Ich hätte längst mit ihr geschlafen, wenn ich nicht geglaubt hätte, dass sie der Sache zu viel Bedeutung beimessen würde. Aber ich kannte mich gut genug, um zu wissen, dass ich niemals einer einzigen Frau treu sein könnte. Es gab einfach zu viele schöne Mädchen auf der Welt. Ich bevorzugte solche, die ich nicht kannte. Mit ihnen war es weniger kompliziert.

»Wir reden hier ja nicht über den Rest deines Lebens.« Ich wollte meiner Schwester wirklich helfen, und ich würde ihr klarmachen, dass ich durchaus in der Lage war, ihr ein Anwesen zu kaufen, das Woolton Hall sehr ähnlich war. Ich wusste, dass es nicht genau dasselbe sein würde, ihre emotionale Verbundenheit wäre geringer als mit Woolton, aber ihr Leben würde sich nicht maßgeblich verändern. Die Sache war nur, dass sie mit dem Anwesen praktisch verheiratet war – seit unserer Kindheit war es ihr ganzes Leben. Als Darcy nach der Uni verkündete, sie wolle in Vollzeit auf dem Anwesen arbeiten, drängte ich sie, lieber ihren eigenen Weg zu finden. Aber sie wollte auf Woolton bleiben, etwas anderes kam für sie nicht in Frage. Sie liebte diesen Ort.

»Ich habe darüber nachgedacht. Lange.« Über dieses Thema sprachen wir seit *Jahren*. Großvaters Schlaganfall hatte die Dinge lediglich eskalieren lassen. »Du weißt, dass Aurora nicht die richtige Frau für mich ist.«

»Sie ist so gut wie jede andere auch. Und sie würde dich dein eigenes Ding machen lassen.«

Ich gehörte nicht zu der Sorte Mann, die fremdging. Eine Ehe war etwas Verbindliches, ein Treueversprechen, und ich brach meine Versprechen nicht. Darum gab ich keine, die ich nicht halten konnte – auf keinen Fall würde ich so werden wie meine Eltern. Ich wollte auf mein Leben zurückblicken und stolz auf den Mann sein können, den mein Großvater großgezogen hatte. Seine Opfer sollten nicht umsonst gewesen sein.

»Lass uns weiterreden, wenn du hier bist. Ob es uns gefällt oder nicht, Großvater ist zweiundachtzig. Allmählich wird die Zeit zum Nachdenken knapp. Du musst bald handeln, sonst ist es zu spät.«

Sie glaubte, mich überzeugen zu können. Doch so sehr ich es hasste, meine Schwester zu enttäuschen – dazu würde es nicht kommen.

Sex war mein Lieblingssport; schon seit langer Zeit war ich darin Profi. Ich würde das Spielfeld nicht kurz vor dem Schlusspfiff verlassen. Und ich war entschlossen, das Spiel so lange dauern zu lassen, wie Blut durch meine Adern floss. Und außerdem – wer war ich, mich den Frauen von Manhattan vorzuenthalten?

Ich unterdrückte ein Schaudern, als ich die Tür zum Zimmer meines Großvaters öffnete. Diesen ganz besonderen Geruch, den es nur in Krankenhäusern gab, fand ich schrecklich. Ich wusste nicht, ob sie alle dieselben Reinigungsprodukte verwendeten oder ob es Krankheit und Tod waren, die einen eigenen Geruch mit sich brachten.

»Was zum Teufel machst du denn hier?«, schnauzte Großvater mich vom Bett aus an, als ich das Zimmer betrat.

Ich lachte in mich hinein. »Na, das ist aber keine nette Begrüßung. Ich hoffe, zu den Schwestern bist du ein bisschen charmanter.« Ich zwinkerte einem Mädchen Anfang zwanzig zu, das gerade seine Blutdruckwerte überprüfte.

»Sie machen hier ein fürchterliches Gewese um mich, Ryder. In den zweiundachtzig Jahren meines Lebens bin ich schon oft hingefallen. Ich weiß nicht, warum sich alle benehmen, als läge ich auf dem Sterbebett.«

Ich schüttelte den Kopf. »Du hast dir die Hüfte gebrochen, Großvater. Hast du geglaubt, dass uns das egal ist?«

»Es ist von einer Operation die Rede«, hörte ich Darcys Stimme hinter mir.

Ich fuhr herum. »Eine Operation? Warum das denn?«

Meine Schwester wirkte blass, als ich sie umarmte.

»Die Hüfte. Sie sagen, das Gelenk muss teilweise ersetzt werden«, murmelte sie an meinem Hemd.

Ich drückte sie, dann ließ ich sie los. »Er wird wieder gesund. Ich werde mit den Ärzten reden.«

»Habe ich schon. Sie sagen, nach einem solchen Sturz muss fast immer operiert werden.«

»Ach, jetzt hört schon auf«, rief Großvater vom Bett aus.

Ich lachte. Wenn reine Willenskraft einen Menschen am Leben erhalten könnte, dann würde er ewig leben.

»Du siehst gut aus«, sagte ich und klopfte ihm auf die Schulter.

Er schüttelte meine Hand ab. »Wie gehen die Geschäfte?«, fragte er, wie immer bereit, Anteil an mir und meinem Leben in New York zu nehmen. Die Verwaltung des Familienbesitzes einschließlich Woolton Hall, eines großen, prächtigen Herrenhauses außerhalb von London, der umgebenden verpachteten Ländereien und des nahegelegenen Dorfs – das war sein ganzes Leben gewesen, und dazu hatte er noch ein Stadthaus in London. Ich habe ihn nie gefragt, ob ihn die Verantwortung störte, die mit dem Titel einherging, oder ob er gern etwas anderes getan hätte, wenn er selbst über seine Zukunft hätte entscheiden können. Aber er war ein Mann der Pflicht und der

Ehre, ein Mann zum Bewundern. Genau der Mensch, der ich werden wollte.

»Gut«, antwortete ich. »Ich versuche gerade, ein kleines Unternehmen für Luxusparfüms zu kaufen.«

»Parfüm? Das passt gar nicht zu dir.«

»Zu mir passt alles, was Geld bringt.« Ich hatte ein gutes Auge für expandierende Unternehmen und kaufte sie auf, kurz bevor ihnen die Darlehen gekündigt oder sie durch einen Mangel an Cashflow handlungsunfähig wurden. »Es ist ein solides Unternehmen, das Investitionen benötigt, um den nächsten Schritt zu tun.«

»Ach. Und du gibt ihnen, was sie brauchen?«, fragte er und zeigte auf mich.

Ich zuckte mit den Schultern. »Ich bin eben großzügig. Weißt du doch.«

Darcy verdrehte die Augen. »Du profitierst zweifellos stärker davon als das Unternehmen selbst.«

Ich nickte. »Aber sie haben auch etwas davon. Und darum geht es. Ich ziehe die Leute nicht über den Tisch. Ich bin nur clever.« Ich war sehr aufgeregt wegen der Firma, die ich derzeit im Visier hatte. Der Laden war vor nicht allzu langer Zeit gegründet worden, hatte sich aber unglaublich gut entwickelt. Einzelhandel war zwar nicht gerade mein Lieblingsthema, aber dieses Unternehmen war die Mühe wert.

»Wie sieht es denn beim Haus aus?«, fragte ich und zog einen Stuhl ans Bett meines Großvaters.

»Die Ställe brauchen ein neues Dach«, antwortete Darcy. »Und der größte Teil des Westflügels auch, ehrlich gesagt.«

»Ach, sie weiß nicht, wovon sie redet«, sagte Großvater.

In den letzten Jahren war meine Schwester diejenige gewesen, die sich hauptsächlich um das Vermögen gekümmert hatte. Seit dem Examen arbeitete sie Seite an Seite mit meinem

Großvater, und er hatte sorgfältig darauf geachtet, all sein Wissen an sie weiterzugeben.

»Großvater, Darcy weiß *immer* genau, wovon sie redet.«

Er knurrte nur und blickte durch das große Fenster hinaus auf die Themse. Dass er auf einen Streit verzichtete, war das Äußerste an Entgegenkommen, zu dem er bereit sein würde.

»Ich muss noch jemanden anrufen«, sagte Darcy. »Brauchst du irgendetwas, solange ich weg bin?«

Ich drückte ihr die Hand. Ich wusste, dass die Vermögensverwaltung ihr viel abverlangte, vor allem, seit sie erfahren hatte, dass sie letztlich ihr ganzes Werk würde zurücklassen müssen. Ich hatte nie verstanden, warum sie nicht fortging und sich etwas Eigenes suchte, in das sie ihre Energie stecken konnte.

Darcy entwand sich meinem Griff und lächelte müde.

»Wir müssen reden«, sagte mein Großvater, sobald sie aus dem Zimmer war. Diesen Satz hatte ich noch nie gemocht. Er kündigte immer schlechte Nachrichten an.

Ich lehnte mich auf dem Stuhl zurück, bereit für alles, was er mir zu sagen hatte.

»Ich werde allmählich alt, Ryder.«

Himmel, hatte Darcy ihm etwa eingeredet, ich müsse Aurora heiraten? Wir hatten vereinbart, Großvater aus der Sache herauszuhalten. Ich wollte nicht, dass er sich Sorgen machte, weil er glaubte, meiner Schwester und mir nach seinem Tod ein riesiges Chaos zu hinterlassen.

Mein Magen rebellierte, und ich beugte mich vor. »Wenn du dir wegen der Hüftoperation Sorgen machst – das ist nicht nötig. Du hast Darcy gehört. Nach einem Bruch ist das völlig normal. Du wirst wieder gesund.«

»Bevor ich mich der Operation unterziehe, muss ich dir etwas sagen.« Er blickte mir in die Augen, so wie damals, wenn ich als Kind in Schwierigkeiten gesteckt hatte. Ich hasste es, ihn zu enttäuschen. Was war passiert? »Es geht um meine Investition in die Westbury Group.«

»Deine Investition?« Mein Großvater hatte mir mehrere tausend Pfund gegeben, als ich mein Unternehmen gründete, und als Gegenleistung hatte ich ihn zum stillen Teilhaber gemacht. Allerdings hatte er sich immer geweigert, Dividenden aus der Firma zu kassieren, und am Tagesgeschäft hatte er nie Interesse gezeigt. Im Grunde war die ganze Sache schon fast vergessen.

»Wir hätten das längst regeln sollen. Ich glaube, mir gefiel einfach die Vorstellung, in deinen Erfolg zu investieren.«

»Wovon sprichst du?« Er klang niedergeschlagen, und das war nicht der Mann, den ich kannte und liebte. »Brauchst du Geld für die Reparaturen, die Darcy erwähnt hat?«

Er lachte leise und tätschelte meine Hand, die auf dem Bettrand lag. Nie hätte ich die Liebe meines Großvaters in Frage gestellt, auch wenn er sie uns nicht durch Umarmungen und warme Worte zeigte. Wir wussten einfach, dass er uns liebte, weil er immer für uns da war und dafür sorgte, dass es uns an nichts fehlte, dass wir nicht in Schwierigkeiten gerieten, uns einsam oder übergangen fühlten. Er war unser Anker.

»Nein, ich will kein Geld von dir.« Er blickte auf unsere vereinten Hände, dann nickte er. »Ich befürchte, dass dein Cousin das anders sieht, wenn er Zugriff auf meinen Anteil erhält.«

Ich blinzelte, denn die morgendlichen Sonnenstrahlen, die zum Fenster hereinschienen, blendeten mich. »Ich kann nicht ganz folgen. Was hat mein Geschäft mit Frederick zu tun?«

Großvater atmete tief ein und fing an zu husten. Himmel, es war schrecklich, ihn so gebrechlich zu sehen! Ich goss ihm etwas Wasser aus dem Plastikkrug auf dem Beistelltisch ein, aber er winkte ab. »Geht schon wieder«, sagte er und atmete pfeifend.

»Lass dir Zeit.«

»Ich sagte, es geht schon.« Erneut holte er Luft, und seine Atmung beruhigte sich. Ich setzte mich wieder und versuchte, entspannter zu wirken, als ich tatsächlich war. »Erinnerst du dich noch, wie ich in die Westbury Group investiert habe? Ich habe diese stille Teilhabe übernommen, damit du dich nicht mit einem Darlehen belasten musstest.«

»Ja, natürlich.« Ich sah ihm forschend an, um herauszufinden, worauf er hinauswollte.

»Na ja, das Geld stammte aus der Erbschaftsmasse, und darum läuft der Anteil auch unter diesem Namen.«

»Ja, ich erinnere mich«, sagte ich.

»Also, ungefähr vor einem Jahr war ich bei Giles, um zu klären, wie wir diese verdammte Sache mit der Nachfolge geregelt kriegen. Es ist einfach nicht richtig, dass du heiraten musst, um erben zu können. Das Vermögen, Woolton, den Titel. All das gehört rechtmäßig dir.«

Ich hatte zwar dem Anwalt unserer Familie und dem Nachlassverwalter einen Besuch abgestattet, um über die Zukunft zu sprechen, aber mit meinem Großvater hatte ich noch nie darüber geredet. Ich wollte nicht daran erinnert werden, dass er eines Tages nicht mehr da sein würde, um mich auf Kurs zu halten.

»Du weißt, dass mir das nichts bedeutet. Ich habe mein eigenes Geld, und ich kann Darcy sehr gut versorgen.« Ich hasste es, über das zu reden, was *danach* passieren würde. Eine Welt, zu der mein Großvater nicht mehr gehörte, wollte ich mir nicht einmal vorstellen.

»Tja, genau das ist der Punkt. Ich weiß nicht, ob es auch dein Geld *bleiben* wird.«

Hatte ich mich verhört? »Wie meinst du das?«

»Die Bestimmungen des Fonds besagen, dass ich nach meinem achtzigsten Geburtstag keine Vermögenswerte daraus mehr verändern oder verkaufen kann.« Mein Großvater war zwar der Duke of Fairfax und Erbe des Woolton-Grundbesitzes, aber alles wurde von einem Fonds verwaltet, der genau festlegte, was zulässig war und was nicht, um das Vermögen für die nachfolgenden Generationen zu erhalten.

»Okay. Jetzt kann ich dir wirklich nicht mehr folgen.« Ich blickte zur Tür hinüber und rechnete damit, dass Darcy jeden Augenblick hereinkommen würde. Vielleicht würde sie verstehen, was Großvater mir zu sagen versuchte.

»Aus diesem Grund kann ich den Anteil nicht wieder auf dich übertragen. Du kannst mich nicht auszahlen«, sagte er.

Ich zuckte mit den Schultern. »Na und? Deine Investition hat die Art, wie ich meine Geschäfte führe, überhaupt nicht beeinflusst. Behalte den Anteil doch einfach.«

»Aber er gehört nicht mir. Er gehört dem Fonds. Was bedeutet, dass die stille Teilhabe nach meinem Tod …« Bei diesen Worten zuckte ich zusammen. »… auf Frederick übergeht.«

Ich verstand immer noch nicht. Ich blickte Großvater forschend an und versuchte herauszufinden, was er mir eigentlich sagen wollte. »Okay, dann hat er eben einen kleinen Anteil. Na und?«

»Hast du dir die Unterlagen von damals mal genauer angesehen?«, fragte er und verlagerte sein Gewicht auf dem Bett.

Ich konnte mich an die Einzelheiten unserer Vereinbarung nicht mehr erinnern. Ich war so aufgeregt gewesen, endlich mein eigenes Unternehmen an den Start zu bringen, dass ich darauf überhaupt nicht geachtet hatte. Ich hatte eine kleine Biotech-Firma in Cambridge gefunden, in die ich investieren wollte, eine günstige Gelegenheit, bei der ich schnell zugreifen musste. Und es war eine der besten Entscheidungen meines Lebens gewesen. Dadurch hatte ich ein Vermögen verdient, und das öffnete mir die Tür zu weiteren Geschäften. Diese Investition war die Grundlage meines gesamten Erfolgs. Endlich hatte ich das Gefühl, meinen Platz auf der Welt verdient zu haben. So sehr ich meinen Großvater als Kind auch geliebt hatte, hatte ich dennoch mit der Gewissheit gelebt, für meine Eltern nicht gut genug zu sein. Westbury Group gab mir das Gefühl, Boden unter den Füßen zu haben. Das Unternehmen gehörte *mir*. Und ich würde es niemals hergeben. »An die Details erinnere ich mich nicht mehr, und es ist doch alles gut gelaufen. Also, wo ist das Problem?«

»Die Teilhabe musste mit gewissen Befugnissen einhergehen, damit ich dir das Geld aus dem Fonds geben konnte. Wenn mir also deine Art, die Geschäfte zu führen, nicht gefallen hätte, wäre ich jederzeit in der Lage gewesen, die Führung der Firma zu übernehmen.«

»Aber das war doch nie ein Problem.« In geschäftlichen Fragen vertraute ich niemandem auf dieser Welt so sehr wie meinem Großvater.

»Aber wenn der Anteil auf Frederick übergeht …«

Das kratzende Geräusch des Stuhls hallte durch das Zimmer, als ich abrupt aufstand. Ich schob die Hände in die Taschen und versuchte ruhig zu bleiben. »Willst du mir damit sagen, dass Frederick in der Lage sein wird, die Kontrolle über meine Firma zu übernehmen?« Mein Großvater war der Mensch, dem ich am meisten vertrauen konnte. Frederick war der, dem ich am wenigsten vertraute. »Dass er mir alles wegnehmen kann, wofür ich jahrelang gearbeitet habe?«

»Es tut mir leid, mein Junge. Das habe ich nie gewollt.«

Ich lief neben seinem Bett auf und ab. »Dann ändern wir einfach die Formalitäten, oder? Können wir nicht einen Beschluss fassen, der die Rechte des Anteilseigners ändert?« Ich verstummte und hielt die cremefarben lackierte Metallstange am Fußende des Bettes umklammert, während ich auf die Antwort meines Großvaters wartete. Das war doch die Lösung, nicht wahr? »Mir gehört immer noch der größte Anteil.«

Er schüttelte den Kopf. »Ich wünschte, es wäre so einfach. Seit meinem achtzigsten Geburtstag kann ich an den Investitionen nichts mehr ändern. Es tut mir schrecklich leid, ich hatte keine Ahnung, dass meine Investition in deine Firma, in deine Zukunft, solche Konsequenzen für dich haben würde.«

Meine Fingerknöchel wurden weiß, als ich den Griff um die Stange verstärkte. »Es ist nicht deine Schuld.«

»Ich hätte Giles viel früher veranlassen sollen, unsere Vermögenswerte gründlich zu überprüfen, aber ...« Aber dann war der Schlaganfall dazwischengekommen, und alles, woran wir denken konnten, war Großvaters Gesundheit.

»Mach dir keine Gedanken.« Ich wollte nicht, dass er sich deswegen Sorgen machte. Das konnte ich für uns beide übernehmen. Mein ganzes Leben lang hatte ich gearbeitet, um eine Firma wie die Westbury Group auf die Beine zu stellen. Sie bedeutete, dass ich mich nie wieder auf jemanden würde verlassen müssen – das Unternehmen war meine Unabhängigkeit. Westbury Group sorgte dafür, dass ich auf niemanden mehr angewiesen war.

»Ich würde ja gern glauben, dass Frederick sich anständig verhalten wird, aber ...«

Ich seufzte. Wir wussten beide, dass er das nicht tun würde. Wenn Frederick eine Gelegenheit sah, mich zu ruinieren, würde er sie mit beiden Händen beim Schopf packen. Sein Leben lang hatte er auf eine Chance gewartet, mir zu beweisen, dass er der Bessere von uns beiden war. Darauf würde er auf keinen Fall verzichten.

Ich musste die Sache regeln.

»Wir finden eine Lösung. Ich rede mit Giles.«

Ich würde zwar nicht der nächste Duke of Fairfax sein, aber

alles in meiner Macht Stehende tun, damit Frederick nicht zerstören konnte, wofür ich mein Leben lang gearbeitet hatte.

SCARLETT

Dating in New York City war das Schlimmste überhaupt.

Ich befolgte alle Ratschläge, die das Internet bereithielt – nicht immer verfügbar und nicht zu früh zum Sex bereit sein, nicht alles auf eine Karte setzen. Dennoch schlitterte ich von einer Enttäuschung in die nächste. Den Typen vom Donnerstag zuvor fand ich super süß, weil er mir Komplimente zu meinen Schuhen machte. Bis er mir gestand, dass er am Wochenende am liebsten Frauenkleider trug und gerne ausprobieren würde, ob ihm meine pinkfarbenen Wildlederschuhe mit den 12-cm-Absätzen passten. Vielleicht war ich ja zu wählerisch, aber ich hatte einfach keine Lust, mich mit meinem Freund darüber zu streiten, wer was tragen sollte, wenn wir zum Dinner ausgingen.

Und dann war da noch der Typ, der aussah, als hätte er sich noch nie die Haare schneiden lassen. Er hatte mir während des ganzen Dates kein einziges Mal in die Augen gesehen. Und wie könnte ich den schwitzenden Mittvierziger vergessen, der die Kellnerin zu ihren Titten beglückwünscht hatte?

Ich wischte über das Display meines Handys, um eine Textnachricht von Andrew zu lesen – mit ihm hatte es bislang keine Katastrophen gegeben. Wir waren erst einmal miteinander ausgegangen, und abgesehen davon, dass er einen Sauberkeitsfimmel zu haben schien, wirkte er recht normal. Ich fand ihn nicht besonders attraktiv, und er brachte mich auch nicht zum Lachen. Aber immerhin verspürte ich nach zwanzig Minuten mit ihm nicht den Wunsch, ihm mit einer Gabel ins Auge zu stechen, also hatte ich mich zu einem zweiten Date bereiterklärt.

Freue mich, dich heute Abend zu sehen.

Ich holte meinen Kalender heraus und fand den Eintrag: »*Dinner mit Peter*«. Ich blickte wieder auf mein Handy. Hatte ich meine Kontakte verwechselt? Peter war doch der mit dem karierten Hemd und der Katze. Ich hatte einem dritten Date mit Abendessen zugestimmt, weil er der Kellnerin bei unserem zweiten Treffen ein üppiges Trinkgeld gegeben hatte, obwohl klar war, dass er nicht besonders gut verdiente. Peter fand ich auch nicht besonders attraktiv.

Ich scrollte durch meine älteren Textnachrichten. Nein, die Nachricht kam eindeutig von Andrew.

Mist.

Ich war mit zwei Männern gleichzeitig verabredet.

Die Tür zu meinem Büro öffnete sich, und Cecily, meine Geschäftspartnerin, steckte ihren Kopf voller Korkenzieherlocken zur Tür herein. »Hast du Zeit?«, fragte sie.

»Klar, wenn du mir hilfst, das Dilemma mit meinen Dates zu lösen.« Cecily und ich hatten schon auf dem College unsere Datingprobleme miteinander besprochen. Im zweiten Studienjahr wurden wir Zimmergenossinnen und waren einander verbunden, seitdem jede von uns ihre eigene DVD von *Wie ein einziger Tag* ausgepackt hatte und wir für ein paar Stunden mit Ryan Gosling den Arbeitstag sausen ließen. Mein Hauptfach war Finanzwesen, ihr Lieblingsthema hieß Marketing. Beides zusammen ergab eine perfekte Geschäftspartnerschaft.

»Das klingt nach Spaß. Verheiratet zu sein ist manchmal verdammt langweilig.« Sie setzte sich in den Stuhl gegenüber dem Schreibtisch.

Ich hatte meine Ehe nie langweilig gefunden. Ich hatte meinen Mann geliebt, mich darauf gefreut, abends nach Hause zu kommen und mit ihm zusammen zu sein. Mehr als zwei Jahre nach der Scheidung vermisste ich ihn noch immer. Ich vermisste es, einen Komplizen zu haben. Einen besten Freund. Ich zwang mich zu lächeln. »Das hat Marcus auch gesagt.« Mit mir in Connecticut zu leben hatte meinem Ex-Mann offensichtlich nicht genügt. Das war der Grund, warum ich hier saß, auf den Hudson hinausblickte, in Downtown Manhattan in einer Zweizimmerwohnung lebte und neunzig Prozent meiner Möbel eingelagert hatte. Als verheiratete Frau hatte ich in einer schönen Fünfzimmerwohnung gewohnt, in einem Schindelhaus in Connecticut mit unglaublichem Blick übers Wasser und viertelstündiger Fahrt ins Büro und zurück. Die Veränderung fühlte sich manchmal immer noch wie ein Messer in den Eingeweiden an. Da ich noch nicht mal dreißig war, sollte ich eigentlich mit Begeisterung in der Stadt leben, die niemals schläft.

Vielleicht *war* ich ja langweilig.

Als er mich verließ, sagte er, er fände die Vorstellung schrecklich, sein Leben lang festgelegt zu sein. Und ich? Ich war glücklich. Zufrieden. Mit Marcus an meiner Seite war mein Leben so gewesen, wie ich es mir schon als kleines Mädchen vorgestellt hatte. Mehr hätte ich mir nicht wünschen können.

»Es tut mir leid. Ich wollte nicht unsensibel sein.«

Ich lächelte. »Macht nichts. Ist schon lange her.« Allerdings fühlte es sich an Tagen wie diesem nicht so an. Ich wollte keine Dates. Ich wäre viel lieber nach Hause gegangen und hätte mich mit einem Buch ins Bett gekuschelt, anstatt in ein angesagtes Restaurant zu gehen und mich bezaubernd und lustig zu geben.

Dating war anstrengend.

»Also, worin besteht dein Dilemma? Ich zeig dir meins,

wenn du mir deins zeigst«, sagte sie augenzwinkernd und nahm auf dem Stuhl direkt vor meinem Schreibtisch Platz.

»Ach, hast du auch ein Problem mit deinem Date? Weiß dein Mann davon?«, fragte ich grinsend.

»Nein, ich bin absolut verschwiegen«, sagte sie und zwinkerte mir zu. »Komm schon, spuck's aus.«

»Ich bin mit zwei Männern gleichzeitig verabredet, das ist alles. Für heute Abend ist Dinner mit Andrew und mit Peter geplant.«

»Schon wieder?« Sie legte den Kopf schief. »Ist das nicht schon die zweite Doppelverabredung in den letzten Wochen?«

Ja. Und wieso passierte mir das eigentlich *noch mal*?

»Tja, das bedeutet vermutlich, dass du sie gern sehen möchtest.«

Tatsächlich war das Gegenteil der Fall. Andrew und Peter waren beide nett, aber eine Zukunft konnte ich mir weder mit dem einen noch mit dem anderen vorstellen. Keiner der beiden war mein Seelenverwandter.

»Ist keine große Sache. Ich sage einfach einem von ihnen ab.« Oder beiden, dann könnte ich meinen E-Reader daten. »Ich schätze, dein Dilemma hat nichts mit einem Date zu tun.«

Cecilys Locken wippten, als sie lachte. »Nein, leider nicht. Und es ist auch nicht nur mein Problem, sondern betrifft dich genauso.« Ihre Augen weiteten sich. »Westbury ist wieder an uns herangetreten.«

Westbury war die Investmentfirma, die bei Weitem die größte Begeisterung an den Tag gelegt hatte, als wir mit ihnen über die Tilgung unserer Darlehen gesprochen hatten, die bald fällig werden würden. Aber gleichzeitig war es die Firma mit den am wenigsten flexiblen Bedingungen.

»Tut mir echt leid, dass wir in diese Lage geraten sind«, sagte Cecily.

»Du musst dich nicht entschuldigen. Wir brauchten das Geld unbedingt, und andere Angebote gab es nicht.« Cecily Fragrance war fast zu schnell sehr erfolgreich geworden, und ein Jahr zuvor hatten wir kurzfristig eine Menge Geld gebraucht, um die Bestellungen zu liefern, die wir angenommen hatten. Cecily hatte zwar die Darlehensverträge unterzeichnet, weil ich nicht in der Stadt gewesen war, aber es war ebenso meine Entscheidung wie ihre. »War doch klar, dass es nur vorübergehend sein sollte. Woher hätten wir wissen sollen, dass wir so erfolgreich sein würden?« Die Darlehen mussten bald zurückgezahlt werden, aber wir wollten so viel Geld wie möglich behalten, um weiterhin in unsere Warenbestände investieren zu können. Wir brauchten einen Ersatz für die Kreditzahlungen. Nächsten Monat. Wenn wir sie nicht bekamen, würde unser Geldstrom versiegen. »Und Westbury hat sein Angebot nicht angepasst?«

»Nein, immer noch alles oder nichts. Sie übernehmen das ganze Geschäft, stellen uns ein, und wir verlieren unsere Anteile.«

Westbury hatte den Ruf, clever und erfolgreich zu sein. »Aber das Geld ist besser«, sagte sie und klang jetzt etwas positiver.

Die meisten Investoren begnügten sich mit einer Minderheitsbeteiligung an der Firma, aber die Westbury Group wollte alles. Cecily und ich hatten dieses Unternehmen auf die Beine gestellt. Jeden einzelnen Angestellten hatten wir mit äußerster Sorgfalt ausgewählt. Verdammt, sogar die Kaffeemaschine hatte ich selbst ausgesucht. Wir wollten nicht einfach aufgeben. Aber warum zögerte Cecily? Steckte sie in der Klemme?

»Wie meinst du das: *besser*?«

Sie ließ den Blick über meine Schreibtischplatte schweifen. »Genug, um allen Gesellschaftern einen Betrag zu zahlen, den wir uns erst zum Ende des dritten Jahres erhofft hatten.«

Mir klappte die Kinnlade herunter. Das war *eine Menge* Geld.

Cecily und ich konnten tatsächlich neu anfangen. Aber ich liebte Cecily Fragrance. Nie hätte ich geglaubt, dass ein Job so etwas sein könnte – eine Leidenschaft.

Die Arbeit hatte mich abgelenkt, als ich um meine gescheiterte Ehe trauerte. Ich konnte nie verstehen, wenn Freundinnen über ihre Arbeit wie über ein Hobby sprachen, bis Cecily und ich unser Unternehmen aufgebaut hatten. Für mich fühlte es sich nicht wie Arbeit an. Ich liebte es. Und seit der Scheidung war Cecily Fragrance das einzig Gute in meinem Leben. Ich hatte eine Veränderung gebraucht, um nicht immer und überall nur das schwarze Loch zu sehen, das mein Mann mit seinem Weggang hinterlassen hatte. Indem er mich verließ, stellte Marcus meine Welt auf den Kopf, aber der Drang, ihm zu beweisen, dass er die falsche Entscheidung getroffen hatte, entfachte ein Feuer in mir. Ich würde meinem Ehemann beweisen, dass ich nicht so berechenbar, langweilig und zuverlässig war, wie er glaubte. Zweifellos hatte er erwartet, dass ich weiterhin als Angestellte einer Investmentbank arbeiten würde, mit festem monatlichem Gehalt für den Rest meines Arbeitslebens. Aber dass ich eine eigene Firma gründen würde, deren Struktur und Abläufe ich selbst erschaffen musste, dass ich die Chance nutzen würde, jeden Monat abzukassieren – das hätte er mir niemals zugetraut. Nicht mal ich selbst hätte mir das zugetraut. Aber wenn die eigene Welt in Trümmern liegt, ist man manchmal eben zu allem bereit. Meine Ehe hatte ich nicht retten können, aber Cecily Fragrance würde ich nicht aufgeben.

»Wie meinst du das? Willst du etwa aufhören? Alles opfern, wofür wir so hart gearbeitet haben, damit jemand anders den Erfolg und den Lohn dafür kassiert?« *Sag nein. Bitte, sag nein.*

Cecily zuckte zusammen. »Nein, so natürlich nicht. Aber ich weiß nicht, ob wir überhaupt eine Wahl haben. Keins der anderen Angebote kann unsere Darlehen vollständig tilgen.«

Hatte sie so schnell aufgegeben?

Ich jedenfalls nicht. Mein Bruder war ein reicher Mann und würde uns unter die Arme greifen, wenn ich ihm die Lage erklärte. Aber ich wusste, dass seine Firma erst kürzlich ein Konkurrenzunternehmen übernommen hatte und darum im Augenblick über wenig Geldmittel verfügte. Außerdem wollte ich es allein schaffen. Mein Bruder sollte mich nicht retten müssen.

Er ist der Duke of Manhattan - doch Scarlett King zwingt ihn in die Knie

Louise Bay
DUKE OF MANHATTAN
Aus dem amerikanischen Englisch von Anja Mehrmann
ISBN 978-3-7363-0825-1

Ryder Westburys Königreich ist New York. Doch als Erbe einer britischen Adeslfamilie kann er seine Verpflichtungen nicht einfach abschütteln: Ryder wird beim Tod seines Großvaters den Titel des Duke of Fairfax erben – wenn er bis dahin verheiratet ist. Und als er Scarlett King in einer New Yorker Bar kennenlernt, merkt er bald, dass was als One-Night-Stand begann, vielleicht die Lösung für all seine Probleme sein könnte ...

»Eine großartige heiße Liebesgeschichte, die einem rote Wangen und Lachtränen beschert!« KATY EVANS

LYX

Er ist der König von New York, doch gegen die Liebe ist er machtlos!

Louise Bay
KING OF NEW YORK
Aus dem amerikanischen Englisch von Anja Mehrmann
352 Seiten
ISBN 978-3-7363-0692-9

Max King ist der erfolgreichste Investment-Banker der Wall Street, doch niemand ahnt, dass sein härtester Job erst nach Feierabend beginnt: als alleinerziehender Vater seiner Tochter Amanda. Er lebt in zwei Welten, die er strikt getrennt hält. Doch als er eines Abends Harper Jayne, seiner neuen Angestellten, im Aufzug zu seinem Penthouse begegnet - und sie küsst - weiß er augenblicklich, dass seine beiden Welten gerade aufeinander geprallt sind.

»Erotisch und herzzerreißend zugleich!« USA TODAY

LYX

Was ist heißer als ein sexy Milliardär?
Ein sexy Milliardär mit Haustieren!

Helena Hunting
STAY
Aus dem amerikanischen
Englisch von
Beate Bauer
400 Seiten
ISBN 978-3-7363-0706-3

Ruby Scott ist sauer: Nachdem ein mysteriöser Typ sie auf einer Party erst küsst (superheiß!) und ihr dann mitten ins Gesicht hustet (supereklig!), wird sie so krank, dass sie ein wichtiges Casting vermasselt. Dabei braucht sie dringend einen Job. Das Angebot, sich um die Haustiere des reichen Hotelbesitzers Bancroft Mills (supersexy!) zu kümmern, kommt ihr da gerade recht. Doch sie ahnt nicht, dass Bane kein Geringerer ist als der Typ von der Party …

»Bezaubernd, humorvoll und so heiß!« HARLEQUINJUNKIE

LYX